Oceani. 143

Dello stesso autore
presso La nave di Teseo

Un giorno senza sera

Roberto Pazzi

Hotel Padreterno

La nave di Teseo

ISBN 978-88-346-0781-7

Prima edizione La nave di Teseo settembre 2021

A te, che leggi, la Persona
che a queste pagine mancava

Sommario

Prologo

1. Uno smemorato sulla metropolitana di Roma

In cielo invecchio? Un bambino si è subito alzato per cedermi il posto, sulla metropolitana di Roma. La mamma, occupatissima a inviare messaggi, non s'è neanche accorta di me.

"Sei gentile, grazie."

"Ma tu quanti anni hai?"

Mi arrivava appena alla testa, quando mi sono seduto. Con quei capelli rosso fiamma, al bel cherubino mancavano solo le ali.

"Sai che di preciso non lo so?"

"E te ne vai in giro senza saperlo?"

"C'è proprio bisogno di saperlo? Non me l'ha mai chiesto nessuno."

Si è messo a ridere di gusto.

"Io lo so che il 5 giugno ne compio undici, lo saprai ben anche tu quando sei nato, dai."

"Veramente, ora che mi ci fai pensare, non credo di essere mai nato."

"Ah ah, ma sei matto? Cosa dici? Non c'è nessuno che ti bada?"

"Vuoi badarmi tu? Come ti chiami?"

"Davide e tu?"

Prima di rispondergli ho esitato. Come sarebbe andata a finire? Mantenere un basso profilo senza dare nell'occhio era certo più saggio, l'avevo promesso a mio figlio.

"Mi chiamano in tanti modi, ma facciamo così, tu chiamami nonno."

"Ma io il nonno ce l'ho, si chiamava Giovanni."

"Che bel nome, ho diversi amici con quel nome."

"Dai, dimmi come ti chiami, così lo scrivo sul diario."

"Sul diario?"

"Sì, la maestra ci fa scrivere un registro giornaliero dei pensieri."

"Allora lo scriverai domani."

"Sì, domani, adesso mica vado a scuola."

"E dove vai ora, Davide?"

"Dal dottore, ma non puoi venire con noi."

"Pensi che dovrei farmi visitare dal dottore con te?"

"Ne hai bisogno, nonno, non ti ricordi neanche quando sei nato e come ti chiami."

"Forse hai ragione, ma rimando sempre la visita."

"Perché sei un fifone."

Ora Davide mi guardava con vero compatimento e avvicinandosi, sottovoce all'orecchio, mi faceva la sua proposta: "A me piace molto giocare al dottore. Senti, se vuoi ti visito un pochino io."

"Certo, Davide, così mi ordinerai un bello sciroppo per la tosse."

"Macché sciroppo per la tosse. Tu, nonno, hai bisogno di una medicina per ricordare le cose."

"Hai ragione, Davide."

"Il mio dottore è molto bravo, non fa mai male quando mi infila il cucchiaio in gola."

"Davide, adesso basta importunare questo signore, scendiamo alla prossima, su, preparati."

La bella madre era finalmente intervenuta. Infastidita, cominciava a guardarmi con un certo sospetto per quel mio stare al gioco, pur così occupata a leggere e a rispondere ai suoi messaggi.

"Dai nonno, dimmelo il nome che non lo dico a nessuno."

"Perché?"

"Perché non è che non lo sai, come ti chiami, ma non vuoi dirlo."

La metro stava ormai rallentando per la nuova fermata e la gente si reggeva già ad appoggi e corrimano. Parevo l'unico senza una meta, ma non era vero. Ero a Roma perché c'era un problema da queste parti. Salito a Furio Camillo, il caso mi aveva fatto trovare quel posto a sedere, vicino a Davide.

Veniva annunciato due volte da una voce metallica: "Prossima fermata, Termini. Discesa lato destro."

I passeggeri carichi di zaini si assiepavano all'uscita per la stazione. Io non sapevo ancora di preciso dove andare, ma la mia indecisione pareva meno invidiabile della loro furia di arrivare. Cominciava a contagiarmi la fretta di correre. Un disagio di cui avevo avuto un assaggio con le varie, stupite domande di Davide.

Ora però la madre cacciava nella borsa il telefono. E mi lanciava occhiate sempre più allarmate.

Si è rialzata da sedere di scatto, ha preso con uno strattone per mano suo figlio. Quando poi mi sono levato dal posto anch'io, si è affrettata a scendere davanti a me, senza degnarmi di una parola, tirandosi dietro il figlio che si voltava a farmi ciao ciao. A lungo ho seguito con gli occhi la fiamma dei capelli rossi da cherubino fra la folla accalcata sulle scale mobili. Finché non l'ho perso di vista. Quella bella madre parlava fitto fitto col suo bambino. Certo lo sgridava per avermi dato troppa confidenza, mettendolo in guardia contro certi vecchi pervertiti che avvicinano i bambini, con il loro fare gentile e scherzoso.

Prima parte – *La vacanza*

Dio è papà, più ancora è madre
Giovanni Paolo I

Io sono lo Spirito che sempre nega. Ed a ragione;
perché tutto ciò che nasce merita di perire;
perciò, meglio sarebbe che niente nascesse.
Wolfgang Goethe, *Faust*

2. In treno verso Milano

Da quale dottore corre Davide? Possibile che in tutta Roma non si trovino medici adatti? Ma non ha un semplice mal di testa, quel bambino.

Nell'atrio della Stazione Termini spio il quadro partenze. Camminando mi sorprende la mia immagine riflessa nella vetrina di una libreria. E le molte copie di un libro fra i più venduti, allineate sugli scaffali: *Il destino di Dio*, di Nino De Vitis. Mi fermo a osservare la mia sagoma, sovrapposta ai volumi. Inevitabile quel destino associarlo all'anziano in cappotto cammello, pashmina al collo, Borsalino nero, scarpe a coda di rondine, guanti gialli. La barba di neve, un naso affilato e le borse sotto gli occhi. Mi tenterebbe tornare domani sera, quando il teologo di successo presenterà il suo libro. Potrei starmene buono buono, nelle ultime file, ad ascoltare. A Davide non sono riuscito a dire quanti anni avessi. E se tornasse non saprei ancora rispondergli. Che non sia mai nato è la verità. Non ho mentito. Certo, un azzardo vagare così, senza documenti, senza identità, ignorando nome ed età. Persino Davide era preoccupato per me.

Non sono mai sceso sulla Terra e non so ancora che destinazione scegliere. Vari annunci si succedono di partenze e arrivi. Anche inviti a presentarsi alla polizia ferroviaria. Ci sarebbe un posto in Toscana dove vorrei volare, ma ho promesso a mio figlio di non creare complicazioni. Guardo nel tabellone partenze, mi accontento dei treni superveloci.

Ma ecco pararmisi di nuovo davanti agli occhi, a qualche decina di metri, la chioma rosso fiamma di Davide, in cammino con la madre, verso i treni superveloci. Sta leccando un gelato. La madre l'incalza questa volta non per colpa mia, ma per paura di perdere il treno.

E mettendo la mano nella tasca del cappotto scopro di avere un biglietto di prima classe. Destinazione: Torino Porta Nuova. Lo mostro al controllo di accesso ai binari, mi fanno passare. Madre e figlio, che han già varcato questa barriera, stanno ancora discutendo. Si avviano al binario tre, verso il Frecciarossa in partenza per Milano. Ferma a Firenze Santa Maria Novella e a Bologna. Più forte di me salire anch'io, per seguire quel bambino. Ma poi chi aveva deciso per me che andassi a Torino?

Davide verrà a trovarmi, i bambini non stanno mai fermi. Dovrò sedermi in un vagone diverso. La madre mi guardava già con diffidenza. Ma c'è qualcosa di renitente a qualsiasi custodia fra me e questo bambino di un paese dove se ne mettono al mondo così pochi. Vedo che salgono più avanti, sulla vettura sei. Salgo sulla cinque. Trovo posto accanto al finestrino, in un sedile singolo, il trentasette, vicino all'uscita. Due posti più in là, un manager di mezza età apre il computer e comincia una lunga telefonata d'affari. Cifre, date, scadenze, tassi d'interesse, percentuali, fidi bancari, tasse di registro, iva. Una signora anziana, infastidita da quella telefonata, sfila da un pacchetto un grosso volume di Paul Auster. Speriamo che il mio posto non sia prenotato. Passa un traballante carrello di bibite e giornali. Gli inservienti avvertono che torneranno quando il treno sarà partito. Quindi serviranno prima la carrozza di Davide. Mi alzo a prendere un po' d'aria dalla porta del vagone non ancora chiusa. Alcuni tabagisti, in piedi sul marciapiedi, aspirano l'ultima disperata boccata di fumo. Così dolce è l'aria del mio creato, perché aspirare del fumo?

L'altoparlante dà un nuovo annuncio. Strano, ma ho la netta impressione di aver già sentito quella voce.

"Il signor Eterno, in partenza per Milano, è pregato di presentarsi con urgenza all'ufficio di polizia ferroviaria per comunicazioni che lo riguardano." Che strano, ora ripetono e completano l'annuncio... "Il signor Giovanni Eterno, in partenza per Milano, è pregato di presentarsi con urgenza all'ufficio di polizia ferroviaria per comunicazioni che lo riguardano." Caspita, hanno precisato con la destinazione anche il nome. Il nome del nonno di Davide e la mia qualifica. E persiste quella sensazione di una voce familiare.

Annunciata la partenza del treno, i tabagisti risalgono gettando rabbiosi una sigaretta non ancora terminata. Le porte si chiudono sulla ripetizione di quell'urgente annuncio, non può essere che un caso, anche se è singolare la coincidenza con la destinazione di Milano. Ma chissà quanti hanno il cognome Eterno a Roma. Con sollievo vedo che il treno parte. Non mi andava di fornire spiegazioni alla polizia ferroviaria. Sono tornato al mio posto ancora libero mentre il treno fra vari scambi procede con qualche sbandamento. Le scarpe mi vanno un po' strette. Ma nessuno me le aveva fatte provare, né ho mai calzato scarpe. Sprofondo nella poltrona, azionando i meccanismi di allungamento. Avrei la tentazione di togliermi le scarpe e distendere le gambe sul sedile di fronte, ma mi trattengo. Passa di nuovo il carrello spinto da due giovani inservienti, in guanti bianchi. Lui serve la fila accanto, lei la mia. Un'aranciata. Sì, biscotti, niente salato. Che giornale? Non saprei. E la ragazza me ne porge uno a caso. Sorrido, sorride. Bevo un sorso e osservo la prima pagina del quotidiano. Non capisco nulla. Mi manca un paio di occhiali. Vedo bene da lontano, male da vicino. Il primo disagio che mi regala questo corpo non più giovane. Frugo nelle tasche della giacca e trovo un paio di lenti dalla montatura bianca. Gli articoli del quotidiano mi costringono a immergermi nello stato inquieto del mondo. Eppure tutto quel che in queste pagine strilla la sua necessità finirà in niente. Mi tentava di più *Il destino di Dio*, il libro fra i primi in classifica.

Il treno ha preso ormai velocità. Stiamo abbandonando Roma. L'altoparlante annuncia le prossime stazioni. Sfoglio il quotidiano. Il dondolio del treno a poco a poco mi rilassa, queste prime ore sulla Terra mi hanno spossato, sonnecchio.

3. Di nuovo in treno con Davide

"Nonno, ma sei qui? Vai a Milano anche tu?"

Aprendo gli occhi ecco spuntare la chioma rosso fiamma di Davide, dalle pagine del giornale cadutemi addosso.

"Ciao, Davide, certo che vado a Milano anch'io, te l'avevo detto che ci saremmo rivisti."

"Che bello, allora faremo il viaggio insieme."

"Sì, ma in che vagone sei?"

"Quello dopo, la mamma dorme, io non ci riesco in treno, con tutte le cose che ci sono da vedere."

"Be', anch'io dormivo."

Ora Davide tace. Sembra assorbito dal paesaggio. Vede i monti laziali e il nastro del Tevere che la linea ferroviaria costeggia. Seduto di fronte a me, se ne sta col viso appiccicato al vetro che si appanna per il fiato e lui scrive allora col suo ditino, a enormi caratteri, DAVIDE. Si discosta e mi osserva.

"Vorrei essere già grande."

"E per fare che?"

"Per andare in giro per il mondo come te."

“Anche se non ti ricordassi più il tuo nome?”

“Ah ah, tu lo sai come ti chiami, te l’ho detto, ma vuoi giocare.”

“E che gioco sarebbe andarmene in giro senza sapere chi sono?”

“Forse vuoi cambiare casa, nonno, tu vuoi scappare.”

Arriva il controllore a interrompere la mia improbabile fuga dall’eternità. Ha un passo lento e languido non per stanchezza, ma per sazietà di piacere dopo una notte d’amore in un hotel di Roma. Un giovane alto, prestante, con un piccolo tatuaggio rosso a forma di cuore sul collo e un giro di braccialetti al polso destro. Deve amare il profumo perché m’inonda del suo. Gli dico che ho sbagliato treno e che dovrei rifare il biglietto.

“E dove vuole andare allora?”

“A Milano, non a Torino.”

“Sicuro?”

“Certo che sono sicuro.”

Mentre compila con i pollici inanellati i dati nella sua macchinetta, porto la mano a frugare le tasche della giacca. In una interna scopro un portafoglio gonfio di banconote, euro e dollari. E alcune carte di credito e documenti. E leggo allora di chiamarmi proprio come il viaggiatore invitato alla stazione a presentarsi con urgenza alla polizia ferroviaria, Giovanni Eterno. Chi mi aveva procurato gli occhiali e il biglietto aveva pensato a tutto, anche alla mia identità. E certamente la conoscevano anche alla stazione. Perché mi cercavano?

“Eccole il nuovo biglietto, signore.”

Non mi sfugge la sfumatura di compatimento per lo smemorato che ha sbagliato biglietto. Il controllore precisa che posso rimanere al mio posto, il trentasette non è prenotato. Poi domanda se il bambino viaggia con me.

"Sono di là con la mamma," e Davide accenna l'altro vagone, "ma faccio compagnia al nonno."

"Allora, buon viaggio, signore, a lei e a suo nipote."

Ora cominciano le gallerie. E Davide, dopo la prima, assai corta, alla seconda si mostra già spazientito, come se non vedesse l'ora che finisca.

"Hai paura, Davide?"

"No, no, ma mi piace la luce."

Mentre se ne sta seduto, a occhi bassi, aspettando che il tunnel finisca, osservo meglio quel piccolo essere inquieto, assetato di luce. Pare senta l'ombra che lo minaccia. E mi ha cercato sul treno, quasi intuisca che lo strano vecchio che non sa quanti anni ha, né ricorda il suo nome, potrebbe saper fare qualcosa di molto utile per lui. Ha dieci anni. Fra pochi giorni quella testolina dai ricci di fiamma patirà emicranie più forti e i medici scopriranno il male al cervello. Un adenocarcinoma maligno, che in breve lo renderà cieco e poi lo porterà alla tomba. Mi torna in mente la più terribile accusa fra quelle che mi sono tante volte sentito rivolgere, la morte dei bambini.

Siamo usciti dalla galleria e Davide subito torna ad appiccicarsi al vetro. Mi ha adottato come nonno e devo a lui anche il suggerimento del nome proprio.

"A cosa pensi?" si è voltato a guardarmi.

"Che mi sono ricordato il mio nome."

"E come ti chiami?"

"Giovanni."

"Come mio nonno?"

"Sì, curiosa coincidenza."

"Non ci credo mica. Fra poco ti verrà in mente anche quanti anni hai."

"Chissà. Può essere anche solo un'amnesia. Ti ricordi che volevi giocare al dottore? Mi sembra che tu mi stia guarendo da tante cose, Davide."

"Allora in cambio tu dovresti guarire me, se stai al gioco, nonno."

Non mi lascia scampo. Non posso sottrarmi. Mio figlio capirà, se esco dall'incognito per questa bella creatura. Amava tanto i bambini. Mi sporgo e lo accarezzo sui capelli. Davide prima socchiude gli occhi, come un gattino che fa le fusa, poi li spalanca e mi fissa con una strana forza nelle pupille: l'ombra del suo male... la sua vita che continuerà... la famiglia che si farà... la donna che sposerà... vedo i suoi due bambini... una figlia che erediterà insieme al colore dei capelli il suo talento e diventerà una pittrice...

"Davide! Ma si può sapere cosa ci fai qui?"

La madre appare proprio nel momento in cui stavo accarezzando i capelli ramati del figlio. Non lascia dubbi su quello che sospetta.

"Andiamo, lascia in pace questo signore, Davide. Torna subito al tuo posto, obbedisci."

"Signora, non mi stava dando alcun fastidio."

"Mamma, dai, il nonno ora si ricorda tutto, sai, perché si chiama Giovanni proprio come il nonno."

La madre resta muta, ma tutta la negatività che aveva abbandonato Davide si è depositata nell'odio di quegli occhi, spaventati al pensiero di quel che stavo tentando con il suo bambino. E che ho dovuto, secondo lei, lasciare a metà del morboso approccio. La guardo a mia volta, come da tanto non fissavo una creatura.

Intervengo.

E la scena del treno si dissolve. Non siamo più nel vagone numero sei del Frecciarossa per Milano. Siamo ancora sulla metro di Roma, di mattina. Le ho concesso una prova d'appello, tutto si ripeterà in una ventina di minuti. Perché questa volta capisca che non intendo proprio far alcun male a suo figlio.

4. Giocare ai dottori

"Mi chiamano in tanti modi. Facciamo così: chiamami nonno."

"Ma io il nonno ce l'ho e si chiamava Giovanni."

"Che bel nome, avevo diversi amici con quel nome, una volta."

"Dai, dimmi come ti chiami, così lo scrivo sul diario."

"Sul diario?"

"Sì, la maestra ci fa scrivere un registro giornaliero dei pensieri."

"Allora lo farai... domani."

Mi guarda stupito, per un momento. Oggi, domani, ieri: per una frazione di secondo si sono affacciati a chiedere nette, precise distinzioni e istruzioni. Lo coglie il dubbio di aver già udito la mia frase? Ma è solo un attimo, poi riprende a parlarmi.

"Sì, domani, adesso mica vado a scuola."

"E dove vai, ora, Davide?"

"Dal dottore, ma non puoi venire con noi."

"Pensi che dovrei farmi visitare dal dottore con te?"

"Ne hai bisogno, nonno, non ti ricordi neanche come ti chiami!"

"Forse hai ragione, ma rimando sempre la visita."

"Perché sei un fifone."

Ora mi guarda con sincero compatimento. E venendomi più vicino mi sussurra: "A me piace molto giocare al dottore. Senti, se ti va potrei visitarti io."

"Certo, così mi ordinerai uno sciroppo per la tosse."

"No, macché sciroppo per la tosse, tu nonno hai bisogno di una bella medicina per ricordare le cose."

"Hai ragione, Davide."

"Il mio dottore è molto bravo, non fa mai male quando mi mette il cucchiaio in gola."

Sulla metro era stato proprio a quel punto che avevo iniziato ad avvertire una certa ostilità della bella madre.

"Davide, basta importunare questo signore, dobbiamo scendere alla prossima, preparati."

E adesso, anche per non annoiarmi, aggiungo una variante alla conversazione che mi costa una piccola bugia, come fingermi medico. Non è vero che l'eterno Padre non possa spostare una sola virgola, né fermare un solo secondo, senza far crollare l'universo intero.

"Signora, sono un medico, anche se non esercito più mi è rimasto un buon occhio diagnostico. Scusi se m'intrometto, ma il suo bambino soffre di mal di testa? Va a Milano per una visita a causa di questo disturbo? Con che frequenza gli viene?"

Ben altro che un'emicrania minaccia quella bella testolina. E la madre, sorpresa ma in qualche modo rassicurata, dopo le mie premurose domande, comincia a sgelarsi, riconoscendo le mie buone intenzioni e concedendomi il primo sorriso. In verità la paura e il sospetto per la gravità del male del suo bambino l'arrendono a qualsiasi speranza di aiuto possa arrivarle.

"Sì, andiamo a cercare qualche nuova terapia da uno specialista a Milano, per un mal di testa che gli viene spesso."

"Davide, vieni a sederti qui, giochiamo ai dottori, vediamo cosa senti se ti metto le mie mani sui capelli."

Il bambino sotto lo sguardo premuroso e rassicurato della mamma mi si avvicina. Gli tendo le mani sul capo, restando seduto. Le mie dita sentono di nuovo il male che attaccherà Davide, la cecità che lo minaccia, il calvario di medici e ospedali, le vane terapie, ma il mio potere è più forte. Ha lo stesso male del nonno materno che ne morì a trentacinque anni. Lui si affida, a occhi chiusi, come se davvero si trattasse della finzione di un gioco e fra poco toccasse a lui visitare me. E riesco a compiere quel che prima avevo appena iniziato. L'ombra nera del male, come una tempesta che si dissolve in un cielo sereno, si snerva, perde vigore, si spezza, ora si volatilizza. La vita di Davide è salva. Non sarà troncata da quel male. La metropolitana comincia a frenare, non resta altro tempo. Ma sembra bastare.

La bella madre trattiene il fiato, colpita da qualcosa di molto più grande di lei. Sa che non è stato un gioco. Sente che la sua creatura è salva da un'infermità terribile. Mi guarda con le lacrime agli occhi, muta, le labbra tremule. Inesprimibile quel che prova e vorrebbe dire. Stacco le mani dai capelli rossi. Lei sfiora la chioma ribelle del suo bambino per pettinarla. Davide mi fissa col suo sorriso più radioso. Io e la mamma ci rialziamo un po' storditi.

"Be', Davide, come stai adesso?"

"Sto bene, ma tocca a me, nonno, lasciati visitare da me adesso."

"Tesoro, siamo arrivati, dobbiamo scendere, è la nostra stazione questa, non c'è più tempo, ci perdoni, le devo tanto, tanto, non immagina quanto le sono grata. Sarò sempre in debito con lei, sempre. E mi scusi se prima sono stata così poco gentile."

E mi stringe forte la mano, trattenendomela nella sua, restando per un momento incerta, come volesse rimanere e non scendere più. Un brivido mi prende a quel contatto. La mano è calda, umida, tremante. L'emozione la sconvolge e rivela tutta la sua felicità per lo scampato pericolo della sua creatura. Lascio la stretta e allungo la mano sul suo braccio, ad accompagnarla. Meglio che vada, per avere dal medico la conferma che il suo bambino è guarito e che il male non c'è più.

"Vada pure, signora. Non deve scusarsi di nulla. Ha preso un appuntamento a cui non può mancare. Davide, non preoccuparti, vai con la tua mamma, ma ci vedremo ancora e allora il tempo basterà, te lo prometto."

Le porte della metro si sono aperte. Il fiume della folla risucchia madre e figlio, che ancora a lungo seguo con lo sguardo sulle scale mobili, mentre il bambino mi fa sempre ciao con la mano, questa volta imitato dalla mamma. Spariscono.

Ora sì che possiamo riprendere da dove tutto era stato interrotto. Siamo di nuovo sul treno veloce Frecciarossa. Il tempo torna a scorrere. La bella madre è venuta nel mio vagone a prendere Davide che si era allontanato mentre lei dormiva, e mi sorride, davvero rassicurata.

"Non sapevo che anche lei viaggiasse su questo treno. Vedi che bella sorpresa ci ha fatto il signore, Davide?"

"Il nonno..."

"Sì, mi scusi, pare proprio che Davide l'abbia adottata come nonno."

"Mi fa piacere, cara signora."

"Anche a me. Sono felice di averla ritrovata, dottore, si vede che il filo fra noi non doveva spezzarsi."

"Pare proprio così."

"Allora, Davide, resta pure qui fino a Firenze, così farai compagnia... al nonno. A Firenze vengo a trovarti, a vedere se hai bisogno di qualcosa. Se prima ti venisse fame abbiamo dei panini col formaggio e da bere dell'aranciata. Intanto, caro signore, finisco di correggere i compiti dei miei bambini."

"Ha degli altri figli?"

"No, ma faccio la maestra e sono miei figli anche i monelli a scuola."

E la sorridente mamma di Davide, dopo una carezza al bambino, ci lascia viaggiare da soli, seduti l'uno di fronte all'altro. Ora sento il profumo di rose che ha lasciato.

"Allora, nonno, giochiamo?"

"Sì, Davide, ora finalmente tocca a te visitare me."

"Allora rilassati, stai pure morbido sul sedile e chiudi gli occhi."

Obbedisco agli ordini e mi distendo. E chiudo gli occhi.

"Dove ti fa male?"

"Qui, dottore," e indico col dito la testa, sulla fronte.

"Fa male anche a te?"

"Anche a me. Troppi pensieri, ho il mondo sulle spalle."

"Che esagerato, dai, ma è perché sei solo, nonno."

"Tu credi, Davide?"

"Se avessi una figlia che ti badasse, staresti meglio."

"Una figlia?" A volte mi sono domandato come sarebbe andata, se avessi inviato a compiere la sua missione da queste parti dell'universo una figlia invece di un figlio.

"A me piacerebbe una sorella, ma i miei genitori non la vogliono."

"Pensi che ci manchi la stessa cosa?"

"Sì."

"Ma ho già un figlio, Davide."

"Non conta. Anche mio padre non sta mai con me, è sempre la mamma a occuparsi di tutto."

"Comunque sai, tutti i maschi devono guadagnare per la famiglia, per questo stanno sempre lontano da casa."

Mi viene invece in mente la scena di Achille bambino, in groppa al buon centauro Chirone, suo maestro, che lo porta in giro per il monte Pelio, in Grecia, gli dà dei consigli, lo ammonisce e istruisce su quello che osserva.

"Ti potrei portare a spasso, Davide, a vedere tempi lontani e vedresti che anche allora era così."

"Davvero? Che forte sei."

"Meglio curare altri miei mali, continuare a fare il dottore."

"Mi fai vedere la lingua allora?"

"Certo, sei proprio un bravo dottore."

"Che sporca, hai proprio bisogno di una medicina."

"Dammela."

E Davide si sporge a schioccarmi un bel bacio sulla guancia.

Nessuno mi aveva mai baciato. Nessuno mai, nonostante

tanta devozione. Resto a lungo in silenzio a occhi chiusi ancora, beato, a godermi l'abbandono di chi quasi non rammenta più chi sia. Mi riaddormento.

Quando riapro gli occhi, il bambino dai capelli di fiamma non c'è più, è sparito. Chissà dove sarà andato, forse è solo tornato dalla mamma per mangiare il suo panino.

"Signore, mi scusi, avrei questo foglio da consegnarle da parte del suo nipotino."

La vecchia signora che leggeva Paul Auster mi viene incontro in quel momento e prendo dalle sue mani il foglio.

"La ringrazio, ma le piace il romanzo che leggeva?"

"Non molto, è sempre un azzardo abbandonare i classici. Per fortuna mi ero portata anche *La montagna incantata*. Mi metterò a rileggerla."

"È una gran bella storia."

"Ah sì, non se ne scrivono più di libri così."

Ricordavo la morte prematura del cugino di Hans Castorp, Joachim, al sanatorio di Davos. Di quel bel personaggio di Thomas Mann non potrei mai cambiare il destino, come ho fatto con Davide. E mi metto a leggere il foglio che la signora mi ha porto. La telegrafica pagina degli appunti per il diario che la maestra gli farà scrivere al ritorno in classe. Rileggo i cenni a quel che ha vissuto sulla metro e sul treno. A un certo punto la sua grafia infantile si rimpicciolisce e va a capo. E allora leggo una frase scritta fra parentesi: "Tanto lo so chi sei, ma non lo dico a nessuno, continuiamo a giocare a nasconderci, è il mio gioco preferito."

Mentre il treno risale la valle del Tevere dal corso sempre più stretto, resto col foglio di diario fra le mani. Sembra l'incipit di una storia destinata a crescere. Appare la cresta della rupe di

Orvieto, dopo un poco. Tuscia, Umbria, Lazio, che belle terre. Sono quelle dei pittori rinascimentali, da queste parti sono nati Signorelli, Perugino e Pinturicchio. Ho perso dietro a Davide il senso di tante cose di cui dovevo curarmi, più urgenti. Il giornale aperto sul tavolino mi incalza con mille altre storie non rinviabili. Mi vorrebbero da tutte le parti, pur con nomi diversi. E Dio gioca ai dottori con un bambino malato davvero. Sarà meglio scendere alla prossima fermata, a Firenze. E mi distendo sulla poltrona per rilassarmi.

5. La bomba e la telefonata

Il treno rallenta.

Sento dei rumori, un clamore in avvicinamento. E a poco a poco riconosco il vocio inconfondibile di una moltitudine.

In Italia folle oceaniche vengono richiamate dalle squadre di calcio, ho appena visto le foto sul giornale. Sarà la Fiorentina vittoriosa che torna, accolta alla stazione dai suoi tifosi?

Il treno è sempre più lento. Sta frenando. Ecco le pensiline di una vasta stazione. Intravedo, sopra le pensiline, un campanile. E quasi di fronte a me, una larga scritta su campo azzurro, con lettere bianche appena distinguibili per la barriera delle persone assiepate: Fi… ze.

Ora siamo fermi. Una banda schierata sul marciapiedi, in uniforme viola, a un cenno di bacchetta del suo direttore comincia a suonare. Una cantoria di giovani in abito talare intona: *Te Deum laudamus…* Devo proprio rassegnarmi, salutano il ritorno della Fiorentina con un *Te Deum.*

Vedo lo zucchetto rosso di un cardinale, in piedi accanto al sindaco in fascia tricolore e ad altre autorità, davanti al tappeto azzurro che si snoda verso il mio convoglio. Non si capisce ancora fino a quale vagone arriveranno a srotolarlo. Dei giovani si sono arrampicati fin sopra il tetto del treno fermo sul binario accanto, per non perdere lo spettacolo. Il mio stupore muta in sbigottimento, quando capisco che la personalità attesa con tanto giubilo alla stazione di Santa Maria Novella sono proprio io. Uno striscione non lascia scampo: "Lode all'Eterno, benvenuto al Padre e Pastore." Com'è possibile?

Mi viene il dubbio che l'annuncio a Stazione Termini, sul viaggiatore di cognome Eterno, sia connesso con quest'accoglienza che rompe l'incognito della mia visita. E ora, ora che farò?

...te Dominum confitemur. Te aeternum Patrem omnis terra veneratur...

Voci angeliche s'innalzano a celebrare le mie lodi. Non cantano come i miei arcangeli, ma non se la cavano male. Ora un piccolo aereo sorvola la stazione con uno striscione azzurro che fluttua nei cieli. La scritta è sempre la stessa: "Lode all'Eterno, benvenuto al Padre e Pastore."

Sia il manager che telefonava a voce alta sia la lettrice della *Montagna incantata* guardano stupiti la folla e l'aereo dal loro finestrino. Non si rendono ancora conto di aver viaggiato con il grande atteso. Ma il manager si mostra seccato: "Con tutti questi perdigiorno alla stazione accumuleremo ritardo di sicuro." Vagamente invidioso, vorrebbe essere lui il personaggio da omaggiare. La signora, per non farsi coinvolgere dai commenti di quell'antipatico, riprende a leggere il suo romanzo. Passa veloce il giovane e prestante capotreno, inondandomi ancora del suo profumo. E subito, nel timore che mi venga a cercare, mi rannicchio, volgendo la testa da un'altra parte, per passare inosservato. Per fortuna è incollato al cellulare. Che seccatura. Non intendo, non voglio scendere. Non ho preparato discorsi, non voglio dire nulla. Non amo la retorica. Mio figlio è ben più portato di me, lui sa come ci si rivolge a una folla. Per tre anni non ha fatto che parlare al suo popolo senza mai scrivere una sola sillaba dei suoi discorsi in aramaico, la sua voce ha un forte impatto, una magica forza di persuasione. Ad ascoltarlo sulla montagna, nel discorso sulle beatitudini, c'era una folla debordante, come quella di un moderno stadio di calcio. E più di cinquemila persone ha poi sfamato, quando ha moltiplicato cinque pani e due pesci per saziarli non solo della sua parola. Sa assumere anche toni assai minacciosi, come quando ha sconfitto il Maligno nel deserto o quando ha cacciato i mercanti dal tempio. E poi, cosa potrei mai dire in una simile occasione, smascherato e accolto dai tifosi della Fiorentina? Non so nulla dell'arte di sparar calci a un pallone, non saprei inventare un elogio degno delle aspettative dei tifosi, li deluderei. Mi stanno arrivando ormai le ultime note del *Te Deum*.

Vedo accorrere, lungo il vagone, personale di ferrovia e forze dell'ordine. Terminano di srotolare il tappeto proprio davanti a una delle due porte del mio vagone. Il capotreno è impegnato a discutere con un suo collega, li vedo contendersi l'onore di essere il primo ad accogliermi!

Ma un lungo e lacerante fischio del treno mi sveglia col giornale addosso, aperto sulle pagine sportive, dove un articolo dalle grandi foto e dai caratteri cubitali commenta la bruciante sconfitta della Fiorentina subita dalla Juventus per 4 a 1.

Siamo fermi davvero a Firenze.

Nessuna banda, né alcuna cantoria però attende il signor Giovanni Eterno sotto le pensiline, intonando il solenne *Te Deum*.

Era solo un sogno.

Appare il viavai di una lunga stazione affollata di gente, in gran parte stranieri. Giapponesi o coreani stanno già salendo. Come cavallette occupano con i loro valigioni ogni sedile. Che contrasto fra la loro leggerezza e la pesantezza di quei bagagli. Si è asserragliato anche di fronte a me un ragazzone dalla faccia tonda che continua ad ascoltare musica col filo auricolare penzoloni, dondolando il capo.

Vibra qualcosa dentro la tasca interna della giacca. Non mi ero accorto di avere anch'io un cellulare, così sottile da non gonfiare l'abito. Dev'essere stato silenziato da chi me lo ha messo in tasca e aveva infilato il portafogli nell'altra, insieme al biglietto per Torino. Lo lascio vibrare a lungo, finché non smetta. Riprende a tremare. Insiste. E se fosse mio figlio? Sul display compare la scritta "Sconosciuto". Rispondo, sbagliando più volte tasto di apertura finché non trovo quello giusto, mentre i giapponesi continuano a salire.

La voce accorata di mio figlio mi chiede di scendere al più presto dal treno.

"Ma perché? Cos'è successo?"

"C'è una bomba lungo la linea ferroviaria, piazzata in una galleria."

"Una bomba? Ma come? Ne sei certo?"

"Sì, e non c'è un solo minuto da perdere."

"E Davide e sua madre?"

“Guarda dal finestrino.”

E li vedo entrambi camminare a passo deciso verso l’uscita.

“Li ho fatti avvisare dal medico di Milano, che ha detto di non poterli ricevere e ha rinviato l’appuntamento. Ho simulato la sua voce.”

“Ma sei stato tu allora a farmi chiamare a Roma, a Stazione Termini?”

“Certo, volevo farti scendere.”

Non ho neanche il tempo di protestare che non è giusto lasciare tutta questa gente ignara correre verso quella fine atroce, che dobbiamo fare qualcosa. Scendo di corsa, col cellulare all’orecchio sempre acceso. Quando sono a terra riprendo a protestare con lui, dobbiamo fare un tentativo per salvare quelle persone.

“Pensaci tu, è venuta a te l’idea di visitare un paese così…”

“Ma c’è solo questa linea per il nord?”

“No, ce ne sono altre tre. A parte quella che passa per Pistoia e quella che arriva a Faenza, c’è la vecchia appenninica per Bologna. La bomba è stata messa lungo la nuova, la direttissima.”

“Ma chi è stato?”

“Lo Spirito che sempre nega. Colui a cui tu hai concesso di tentarmi dopo quaranta giorni passati nel deserto. Ora tocca anche a te subirne le attenzioni.”

Non faccio altre domande, volevo solo che mi confermasse quel che sospettavo. Corro con tutte le mie forze verso il locomotore. Scendo dal marciapiedi a fatica, e riesco a piazzarmi in mezzo ai binari, cominciando a gesticolare. I macchinisti accorrono, insieme a due agenti della polizia ferroviaria. Mi vorrebbero spostare di peso, apostrofandomi come un pazzo, minacciando di arrestarmi. Non mi perdo d'animo nemmeno quando mi mettono le mani addosso, afferrandomi per le braccia. Ribatto gridando in poche parole quel che rischia di accadere.

Ed ecco il primo effetto del mio energico intervento. Presi da uno strano incantamento ascoltando la mia voce, gli agenti mi tolgono le mani di dosso, smettono di chiamare rinforzi al cellulare, lasciandomi libero di continuare a spiegarmi. E mi ascoltano senza più ribattere. Il tono delle mie parole, gridate con tanta passione, riesce in breve a far loro cambiare atteggiamento, ad accordarmi rispetto. Non oppongono più alcuna resistenza. Devo avere qualcosa di assai convincente, una certa autorevolezza che si tradisce anche in questi panni. Han comunque capito che non sono pazzo. E che non devono ostacolarmi, ma darmi subito retta, che non c'è proprio un minuto da perdere. Ritorniamo tutti sul marciapiedi. I ferrovieri chiamano il loro centro logistico. E inizia una conversazione telefonica, dai toni molto concitati, ma che poi vedo prendere una piega sempre più favorevole a credere al mio allarme. Di lì a poco il treno per Milano riceve l'autorizzazione a partire da Firenze per Bologna senza però imboccare né la direttissima, né la vecchia linea, percorrendo invece la linea appenninica che da Pistoia arriva a Bologna. Qualcuno, inviato all'istante da una località montana sul luogo nella linea bloccata, aveva infatti scoperto che l'ordigno in galleria c'era davvero. Hanno cominciato le operazioni per disinnescarlo, mentre gli agenti che volevano portarmi via, distratti e confusi dai vari ordini che si succedono, si allontanano insieme ai macchinisti tornati sul treno.

In tutto questo passa più di un'ora, mentre i turisti stranieri salgono e scendono dai vagoni, pretendendo spiegazioni nella loro lingua. Un'anziana giapponese, acceso un bastoncino d'incenso, comincia a pregare con una lunga salmodia. Mi conviene dileguarmi, approfittando della confusione generale. I macchinisti e la polizia nella concitazione degli ordini sembra abbiano ben altro per la testa che badare allo strano individuo che ha dato l'allarme. E così mi dileguo in punta di piedi fra la folla della stazione, prima che ci ripensino e tornino a occuparsi di me. E mi fermino e incomincino a interrogarmi. Avrei troppe cose difficili se non impossibili da spiegare, s'insospettirebbero e mi porterebbero diritto al comando di polizia per chissà quale interrogatorio. Metterebbero fine alla mia vacanza. I rimproveri che non mi sono arrivati da mio figlio, così paziente, alla fine me li sentirei rivolgere da un qualche comandante delle forze dell'ordine, dubbioso della mia dichiarata identità civile, quanto irremovibile nel volermi porre in condizione di non nuocere più e di non creare altri problemi di ordine pubblico. Perché alla fine, ne sono certo, tirerebbero fuori che la colpa è in qualche modo mia. Poiché l'attentatore o attentatrice sapevano bene che c'ero io in viaggio su quella linea, "Signor Eterno, non sarà che la bomba l'hanno messa per lei?"... mi par già di sentire che lo insinua, quel comandante in uniforme, mentre i telefoni del suo ufficio squillano per la curiosità dei giornali affamati di notizie sensazionali, in cerca di un'intervista esclusiva. No, meglio filarsela finché sono ancora in tempo.

Uscito dal grande atrio della stazione piena di gente, mi sono inoltrato quatto quatto in una via stretta e piuttosto buia, via Guelfa. La tensione ora si allenta. Mi prende il morso della fame e della sete, una sensazione mai provata. Mi fermo poco oltre, a un bar d'angolo. Ordino un bicchiere di latte e un panino, imitando una bella ragazza in tuta da ginnastica, entrata con me. Devo ancora riprendermi da quel che è successo.

Dall'accoglienza trionfale del *Te Deum* sono passato alla bomba nascosta sul percorso. Ma la prima era un sogno, la seconda autentica realtà. Non mi è sfuggito il velato rimprovero di mio figlio... è venuta a te l'idea di visitare un paese così... non ha terminato la frase dopo quel "così" lasciato in sospeso. Forse voleva dire così agitato, così pericoloso? Noto un'ansia protettiva che si estende alle mie iniziative, come se volesse farmi da padre. E le parti pian piano si invertissero. Esco dal bar e imbocco la via verso il centro, vedo una cupola. Le Tombe Medicee. Davide e sua madre si trovano qui, a Firenze. Magari in un ristorante. Non sanno, madre e figlio, della bomba, sono scesi prima, convinti dalla telefonata del medico che ha rinviato la visita, del resto diventata superflua perché i mal di testa sono spariti e non torneranno più.

Quanti turisti, quante lingue, quante fisionomie diverse dei vari continenti della Terra. Si fatica a camminare in mezzo a tanta gente che si ferma a scattare fotografie, a leggere la guida, a commentare quel che ammira. Mi stordisce fissare tanti volti mentre cammino ostacolato dalla folla verso Santa Maria del Fiore. La vita che esplode, così effimera e transitoria. E sono tutti volti che si disfarranno. Fanciulli che diverranno adulti, poi vecchi e poi moriranno. Corpi di maschi e femmine che franano e mi lasceranno al compito di giudicarli nel regno dei morti. Questo almeno è quanto proclama la fede dei semplici... Ah, lo strazio di vedere sparire *quel* volto, *quelle* labbra, di non poter più sentire *quella* voce... Hanno bisogno di credere che io impedirò che *quella* faccia e *quella* voce si dissolvano come un sogno e le salvi dove un giorno le rivedranno e riascolteranno. Vorrei non condividere il patimento per la fragilità di tutto ciò che si muove e corre per le vie di una popolosa città. Ma non sono più immune da cedimenti sentimentali, da qualche ora. Per questo mio figlio è preoccupato, e mi segue come un'ombra. Chissà cosa teme si nasconda al fondo di questa mia tenerezza per ciò che si consuma.

Saprei però dove distrarmi da questo eccesso di partecipazione e porvi un argine. A Firenze c'è un posto, un archivio della memoria, dove la corsa inarrestabile delle forme verso il nulla si arresta. E il mondo che ho creato si salva, come appena uscito dalle mie mani. Soccorso dalla bellezza, nella sua perfezione. Là si sono salvate le forme di miriadi di esseri umani nei secoli, ritratti dai più grandi pittori. E m'incammino verso la Galleria degli Uffizi a fatica fra la folla assiepata nelle vie chiuse al traffico, sempre guardandomi intorno, se mai incontrassi Davide e sua madre, se mai vedessi spuntare le fiamme rosse di quei bei capelli.

6. La doppia vista agli Uffizi

Salito lo scalone degli Uffizi, nella prima sala mi sono apparse le tre auguste Marie, di Duccio, di Cimabue e di Giotto, così diverse dalla madre di mio figlio, una ragazzina di sedici anni quando lo teneva in braccio.

E qui mi attendeva una sorpresa. Aver visto secoli fa, ben vive, le madri dei tre pittori toscani, e poi anche le mogli, le sorelle, le figlie, mi ha influenzato non poco nell'apprezzare i tratti e le forme di quelle madonne. Ho infatti compiuto il percorso inverso a quel che mi aveva tanto commosso nei visi delle donne in cammino per le strade di Firenze. Sono risalito alle sembianze delle antiche figure di donne vissute nel Casentino, nella Val d'Orcia, sulle colline pistoiesi, nel Mugello, tutte calate nella tomba da secoli, fissando le tre Marie in trono. Così ho rivisto le guance pienotte della minuta moglie di Duccio, i capelli biondi e le fossette sul mento di quella di Cimabue... E l'incarnato pallido, dalle fitte rughe intorno alla bocca della moglie di Giotto, Ricevuta, tanto più alta e magra delle altre due. E fremeranno le ossa di quelle donne, sparse negli antichi cimiteri della Toscana, per qualche secondo risorte in questa mia inaspettata visita agli Uffizi, ritornate vive e presenti, finché i miei occhi guardavano quei quadri.

E così gli uomini colgono l'eterno, nelle madri di Dio di questa sala, mentre io, che quel Dio sono, sento di nuovo palpitare le stagioni di quelle madri toscane da vive.

Mi ha stordito andare a ritroso nel tempo, rievocando le sembianze di uomini e donne, prestate ai grandi artisti, dal Medioevo al Settecento. Questo l'effetto paradossale della bellezza, ai miei occhi. Mi sono messo e cavato gli occhiali, ho pulito ripetutamente le lenti. Nulla da fare. Non sono riuscito a godere della bellezza, come invece tutti i miei mortali compagni di visita, estasiati. Perché il riconoscimento e la resurrezione dei modelli dietro quei volti sono continuati per sale e sale, in tutte le scene di arte sacra che mi sfilavano davanti. Dalla natività di Gesù, alla morte sul Golgota, passando per le altre scene narrate nei vangeli canonici. Stragi degli innocenti, fughe in Egitto, nozze di Cana, trasfigurazioni sul Tabor, moltiplicazioni dei pani e dei pesci, cacciate dei mercanti dal tempio, incontri con la Maddalena, lavande delle mani di Pilato e tante altre vicende degli anni passati sulla Terra da mio figlio.

Bocche, nasi, menti, orecchie, capigliature, nuche, occhi azzurri, verdi, neri, grigi, nei, voglie di vino, rughe, capezzoli, falli, peluria, riaffioravano dai ritratti a reclamare i loro veri proprietari, nel riconoscimento del prestito fatto all'artista. Soltanto della deposizione di mio figlio ho ammirato un numero imprecisato di varianti, confrontando le sue barbe così diverse, ieratiche le une, vezzose le altre, come le capigliature... né saprei contare i Giuseppe delle fughe in Egitto, alcuni inquietanti come dervisci, altri severi come patriarchi... i gran sacerdoti Simeone delle presentazioni al tempio, dagli occhi non sempre privi di lascivia... i seminudi Giovanni Battista, più credibili fachiri sulle rive del Gange che eremiti su quelle del Giordano... le discinte Salomé scatenate in danze coribantiche... le crudeli Erodiadi compiaciute delle teste del Battista su un piatto d'argento, ispirate agli artisti da quelle viste cadere di Corradino di Svevia, di Marin Faliero, di Gianpaolo Baglioni, tutte sotto la mannaia del boia... e le adorazioni di certi Magi esitanti che parevano celare negli scrigni una sostanza proibita...

Ogni variante mi tirava per la giacca a ricordare, non potendo far tacere la memoria di tante esistenze. E la replicazione continua di tutte quelle scene sacre finiva per cogliere un involontario effetto comico che le svuotava.

Stanco di quella folla di resuscitati dal mio sguardo, ho cercato scampo nella caffetteria del museo. Là ho sentito la necessità di prendere una bella boccata d'aria, affacciandomi alla terrazza soprastante la Loggia dei Lanzi. Sono rimasto a lungo a fissare una coppia di piccioni tubare, lungo il cornicione, nonostante le punte di ferro poste a impedire di nidificare. Mi riposavo guardando le poche nuvole di questa bella giornata di marzo, la provvisorietà del momento, il concorso di tanti elementi a compiere il miracolo della vita che fugge, la pura creaturalità delle cose. Le cose tutte, uscite dalle mie mani.

Ora sì che la bellezza mi convinceva, mentre i piccioni accoppiandosi continuavano a ricordarmi la volontà di vivere che preme qualsiasi forma vivente. Sono rimasto all'aria aperta, rinfrancato da un refolo di vento, riposandomi ad ascoltare le storie della gente intorno a me, che non ha segreti per quante diverse lingue parli. Così rianimato, ho accettato di scattare una fotografia a due coppie, che mi domandavano il favore di ritrarle, indicandomi dove pigiare il dito su loro cellulare.

Quando finalmente sono tornato dentro la caffetteria e mi sono seduto a uno dei tavoli, ho scorto la bella mamma di Davide, che mi sorrideva.

Lo stupore della mia faccia dev'essere stato molto eloquente.

"Si domanda dove sia il mio Davide, vero?"

"Sì."

"Davide è corso a vedere qualcosa che sta attirando anche altri bambini. Io ero troppo stanca, l'ho lasciato andare, ma se vuole ora potremo raggiungerlo. Sarà felicissimo di rivederla qui."

"Con piacere."

"Non vorrebbe prima fare uno spuntino? Sa, i musei stancano, vuole che le ordini qualcosa al bar?"

"Me ne sono accorto. No, grazie, posso farlo dopo. Tanto torneremo qui, immagino."

Usciamo dalla caffetteria e seguendo il flusso che ci risucchia verso il centro del corridoio del secondo piano, ci affacciamo a una grande sala.

Quel che appare dalla porta capisco che possa davvero attrarre bambini fantasiosi come Davide. Sembrava una folla in maschera, come se alla fine della visita attendesse i visitatori proprio questo spettacolo in costume. Centinaia di donne e uomini di ogni età e colore vestiti in abiti di vari secoli del passato si guardano stupiti quasi non riuscissero a capire quel che li ha assortiti tutti insieme. Chi aveva mai giocato loro questo scherzo di ritrovarsi stipati qui? Io però so chi sono i finti mascherati, so chi li ha fatti scendere dai quadri vestiti così, come all'epoca di Cimabue, Giotto, Masaccio, Filippo Lippi, Raffaello, Andrea Del Sarto, Domenico Veneziano, Tiziano, Caravaggio, Tiepolo...

"Ma è 'arnevale? La dev'esser qui 'he preparano 'arri!" scappa detto a una toscana di Arezzo, vicina a me.

Mi tengo dietro la siepe di persone affacciate, per paura che qualcuno di quell'antica folla mi riconosca ancora. Perché sono io che li ho riconosciuti nei volti dipinti in queste sale. In tutte quelle opere, nelle sale del museo sono io che li ho fatti resuscitare! A un solo sguardo si sono risvegliati tutti coloro che furono, da vivi, modelli e modelle, pur se inconsapevoli. Sono discesi dalle grandi cornici appese, poco dopo la mia uscita dalle sale, lasciando stupefatti le opere intatte e dandosi una voce: "È lui, è lui! Ci sta chiamando!"

E l'allarmata direzione del museo, non riuscendo a capacitarsi della misteriosa invasione, li avrà riuniti qui nella speranza di trovare un modo per liberarsene. Pur sapendo che nessuna autorità li lascerebbe vagare per le vie di Firenze, dove creerebbero notevoli problemi di ordine pubblico. Meglio che non mi scorgano di nuovo, altrimenti si ribelleranno, mi chiederanno di farli tornare e restare un'altra volta dove sono vissuti. E si precipiteranno alle porte del museo per uscire! E che varrebbe dirgli che se tornassero non troverebbero più né il loro mondo né alcuno dei loro cari? Se invece il mio sguardo non li sosterrà più, si afflosceranno come fantasmi e torneranno ad abitare la mente dei loro artisti, vivi di nuovo soltanto nelle sembianze delle creature dipinte. Imperturbabili e perfetti come tutte queste madonne e questi putti, santi, angeli, contadini, pescatori, pubblicani, farisei, armigeri, cambiavalute.

Devo allontanarmi. Guai se una sola di queste persone dovesse di nuovo calamitare il mio sguardo. Una basterebbe per dare l'allarme a tutte le altre.

7. Fuga dalle menti dei pittori

"Nonno, ma sei stato tu?"

Con i suoi capelli rossi Davide sguscia fra i visitatori assiepati e se la ride.

"Zitto! Dobbiamo squagliarcela, Davide!"

La madre, rimasta indietro nella calca, poi ci accompagna per tornare alla caffetteria. Scendendo una rampa di scale colgo al volo commenti di eventi molto strani. Per prudenza stanno proibendo l'accesso a nuovi visitatori. Vogliono, prima di ammetterli, risolvere il problema dell'esorbitante folla che ha invaso il museo. Perché ha contravvenuto al regolamento. Nessuno di quei personaggi aveva pagato il biglietto. Come avranno fatto a entrare? Il personale di controllo e di custodia si divide, con reciproco scambio di accuse, semiparalizzando la Galleria degli Uffizi. Mi sento responsabile di tanto scompiglio, ma, se riesco a eclissarmi, davanti a un bel piatto di pappardelle al cinghiale il problema si risolverà da solo. I quadri viventi, restando forzatamente lontano da me, torneranno immobili e perfetti.

Giunti al ristorante, mentre aspetto i piatti ordinati da me e Davide, frugo ancora nelle tasche e trovo un altro paio di occhiali, questa volta da sole. Lenti scurissime che fanno del giorno notte. Ottime per filtrare uno sguardo come il mio e non farmi più riconoscere da tante ombre. Li inforco.

"Certo, se te li mettevi prima non combinavi questa confusione," scherza Davide.

"Mio figlio ormai ci ha preso gusto, si diverte proprio con lei," constata la madre.

Arriva la cameriera col vassoio. Pappardelle, bistecca con patate fritte e Chianti. E una Coca Cola per Davide. Dopo il panino al bar è il mio primo pasto. La conversazione s'interrompe per il gagliardo appetito. E intanto, cercando i miei piccioni in amore sulla terrazza, mi guardo intorno a scrutare la torre di Arnolfo di Cambio, che svetta su Palazzo Vecchio.

Non mi stupisco, ora che so cos'ho combinato, di veder fluttuare nell'aria, invece dei teneri piccioni, forme flessuose e variopinte di mostruosi draghi volanti. Quelle spaventose creature non esistono, né andranno tanto lontano, perché vivono solo nei quadri da cui sono uscite quando le ho ammirate. Uno lo riconosco: proviene da un'opera di Paolo Uccello, ha strappato il nastro che lo legava alla sua longilinea principessa. Da quando ho riconosciuto nei tratti di costei la moglie di Paolo Uccello, è naturale che anche il drago si sia sentito libero di rianimarsi e sfuggire a secoli di immobilità. Dopo un poco lo perdo di vista, distratto dai suoi compagni che paiono molto più minacciosi.

La mia apprensione dura poco. I draghi non sono più in grado di nuocere. I loro colori impallidiscono, i movimenti si fanno più lenti, i contorni delle forme che fluttuavano, a poco a poco si perdono, le dimensioni si fanno più piccole, sempre più piccole. Fino a svanire ormai del tutto. Questo è il segnale che anche le creature radunate nella sala in cui le avevo riconosciute stanno finalmente tornando dove ne erano uscite.

Davide ha smesso di mangiare, rapito da quel che vede. Gli sta accanto un altro bambino, pure lui col naso per aria ad ammirare i draghi che a poco a poco scompaiono. Per loro sarà una delle attrazioni del museo, un luogo non diverso da un luna park, dove si proiettano in cielo le mostruose figure di un video.

"I bambini stanno bene coi bambini, vero signora?" commento con la madre, che sta sorseggiando un caffè.

"Per loro tutto diventa solo una grande avventura, non hanno paura di niente."

Non smette di lanciare occhiate al telefono. Sembra divisa fra opposte volontà, rispondere ai messaggi forse di corteggiamento o ignorarli. Lo squillo di una telefonata di cui riconosce l'identità inaspettata ora l'aiuta a prendere tempo, a distrarre il pensiero. Risponde, è il padre di Davide, il marito da cui si è separata. È sorpresa, ma non scontenta di sentirlo. Abbassa la voce. E inizia una lunga conversazione dai toni prima accesi poi sempre meno polemici. Lasciamola riprendere il filo di questo suo antico amore. Resterà ore al telefono. Mi alzo da tavola per discrezione, tornando sulla terrazza, a godermi la piazza della Signoria con quella torre che, vista da così vicino, sembra caderci addosso. Davide sta confabulando col suo nuovo amico, immerso in chissà quale racconto della sua giornata. Non si è accorto che sono qui, a pochi metri da lui.

Che sia giunto il momento di andarmene? Che ci faccio ancora qui? Stare in Italia, il popolo più anziano d'Europa, cos'ha partorito oltre a risvegliare l'opposizione delle forze del Male, che hanno tentato di far deragliare il treno? La voglia di correre a vedere un museo di forme perfette che non invecchieranno mai? No, non è ancora tempo di tornare.

Ci sarà un modo per non cadere vittima della compassione che mi cattura per tutte queste esistenze, prima ancora di avere una ragione precisa di commiserarle, come la malattia di Davide, che mi ha mosso ad agire. Come potrei guarirle dal puro fatto di esistere? La vita non è una malattia.

"Nonno, ho salvato uno dei draghi! L'ho nascosto in quella stanza là, dove ripongono le seggiole. Mi faceva tanta pena, non voleva più tornare dentro al suo quadro come gli altri."

"E come hai fatto, Davide?"

"Gli ho dato da mangiare il mio panino, l'ho dissetato con due bottiglie d'acqua, erano secoli che non mangiava e non beveva."

"Gli parli?"

"Sì, ma vedrai che parlerà anche con te."

"Come hai fatto a nasconderlo?"

"S'è fatto più piccolo, è diventato un cavallo a dondolo un po' più grande del normale, solo che ha le ali."

"E perché non voleva più tornare nel quadro? Adesso hai combinato un bel guaio, quella tela di Paolo Uccello è rovinata, senza il drago la toglieranno dal museo."

"Ma ce ne sono tanti altri di mostri e bestie favolose, nonno, qua dentro... un drago di meno, in mezzo a tanti altri, che differenza fa?"

"Sì, ma non mi hai ancora spiegato perché il tuo drago non vuole più tornare nel quadro."

"Ma nonno, dai, anche tu non vuoi più stare in cielo."

Davide mi lascia senza parole.

“E anche la maggior parte delle persone che sono ritratte in questi quadri, come hai visto, se potessero scapperebbero via come il drago.”

Davide sembra approfittare del mio silenzio per infierire su di me. Poi, compiaciuto del mio sbalordimento, mi concede qualcosa.

“Molti di quelli che stavano davanti ai quadri parevano però morire dalla voglia di entrarci dentro. Qualcuno era incantato, incapace di togliersi da dove stava a fissare tutti quei personaggi.”

Già, stare nel quadro o davanti al quadro? Perfetti come i morti o imperfetti come i vivi?

8. In volo sulla Toscana

Seguo Davide. Se non l'avessi incontrato sulla metro avrei creduto uscisse da un olio su tavola di Rosso Fiorentino, in una di queste sale. Col suo fare circospetto mi vuol portare dove ha nascosto il drago. I camerieri sono occupati ad accostare le sedie sui tavolini dall'altra parte della terrazza e a levare le tovaglie. Li ostacola il forte vento che fa volar via tutto e sbattere le imposte della stanza dove stanno le seggiole in pila una sull'altra. Ed è qui che stiamo entrando. C'è una luce fioca. Il vento ha chiuso porte e finestre. Non si vede molto. Dobbiamo abituare la vista. Il rombo di un aereo passa in cielo a una quota piuttosto bassa. Le cornacchie, contendendo ai piccioni la terrazza, gracchiano più stridule, come protestassero per quel concorrente.

Davide non se l'è inventato: la mostruosa creatura, per quanto rimpicciolita, c'è davvero. Il drago, dalle ali maculate come una farfalla, si è subito mosso appena aperta la porta e ha cercato di ringhiare. Gli è uscito solo un verso strozzato, più simile a quello di uno spaurito volatile che abbia perso lo stormo che a quello di un feroce drago. Devo però averlo rassicurato.

Quando è riuscito a distinguere la mia figura, si è messo a scodinzolare, contento di riconoscere il Padreterno. Sembrerebbe un enorme cane, se non fosse per le sue lunghe ali. Col testone sfiora il soffitto.

"Mi pare di averle già viste, queste tue ali. A chi le hai rubate?"

"All'arcangelo dell'annuncio a Maria."

Ha una voce gentile, che non ci si aspetterebbe dal suo corpo mostruoso. Davide mi guarda soddisfatto, come volesse dirmi "vedi che parla anche con te?"

"Non vuoi tornare nel tuo dipinto davanti alla tua bella prigioniera?" e raccolgo il nastro verde pendente dal suo collo, strappato dalle mani della principessa mentre san Giorgio lo minacciava con la sua picca.

Scuote il testone dagli occhi rossastri e l'abbassa come se si vergognasse.

"Non ti piace la tua parte? Avresti preferito quella di Minotauro? Guarda che poi te la dovevi vedere con Teseo."

"Teseo o san Giorgio, non cambia nulla, sono stanco di far da palo alla principessa perché san Giorgio non se la prenda."

"Ma cosa dici? Vuoi ribaltare la leggenda? Povera principessa, adesso la lasciamo tutta sola nel quadro."

"È una copia, quello vero sta a Londra!"

Ha ragione. Nelle sale fiorentine di Paolo Uccello, per ricreare il ciclo dei vari san Giorgio in lotta col drago, insieme alle battaglie del pittore avevano riprodotto opere presenti a Londra e a Parigi.

"Allora il quadro è salvo, tu non sei uscito dall'originale... hai combinato meno guai."

Mi fa pena. Non è il drago originale, solo una copia. Devo

risarcirlo, restituirlo alla capacità di volare. Ed ecco riprendermi l'antica passione del gioco.

"Davide, che ne diresti di farci un bel giro sulla sua groppa?"

"E se la mamma mi cerca?"

"Stai tranquillo, è impegnata in una telefonata interminabile con il tuo papà. Non finirà tanto in fretta. Troveremo modo di avvertirla quando stiamo ritornando."

"Sta parlando con papà? Allora lasciamola pure parlare," e il suo sorriso non lascia dubbi. Ha sofferto per la separazione dei suoi. Sogna che si ricongiungano, adora quel padre.

"Sì, avremo il tempo di fare il nostro giro e poi di tornare. Sarà una telefonata lunga, troverai la mamma che ti aspetta dove siamo adesso."

"Allora andiamo, andiamo subito."

Il drago scodinzola ancora più forte e ora si abbassa fino a quasi appiattirsi sul pavimento. Non senza qualche fatica faccio issare Davide per primo sulla groppa del drago. E gli lego il nastro della principessa tutto attorno, affinché stringa bene il collo del mostro. Davide si assesta e prende saldamente con le mani un lembo delle grandi orecchie. Solo a quel punto salgo anch'io, dietro di lui. La porta semiaperta si spalanca dietro una folata d'aria ancora più furiosa. Non c'è più nessuno nella terrazza spazzata dal vento. I camerieri se ne sono andati. Batto un bel colpo sulla groppa squamosa.

"Vai ora! Vola! Sono seicento anni che aspetti!"

E dopo qualche balzo incerto, spiegate le sue ali appena fuori dalla stanza, il mostro s'innalza a lenti giri, disegnando una larga spirale nell'aria.

Eccoci sopra piazza della Signoria, dove i passanti alzando

il capo scrutano la strana forma volante, che subito collegano a qualche trovata pubblicitaria.

Sussurro all'orecchio del drago la meta.

"Sai dove devi andare ora, vai, vai! Tieniti forte, Davide!"

E levandosi la creatura alata sempre più in alto, vediamo sotto di noi distendersi tutta Firenze, percorsa dall'Arno, con i suoi ponti, Ponte Vecchio, Ponte Santa Trinita, Ponte alle Grazie, Ponte alla Carraia, Ponte San Nicolò... contornata dalle valli che riversano le acque dei monti nel fiume. Ecco alle spalle il Mugnone, la collina di Fiesole a sinistra, Belriguardo sulla destra, ecco San Miniato, piazzale Michelangelo, il Belvedere, il giardino di Boboli, che sfumano ormai lontano.

"Dove andiamo, nonno?"

"È una sorpresa, vedrai."

Intravediamo ormai all'orizzonte la lunga e sottile asta che campeggia sopra una città in collina: l'ardita torre del Mangia che si eleva su Siena. Vince in altezza tutte le numerose torri che in quest'angolo d'Italia ricordano i tempi medievali. Le torri di San Giminiano, spostate in lontananza sulla destra, si levano nella direzione della cupa Volterra, non lontana dalla conca azzurra del mar Tirreno. Forse riusciremo a vedere anche Massa Marittima col suo duomo romanico, di candido marmo lunense, dove si ricorda il miracolo delle oche di San Cerbone...

Ma il drago si dirige verso una vasta distesa di selvose colline, abbandonando la Val d'Orcia. Le prime ombre della sera stanno calando sulla Terra, ma a quest'altezza godiamo ancora lo splendore aranciato e violaceo dei raggi del sole.

Ecco Rosia, ecco in lontananza Chiusdino con le sue case aggrappate a un monte. I boschi selvaggi della Maremma non sono lontani. Quando intravedo una grande chiesa vicina a una collina dov'è una cappella rotonda, di pietra bianca e mattoni rossi, batto un altro colpo sulla groppa del drago. E il docile mostro comincia ad abbassarsi, ancora a lenti giri, per farci atterrare nel modo più dolce possibile.

"Nonno, ma quella chiesa è senza tetto! Ci pioverà dentro!"

"E ci pioveremo dentro anche noi, te l'avevo detto, Davide."

"Dove siamo?"

"Sopra l'abbazia di San Galgano, niente paura!"

Il drago sta calando sempre più verso l'abbazia cistercense, che a quest'ora, al tramonto, è deserta. Appare ora sotto di noi, quasi in perpendicolare, il prato verde che fa da pavimento, con qualche pozzanghera ancora non asciutta, per la pioggia caduta. Ormai siamo all'altezza di quel tetto che manca.

"Ma cos'è successo al tetto, nonno?"

"Se lo sono venduti, non so se i frati cistercensi o il vescovo di Siena, era tutto di piombo e il piombo era molto pregiato un tempo. Un pezzo alla volta se lo sono mangiato tutto, ed ecco il bel risultato."

Ora siamo all'interno delle mura della chiesa, vediamo le nuvole in movimento nel cielo dal finestrone dell'abside. Per un curioso effetto ottico di quelle nuvole, par quasi che l'abbazia si muova.

Dieci metri, cinque metri, due metri, ed ecco gli unghioni delle solide zampe del drago posarsi sul prato mentre un ultimo battito delle ali conferisce un certo equilibrio all'atterraggio. Un sobbalzo più forte sospinge Davide verso di me, lo stringo perché non scivoli a terra. Il drago si appiattisce, ora è immobile. Scendiamo, entrambi storditi dal lungo volo. Abbiamo il privilegio di visitare l'abbazia senza turisti, tutta soltanto per noi. I raggi estremi del sole penetrano per il rosone aperto sulla facciata e posandosi su pietre e mattoni incendiano per qualche secondo le pareti. Il vento fischia dalle bifore vuote. Dell'acqua piovana, rimasta prigioniera di un incavo in alto, cadendo fa sentire il monotono tic tac delle sue gocce.

"Hai freddo, Davide? Fame?"

"Sì, ho proprio fame."

"Potremo rifocillarci in quella locanda laggiù in fondo, la vedi?"

"E il drago?"

"Non preoccupatevi. Me ne starò a dormire qui, dove nessuno mi disturba," viene a confortarci la voce del mostro, che si acciambella sul pavimento.

Di cosa si nutrono i draghi? Molte leggende attribuiscono loro abitudini cannibalesche. Vengo subito smentito. La mite creatura di Paolo Uccello bruca l'erba che sta intorno a noi.

"Nonno, che peccato lasciarlo solo. Non potremmo dormire qui con lui, dopo aver mangiato alla locanda?"

La creatura, grata dell'attenzione di Davide, di nuovo scodinzola, tutta contenta.

"Va bene, Davide, ora andiamo a mangiare e poi torniamo."

Mi tentava l'idea di dormire per una notte in una chiesa. Queste dimore, piccole o maestose che siano, reclamano un esclusivo soggiorno del padrone di casa. Non sono fatte per gli uomini, ma per me. Sì, ha ragione Davide, molto meglio distendersi sull'erba vicino al drago e passare la notte in questa dimensione raccolta. In questa abbazia dimezzata, che non avendo l'onore di un tetto riceve però il privilegio di una mia visita.

9. La scelta del drago

Una salva di ordini al megafono e una luce abbagliante ci hanno risvegliato che era ancora buio pesto. Verso la collina accanto, dov'è l'eremo di Montesiepi, ho visto macchine da presa su carrelli girevoli fiancheggiare una gru. Un lungo braccio meccanico minacciava l'interno dell'abbazia, con l'appesa forma fluttuante nascosta da un involucro bianco. Il vento la porta a oscillare ormai sulle nostre teste.

"Cosa succede, nonno?"

La suggestiva abbazia con ogni probabilità attirava troupe cinematografiche. Non può trattarsi che di una ripresa degli esterni di un nuovo film, in piena notte. Sono arrivati mentre noi dormivamo. Dovevamo andarcene al più presto, se quella gru ce ne lasciava ancora la possibilità.

"Cos'è quella roba lassù per aria?"

In quel momento cade per un colpo di vento il lenzuolo bianco che la ricopriva. E appare la cosa che inquieta Davide: un drago di cartapesta fluttua al vento, illuminato dai riflettori.

"Non preoccuparti, Davide, lasciamogli subito il posto, e sarà solo un brutto ricordo."

Risaliamo sulla groppa del drago. Devo infondergli coraggio. Sento il suo respiro farsi pesante e la mole dalle squame verdi tremare. Ha una paura fottuta.

"Ora però tieniti ben stretto al suo collo, Davide, e tu basta guardare quel falsario, datti una bella mossa, dai, dobbiamo filarcela da qui, vola! Fagli mordere la polvere, con un solo boccone lo fai fuori!"

Ma il nostro mite mostro faticava a sollevarsi con l'agilità dimostrata levandosi dalla terrazza degli Uffizi.

Ecco però i potenti riflettori centrarci in pieno.

"Vola, non sei al museo, ora sei libero, vola via, dai!"

Impressionante quanto somigli al nostro, quel drago sospeso per aria, privo di alcuna attitudine al volo, dall'occhio fisso e spento. Gli manca però l'alito della vita, che Paolo Uccello aveva saputo imprimere a tal punto da animare anche una semplice copia.

"Chi vi ha fatto entrare?" urla un tipo baffuto con un colbacco in testa.

Non ha più il tempo di rendersi conto di cosa sia avvenuto, perché il nostro drago ha recuperato la sua forza di volare. Tanto da innalzarci di parecchio, non senza sfiorare le prime comparse, tutte in costumi di guerrieri medievali, chi con l'elmo dalla visiera chiusa, chi con schinieri che impacciano il passo, chi brandendo spada e lancia.

"Avessi una pistola!" sento un vocione minacciare. Mancava solo che qualcuno mi colpisse a cavalcioni del drago di Paolo Uccello. Il vero film sarebbe iniziato allora. Uno scenario al di là di ogni immaginazione, che avrebbe messo in seria difficoltà la morte, la quale da quando sono sulla Terra mi spia e si domanda, inquieta e sospettosa, quali siano le reali intenzioni di questo inedito Padreterno.

"Ma cos'è successo?" sento ancora in lontananza gridare. "Questa è concorrenza!"

Ora capisco, stanno girando episodi dell'*Orlando furioso* e questa doveva essere la scena di Angelica liberata dal mostro. Ho visto l'attrice seminuda che la interpretava, legata a uno scoglio.

Ormai voliamo ben più in alto del tetto mancante. Vediamo gli uomini, sempre più piccoli, invadere il prato che aveva sfamato il nostro drago. E stanno a capo in su a fissarci, in una babelica confusione di ordini, imprecazioni, riflettori e luci colorate. Cercano invano di catturare le nostre immagini, di fotografare la mostruosità e la beffa che hanno sconvolto i piani del regista, sfidato e vinto da uno ben più abile. Non posso essere ripreso. Nemmeno come ospite di un corpo umano posso farmi catturare da un'immagine che m'incateni nel tempo. E così, quando questa gente guarderà quelle foto, vedrà solo il drago e Davide. Voliamo piuttosto alti. Siamo fuori tiro, a una quota sufficiente ad allontanarci senza pericoli dall'abbazia di San Galgano.

Lo spettacolo del sole che sorge fra le colline è così straordinario da distrarci dalle ultime ansie. Di lontano appare il mar Tirreno, con l'azzurra distesa che lambisce la bassa costa, fino a Orbetello. Riconosco il profilo dell'isola d'Elba e, per l'eccezionale trasparenza del cielo, anche la cima innevata del monte Cinto, in Corsica. La scia bianca di alcuni aerei per qualche momento spaventa il drago, che non conosce i suoi moderni rivali. I boschi vergini che si estendono verso la Maremma paiono isolare quest'oasi consacrata a san Galgano. La chiesa scoperchiata cistercense ora da quassù appare un minuscolo giocattolo rotto. San Galgano a me appare il tempio più venerabile, la chiesa più degna di un soggiorno e di un sonno sotto la volta stellata. Dovrò tornarci. Almeno per garantirmi che nessuno abbia l'infelice idea di ricoprirla con un bel tetto nuovo. Che resti com'è, sempre pronta per la mia discesa dai cieli.

Ora però devo pensare a Davide, a come restituirlo a sua madre. Poi a come comportarmi col drago pauroso. Ma è soltanto il simulacro di un originale, una copia priva del fegato di un autentico drago. Siamo lontani da San Galgano, sorvolando i dintorni di Siena e, seguendo la via Cassia, ci stiamo ormai avvicinando a Firenze. Il drago sa che la mamma di Davide ci aspetta nella città dove l'abbiamo lasciata al telefono. Premiata per la decisione di non rispondere più al suo corteggiatore con l'inaspettata chiamata del marito, che prelude a una bella svolta nei loro rapporti e forse l'ha già raggiunta.

Il drago è stanco. Vorrebbe riposarsi prima di entrare in città, pascersi di erba fresca e dissetarsi, ed è giusto accontentarlo. Ma dove atterrare?

"Studia bene il posto, che sia lontano dall'autostrada e dal traffico e vicino a un fiume. La sosta dev'essere la più breve possibile, non dobbiamo dare nell'occhio."

Il drago plana dopo qualche giro di ricognizione verso uno slargo nei dintorni della Certosa di Firenze, vicino al Galluzzo. Variopinti carrozzoni e camion circondano i tendoni di un circo che si accampano in quel tratto erboso per un certo raggio intorno a noi. Dev'essere l'ora in cui portano gli animali a bere. Li vedo in colonna, uno dietro l'altro, dirigersi verso l'esile fiume Ema.

Il drago, atterrato per cautela dietro una collinetta, estasiato guarda cavalli, giraffe, struzzi, pony, scimmie, cammelli, zebre. Un clown impiastricciato di bianco regge sul braccio tatuato un grosso falcone incappucciato. Chiudono la processione un'elefantessa col suo elefantino. Il mostro volge il muso verso di me e supplichevole mi parla: "Non voglio tornare in un museo, non voglio stare appeso a un muro, voglio andare con loro, voglio girare il mondo anch'io!"

Posso capirlo. Anche se non sono sicuro che un drago così solitario e inoffensivo possa cavarsela bene fra animali in cattività, devo lasciargli almeno l'opportunità di provare.

"D'accordo, ti accontento, a una condizione però, che tu prima ci porti dove il volo è cominciato. Appena ci avrai lasciato al sicuro a Firenze, potrai tornare qui e sarai libero di aggregarti al circo."

"Fai bene, nonno, a lasciarlo andare con gli altri animali. Non potresti però fargli trovare anche una compagna?"

"La compagna di un drago? Mica facile trovarla."

"Ma a te non è impossibile."

"Fammi pensare, Davide. Non sarebbe una creatura comune, non so se esista una compagna per lui."

"Sì che esiste. A scuola io l'ho disegnata, la femmina di un cavallo alato. La maestra una volta ci ha letto un brano sul volo di un ippogrifo, una specie di giumenta, che volava fin sulla luna."

Mi ha convinto. Se un drago può uscire da una tela di Paolo Uccello, a un mio sguardo, anche la femmina di un ippogrifo può uscire da un'ottava dell'Ariosto, recitata da me. Continueremo a girare scene dell'*Orlando furioso*, meglio dei cineoperatori beffati a San Galgano. Mi ripeto alcuni versi dell'ottava di questo poeta, risillabando quegli endecasillabi perfetti...

"Non è finto il destrier, ma naturale / ch'una giumenta generò d'un grifo: / simile al padre avea le piume e l'ale, / li piedi anteriori, il capo e il grifo; / in tutte l'altre membra parea quale / era la madre..."

Quando li riapro vedo la bellissima creatura alata, tutta bianca, per ultima uscire dalle tende del circo, e volgere curiosa il muso verso di noi. Il drago, che l'ha subito scorta, ora appare ritto in piedi. Al sottile nitrito della seducente ippogrifa, risponde un suo gridolino quasi umano, mentre tutti gli animali si voltano a guardare. Quel che poi continuano a esprimere con i loro versi è così eloquente da travolgere Davide: "Nonno, lascialo andare, ma non vedi come si cercano? Noi possiamo benissimo andare a Firenze senza volare, prenderemo un mezzo diretto in città."

Lasciamo allora il drago correre verso la sua compagna alata, aggregandosi alla teoria di animali che vanno ad abbeverarsi. Per prudenza ce ne andiamo senza dire più una sola parola, cercando la prima carrozzabile, in cerca di un passaggio verso Firenze.

"Dovremo chiedere un passaggio, preparati a fare segno con la mano."

"Ma nonno, nessuno oggi fa più l'autostop! Mio padre adesso cercherebbe su internet una BlaBlaCar con due posti per Firenze."

Gli porgo il mio cellulare. E Davide, che è nato in un mondo tecnologico e lo conosce bene, dopo qualche ricerca trova l'automobile che ci serve, diretta a Firenze.

10. Primo incontro col figlio

Ed eccomi di nuovo a Roma, reduce dall'avventura toscana conclusasi col felice ritorno di Davide dai suoi genitori. Nella città eterna fa piuttosto freddo. La primavera tarda. Mio figlio mi ha fatto recapitare un baule di abiti pesanti. E insisteva a mettermi a disposizione un'automobile.

"Non puoi servirti solo della metropolitana, è rischioso. Roma per un anziano è una città poco sicura."

"Preferisco di no. E non voglio angeli custodi a farmi da autisti."

Alloggio nella camera 308, al Livilla, un albergo a due stelle di via Nazionale, in uno stabile vecchiotto di fine Ottocento. Un hotel che mi pareva garantire più anonimato di quello che gli stava di fronte, dove un portiere gallonato governava il va e vieni dei clienti, dalla porta a vetri girevole. Avevo notato il Livilla, nei pressi di Stazione Termini, per l'insegna dal profilo di un'austera matrona romana. Somigliava a Teresa d'Avila, e questo mi pareva di buon auspicio. Ero stanco e non avevo voglia di continuare la ricerca. Poi, dopo qualche giorno, mi sono abituato per la comodità della posizione e non ho più voluto cambiarlo.

I vetusti pavimenti tremano quando si cammina. I termosifoni, dal funzionamento capriccioso, talora gelidi talora bollenti, sparano strani rumori in piena notte. Stanno ristrutturando le stanze al piano di sopra e di giorno, a causa dei lavori, polvere e sabbia volano un po' dappertutto. Quest'albergo così modesto offre però, oltre al vantaggio della posizione centrale, quello di poter evitare la reception, permettendo di entrare e uscire inosservati. Condizione ideale per un ospite come me, che non ama farsi notare. Anche se ho naturalmente consegnato i miei documenti e sanno benissimo chi occupi la 308.

"Quanti giorni si trattiene, dottor Eterno?" mi ha chiesto all'arrivo il portiere, un grassone simpatico e ciarliero, di cui ho interrotto il pasto di mezzogiorno.

"Di preciso non lo so ancora. Glielo faccio sapere appena possibile, intanto fermo la camera per due settimane."

Ed è qui al Livilla che ci siamo incontrati poche ore fa, io e mio figlio. Nella sua ironia ho colto tutta la perplessità per le mie scelte.

"Come mai sei sceso in un albergo? In Vaticano ti avrebbero messo a disposizione, se non quello del papa, l'appartamento di un cardinale con tutte le comodità, persino la vasca per l'idromassaggio!"

"Tu hai voglia di scherzare, lo sai bene che con loro non voglio avere niente a che fare."

"Nemmeno più il papa è italiano, e tu vieni a soggiornare

a Roma? Con tutte le nazioni emergenti che ci sono in questo momento."

"Ho un debole per i perdenti. Quel che hai detto tu sarebbe se mai una ragione in più per non recarmi in quei paesi."

"Pensavo solo che ti saresti trovato meglio fra stirpi meno in decadenza."

Mio figlio in verità teme in agguato la depressione, nel mio sguardo senile sul mondo: vedere il declino di ogni forma vivente, nell'ossessione della fine. Lo ha molto colpito la mia reazione visitando la Galleria degli Uffizi, quella specie di "doppia vista", come l'ha chiamata lui. E cioè rivedere in quei capolavori risorgere le carni che all'artista offrirono il modello da vive.

"Non puoi immaginare quanto se la siano presa quei sommi artisti. Per Raffaello, Michelangelo e Leonardo la tua doppia vista è una vera sfida verso la loro arte di trasfigurare la vita. Una satira delle loro capacità. Forse è qualche difetto visivo che ti fa cogliere tutta questa caducità della vita."

"È solo il naturale punto di vista dell'eternità. Vogliono mettersi in competizione con me?"

"Nella tua attuale condizione parrebbe più un problema dell'età."

"Vuoi prenotare una visita da un oculista?"

"Ci avevo pensato."

"Allora dovremmo far visitare anche milioni di italiani. Che sia la consapevolezza di mettere al mondo dei futuri morti a trattenerli dal fare figli?"

"Perché mai gli italiani dovrebbero nutrirla più degli altri?"

"Forse fra alcune settimane ti saprò dare la risposta."

A quel punto ha taciuto. Ma non dubito che mio figlio tornerà alla carica e, se la mia vacanza italiana si protrarrà, mi proporrà uno dei migliori oculisti di Roma. I suoi interventi si sono fatti più frequenti, contro le mie più buone intenzioni che non volevano coinvolgerlo.

Ed era stato grazie ai suoi premurosi messaggi mandati a mio nome che sia la mamma sia il papà di Davide erano stati avvertiti dell'imminente arrivo del figlio, col nonno adottivo. Grazie a quei messaggi li abbiamo potuti incontrare insieme a Firenze, una volta arrivati in auto nei pressi di piazza della Signoria. Il marito, un tipo basso e rotondetto sempre sorridente, aveva pochi capelli color del rame. Da lui aveva ereditato la fiamma dei suoi bei capelli Davide. La gioia del bambino, alla vista dei genitori insieme dopo tanto tempo, era stata così esplosiva da neutralizzare le eventuali domande sulla sua fuga che avrebbero messo in qualche imbarazzo anche me.

"Davide ora deve rientrare a casa, non può perdere più neanche un giorno di scuola," interrompendo le nostre spiegazioni aveva insistito il padre.

La mamma di Davide aveva sentito nel suo ritorno un incentivo a chiudere col collega al cui corteggiamento aveva ceduto più per vanità che per convinzione. E aveva accettato di rientrare a Roma insieme al figlio e al marito. Davide era parso confuso e diviso fra la gioia inaspettata del ritrovare papà e mamma insieme e il dispiacere di staccarsi da me. Andava con gli occhi dal padre a me e da me al padre, come se volesse portarci via tutti con sé. L'avevo rassicurato. Non sarei rimasto ancora a Firenze ma pensavo di tornare a Roma anch'io, dove ci saremmo ritrovati. Congedandoci infatti il padre mi aveva messo in tasca il suo biglietto da visita. Ricordo Davide voltarsi di continuo a salutarmi, facendomi sempre cenno con la mano, mentre si allontanava con i genitori.

Da quando sono tornato nella capitale, piuttosto raffreddato, non sono ancora uscito dalla mia stanza al terzo piano del Livilla. Siccome il paese intero è afflitto da una pesante influenza che spaventa evocando lo spettro del Covid-19, me ne sono stato riguardato, come tanti italiani. Cominciavo a condividere la loro fragilità.

Sulla soglia della stanza mio figlio si è voltato.

"E cosa pensi di fare?"

Non si decideva ad andarsene, lo amareggiava lasciarmi solo in quella camera.

"*Nulla riposa della vita come la vita*... vorrei capire fino a che punto sia vero, nascosto fra gli uomini."

"La tua sembra una parodia di quel verso: nulla riposa dell'eterno come la vita."

"È soltanto una breve vacanza."

"Ma così, solo, nella stanza d'un albergo cadente! I tuoi santi e i tuoi angeli lo vivono come un immeritato rifiuto, quasi un'offesa, come li rimproverassi di qualcosa che loro non sanno darti. E per la mestizia non cantano più da alcuni giorni le tue lodi."

"Non vorrai che per farli tornare a cantare mi metta a cercare una compagna."

Alla mia ironica risposta, ha abbassato il capo.

Poco dopo che mio figlio se n'è andato, ho indossato un pesante giaccone in pelle nera trovato in valigia insieme a uno spesso berretto bianco di lana islandese. Ho cambiato anche le scarpe, calzandone un paio bianche da trekking. E così sono uscito per la prima passeggiata romana. Mio figlio è renitente ad accogliere la mia doppia natura maschile e femminile, la stessa che gli antichi orfici pregavano quando mi chiamavano nei loro inni Protogono. La sua esperienza umana maschile gli fa ancora velo. Di come abbia vissuto la sessualità, in quei trentatré anni, non mi ha mai parlato, ma io non provo il bisogno di una compagna, né celeste, né terrestre. Non riuscirò certo a convincere un nato di donna, come lui. Io non sono nato mai. A Davide non avevo mentito. Non ho pianto nascendo. Non sono stato deposto dal ventre di una donna in una culla. Anche questo distingue il Padreterno dal figlio.

11. In confessionale

E allora dai, e allora dai,
le cose giuste tu le sai,
e allora dai, e allora dai,
dimmi perché tu non le fai...

La canzone sparata ad alto volume da una radio nella stanza accanto mi ha svegliato che non erano ancora le sei. Ho picchiato contro la parete. Subito s'è fatto silenzio. Ma le parole mi sono rimaste impresse nella mente e mi hanno fatto alzare dal letto poco dopo. E così, consumata presto la frugale colazione del Livilla, sono uscito prima del solito per la mia passeggiata. E me le sono ripetute poi, canticchiandomele mentre camminavo... e allora dai, e allora dai, le cose giuste tu le sai, dimmi perché tu non le fai...

In effetti, prima di occuparmi di certe gravi inclinazioni di questo mondo, dovrei almeno curarmi di alcune piccole cose pratiche, per affrontare meglio l'inedita condizione, ma le rimando sempre. E così ero quasi tentato di provare il trattamento di una beauty farm già notata nei pressi, dove non avevo ancora trovato il coraggio di entrare. Alle cure di chi avrei dovuto affidare il mio corpo? Quali domande sostenere? Che età precisa dichiarare? Non mi conosco. Non ho un modello, solo una vaga idea del personaggio che dovrei inventarmi. Come se forgiassi un nuovo Adamo, ma ben più anziano e che faccia però a meno di un'altra Eva. Seduto a un caffè vicino, ho spiato non pochi coetanei entrare. E la vista di quei maturi e disinvolti signori m'infondeva coraggio. E ancor più mi convincevano i dolori alla schiena che hanno un riflesso sulla gamba destra. Si tratta di ernie alle vertebre, tipiche di un'età avanzata.

Sono i momenti allora in cui fantastico sugli anni delle possibili maturità e giovinezza di questo corpo. Come avrebbe potuto procurarsi queste ernie? Praticando degli sport? Quali? Subendo incidenti? Che abitudini aveva? E di domanda in domanda finisco per chiedermi chi sia quel povero Giovanni Eterno di cui mi pare d'aver sequestrato il vissuto. Domande assurde, che mi verrebbe la tentazione di porre a questo sconosciuto che sono io, defraudato della giovinezza, per lasciarmi alla vecchiaia e ai suoi acciacchi. Poi rinsavisco, mi rispondo che non esiste costui, come non esiste Adamo bambino. E che non devo prendere troppo sul serio la parte del mio personaggio. Ma è arduo rinunciare ai miei venticinque anni, e poi i quaranta, i cinquantacinque, i sessanta. Una cosa comincia a essermi chiara. La vita umana procede con subdola cadenza d'inganno. Ti abbandona sulla riva degli ultimi faticosi anni, senza liberarti dal vissuto dei primi, tormentandoti col perenne confronto. E mi rimescola il sangue la voglia di avvalermi di quelle energie, di quei ricordi, di quelle risorse, come le avessi ancora a portata di mano. Come fossero solo nascoste ma tutte recuperabili, e bastasse un piccolo sforzo di volontà, una fitta più lucida di memoria. Mi visitano lampi di stagioni, sentori di legami, immagini e odori di case amate e luoghi che sembrerebbero appartenermi eppure non posso riconoscere. Perché sono solo *questo* Giovanni Eterno, il vecchio a cui spesso duole la gamba destra. L'altro, il bambino, il ragazzo, poi giovane uomo, poi maturo, non è mai esistito.

Lungo la strada ho visto dei bambini uscire da scuola. E non ho potuto fare a meno di pensare a Davide e alla sua maestra, per la quale anche oggi dovrà scrivere una dettagliata pagina del suo diario, quel diario dove avrà descritto il nostro volo sulla Toscana, verso San Galgano, sulla groppa del drago. Chissà che voto gli avrà dato? Probabilmente l'avrà invitato a non scrivere baggianate inverosimili.

Dovrei anche andare in una banca per controllare il conto che mio figlio mi ha aperto. Non è prudente aggirarmi per le vie di Roma con tanto denaro addosso. Mio figlio non aveva torto a ricordarmelo, non si contano i mendichi che stendono la mano, come molta gente di colore che porta i segni della miseria. Spesso avrei la tentazione di regalare a quei disgraziati tutto quello che ho in tasca.

Questa mattina ho preso ancora tempo, non mi arrendevo alle urgenze pratiche. Ma sono in vacanza e l'aria dolce di Roma, invece di sollecitarmi, ha davvero il potere di rinvigorire questa mia voglia di lasciarmi andare. Deciso a protrarre questo piacere, dedicandomi se non al benessere del corpo alle emozioni dell'arte, avevo intenzione di visitare la chiesa di Santa Maria della Vittoria, non lontana dal mio albergo. Custodisce la santa Teresa scolpita dal Bernini della quale la mia Teresa so quanto sia orgogliosa. L'intenzione è stata però elusa da qualcosa di diverso, ma altrettanto sconvolgente.

Appena entrato in chiesa, nella penombra ho scorto un capannello di persone davanti a un altare in fondo, alla mia sinistra. Dovevano essere in ammirazione del capolavoro del Bernini. Mi sono accostato allora a un confessionale, per aspettare che se ne andassero, spiando la possibilità di godermela da solo, tutta per me. Come quando in cielo m'intrattengo con l'autentica Teresa, alla quale piace conversare per ingannare la noia celeste, ricordando i suoi avventurosi pellegrinaggi a cavallo per tutta la Spagna, in uno dei quali, a Burgos, per ispezionare uno dei conventi da lei fondati, per poco non affogò nell'esondazione dell'Arlanzón. Dolendomi, stando in piedi, la schiena e una gamba, mi sono accoccolato sull'inginocchiatoio del confessionale. Ma il confessore seduto in attesa di qualche fedele, sebbene abituato ad ascoltare soltanto chi si presentasse di fronte, si è subito voltato verso di me, aprendo la grata e sparando la sua domanda: "Da quanto tempo non si confessa?"

Non potevo essere così scortese da non rispondere a quel prete che in mio nome gestiva i sensi di colpa di tanti esseri umani. Ma che parte avrei dovuto sostenere io che proprio da questo ruolo di giudice severo avrei voluto liberarli? La voce era mielata, senile, femminea. Patinata di messe in latino e litanie lauretane, parlava di una vita passata a rendere al Padre che sta nei cieli un onore formale. Ma in realtà a gestire il potere sulla Terra venendo a patti con uomini corrotti, a trattare lucrosi compromessi, a investire di cariche politiche soltanto i propri favoriti. Una voce umana non ha segreti per me. Ne distinguevo le sfumature, percependo tutti gli strati della sua evoluzione, fino a riconoscere la vocina del bambino che il vecchio prete un tempo era stato. Ultimo degli otto monelli di un bottaio di Viterbo, entrato in seminario a quattordici anni, aveva poi fatto una bella carriera nella Chiesa. Perché il vecchietto dallo zucchetto rosso che intravedevo alla debole luce della grata era un principe della Chiesa, un cardinale, proprio uno dei personaggi che meno avrei desiderato incontrare.

"Non ho niente di cui accusarmi. Non mi sono mai confessato."

Un certo silenzio ha sottolineato l'imbarazzo del confessore. Non voleva tuttavia perdere l'occasione di redimere un'anima così superba. E insieme alla premura avvertivo salire l'ansia. Io, la mia voce, non la sentivo, ma lui, la mia, la percepiva, eccome. E chissà cosa aveva colto al fondo di quelle poche parole del Padreterno, alla cui presenza si trovava. Così vicino com'ero alla grata, mi giungeva adesso un respiro affannoso.

"Eppure avrei quasi scommesso... che si fosse già confessato. Si è accostato come si usava una volta... quando ci si inginocchiava."

Continuavo a tacere, senza assecondarlo.

"Caro figliolo, via... mi dica che peccati avrebbe da confidare al Signore."

Quel "caro figliolo" flautato fra l'untuoso e il ruffiano, non mi piaceva per niente. Ma quale risposta poteva mai dare un Dio più antico di quello venerato dal cardinale come giudice, che non era ossessionato dal peccato?

"Le ripeto, non ho niente di cui accusarmi. Me ne vado, mi dia retta, non perda il suo tempo."

Di nuovo calava un profondo silenzio mentre le giunture

delle ginocchia iniziavano a dolermi. Adesso il prelato si volgeva dalla mia parte come si sforzasse di spiare, alla fioca luce della lampadina, che razza di individuo potesse mai essere il nato di donna che aveva l'impudenza di rispondergli quelle parole. E me la prendevo anche con me stesso, per la situazione scabrosa in cui mi ero andato a cacciare.

"Aspetti, aspetti un momento, dica la verità, non scappi... Lei, lei... vorrebbe confessare me, vero figliolo?"

Cosa diceva mai? Non potevo però spiegargli che mi ero fermato da lui solo per poi ammirare in pace Teresa d'Avila, che in cielo dava l'impressione di compiacersi della sua statua, quasi quanto le attrici immortalate oggi nei film.

"Sarebbe un bell'esercizio di umiltà. Aveva ragione san Cipriano. Mai solo peccatore, mai solo assolutore, siamo la stessa persona. L'amore cristiano non ha un verso davanti e uno dietro, come un cappello, è tutto rotondo, si prende in mano dove capita, lo si calca in testa e ci protegge dal freddo."

Sarebbe piaciuto a mio figlio l'umile esempio da cappellaio, lui cresciuto accanto a un artigiano. E ho represso la tentazione di andarmene via. Sono rimasto in ginocchio, ad ascoltare tutto l'imbarazzante delirio del prelato. Che era proprio il cardinale incardinato a Santa Maria della Vittoria, in visita alla sua chiesa titolare, come era tenuto a fare almeno una volta all'anno. Era un elenco di azioni non belle, legate alla gestione del potere economico vaticano, che mi ha lasciato sospeso fra edificazione per l'umiltà e avvilimento per la gravità delle colpe ammesse. Lo smarrito e stralunato cardinale, che da qualche tempo sognava di deporre il peso della coscienza ai piedi di un pietoso giudice, deve aver colto nella mia severa sospensione d'animo l'occasione agognata e mi ha incalzato con la sua vocetta ridotta ormai a un sussurro: "Vede cosa può accadere? Che si possano capovolgere le parti. Questo è il miracolo che ha compiuto. Lei però adesso deve prendersi tutte le sue responsabilità. Se è venuto fino da me, ad ascoltarmi, ora deve decidere se darmi l'assoluzione o negarmela."

"Chiede a me l'assoluzione?"

"Certo."

"Ne è proprio sicuro?"

"Sì, più la ascolto esitare, più lo divento. Ma capisco la sua esitazione."

E adesso? Ero preso nelle maglie della rete che io stesso avevo lanciato. Che c'entrasse anche Teresa? Che fosse un suo disegno mirato a ottenere quanto mi accingevo a compiere? Amava troppo la Chiesa, la mia Teresa, per non intercedere a favore dei suoi poveri ministri, la conosco, lei aveva contato i miei passi dal mio albergo a via XX Settembre 17. La statua e la vanità della modella erano solo un'esca per arrivare ad assolvere nelle colpe di quel povero cardinale quelle di tutta la sua Chiesa. Ora il confessore recitava l'atto di dolore. Non avevo più scampo.

"In nome... in nome..." facevo una terribile fatica a terminare la formula di rito che mi stava uscendo dalle labbra "l'assolvo, nel nome del Padre, del Figlio e dello Spirito Santo."

Ma non era finita.

"Manca la penitenza."

"Reciterà il *Padre nostro*."

La mano ha chiuso a quel punto con estrema lentezza lo sportello della grata e per l'ultima volta ho potuto intravedere quel capo canuto dallo zucchetto rosso sangue.

12. Gli ospiti della 307

Che notte. A tarda ora mi ha svegliato una coppia che doveva aver alzato troppo il gomito. I due si trattenevano sulla soglia della stanza accanto non riuscendo a infilare la chiave nella serratura. Entrati, parlavano a voce alta, scoppiando spesso a ridere. E accendevano il televisore, saltando da un programma all'altro, forse cercando una musica adatta alla loro intimità.

Le pareti delle stanze sono piuttosto sottili, ricavate da ambienti un tempo molto vasti, poi suddivisi per ottenere più camere. Qua dentro esistevano uffici ministeriali, in seguito trasformati in appartamenti di funzionari dello Stato, prima della metamorfosi in camere d'albergo. Qualche frammento di quelle vite borghesi nella Roma umbertina di fine Ottocento a tratti era arrivato alla mia doppia vista, mai però rumoroso come i miei vicini di questa notte. Ho riconosciuto a un tratto la voce del controllore del Frecciarossa, dalle dita inanellate e la folta chioma esorbitante dal berretto, che mi aveva quasi rimproverato di aver sbagliato destinazione. Il galletto doveva essere in compagnia di una nuova conquista. Poi ho distinto i nomi, Tom e Amanda. Il televisore è stato spento. E le voci sempre più basse sono sfumate fino a tacere. Ma il silenzio mi consentiva di percepire meglio quanto avveniva nel talamo. Tutta la città eterna si riduceva a un'invisibile camera da letto.

Quel che vi si stava consumando pareva un duello, da certe esclamazioni soffocate, dove lamenti e riso si fondevano, abbandonate le parole. Li hai fatti così, mi ripetevo, li hai fatti così. Seguono la loro natura animale. Non parlano né scrivono, gli animali. Fra non molto si acquieteranno, la lotta finirà senza vincitori né vinti. Fra poco si addormenteranno.

Non parevano invece aver alcuna fretta di chetarsi. E così li ho sentiti amarsi a lungo e concedersi diverse pause. Cercavo il sonno, voltandomi e rivoltandomi nel letto, l'orecchio stretto al cuscino. Ma era duro e scomodo, non aderiva mai bene alla testa. Le risatine, i sospiri, i gemiti di Tom e Amanda mi giungevano sempre. Poi l'imprevedibile. A un tratto la gravosa tensione dell'insonnia ha iniziato ad attenuarsi. E, pian piano, a smorzarsi, fino a perdere sempre più la sua presa. Fino a trascolorare in un principio di compiacimento, quindi a poco a poco a convertirsi in una timida ma irresistibile forma di soddisfazione, quasi mi trovassi io pure in quella stanza, insieme ai due amanti. Tutto quel che mi aveva tanto infastidito, l'incuranza dell'ora tarda, le voci e le risate troppo alte, la ricerca sfrontata di una musica alla tv, ora non mi dispiaceva più. La loro lingua non più di parole l'innalzava alle mie prime creature della Terra. Risalivano indietro, indietro nel tempo, regredivano annullando linguaggio, convenzioni, leggi. Qualcuno si amava, qualcuno cercava di tornare da me, risalendo la corrente del tempo… E mentre gli altri amanti, che in quelle ore si abbracciavano in tutta la città, potevo pensarli soltanto, questi così vicini, tesi a fare di due carni una sola, mi pareva di vederli. Un soffio, un soffio solo e sarebbe caduta la parete che li divideva da me, l'indistinta unità di maschile e femminile che si sforzavano di ricostituire. E questa nuova, imprevista emozione verso l'alba mi ha così invaso da vivere nella loro estasi anche la mia.

Devo raccontarlo a mio figlio. Così lo distrarrò dalle ansie che nutre per la mia solitudine, quando tornerà a domandarmi per quanto ancora intenda trattenermi in un albergo così poco accogliente.

Mi sono alzato più tardi del solito, la mattina dopo, ma non per recuperare il sonno. Indugiavo per timore di incontrare Tom e Amanda a colazione, seduti a un tavolo. Fissandoli in viso avrei tradito le mie sensazioni. La parete di quel muro aveva concesso anche a me di proiettare la mia risposta al loro amore. Meglio continuare a non vedersi. Meglio rimanere invisibile. Una dimensione più consona alla mia natura...

Per tutta la giornata la ricchezza di quella notte straordinaria ha continuato a riverberare nei miei passi. Ero stanco di tante emozioni, tutte così nuove. E, forse per distrarmi e riposarmi, nel pomeriggio mi è venuta l'idea di entrare in un cinema, a piazza Barberini. Davano un film intitolato *Hamlet*. Il dramma scespiriano era ambientato nell'Ottocento, ma pur sempre nel regno di Danimarca. Rivisitare tuttavia la storia del tormentato rapporto fra il principe Amleto e il padre fantasma, il re ucciso dal fratello, invece di rilassarmi mi aveva alla fine turbato. Ed ero così inquieto che tornando in albergo, dopo cena, ho trovato di nuovo nella mia stanza chi non smette mai di vegliare su di me.

"Ti vedo stanco, padre mio."

"Le emozioni stancano sempre, anche le più belle. Sono stato al cinema."

"Che film hai visto, da inquietarti così?"

"*Amleto*, una bellissima versione cinematografica del dramma di Shakespeare lunga ben quattro ore."

"Proprio *Amleto* dovevi andare a vedere? Con tutti i teatri che ci sono a Roma? Al Brancaccio danno un musical nuovo così divertente, ti posso lasciare il biglietto per domani sera."

"Non mi sono mica annoiato."

"Però ti sei depresso."

"Mi ha immalinconito, devo ammetterlo."

"Quel padre ha annichilito di senso di colpa suo figlio, che non ha avuto più pace."

"Veramente il senso di colpa ha fatto smarrire il senno allo zio, avvelenatore a tradimento del fratello."

"Non farei tanta distinzione, i due rimorsi hanno lavorato così bene da cogliere lo stesso tragico successo."

"E così rimproveri il fantasma del padre di aver causato una strage generale, con moglie, fratello e figlio che muoiono per placarne l'ansia di giustizia!"

"Dimentichi la povera Ofelia."

"Già, è vero, la vittima più inerme."

"Ma che c'entri tu, con quel tragico padre? E io, poi? Non sono mica Amleto! Continuo a pensare che il teatro di Shakespeare non ti possa rasserenare, che dovresti distrarti con altro."

"E come?"

“A piazza di Siena, alle corse dei cavalli, allo stadio, a un torneo di tennis, a vedere qualche spettacolo più divertente, almeno leggi un autore che ti abbia posto nella luce più degna.”

“Chi, ad esempio?”

“Tolstoj.”

“Tolstoj? Sai che Tolstoj non amava per niente Shakespeare? E si irritava solo a sentirlo nominare, chissà poi perché...”

“Per non ammettere che potesse essere ateo un genio, ecco perché.”

“O si trattava d’invidia?”

“Ma ti attraggono gli atei?”

“No, ma i drammi dove il male è più travolgente del bene sono meno noiosi.”

“Ma ammetterlo vincente nella finzione, il male, aiuta a legittimarlo nella realtà.”

Dopo un simile monito, ha voluto cambiare argomento.

“In cielo si comincia a ritenere la tua vacanza un po’ eccessiva. Dimmi la verità, ti annoiano i giusti?”

“Che domande. Immagino che si tema lassù che mi secolarizzi anche io.”

“Non siamo a questo punto.”

“Tu temi che ci arriveremo.”

“Sarei più sereno se fossi con me, insieme a loro.”

Sono rimasto in silenzio, sedendomi sulla poltroncina di fronte alla scrivania, guardando dalla finestra il traffico ritmato dai semafori all’incrocio, quell’onda del flusso e le sue pause. Riconoscevo Mike, il barista del caffè sulla via, che stava servendo i clienti ai tavolini.

“Allora ho ragione a non sentirmi molto tranquillo, padre mio.”

"Ma no, è lassù che dovrò stare, non mi sottraggo, stai tranquillo. Non me ne potrò mai separare, qui sono solo un povero frammento del tutto."

"Eppure..."

"Eppure, non mi dispiacerebbe rimanere ancora qualche tempo. Tu ci sei stato trentatré anni, dovresti capire."

"Tu stesso eri in grande apprensione allora per me."

"Solo nei tuoi ultimi anni, per quel che sapevo sarebbe avvenuto. Ma a tuo padre chi potrebbe mai nuocere? Almeno per come mi sono comportato fino a ora, a Roma. Tu ti sei molto, ma molto più esposto di me."

"Perché? Avresti intenzione d'intervenire nel mondo anche tu?"

"Sto pensandoci."

"E cosa avresti mai in mente?"

"Non ti allarmare. Te ne metterò a parte al momento opportuno, ora sarebbe prematuro. Non è una decisione facile, nessuno più di te può capirlo."

Di nuovo ho taciuto a lungo, prima di riprendere a parlargli.

"Sai, avrei tanto preferito raccontarti un'esperienza che ho vissuto questa notte, piuttosto che conversare di cinema."

E ho iniziato a raccontargli nei minuti particolari la lunga notte di Tom e Amanda. Quando ho terminato il mio racconto, per qualche secondo è rimasto assorto, fissando sorridendo la parete della camera dei due amanti. E mi ha sorpreso con le sue parole: "Se si sapesse che tu spii la felicità amorosa delle tue creature..."

"Cosa temi, dimmi?"

"Niente, penso che ti amerebbero anche di più."

13. Davanti alla statua di santa Teresa

E allora dai, e allora dai,
le cose giuste tu le sai,
e allora dai, e allora dai,
dimmi perché tu non le fai…

Anche questa mattina mi ha risvegliato quella canzone, forse è la sigla di un programma televisivo. Dove saranno ora Tom e Amanda? Esiste un secondo tempo della felicità? Una replica? Una certa voglia di trattenerla comincia a contagiare anche me. Sta di fatto che, a differenza dell'altra mattina, sono sceso a far colazione con la speranza di vederli, i miei due giovani amanti, pur sapendo che l'incontro avrebbe sciupato tutto. E che correvo il forte rischio, se scambiavamo due parole, che reagissero al mio interessamento con la stessa iniziale diffidenza della madre di Davide per le attenzioni rivolte al suo bambino. Le curiosità di un vecchio possono ingenerare sospetti di morbosità che un giovane non susciterebbe mai.

La sala era affollata di turisti in fila per farsi il caffè o il cappuccino alla macchina delle bevande, vicino all'ingresso.

Mi sono seduto per aspettare che si liberasse, gustando intanto una pasta glassata alla crema e osservando il viavai della gente, numerosa alle nove del mattino. Un'ombra di sonno gravava le palpebre di molti presenti. Guardavo, guardavo i nuovi ospiti del Livilla: famiglie con bambini, i rugbisti di una squadra in tuta amaranto, diverse coppie, la più parte giovani. Ma non riconoscevo Tom, l'aitante controllore del treno, con una donna che lo seguisse.

"Il numero della stanza?"

"308," e la cameriera filippina mi spuntava dalla lista.

Non c'era nessun altro single. Per ora il signor Eterno era l'unico. E gli occhi di alcuni che cercavano un posto mi osservavano con un certo fastidio perché occupavo un tavolo da solo. Stavo già per alzarmi, quando dalla porta a vetri scorrevoli è entrato un giovane prete molto alto in clergyman. Mentre si guardava intorno, ho colto il momento in cui intercettava il mio sguardo, per indicargli il mio tavolo, dove c'era posto per due.

"Tanto ho quasi finito e glielo lascio," ho aggiunto quando l'ho visto accostarsi e sedersi ringraziandomi con un forte accento americano.

"In vacanza a Roma?" mi ha chiesto.

"Sì, una breve vacanza."

"Sorry, Roma merita di essere vista con calma."

"Ha ragione ma affari urgenti non me lo consentono."

"Di cosa si occupa?"

"Ho una ditta che si occupa di garantire un benessere... perpetuo... ai suoi clienti."

"Perpetuo?"

"Sì. Diciamo duraturo. Potrà sembrarle una pretesa eccessiva, ma le assicuro che la mia ditta mantiene quel che promette."

Il giovane prete, più affamato che curioso, si è in quel momento alzato per andare a prendere il suo caffè lungo, approfittando che la macchina fosse libera. L'ho imitato scegliendo però il cappuccino. E siamo tornati insieme a sederci, ognuno con la sua tazza in mano. Beveva a lunghi sorsi golosi, ma ogni tanto quegli inquieti occhi azzurri mi fissavano indagatori. Osservavano con insistenza le mie mani, mentre reggevo il piattino con la tazza. Non mi ero accorto che tremavano. Ho posato il piattino.

"Lei fa proprio un lavoro interessante, dear mister..."

"Eterno, nice to meet you, don..."

"Hamlet Barnard, ma a Roma mi chiamano don Amleto."

"Il piacere è tutto mio, don Amleto."

Proprio Amleto doveva chiamarsi, questo prete. Che coincidenza.

"Eterno! Una garanzia per il suo lavoro."

"È solo una casualità."

Il giovane prete ha sorriso e poi si è subito messo a mangiare uno yogurt magro. La quantità di frutta secca aggiunta esorbitava dalla tazza. Accanto si era già preparato una bella macedonia di frutta, una banana e due fette di pane tostato da spalmare di marmellata d'arancia. Aveva decisamente un appetito notevole.

"Per quanto riguarda la mia ditta, le assicuro che non si tratta comunque di una beauty farm."

"Peccato. Pensavo di sperimentare le arti del massaggio. Avrei approfittato della nostra conoscenza."

Poi ha aggiunto, abbassando la voce: "Devo mantenermi in

forma, too much stress, sono parroco di una parrocchia troppo vasta."

"Per amministrare le sue anime è molto salutare lo yogurt con la frutta secca."

"Un'abitudine, every morning."

"Americano mi pare, e di dove?"

"Boston. Avevo cominciato studi giuridici a Harvard, poi la vocazione mi ha fatto entrare in seminario. E sono venuto a Roma, alla Gregoriana."

E ti sei fatto prete per una vicenda amorosa sconvolgente. Lily, la tua bella ragazza, l'hai lasciata alla vigilia del matrimonio quando l'hai scoperta a letto con tuo padre. E hai capito che nel tuo matrimonio, quel vizioso, accarezzava un disegno per continuare la relazione, al riparo dei sacri vincoli famigliari. Ma, nonostante la tua inaffidabile fidanzata e il tuo sacerdozio, le donne continuano a piacerti, povero don Amleto. E anche questa notte al Livilla non hai dormito da solo.

L'afflusso degli ospiti con il passare del tempo aumentava, forse per la fretta dei ritardatari.

"Bene, don Amleto, ora me ne dovrei proprio andare, lei si trattiene?"

"No, ho finito anch'io."

A quel punto, mentre notavo come si specchiava nel vetro della finestra, mi è venuta un'idea.

"Penso di tornare a vedere la santa Teresa del Bernini, che non si trova lontano da qui, la conosce? Non sono ancora riuscito a vederla bene a causa della ressa dei visitatori."

"Of course, Teresa in Santa Maria della Vittoria, un vero capolavoro."

"Verrebbe a farmi da guida, don Amleto? Che ne direbbe di accompagnarmi?"

"Ma certo. A mezzogiorno devo dire messa a Santa Maria degli Angeli. Ma un po' di tempo, se andiamo subito, ce l'avrei."

E così siamo usciti in fretta dall'albergo per andare ad ammirare la mia Teresa, che qualche giorno prima avevo avuto modo di osservare solo di sfuggita. Sulla porta dell'hotel don Amleto si è fermato e mi ha domandato se avessi niente in contrario a salire sulla sua moto.

"A Roma è l'unico mezzo per non rimanere strangolati dal traffico. Ed è comoda, dottor Eterno. Una Guzzi California Touring, l'ho appena comprata."

"Bene, andiamo pure."

Mi seduceva l'idea di attraversare la città con un mezzo così adatto a un giovane. Era un piacere improvviso che mi si offriva, e quasi una sfida. Abbiamo voltato l'angolo, camminato poche decine di metri e sulla via Torino mi ha portato davanti alla sua grossa moto, nera e rossa, munita di due bauli laterali.

"Do you like my Guzzi?"

"Sì, molto bella."

"Mai stato su una moto?"

"Come ha fatto a capirlo?"

Si è messo a ridere e, aperte le ganasce delle ruote, è salito per primo, dopo avermi fatto infilare un casco preso da uno dei bauli ed essersi infilato il suo, agganciato al manubrio. Dal mio arrivava un sentore molto dolce, certo non di un profumo da uomo. Poi mi ha fatto salire, tenendo ben salde le gambe a reggere il mezzo e me. Alto com'era, don Amleto aveva dei piedi lunghissimi. Ed era davvero un sedile comodo come una poltrona, quello in cui mi sono seduto.

"Può tenersi a me."

L'ho stretto con le due mani ai fianchi e siamo partiti, sempre in lotta col mio timore di cadere. Mi davano più fiducia le ali del drago gentile di quelle due ruote. Eppure procedeva con spedita sicurezza in mezzo al traffico, quasi danzando per evitare ostacoli e superare veicoli. Che prete speciale. Poche domande, molta riservatezza, tanta cortesia. O compiaciuta sicurezza di poter piacere? Tutto mutava da quella posizione in movimento. La velocità che alleggeriva la città, togliendo la fatica di farsi largo fra le case e il traffico, le donava leggerezza, come volassimo fra gli alati anche noi. Ho sempre amato gli uccelli. Da loro, da quando sono a Roma, mi pare di essere seguito, spiato, protetto. Cosa fai ancora qui sulla Terra, Signore? Ti aspettiamo, perché non vieni con noi?, parevano chiedermi... Ecco perché era il contatto diretto con l'aria aperta a inebriarmi. Una sensazione ineffabile che rinnovava il piacere della mia fuga sulla Terra e dilazionava il momento di porle fine.

Siamo arrivati davanti a Santa Maria della Vittoria, dopo solo pochi semafori.

"Parcheggio e la raggiungo, ok?"

Saliti i ripidi gradini della chiesa, sono entrato aspettando poi il prete al primo banco trovato. Stavolta mi sono tenuto ben lontano dal confessionale, anche se era vuoto. Don Amleto, appena varcata la soglia, si è fermato pochi secondi a parlare con un frate all'ingresso intento a ricevere le offerte per le messe dei defunti.

"Eccomi, let's go."

E il prete mi ha preceduto all'altare dove, in una nicchia elevata, stava la meravigliosa opera del Bernini: Teresa dagli occhi socchiusi, discinta nei suoi veli scomposti, un candido piedino nudo abbandonato, davanti a un angiolino che le sorrideva con malizia, trafiggendola. Lo scultore aveva sciolto il divino nell'umano. E mi aveva dato la parola, nel latino del cartiglio in mano all'angelo, una mia vera dichiarazione d'amore… *nisi coelum creassem ob te solam crearem…* Don Amleto si è avvicinato a un interruttore laterale, dopo aver infilato una moneta nella fessura, e subito una luce potente ha illuminato meglio una delle sante a me più cara.

E io ho visto in quello stesso attimo… Amanda, l'invisibile donna che la notte prima, di là dal muro, mi aveva contagiato della sua passionalità, proprio come me l'ero immaginata!

"Do you like santa Teresa?"

Don Amleto mi aveva già rivolto una domanda simile, ma non si trattava più di una potente motocicletta. Solo ora che mi era venuto così vicino sentivo il profumo della sua ottima acqua di colonia. Un profumo forte, non come quello dolce del casco, che sembrava da donna…

"I love santa Teresa."

"La prima volta fece un'intensa impressione anche a me."

"Ah sì? Pensare, don Amleto, che a me non sembra la prima volta che la vedo."

"Sarà l'effetto della bellezza."

"No, no, mi creda, la mia Teresa in verità non è mica poi così bella, no, non è la sua bellezza a darmi quest'impressione."

"E allora… cosa?"

"L'ardore della passione che prova e la sfinisce. Ma son cose che conosce anche meglio di me, don Amleto."

"La passione? La passione… per Dio?"

L'ho lasciato nel dubbio, senza rispondere al bel prete. Si era intrattenuto poche ore prima, in una camera del Livilla, con la sua Juana, la giamaicana che si era innamorata ascoltandolo predicare. Era suo il dolce profumo del casco.

14. Il ritorno di Davide

Questa mattina me ne sono andato a Trastevere, dove nelle mie passeggiate non mi ero ancora mai spinto. Durante la lunga camminata la doppia vista mi ha di nuovo sconvolto. E ho avvertito un crescente spaesamento, il più intenso da che sono a Roma. Pensavo che non ci sarei più tornato, quando la scoperta che Davide abitava proprio a Trastevere mi ha fatto cambiare idea.

Tutto è iniziato davanti alle poche colonne rimaste in piedi di un portico d'età repubblicana, in una zona mal recintata e infestata di ortiche. Più di venti secoli fa si trovava da queste parti, allora rurali, la villa di Clodia, infedele amante di Catullo, il poeta che le aveva dedicato molte poesie d'amore nelle sue *Nugae*. E, giunto in quei pressi, l'ho sorpresa sgusciare fra le colonne, avvolta nel suo peplo nero. Saliva in fretta sulla carrozza per correre a un convegno amoroso, che non era col misero Catullo, già malato di tisi…

Ma le visioni durante la movimentata passeggiata non erano ancora finite. Svoltando l'angolo della salita a Sant'Onofrio ho iniziato a sentire il clamore di una folla. Ed ecco apparirmi un lento corteo, dietro una fila di armigeri. Seguita da quel codazzo di gente impietosita, la giovane e bella Beatrice Cenci, con la matrigna Lucrezia e il fratello Giacomo, sulla carretta dei condannati a morte, procedevano verso la piazza di Ponte Sant'Angelo. Ho riconosciuto gli occhi spiritati di Caravaggio, fra la folla. Ricordavo quell'afoso giorno di settembre del 1599, e sono fuggito per non rivedere dove, in nome di quel papa Clemente VIII che a febbraio farà bruciare vivo Giordano Bruno, saranno decapitate le due donne e squartato Giacomo, davanti al fratello Bernardo, condannato ad assistere.

Stanco di tante emozioni, allontanatomi, mi sono seduto a un bar, tenendo gli occhi chiusi qualche minuto. Quando li ho riaperti mi sono sbottonato il colletto della camicia e slacciato le scarpe, massaggiandomi le caviglie gonfie. E ho ordinato un bel caffè e un cornetto alla crema, tentato di tornare indietro, a Ponte Sisto, e abbandonare quel quartiere pieno di ombre inquietanti. Poi però ho rinunciato. Non potevo rimproverare a Trastevere le mie visioni. Il fenomeno non è, per fortuna, costante. Mi riposava guardare i vivi affaccendarsi intorno a me. Sfrecciavano fino a quasi sfiorarmi, nelle strette vie di questa zona, molti scooter e motorini. Garzoni di bottega, rider, corrieri che portano le pizze a domicilio con lo scatolone sulle spalle. Ma anche molti romani che cercano di non farsi strangolare dalle auto muovendosi su due ruote. Mi aveva parlato del congestionamento del traffico don Amleto. Ci eravamo salutati in gran fretta sulla soglia della chiesa, poco dopo la visita a Teresa. Spaventato dalle mie parole, il bel prete mi credeva pazzo. E così era sparito, impaurito più che impressionato dall'allusione alla mia intimità con Teresa ma soprattutto da quella alla sua relazione con la giamaicana: "Ma son cose che conosce anche meglio di me."

L'orologio di un campanile mi ha distratto. Le dodici e mezza.

"Nonno, nonno, ma sei tu?"

Era l'inconfondibile vocina di Davide. Ho riconosciuto la fiamma dei suoi capelli rossi in una frotta di bambini che uscivano da scuola, correndo incontro a genitori e parenti. L'allegria di quei monelli mi affrancava dalle preoccupazioni. E Davide, correndo ad abbracciarmi, mi liberava dalla doppia vista!

"Sei da solo? Non c'è la mamma?"

"Sto a due passi da qui, la mamma mi aspetta a casa. Sai, oggi ho consegnato alla maestra il disegno del nostro volo!"

"Davvero? E cos'ha detto?"

"Che dovrei raccontare meno bugie e tenere più a freno la fantasia, mi ha valutato intermedio."

"Dovevi rispondere che quello che hai disegnato era vero."

"È proprio quello che ho fatto!"

"Ah, allora se non glielo avessi detto ti avrebbe dato il voto più alto."

"Sì, e neanche tu dovresti andare in giro a raccontare quello che vedi, nonno."

"Ma io e te quelle cose sappiamo che sono vere."

"Meglio se ce le teniamo per noi, altrimenti..."

E il bambino si è fermato, per allacciarsi la stringa di una scarpa. Gli ho tolto lo zainetto dalle spalle per agevolargli i movimenti.

"Altrimenti?"

"Altrimenti, non succederanno più."

"Accadranno sempre, Davide, stai tranquillo."

Guardavo le fiamme dei suoi capelli rossi tentato di accarezzare la cara testolina. Con mio figlio, da bambino, non ho mai potuto permettermelo. Potevo solo spiarlo crescere. Si rafforza il senso paterno che mi lega alle vite degli altri, rubando ogni sera, al Livilla, qualche frammento di una segreta intimità. E che si dilata e non si limita al presente, come con la povera Beatrice Cenci e l'altro infelice, quel Catullo, così perso dietro una donna infedele. Sono sempre anche lo Zeus che vezzeggiava Ercole e Sarpedonte da bambini, ma le vicende degli uomini nel volgere dei secoli mi avevano disabituato a quelle tenere carezze.

E ora che farò con questo bambino così caro? Lo asseconderò ancora? Seguendolo, dove mi porterà? Non voglio prendere decisioni che possano di nuovo creare problemi a mio figlio, che non mi perde mai di vista. Sono solo cedimenti sentimentali, i miei. Umane debolezze, retaggio della carne, in questa vacanza dall'Eterno. Destinate a tacere. Non devo lasciarmi andare. Altrimenti come farò a tornare? Sarà sempre più difficile. Meglio non decidere niente e lasciare l'iniziativa a Davide.

"Faccio i compiti, poi esco con la scusa di andare a giocare in cortile e ce ne andiamo insieme dove vuoi, nonno."

Aveva deciso lui. Per un attimo avevo temuto che non potesse farlo, lasciando a me l'onere della scelta. Volevo però l'ultima rassicurazione.

"Non sarebbe meglio dirlo a tua madre?"

"No, meglio di no, non subito."

"Come vuoi."

"I miei sono tornati insieme, però litigano ancora. Cerco di stare poco a casa."

"Allora va bene, a che ora ci vediamo?"

"Facciamo alle quattro, qui davanti alla scuola?"

"D'accordo, Davide, ci vediamo dopo. Ciao!"

E corre con lo zaino sulle spalle fino a sparire dietro l'angolo di una via. La speranza di incontrarlo non l'avevo mai perduta. Molte volte ero passato davanti a scuole elementari col pensiero che potesse comparirmi davanti.

Camminando noto la scritta di un ristorante, Il miraggio, ha dei tavolini sulla strada. La giornata non è per niente fredda. Ogni tanto fa capolino un raggio di sole fra le nuvole. E mi siedo lì all'aperto per mangiare qualcosa. Gli altoparlanti di una radio sparano le note di una canzone molto melodica:

Vedrai vedrai
Vedrai che cambierà
Forse non sarà domani
Ma un bel giorno cambierà
Vedrai vedrai
Non son finito, sai…

Che triste, ma com'è struggente questo cantante. Ma cosa cambierà mai per me?

Sono l'unico cliente a mangiare all'esterno. Viene a darmi il menu e poi a prendere l'ordinazione una ragazza di colore che parla l'italiano a stento. Ordino tonnarelli cacio e pepe e del vino della casa, rosso. Intanto che aspetto guardo la gente passare. Mi piacerebbe portare in trattoria una volta anche Davide. Ma il padre come prenderà l'amicizia di un vecchio col suo bambino? L'ho conosciuto appena a Firenze, ma l'impressione è che sia un tipo cordiale e piuttosto accomodante.

Quando sei qui con me
questa stanza non ha più pareti
ma alberi, alberi infiniti
quando sei qui vicino a me
questo soffitto viola no, non esiste più
io vedo il cielo sopra noi...

Ora m'inonda la musica che accompagna queste parole di un'altra canzone, cantata da una donna.

Il cielo sopra noi...

Il cielo. Non avrei molta fretta di tornarci. Mio figlio, non a caso preoccupato, ne sa più di me di questa malia. Assaggiata la dolcezza della carne, sa quanto costi rinunciarvi. Questi tonnarelli cacio e pepe quanto sono buoni...

"Le piacciono le nostre canzoni?" si è affacciato un omaccione grosso di mezza età, con il tovagliolo bianco su una spalla.

"Sì, ma anche i suoi tonnarelli."

"Dottò', 'sta settimana abbiamo un repertorio anni sessanta-ottanta, i clienti gradiscono assai, anche giovani."

Ma di quali clienti parla, se ci sono solo io? Le ascolta, queste canzoni, perché piacciono a lui. I giovani e i vecchi. E se lasciassi a mio figlio la cura del regno dei cieli e me ne rimanessi qui? Ma è solo una fantasia, l'impossibile pensionamento, un capitolo che molto improbabilmente leggerei nel libro di quel Nino De Vitis, *Il destino di Dio*.

"Gradisce un carciofo alla giudia? Una delle nostre specialità, appena fatti."

"Ma sì, me ne porti pure uno."

In quel momento si avvicina un nero lungo e allampanato, le braccia cariche di collane e gingilli da vendere. Puzza di sudore. Compro subito una collanina di vetri rossi come i capelli di Davide e se ne va. Pochi minuti dopo si avvicina una vecchia zingara con una gonna nera che spazza per terra, chiedendo di leggermi la mano. Fa appena in tempo a ritrarsi quando scorge il padrone uscire dalla porta, che l'apostrofa malamente.

"Dotto', l'errore l'avete fatto voi, a dar retta al vucumprà, ora non ci salveremo più," commenta l'oste, portandomi i carciofi alla giudia. Ne avevo ordinato uno e me ne ha portati due.

"Forse avete ragione."

"Ma il Signore perché ci vuole così male! Siamo invasi dai disperati, furti, scippi, rapine, visto quanti ne piovono a Roma?"

Taccio, abituato a fare da parafulmine dei guai. Se sono uno dei soggetti più ritratti dai grandi pittori del passato sono anche quello più bestemmiato dagli uomini di tutti i tempi, anche quelli moderni. La zingara però non mi ha mollato. Anche se è rimasta in un angolo, per paura del padrone della trattoria. Appena mi scorge da solo, torna alla carica mentre sto mangiando, pulendoli dalle foglie più dure, i miei carciofi piuttosto tenaci. E, approfittando della mia concentrazione, coglie l'attimo in cui deposito le posate prendendo con la destra un bicchiere di vino, per afferrarmi subito la sinistra, in cambio di una moneta. Resta china qualche secondo a guardare il palmo della mia mano, preparandosi a spaventarmi con allusioni a malefiche fatture da cui potermi liberare in cambio di soldi.

La vedo invece di scatto rialzare gli occhi e andare dalla mia mano al mio viso, dal mio viso alla mia mano. Poi tornare a chinarsi a guardare meglio, sbattendo le palpebre. E lasciato il palmo, spiccando una specie di salto, arretrare, staccarsi da me e dal tavolo, agitatissima. Balbetta qualcosa in una lingua della sua gente, un dialetto del quale colgo qualche suono, insieme a parole greche... *caipora... acavata... mìros... anèsti... alezòs anèsti...*

Si fa il segno di croce e si ferma. Mi scruta, immobile. Cosa mi è venuto in mente di lasciarmi leggere la mano? Ora s'inginocchia e china la fronte fino a terra. Poi si rialza e attacca a salmodiare una nenia, forse una preghiera. Cosa fare ora? Le allungo la collanina del nero. L'afferra subito e la bacia come una reliquia. A risolvere la situazione compare di nuovo il padrone. Mi squadra scuotendo la testa mentre la zingara inchinandosi viene a baciarmi una scarpa. L'oste non nutre simpatia per me più di quanto ne provi per quella donna invasata.

"Via di qua, basta!... 'sta fanatica."

E le dà uno spintone che convince la zingara a rialzarsi dalla genuflessione, non senza vomitare all'oste una cascata di parole, dal sapore poco complimentoso. E che hanno l'effetto di spaventarlo e fargli cambiare subito tono.

"Hai fame? To' 'n panino con la provola... sta' bona."

La zingara però non l'ascolta nemmeno, ha occhi solo per me. Ora camminando all'indietro si allontana sempre fissandomi, e finalmente a un certo punto si volta e si mette a correre, sparendo fra i passanti che si volgono a sentirla borbottare, agitando le mani per aria.

"Dotto', er conto, abbiamo tanto da fa'," e mi lascia il piattino con la ricevuta piegata in due. Non vede l'ora di liberarsi dello strambo che attira gente molesta.

Entrando dalla porta a vetri della sua trattoria bofonchia con la cassiera: "Ma se po' anna' avanti a 'sta maniera? Quella matta vede gli angeli, questo sta ar gioco e fa 'r santo... per oggi basta, Lella, chiudi," e a chiosare meglio intenzioni e umore bestemmia il nome della madre di mio figlio.

15. Un bel calcio al pallone

Ecco Davide con quel padre sempre sorridente, dagli occhi a tratti scossi da un guizzo di follia.

"Mia moglie mi ha tanto parlato di lei, ci tenevo proprio a conoscerla e a ringraziarla anche io per mio figlio. A Firenze ci siamo appena intravisti."

"Che piacere rivederla, signor..."

"Malvasia, Giuseppe Malvasia. Lei non è di Roma, il cognome non le dirà niente, ma la mia famiglia ha un'attività che l'ha resa popolare."

"Che lavoro fa?"

"Giostraio. Ai tempi di mio nonno in città le avevamo quasi tutte noi."

Vedo Davide sorridere, poi rivolgersi a suo padre.

"Ci vediamo allora stasera, ricordati che la mamma fa la pizza."

Davide vorrebbe affrettare il momento in cui suo padre ci lascerà, ma quel papà ciarliero non ci molla un secondo. E, mentre temevo domande sull'avventura vissuta col figlio, infilato l'argomento delle giostre comincia a narrare come i Malvasia, con "la giostra più bella che ci sia", abbiano fatto sognare miriadi di bambini per più di cento anni. Perché le figure che inventavano suo padre, suo nonno, suo bisnonno per i bimbi di Roma affinché potessero sbizzarrirsi a cavalcioni di animali e creature fantastiche, sono così varie da avere riempito un magazzino intero. Mi avrebbe portato a vedere quelle meraviglie, un vero museo della fantasia, orgoglio della sua famiglia.

"E Davide un giorno continuerà quel che i Malvasia hanno cominciato."

Il bambino appare a disagio per quelle vanterie, per quel padre chiacchierone che aggiunge sempre nuovi episodi e dettagli. Il giostraio è ormai incontenibile, un vero fiume in piena. Non nutre ombra di curiosità di sapere dove fossimo spariti io e suo figlio quella notte. Di conoscere meglio lo strano personaggio che gli ha guarito il bambino. Gli piace troppo parlare di sé, quasi in concorrenza, come se proprio il sospetto di trovarsi di fronte a un essere speciale lo stimoli a parlare tanto per non sentirsi da meno. Racconta di come suo nonno Antenore accogliesse i figli del duce in giostra, qualche domenica. Una volta era venuto Mussolini in persona, con la minore, Anna Maria.

Poi inizia a raccontarmi delle nuove figure in allestimento nel laboratorio dove sta recandosi. Ispirate a un bel libro per l'infanzia che narra le prodezze di un maghetto. E comincia a descrivermele, una per una. E mi confida i problemi che ha per la scelta delle musiche perché una giostra "come Dio comanda" deve girare a tempo con melodie e canzoni adatte all'età infantile, leggere e impetuose, con grandi contrasti. Tonalità per bambini, insomma, ma non troppo. Perché non devono essere forzati a fare i bambini, ma lasciati liberi di esserlo. Mi colpisce dover ammettere qualche analogia col signor Malvasia. Perché, a dispetto della funzione di giudice, quella di giocoliere in perpetuo esercizio sarebbe più affine alla mia natura. Un Dio scherzoso, che si diverta con i protagonisti della sua giostra, come se scrivesse i capitoli di una storia. Un Dio che si prenda cura dei sogni più intimi degli uomini, come i Malvasia curano le fantasie dei bambini di Roma. Un Dio che si perda a raccontare, ma non voglia mai terminare la favola. E prosegua solo per il gusto di vedere come va a finire, salvo però, quando intravede la fine, cambiare ancora idea e attaccare un'altra storia, come un nuovo giro di giostra. Certi narratori orientali di *Le mille e una notte*, che non terminavano mai la loro fiaba, non sapevano di essersi molto avvicinati a questa mio gusto di raccontare la vita che rinvia all'infinito la morte.

"Adesso basta, papà, se no mi chiudono il parco."

"Hai ragione. Allora le lascio mio figlio, gli prenda un gelato al chiosco. Ne va matto," e mi porge una banconota che subito ricuso.

"Mi permetta di offrirglielo."

E con qualche altro convenevole, io e Davide ci siamo finalmente liberati.

"Ma papà ti ha chiesto dove sei stato con me?"

"Sì, sì, ma lui mica ti sta molto ad ascoltare, non mi ha neanche lasciato finire."

Ci inoltriamo nel giardino pubblico, di cui avevamo già varcato la soglia. Ci sono diversi giochi, scivoli e altalene su alcune collinette artificiali. Varie carrozzine con le madri sedute alle panchine, diversi cani al guinzaglio. Molti scorrazzano liberi contro il regolamento. Una piccola oasi. Qualche ragazzo africano con le sue mercanzie, qualche persona dai tratti somatici orientali, col turbante sikh. Uno specchio di Roma e forse dell'Italia, se non fossero rari i maschi. Che sono al lavoro, tutti del genere di quelli notati in treno, sempre appesi al cellulare. Potrebbe però aggirarsi da queste parti la zingara che mi aveva letto la mano. Sarebbe più prudente andarsene. Ma scorgo in fondo al viale il chiosco dei gelati, con tanti tavolini. Davide, che deve ancora rimettersi dallo sforzo fatto per tacere durante lo sproloquio paterno, mi tira per la mano.

"Andiamo a prendere il gelato, nonno!"

Prende l'iniziativa. Mi salva dal timore della zingara e dal commentare qualcosa d'imbarazzante sul padre.

"Come ti piace il gelato?"

"Cioccolato e crema, però bello grande."

E arrivati al chiosco non ho esitazione a comprargli la coppa di gelato più grossa, su cui hanno aggiunto una bella amarena. Ci sediamo a un tavolino, non lontano da un gruppo di bambini che giocano. Davide li guarda spesso, li conosce, ha una gran voglia di unirsi a loro. Ogni tanto mi scruta. Come se osservasse qualcosa di nuovo, non notato prima.

"Cosa vorresti fare, Davide?"

Prende tempo, poi spara nella risposta un'altra domanda.

"Cosa ci fai qui tu, nonno?"

"Cos'ha questo giardino che non potrei starci anche io?"

"Ma non ti senti in gabbia?"

"Ah ah, e dove dovremmo andare?"

"Il drago si è sentito libero solo al circo."

"E in quale circo io e te ci sentiremmo liberi, allora?"

"Quello... quello da dove vieni, nonno, portamici."

Resto attonito al raffronto fra il cielo e il circo. Questo bambino non ha mezze misure. L'ho appena liberato da un male che gli avrebbe causato una morte precoce e già m'incalza. Non gli basta il parco, o non gli basta la vita?

"È troppo presto, Davide, per me e anche per te."

Torna a mangiare il suo gelato e tace, senza più fissare altro che la sua coppa, è davvero goloso, non solo di gelato. Dopo qualche minuto ha già finito, si pulisce la bocca col tovagliolo, si alza e corre a giocare coi bambini.

E ora? Cosa ci faccio qui? Ha ragione a pormi questa domanda. Con lui mi sembra di recitare la parte del nonno redarguito dal nipotino. Mi metto a leggere un giornale lasciato sul tavolino. Mi coglie un'improvvisa stanchezza, una punta di nostalgia di quel "da dove vieni" evocato da Davide. Mi scoraggiano i moniti di mio figlio, l'apprensione con cui i santi e gli angeli stanno vivendo la mia assenza, quel loro cominciare ad avvertirla "eccessiva", quella parola lasciata cadere da lui ad arte. Davide vuol sapere prima del tempo, giocare a nascondersi non lo diverte più? Chissà dove sarà adesso la troupe del circo che si porta dietro la creatura alata di Paolo Uccello e la sua compagna. Mi piacerebbe sapere se il nostro drago è più felice insieme agli animali del circo che a quelli degli Uffizi.

Cosa faranno i miei angeli ora? Cosa canteranno? E se ne chiamassi qualcuno a farmi compagnia? Anche soltanto uno o due... Mentre Malvasia parlava della musica per le giostre, ho provato una fitta di malinconia. Ho sentito l'acuto di una voce bellissima dai più alti cori celesti. E mi sono reso conto da quanto tempo quella musica divina tacesse.

In quel preciso momento mi è arrivato un colpo di pallone dritto sulle gambe. Davide e un altro bambino stavano correndo, gridando, verso di me. Scattato in piedi, ho dato un fortissimo calcio al pallone, rilanciandolo verso di loro, che si sono messi a strillare ancora più forte. Che tiro! L'ho fatto volare di parecchi metri, oltre una siepe. Con che ammirazione mi hanno guardato i bambini! Qualcuno applaudiva. Un vero campione.

16. Arcangeli messaggeri

Che multa salata! Il vigile che avevo intravisto in fondo al viale mi ha chiesto i documenti. Non avevo letto le regole affisse al cancello? Era vietato, vietatissimo giocare a pallone! E quindi ha cominciato a scrivere il suo verbale. Si era intanto raccolta gente compiaciuta della contravvenzione, madri con carrozzine e anziani, alcuni con la badante. Quei monelli degli amici di Davide però non hanno lasciato un momento di tregua al povero vigile. Chi approfittava del capannello per abbassarsi e slacciargli le scarpe di soppiatto, chi lo prendeva in giro in un romanesco così stretto che ho faticato a capire. E Davide, che mi stava accanto, tremava dallo sdegno, sentendosi in colpa.

"Signor Eterno, concilia o contesta?"

"Concilio, concilio," e ho estratto dal portafoglio il denaro, mentre la gente ostile continuava a vociare. Ma proprio allora si è sentito un grido acutissimo.

Era la vecchia zingara che mi aveva letto la mano. Di male in peggio.

"Vergogna fare questo al Signore, vergogna."

“Meglio che ti togli dalle scatole, se non vuoi che ne firmi anche per te di multe, oltre che per il signore.”

“Disgraziato,” insisteva la zingara, “tu non baciare dove lui mette piedi, nemmeno sue scarpe!”

Ho guardato le mie scarpe impolverate. Era improbabile che il vigile la prendesse sul serio, ma era meglio tagliare la corda.

“Davide, cerchiamo di svignarcela.”

E pian piano, a piccoli passi, siamo riusciti a sgusciare dal capannello di gente, presa più dalla zingara e dalle sue incomprensibili escandescenze che dal vecchio signore che si era messo a giocare a pallone. Anche il vigile, piuttosto stanco, pareva aver deciso di svignarsela e ignorare quella pazza.

“De tutto oggi, perroma, se trova,” commentava una donna stracarica di sacchi della spesa.

“Sì, mica solo a Fatima la vedono la Madonna, qui vedono anche ’r Signore.”

“Eh, sì, non ce facciamo manca’ niente.”

La farsa che concludeva la mia prima manifestazione nella città eterna aveva una nota piuttosto triste. Roma sommerge tutto nella sua indifferenza, spegne ogni entusiasmo. Ne ha viste passare troppe di sovranità. Consoli, cesari, papi, re, duci, presidenti. Un gelo ho sentito piombarmi addosso, che non era solo quello della temperatura. E la tentazione d’invitare qualche mio angelo a ravvivare la mia epifania con il suo canto, l’ho davvero provata. Qualcuno però era pronto a mostrarmi le cose da un punto di vista assai diverso.

“Dai, nonno, non prendertela. L’abbiamo scampata bella.”

“Aspetta a dirlo, Davide.”

"Non hanno capito chi sei, nessuno ha creduto a quella zingara, l'han presa tutti per matta."

"Così possiamo sempre giocare a nasconderci?"

"Sì, sì, mica sei finito."

La canzone che avevo sentito in albergo!

Forse non sarà domani,
ma vedrai che cambierà...
vedrai vedrai
no, non sono finito, sai

Davanti al campanile della chiesa vicina abbiamo sentito battere le sette. Imbruniva. Era tempo di lasciare Davide ai suoi, che lo aspettavano. Ma come era volato il tempo, con lui. E quanto mi dispiaceva separarmi da quel bambino magico. Il vero angelo che desideravo accanto a me era questo putto che mi faceva compagnia sulla Terra.

"E adesso dove te ne vai, nonno?"

"A riposarmi un po' in albergo."

"E stasera dove mangi?"

"In qualche trattoria."

"Mi piacerebbe che venissi a mangiare la pizza da noi, la mamma la fa buonissima."

"Immagino, Davide."

"Glielo chiedo alla mamma e anche papà dirà di sì perché gli piaci, gli pare di averti già incontrato da qualche parte, dice che sei un po' matto ma tanto simpatico."

"Allora, una volta verrò, buona cena."

"Ci vediamo domani, ai giardini, come oggi."

"Penso di sì, Davide. A presto, allora, ciao."

L'ho visto entrare in quel portone al numero 3 di piazza Trilussa, mentre un'auto mi sfiorava al semaforo, schizzandomi con l'acqua di una pozzanghera, prima d'imboccare il lungotevere. La strada che attraversava tutto il centro per arrivare al mio albergo non era breve. Mi sono messo i guanti, faceva freddo. Curo le mani con maggiore attenzione da quando mi sono accorto che tremano. Era stato don Amleto a farmelo notare, mentre portavo la tazza alle labbra, a colazione. Un'ora prima, mostrando la carta d'identità, avevo appreso anche di avere settantotto anni. Un'età alla quale possono ormai venire le malattie più serie. Che pensieri tristi. Ma Davide sa cacciarmeli sempre via. Mi verrebbe la tentazione di proporgli un'altra fuga, questa volta cavalcando una bella creatura mostruosa dei Musei Vaticani, dove ci sono tante altre creature figlie di unioni proibite fra esseri viventi e dei. E prendere con lui il largo, vagare fra le nuvole, negli spazi. Ma cavalcare ancora un drago o un mostro simile non sarebbe stato avventuroso come la prima volta. Bisogna reinventarsi, sempre.

Camminavo, assorto, lungo corso Vittorio Emanuele. Avevo sete e mi sono fermato a un caffè. E quando ne sono uscito li ho subito notati, di fronte alla Chiesa Nuova, dall'altra parte della strada.

I due bei giovanotti camminavano a passo lento, fumando e guardandosi attorno. Ho pensato che aspettassero delle ragazze a un appuntamento. Poi ho capito che era me che aspettavano, senza appuntamento. Quando infatti i nostri sguardi si sono incrociati, ho riconosciuto le loro invisibili ali. Erano, nella gerarchia celeste, arcangeli, esseri superiori ai principati ma inferiori agli angeli. Mi hanno avvicinato, appena sospesi da terra, sfiorando la strada che attraversavano, schivando le auto, quasi a passo di danza. E dopo un leggero inchino del capo, mi hanno proposto di farmi compagnia in un ristorante non lontano, dove era già prenotato un tavolo solo per noi. Alti, le larghe spalle sotto il giaccone di nappa nera, i jeans azzurri, le scarpe nere da jogging Nike, un basco di Burberry in testa, parevano turisti inglesi, per quel tratto d'inconfondibile eleganza. Avevano spento le sigarette. Sospetto però che non le aspirassero nemmeno, tenendole così accese fra le dita soltanto per apparire disinvolti, con quell'aria incurante di perdigiorno. E vedendoli incerti su dove gettare le cicche, ho indicato un cestino dei rifiuti sul marciapiedi, pregandoli però di spegnerle prima, nel terrore che potessero incendiare qualche pezzo di carta. Non mi ricordavo di loro. Li avrò certo ascoltati nei cori angelici, ma le legioni dei miei angeli sono folte. E le loro sembianze, per quanto si adeguassero ai miei sensi, possiedono ancora una perfezione che sfuma nell'indistinto, priva di individualità.

"Vi manda mio figlio?"

"C'invia lui, Signore."

"Allora fatemi strada, ma camminate adagio. E scusatemi se non ricordo come vi chiamate."

"Sono Barachiel, Signore."

"E io sono Zerachiel."

Mi hanno sorriso e in silenzio, dopo aver attraversato la via a un semaforo, abbiamo fatto lentamente qualche centinaio di metri fino a raggiungere una trattoria in una piazza vicina, a quell'ora sovraffollata di turisti stranieri. Dentro al locale ci hanno fatto salire su di una stretta scala di legno per accomodarci al secondo piano, in un angolo vicino a una finestra. Ho sentito da una fessura del vetro uno spiffero fastidioso. Barachiel se n'è subito accorto e ha chiesto se potessimo spostarci. Accontentati, ci siamo finalmente sistemati a un tavolo più interno, vicino a un vecchio termosifone che sparava sibili e schiocchi simili a quelli dell'hotel Livilla.

I due arcangeli guardavano e riguardavano la lista del giorno e quella dei vini. Scorrendo i nomi dei cibi coll'indice mi suggerivano le specialità della casa, avendo io dimenticato gli occhiali. Così, quando poi il cameriere è arrivato, abbiamo subito ordinato. Fettuccine ai funghi loro. Io di nuovo tonnarelli cacio e pepe. E tutti e tre, poi, insalata mista e pastiera napoletana. E una bottiglia di un vino bianco, il Grecanico. Nella corte celeste mai mi aveva sfiorato il pensiero di poter pranzare un giorno in trattoria, a Roma, con i miei angeli. E che le divine creature si piegassero a esigenze così elementari me lo spiegavo solo come prova del loro infinito amore per il Padreterno. Perché Barachiel e Zerachiel non avevano ombra né di fame né di sete, ma simulavano soltanto per farmi compagnia e non lasciarmi solo. Io, infatti, fame ne avevo, eccome. A tal punto che ero stato tentato persino di chiedere al cameriere se avessero della coda alla vaccinara. L'avevo sentita tanto decantare dal portiere del Livilla. Cucinata dalla moglie che faceva la cuoca, Gino se la portava spesso da casa, in un pentolino che a mezzogiorno apriva, chiunque si trovasse in portineria. E la gustava con tale piacere da contagiare della voglia di assaggiarla. Ma sono stato zitto, non l'ho chiesta.

Ora il silenzio, nell'attesa delle portate appena rotto dal rumore delle posate sui piatti, cominciava a farsi pesante. Sono timidi, gli arcangeli. Dovrò rompere il ghiaccio io, altrimenti per rispetto del Signore son capacissimi di restarsene muti fino alla pastiera e anche al digestivo. Che noia un pranzo così. Ma allora perché mio figlio me li ha inviati? Non dovevano far compagnia al solitario Padreterno? Devono aver letto nel mio pensiero perché li ho sentiti strillare la stessa domanda a voce così alta che due americane vicine si sono subito voltate inviperite. "Come si trova a Roma, Signore?!"

Sono scoppiato in una risata che non ho potuto trattenere. E il loro sorriso, più ancora che l'imbarazzo, rivelava un certo compiacimento di essere riusciti a divertirmi.

"Sono appena arrivato, è ancora presto per giudicare. Ma non mi annoio, tante le cose da vedere, fin troppe. Per me è tutto sempre una novità."

Barachiel si è allora profuso a suggerirmi le cose di maggiore interesse a Roma. Un dettagliato e minuzioso elenco di musei, palazzi, fontane e meraviglie architettoniche e una quantità di chiese di tutte le epoche, dalle protocristiane alle barocche e neoclassiche. La sua soavità vinceva la salmodiante monotonia dell'elenco. Non era la voce consona per una funzione così didascalica. Piegare la voce di un arcangelo al pio proposito d'informare delle ricchezze artistiche da visitare nella città eterna, era davvero sprecarla. Non potevano immaginare che accendesse il desiderio di sentirli invece cantare dispiegando tutte le loro sovrumane capacità canore. E ho ceduto alla tentazione d'intonare seduta stante l'attacco del *Gloria... Gloria in excelsis Deo et in terra pax hominibus bonae voluntatis,* per sentirmeli venire subito dietro con le loro ugole d'oro. È stato più forte di me. E subito, con le loro voci possenti, Barachiel e Zerachiel hanno eseguito le prime parole del canto, a stento coprendo la mia voce che, arrochita dall'età, riusciva a sciupare il concerto.

Le due agghindatissime americane sedute accanto, per quanto avanti negli anni, non erano però sorde. Commentavano, più attonite che spaventate: "I cannot believe!" Era la seconda volta che le due cercavano di ricondurci a più consoni comportamenti. Chi credevamo di essere per urlare così? E il rimprovero era rivolto soprattutto a me, loro coetaneo, che mi permettevo di cantare pur stonando a quel modo. Una cameriera brasiliana, che già aveva adocchiato i due bei clienti, si è subito voltata, con i piatti in mano, trasecolata. Cosa mi era venuto in mente! Mortificatissimi, gli arcangeli mi guardavano. Che pasticcio avevamo combinato. Mi sono scusato col capocameriere, che a grandi passi si era diretto verso di noi, mentre Barachiel e Zerachiel fissavano il soffitto.

"Colpa del suo buon vino... cantiamo in coro a Santa Maria Maggiore. Era una prova per l'imminente festa, la ricorrenza di..." e mi sono interrotto domandandomi a quale santo potessi rivolgermi per trarmi d'impiccio.

"Di santa Giovanna d'Arco," ha subito suggerito Zerachiel.

"Signori, qui non siamo mica in chiesa, non si disturba chi sta pranzando."

Il capocameriere poi se n'è andato scuotendo la testa. E ho potuto rivolgermi agli arcangeli finendo di ascoltare i loro suggerimenti.

"Vi ringrazio. A dir la verità però non avrei sempre voglia di monumenti e musei, preferisco restare in mezzo alla gente," e abbassando la voce ho aggiunto "anche se non sa nemmeno più riconoscere i cori angelici."

Si sono allora guardati, con uno sguardo di intesa.

"Anche a voi consiglierei dei luoghi d'intrattenimento, posti dove i romani vanno a divertirsi. Vi ho fatto così belli, sarebbe un vero peccato privare i romani della vostra presenza, andando a chiudervi nei musei."

Senza accorgermene imitavo i consigli di mio figlio, quando mi aveva rimproverato di essere andato a vedere *Hamlet*, invece di godermi un bel musical al teatro Brancaccio. Hanno chinato il capo, imbarazzati. Non avevano un briciolo di narcisismo, le mie divine creature. Nemmeno si erano accorti di aver fatto colpo sulla cameriera brasiliana. Se si fossero trattenuti sulla Terra, così sprovvisti di autostima, si sarebbero trovati davvero male.

"Grazie, ma non pensiamo proprio di restare, Signore."

"Davvero? Ma non si sta male quaggiù. Urge a tal punto la vostra presenza lassù?"

"No, non la nostra, Signore."

"E quale?"

"La vostra."

"Davvero?"

"In cielo si soffre per la vostra assenza, Signore."

Il rimprovero filtrato da mio figlio i due arcangeli assolvevano il compito di manifestarmelo in modo netto ed esplicito. Più chiaro di così, non si poteva. E che cautela nella scelta delle parole, come quel "si soffre", quell'uso impersonale del verbo, senza chiamare in causa nessuno. E per non essere da meno ho usato anche io quella forma impersonale.

"Ma non si prolungherà di molto l'assenza, mio figlio lo sa benissimo."

"Tutti lo speriamo."

"E tuttavia..."

"E tuttavia, Signore, ci duole dirlo, ma alcuni santi sono tentati di ottenere la stessa vacanza che il Padre si è concesso. Vorrebbero tornare anche loro."

"Saranno quattro gatti."

"Non proprio... Francesco d'Assisi, Caterina da Siena, Chiara, Giovanni della Croce, Emerenziana, Angela Merici, Teresa d'Avila..." e l'elenco non richiesto continuava, continuava, aprendo invece uno scenario grandioso e inedito, che mi dava non poco da meditare.

Mi versavo un bel bicchiere di Grecanico, dopo aver finito i tonnarelli, che erano meno gustosi che a Trastevere. Ma Barachiel e Zerachiel si avvicendavano per poterlo scandire del tutto, quell'elenco dal sapore di una litania... Agostino d'Ippona, Agata, Ireneo, Messalina da Foligno, Simeone stilita, Venanzio, Isidoro l'agricoltore, Rita da Cascia, Margherita d'Ungheria, Martino di Tours, Edvige, Cristina di Bolsena, Ignazio di Loyola, Orsola, Bibiana, Saturnino, Eugenio, Eusebio di Vercelli, Zita di Lucca... Come farli smettere?

Ascoltavo giocando nervosamente con della mollica di pane. E vedevo le mie mani tremare più del solito. Il ristorante, nel frattempo, si andava svuotando quasi come il cielo abbandonato dai santi che i due descrivevano. A un certo punto li ho interrotti. Rischiavamo di non rispettare l'ora di chiusura ed essere invitati a uscire prima che arrivassero all'ultimo nome. E ho capitolato.

"Va bene, va bene, ho capito. Ma vogliono farmi compagnia? Solo per questo vorrebbero tornare?"

"Forse, questo però non possiamo garantirlo noi, Signore."

Erano astuti nella loro reticenza, i due arcangeli. I sospetti di una rivolta generale meglio tenermeli tutti per me. I santi erano catturati da un'irresistibile nostalgia della Terra? Preferivo credere che la loro voglia fosse effetto d'un amore che li struggeva in mia assenza. Ma quell'ipotesi terribile era tardi per ricacciarla. Poteva trattarsi di una ribellione ancora più insidiosa di quella degli angeli di Lucifero. Una sedizione dei santi, che a poco a poco il mio cielo l'avrebbe potuto svuotare. I santi si spogliavano dell'aureola pur di tornare a vivere da uomini sulla Terra, contagiati dal cattivo esempio del Padreterno? Tacevo, cominciando con scarso appetito a mangiare qualche foglia d'insalata. Ma la verdura mi pareva poco fresca e quasi senza sapore. Tornavo a bere del vino. Osservavo gli arcangeli. Gli occhi sempre bassi, fissi sul piatto, impegnati a evitare i miei. Avrei preferito non mi compiangessero, mostrandosi da giovanotti spavaldi come erano apparsi sulla via, appena li avevo scorti.

Non abbiamo più toccato l'argomento. Non c'era molto altro da aggiungere. I due messaggeri non avevano mandato di trattare anche simili questioni. Dovevo parlare con mio figlio, chiarire con lui una buona volta fin dove potessi spingermi. Ero ancora in tempo a rimediare tutto. Finita la pastiera e bevuto l'ultimo sorso di vino, ho pagato il conto e ci siamo alzati e usciti dal ristorante. L'aria fresca della notte romana mi ha fatto sentire subito meglio, riacquistando sicurezza e maggior controllo di me stesso. Cosa ero mai andato a pensare, una rivolta dei santi, dopo quella degli angeli! Barachiel e Zerachiel mi hanno accompagnato per un lungo tratto di strada. Si studiavano di tener gli occhi bassi, per evitare lo sguardo dei passanti, ma eravamo un terzetto difficile da passare inosservato. Quando li ho salutati ho sentito nelle loro voci, nel darmi la buonanotte, un tale calore da capire che mai li avrei persi. Anche una nuova rivolta celeste li avrebbe conservati saldamente al mio fianco.

17. Contrasto fra padre e figlio

Prima la rivolta dei Giganti, poi quella dei Titani, poi la sedizione degli angeli di Lucifero, ora toccava anche ai miei santi. Soltanto verso l'alba sono riuscito a addormentarmi. E in sogno m'intratteneva la mia impavida Teresa d'Avila. Ma nelle sembianze di Amanda, già ammirate anche nella statua che le rendeva onore. Teresa non era mai stata così bella, da viva. La santa si rammaricava che i due zelanti arcangeli l'avessero inclusa nell'elenco di quegli insoddisfatti, determinati ad abbandonare il cielo… ma come si erano permessi? Si sono intrufolati in paradiso, qui c'è lo zampino del Maligno. Lucifero sa ancora come intendersela con gli antichi suoi compagni. Ma non temere, Signore, hanno solo esagerato i sentimenti dei più affamati di Dio… A quel punto il dolcissimo sorriso di Amanda-Teresa si è dissolto nelle nebbie del sonno, da cui stavo a poco a poco riemergendo. E così, quando mi sono svegliato nel mio letto, lo stato delle cose celesti non appariva meno inquietante. Ho allora aperto gli scuri della finestra che dava su via Nazionale. Era una bellissima giornata di sole. Ho spalancato anche i vetri e ho respirato a pieni polmoni la dolce aria di Roma, la temperatura assai più mite dei giorni precedenti. Era un'altra bella giornata da vivere sulla Terra. E io non avevo ancora vissuto una primavera romana. Basta farmi scrupoli per i santi, preoccuparmi per le loro supposte intenzioni. Basta farmi tanti problemi per lo stato delle cose celesti. Avrei trovato la giusta soluzione.

Nonostante avessi a mala pena chiuso occhio, mi sentivo in forma. E così, a sfidare me stesso, ho voluto tendere le braccia davanti a me: anche il tremore delle mani appariva molto smorzato. Non ho preso l'ascensore, per scendere a colazione e ho fatto di buon passo le scale. Nel pianerottolo, fra il terzo e il secondo piano, ho notato una vecchia pendola a colonna ferma, alle due e tre quarti. Quella resa al silenzio strideva col mio euforico stato d'animo. Un vero peccato che un così bell'orologio rimanesse muto e nessuno se ne prendesse cura. Era stato fatto per contare le ore, non per simulare l'eternità. Materializzava l'arresto non solo del tempo ma di qualcosa d'altro che non volevo si fermasse mai, ma cosa? E mi sono avvicinato, dopo essermi assicurato che non ci fosse nessuno per le scale, aprendo il vetro del quadrante. Un dito passato sul legno all'interno restava nero di polvere. Chissà da quanto nessuno l'aveva caricato. Forse non era rotto. E ho tirato con cura i pesi cilindrici che ne regolavano la carica, riportandoli in basso. L'orologio ha ripreso a battere, a passo gagliardo. La medaglia del pendolo a oscillare, dopo il primo impulso a mano. A quel punto ho spostato le grosse lancette sulle nove, in una perfetta quadratura fra loro, anche se al mio orologio da polso mancavano ancora trenta minuti. Avevo le mani sporche di polvere, ma ero soddisfatto di rubare al tempo una mezz'ora, per aiutarlo a scorrere, caso mai ci avesse ripensato...

La pendola ha ripreso a scandire le ore con il suo suono lento e solenne. Ma nello stesso momento ho sentito tutti gli altri orologi dell'albergo, nei quattro piani dello stabile, battere le nove precise. Non ho potuto controllare se suonassero pure fuori dal Livilla, nei vari palazzi intorno, su via Nazionale, e anche oltre. E comunque mi arrivavano ben distinti i rintocchi di alcuni campanili, a cominciare da quelli dell'orologio di Santa Maria Maggiore. Tutti sulle nove in punto.

Era un vero concerto di suoni acuti e gravi, di veloci e lenti rintocchi, che destava anche i più nottambuli, ritiratisi più tardi, e allarmava le cameriere in giro per le stanze. Qualche ospite, che avrebbe voluto dormire ancora, si affacciava a protestare che in quell'albergo non c'era mai pace. Altri, imprecando, si precipitavano per partire, scoprendosi in ritardo con l'aereo e il treno. Anche il portiere, dalla tromba delle scale, stava col naso per aria. E così mi sono allontanato da quell'orologio dal suono tanto contagioso, continuando la discesa per le scale per il timore di dover dare imbarazzanti spiegazioni se qualcuno mi avesse visto maneggiare la pendola.

Sono entrato un po' affannato nella sala delle colazioni, ma nessuno pareva far caso a me. Non c'era molta gente, mentre le cameriere servivano gli ospiti lanciando occhiate perplesse all'orologio sopra la porta d'ingresso. E poco dopo ho visto mio figlio, seduto a un tavolo d'angolo, che mi aspettava.

"Che bella sorpresa, allora facciamo colazione insieme?"

"Certo, alla cameriera ho già detto che sono alloggiato alla 308 con te."

"Hai fatto bene. Ti sei già servito da bere un caffè?"

"No, ti aspettavo."

“Attento alla macchina dei caffè, non funziona bene.”

“Starò attento. Ma che hai fatto agli orologi?”

“Niente. Siccome la pendola del mio pianerottolo era ferma, l’ho ricaricata, e così almeno quella l’ho fatta funzionare.”

“Ma se metti mano tu, a un orologio, e lo sposti avanti di mezz’ora, non riesci a immaginare cosa può succedere?”

“Perché? Cos’è successo?” mi vergognavo di ammettere quel che avevo sentito io pure. Volevo però anche capire meglio cosa fosse accaduto, mentre col tovagliolo pulivo le dita dagli ultimi granelli di polvere della pendola.

“Che si sono messi a suonare, ben trenta minuti prima, tutti gli orologi. Stanno ancora cercando di capire cosa sia successo, ne parlano anche alla tv, perché la mezz’ora anticipata è la stessa dappertutto, e ha provocato non pochi problemi. Non vorrei che risalissero fino a te, nascosto qui.”

Era dunque come avevo sospettato. Ma non mi sono perso d’animo.

“Bene, ma vedrai che smetteranno presto di parlarne.”

“Non puoi giocare col tempo, non è un giocattolo da caricare a molla per un giro di giostra.”

Non ho replicato, come un bambino colto in fallo dal padre. Non potevo spiegargli che non era il tempo che volevo far riprendere a correre, ma qualcos’altro andato in blocco che stentava a chiarirsi nella mia mente. In silenzio ci siamo serviti di latte e caffè e qualche brioche. Qualcuno doveva aver riparato anche la macchina dei caffè. Il buffet era assai meno ricco del solito. Forse un’orda di turisti aveva già fatto piazza pulita. E mio figlio è poi venuto al punto, dopo aver bevuto due belle tazze di caffellatte, piene di pezzi di pane.

"Ieri hai incontrato Barachiel e Zerachiel."

"Sì, sono stati gentili a farmi compagnia a cena."

"Ma non ti hanno parlato?"

"Certo che mi hanno parlato. Certo. Hanno anche cantato. E un'altra volta non mandarmeli più se mi devono far andare di traverso la cena con i loro discorsi."

"Hanno cantato?"

"Sì, insieme a me, solo un accenno, abbiamo intonato l'attacco del *Gloria.* Tanto per schiarirci la voce, ma non abbiamo avuto successo, i clienti hanno pure brontolato."

"Ti aspettavi un applauso? Ma cosa ti hanno detto?"

"Che i santi faranno presto le valigie per venire a farmi compagnia. Stento a crederlo."

"Padre mio, la questione non è tanto dei santi che mentono, ma della tua età che rivela una verità."

"Come della mia età? Che verità?"

"Che hai settantotto anni."

"E allora?"

"Se hai settantotto anni, hai contratto anche i debiti di quell'età, che non è più giovane."

"Già non più giovane… come la tua."

"Cosa vuoi dire?"

"Tu hai sempre trentatré anni! A me invece è capitato di scendere da vecchio sulla Terra."

"La mia missione era redimere gli uomini. Ho sacrificato loro una appena compiuta giovinezza. E anche se li ho tanto amati da dare la vita, non immagini cosa sia stato provare i desideri di quell'età, senza potermici abbandonare."

"Figlio mio, capisco, capisco, abbassa la voce. Non è necessario parlarne. Almeno per ora la mia è solo una vacanza, la desideravo da tanto."

"Per quanto sia un soggiorno non faticoso, non dimenticare che hai il fisico di un uomo di settantotto anni, un'età piuttosto avanzata. Scusa, non vedi come ti tremano le mani?"

In quel momento stavo lentamente sorseggiando il cappuccino come sempre troppo caldo, con quella macchina frettolosa che li faceva all'istante versando il latte fuori della tazza, nel piattino. Ed era vero che le mani mi erano tornate a tremare, tanto da essermi versato un po' di cappuccino sulla camicia bianca.

"E allora? Devo farmi visitare?"

"I prossimi sono settantanove e gli uomini, in Italia, hanno una speranza di vita di poco più di settantanove anni, ottanta e qualche mese."

Capivo. La morte, che già s'interrogava sulle mie intenzioni, anche se pareva forzata, non a proprio agio nel mantenere il suo ruolo anche col Padreterno, cominciava a preannunciarsi con subdole avvisaglie. Ma, ospite di un corpo di carne, dovevo aspettarmele. E il tremito poteva essere uno dei suoi messaggeri meno invasivi, ma più precisi.

"Mi pare che tu giri intorno a qualcosa che non trovi il coraggio di dire."

L'ho visto sospirare e chinare gli occhi un momento, poi fissarmi mentre scandiva le parole.

"Potresti… potresti avere il morbo di Parkinson."

Ho posato la tazza, pulendomi le labbra con cura. Avevo notato nel giardino a Trastevere due o tre vecchietti tremolanti, afflitti da quell'incurabile malattia progressiva, accompagnati dalle badanti.

Questo severo ruolo di eterno Padre mi negava alle più sorridenti prerogative dell'eterno Figlio. Eravamo entrambi finiti, nella infinitezza dei nostri compiti. Io, eterno vecchio. Come Titone, sposo dell'Aurora, scordatasi di chiedere con l'immortalità il dono dell'eterna giovinezza. Mio figlio invece, eterno giovane, l'Apollo che Michelangelo aveva dipinto nella Sistina. Non ho voluto domandargli a che stadio potessi essere giunto, se davvero avessi contratto quel terribile morbo. Sapevo che era lento e concedeva molto tempo prima di sferrare il colpo definitivo. Come il gatto, catturato il topo, gli lascia fare qualche giretto, solo per poi ghermirlo, quando è illuso di scampare alla sua fine. Era meglio una morte lenta o una morte improvvisa? Assaporarla goccia a goccia o trovarsela davanti senza neanche il tempo di accorgersene? Ora mio figlio era in pena per quel che forse si era lasciato scappare.

"Padre mio, comunque soffrirai, per tutto il periodo che resterai, anche se non si trattasse di Parkinson."

"Ho visto come si entra nella morte, l'ho spiata negli ultimi momenti di tante creature, sono abituato a ricevere l'estremo sguardo dei morenti."

"E allora? Ne vale la pena? Qualunque malattia, alla tua età, se scende a poco a poco nelle vene, stringe comunque in una dolorosa morsa. Non voglio vederti soffrire, nemmeno per breve tempo."

Ora riconoscevo il mio unigenito amatissimo figlio, che la morte aveva sofferto per il tempo incalcolabile di un atroce supplizio. Provare il tempo e vivere l'esperienza della vita umana ecco cosa comportava, anche per me. Contrarre il debito della morte. Ma a poco a poco. E con il logorio di una crescente sofferenza, in fondo alla quale non attendeva la speranza, ma solo il desiderio che il patimento finisse insieme alla vita.

"Ascoltami, l'ho provata, dubito che tu sia tenuto a provare anche questa... questa cosa. Solo questo temono i santi, non altro."

"Temono che soffra o che ne risulti invalidata la mia... eternità?"

"Temono sia una pazzia. Tu splendi, sei un sole perenne, non puoi conoscere l'ombra nemmeno per un secondo, puoi giocare con gli orologi, ma non con l'eternità."

Ora mi prendeva una terribile sete. Mi stavo versando già per la terza volta dell'acqua. Temevano che la mia lucidità venisse meno, che mi colpisse qualche follia senile. Come rubare mezz'ora al tempo. Non si trattava più di un morbo di Parkinson, paventavano un'altra sindrome morbosa, l'ossessione della giovinezza perduta. O, peggio, quella di un Padreterno che volesse dichiarare guerra non più alla vecchiaia, ma alla morte.

"Capisco."

Chissà perché in quell'attimo a soccorrermi mi veniva in mente solo Davide. Dovevo cercarlo, quel bambino. Adesso era a scuola, ma il pomeriggio l'avrei raggiunto a Trastevere. Per oggi ne avevo avuto abbastanza.

Da quel momento ho portato la conversazione con mio figlio su argomenti assai più futili. Nel suo sguardo c'era una tale carica di apprensione che non sono più riuscito alla fine a ignorarla. E la conversazione è così diventata una generosa gara a cercare toni diversi.

"Abbi pazienza, devo imparare da te ancora molte cose, sono qua solo da poche settimane, tu ci sei stato tanti anni."

“Vedo però che apprendi in fretta.”

“Più tardi voglio andare a chiedere in una farmacia una buona crema per le mani, magari è una sciocchezza, sai, non ti devi preoccupare così.”

“Certo, uno di questi giorni ti vengo a prendere e ce ne andiamo a fare una bella gita nella campagna romana. E poi ci sono dei posti che devi assolutamente vedere, come a Tivoli la Villa Adriana, o il porto di Ostia. O la selva del Cimino, nella Tuscia. Roma è anche una città caotica e faticosa.”

“Per un anziano, intendi?” e mi sono messo a ridere, contagiandolo con il mio ritrovato buonumore. “Che buona idea, mi piacerebbe visitare i dintorni di Roma.”

E ci siamo lasciati sul pianerottolo del secondo piano con quella promessa di rivederci presto per passare una bella giornata insieme nella campagna romana. Abbandonando le gravi questioni che avevamo toccato. Lasciando fermentare le tante domande che non avevamo più voluto porre l’uno all’altro. Risalendo in camera sono passato davanti alla pendola che suonava allegramente in quel momento le dieci in punto, tornata a scandire l’ora giusta per opera di chi poi l’aveva corretta, mio figlio. Chissà come si era divertito Davide a sentire battere tutti gli orologi! L’aveva certamente presa come naturale abilità di un vecchio mago. E non se ne era stupito più di tanto. Soltanto in quel preciso momento, pensando di nuovo a quel bambino, ho afferrato finalmente quale fosse il vero meccanismo inceppato che volevo tornasse a correre! Un orologio che batteva il ritmo della persistenza, quello della voglia di crescere e moltiplicarsi che si era fermata nel paese scelto per la mia vacanza.

18. Incontro inaspettato

E subito quella mattina, appena uscito dal Livilla, me ne sono andato dritto filato in banca. Ho dovuto pazientare a lungo prima di essere ricevuto. In attesa, allo sportello della cassa, non potevo non ascoltare quanto dicesse la gente ma il pensiero tornava sempre alla conversazione con mio figlio. Dopo un'anziana in lacrime a raccontare alla cassiera che le era morto il marito, finalmente toccava a me. Ho dichiarato le mie generalità e una cinquantenne gozzuta, dai capelli biondi cotonati e un enorme paio di occhiali dalla montatura bianca, s'è chinata sul computer a cercare il mio conto corrente. E per un attimo mi sono sentito un piccolo, piccolissimo numero nascosto nel labirinto di quella macchina. Ero incantato dal prospero gozzo della donna, che le ballava sulla gola come un animale nascostosi alla vana ricerca di posa. Quando finalmente mi ha trovato, schiuse le labbra in un largo sorriso, si è messa a strillare che il direttore era ansioso di conoscermi e da tempo mi attendeva in banca. Ho sospettato subito che la reazione così espansiva della gozzuta si dovesse all'entità della somma depositata a mio nome.

E quando mi ha allungato l'estratto conto, ne ho avuto ampia conferma. Mio figlio era stato di una generosità encomiabile. Ma dal disagio dell'anonima lunga attesa, eccomi piombare nel fastidio di un'attenzione insopportabile. Sapevo che il denaro degli affari sporchi della mafia si nascondeva spesso in conti bancari sospetti. Che mi avessero preso per uno di quei faccendieri malavitosi?

Nascondendo l'attenzione per la ribelle sporgenza sul collo che le nuotava sottopelle, ho dovuto seguirla in ascensore ai piani alti, fino a un ufficio dove sono stato fatto accomodare davanti alla scrivania di un grassone, in abito gessato e cravatta viola, dalle piccole mani paffute. E che mi ha a sua volta sommerso di convenevoli... Ma come siamo felici di fare la sua conoscenza, dottor Eterno, l'aspettavamo da tanto... passando poi a propormi vantaggiosi investimenti che la banca riservava solo ai "numeri uno".

Non ero dunque un sospetto mafioso. Non riuscivo tuttavia a digerire l'ironia della situazione, quell'esser trattato da "numero uno" anche in una banca. E l'ho deluso quando ho rifiutato le sue proposte soprattutto per sottrarmi alle insidiose domande sul lavoro, la famiglia, la residenza, i collaboratori, parenti e amici da coinvolgere perché portassero i capitali anch'essi alla sua banca. Non riuscendo a carpire dalle mie vaghe risposte quello che gli interessava, si andava sempre più agitando. Finché, alla fine di vari tentativi falliti di estorcere qualche informazione su chi fosse l'odioso ricco che si dava così tante arie, il direttore se ne è uscito con una domanda che era una resa spazientita.

"Che interessi le stanno a cuore per un conto solo da noi? Non le ho mai detto che non potremmo soddisfarla!"

Più facile che un cammello passi per la cruna di un ago che un ricco nel regno dei cieli: le amare parole di mio figlio mi risuonavano nella mente. E perché allora lui mi aveva fatto così ricco? Bastava una piccola somma di denaro per l'albergo e i ristoranti, per qualche giorno, forse per qualche settimana. Già, ma per quanto tempo ancora? Il tempo, era sempre quello il mio problema. Per l'età avanzata che mi esponeva alle malattie della vecchiaia, come per programmare la mia vacanza.

"Guardi, per lei faremmo eccezione anche alla regola bancaria sull'età," quasi intuisse i miei pensieri, a darmi un'ulteriore scossa, giungevano le parole mielate del direttore.

"Di che regola si tratta?"

"Dopo i settantaquattro anni, a un cliente la nostra banca di regola non potrebbe più prestare denaro. Dottor Eterno, noi però non faremmo una grinza se volesse chiederci qualsiasi prestito, magari per qualche suo investimento... ipotesi remota, me ne rendo conto... ma è per farle capire la nostra disponibilità se ci favorisce in esclusiva. Le daremmo tutto quello che chiede, disposti... disposti a prolungarle anche la vita, è contento?"

Potenza del denaro, che allunga l'esistenza e illude l'eternità, se anch'essa diventa questione di depositi bancari. A quel punto l'ho ringraziato, ho guardato l'orologio e ho detto che ero già in ritardo a un appuntamento. E promettendo di tornare per una risposta che non l'avrebbe deluso, sono riuscito finalmente a congedarmi. Lo vedo ancora sulla porta a guardarmi, l'aria stralunata e scontenta, portandosi con le due piccole mani paffute il fazzoletto ad asciugarsi la fronte imperlata di sudore.

Mi sono subito messo in cammino per tornare a Trastevere, nel giardino pubblico dove Davide mi aveva dato appuntamento. Lungo la strada mi chiedevo se con quel denaro potessi comprarmi qualcosa di quel che ammiravo nelle ricche vetrine del quartiere. Ma non ero mai entrato in un negozio. Non avevo mai comprato nulla. La scritta luminosa con una mano posata su una virile spalla nuda, di un centro di benessere, mi tentava di nuovo… Ma il Parkinson si cura anche coi massaggi? Ora che mio figlio aveva insinuato il rovello di quel terribile dubbio, cominciavo a considerare il mio corpo un compagno inaffidabile, capace di tradirmi un po' di più ogni giorno che passava. L'avevo preso in affitto per poco tempo, ma era già difettoso. E se lo avessi sostituito con uno più giovane e più sano?

Vedevo camminare a passo lento dei vecchi e delle vecchie, appoggiati al bastone, sui marciapiedi di via delle Botteghe Oscure. A guardare con attenzione gli anziani, anche quelli meno acciaccati, erano ben più numerosi dei giovani. Quegli anziani erano costretti a quel corpo soltanto. Ma che Padreterno ero mai diventato se cedevo alla tentazione di un Faust alla ricerca dei poteri perduti di un'altra età? Sentivo già insinuarsi, nelle poche giornate trascorse, la tentazione di patteggiare una vita più giovane. Era questa repulsione che catturava gli uomini attempandosi, sentendo la vita scorrere come l'acqua fra le dita? Era questa malia che faceva rincitrullire i più ricchi cercandosi una nuova moglie, assai più giovane di colei con cui erano invecchiati, ben sapendo che col denaro potevano trovarla?

Arrivavo ora a una zona archeologica a Torre Argentina, sprofondata fra i palazzi e le strade, meta di gattari e gattare. Vedevo una colonia di felini dalla recinzione che circondava l'area. Là era il pino a ombrello che identificava il punto dove, secondo la tradizione, le Idi di marzo era caduto, trafitto da ventitré pugnalate, Giulio Cesare. La doppia vista in quel momento non mi disturbava. Non vedevo né Cesare né i congiurati intorno al dittatore, nella curia di Pompeo. Segno tangibile che la tradizione non era basata sulla verità. Mi sono fermato per appoggiarmi alla recinzione e spiare quanto le gattare stessero dicendo alle loro bestiole. Ogni felino una creatura con una storia, abitudini, esigenze, da coccolare e difendere dagli uomini. Teneri, confidenziali, sproloqui con Titta, Berta, Petunia, Ninì, Lampo, Benito, parodiavano i dialoghi con gli umani rivelando un'altra anima di Roma, sensuale e materna. Alzavo gli occhi a scrutare il tempo, ma la serenità della giornata pareva confermata dai raggi del sole che colpivano alcuni ruderi di colonne di marmo lunense.

Ed ecco in quel momento arrivare a ferirmi le orecchie le sirene di un corteo di automobili. Non era la prima volta che assistevo a quel trambusto, solito interrompere il traffico nell'indifferenza dei romani, abituati ai diversi spettacoli del potere e del privilegio. Questo pareva però più invadente. Chi mai poteva essere quel personaggio? L'ho chiesto a una suora di colore che agitava frenetica il fazzoletto in segno di saluto.

"Ma è il papa!"

Non ho replicato parola osservando meglio l'auto nera che si stava avvicinando in mezzo al corteo, tentato di filarmela subito via.

Ma era tardi, ormai. Approfittando di quel rallentamento, si era creato un capannello di turisti stranieri, che scattavano foto in preda a un'isteria collettiva, premendo sulle persone e invadendo marciapiedi e strada. Tanto da far accorrere la polizia per consentire di procedere al corteo divisosi in due. Fin quando l'auto papale, rimasta nel secondo troncone, si è davvero arrestata, col vetro abbassato, a pochi metri da dove mi trovavo. Ho capito che il papa chiedeva cosa fosse accaduto. Quel sorridente viso dalle pesanti borse sotto gli occhi era quello di uno stanco vegliardo, invecchiato peggio di me. Chissà se tremavano le mani anche a lui? Sta di fatto che, voltandosi a benedire la folla, per alcuni interminabili momenti i suoi occhi han colto i miei. E, come a volersi meglio assicurare di chi gli stesse davanti, si è sporto ancora di più a fissarmi. Poi, dopo una manciata di minuti, l'auto con una specie di sobbalzo ha ripreso a procedere, sollecitata dalla polizia che aveva intanto sgomberato la strada.

Stavo a quel punto decidendo di attraversarla, al passaggio pedonale lasciato libero dal corteo, quando di nuovo ho notato che si fermava. E ho visto scendere dall'auto nera la sua bianca figura e, lasciata aperta la portiera, tentare di fare qualche passo indietro, subito impedito dalle forze dell'ordine e dalla folla che si andava ammassando.

Mi cercava. Per quanto fuggevole, per quanto sconvolgente quell'unico sguardo era bastato per riconoscere chi fosse il vecchio in cammino per le vie di Roma. E ora, come se le persone del seguito gli attribuissero un mancamento, una sincope o, peggio ancora, un vero attacco di allucinazioni, si dibatteva nell'imbarazzo di dimostrare che stava bene, ci vedeva benissimo e che, se voleva tornare indietro, aveva le sue indiscutibili ragioni.

Pover'uomo, anche lui vittima dell'età, la cui fragilità giustificava tanta cura, non di farlo deragliare dal suo ministero, quanto dal solco tracciato da secoli anche dall'immaginario delle genti. Avevamo le nostre tribolazioni. Io, nell'eternità, lui in Vaticano. Non potevo aiutarlo. Dovevamo entrambi adempiere il nostro compito. Io, il Padreterno, in mezzo a tanta *gloria in excelsis*. Lui, prigioniero della sede di Pietro. Non eravamo destinati a trovarci sulla Terra, l'incontro non avrebbe avuto seguito. Sono riuscito ad allontanarmi, nonostante l'affanno, verso via dei Pettinari e quindi verso Ponte Sisto. Non ero ancora arrivato sul lungotevere, varcato il ponte, che sentivo uno strillo dalla lunga coda di automobili ferme al semaforo.

"Nonno, nonno!"

Era Davide. Vedevo quei suoi capelli rosso fiamma sporgersi dal furgone del padre. Sulle fiancate campeggiavano le figure dei cavallini di una giostra e la scritta dorata, a semicerchio, "Malvasia, la giostra che ti porta via, dal 1834".

Il furgone ha poi accostato e io ho potuto raggiungerlo, attraversando la strada.

"Dottor Eterno, andiamo a inaugurare una giostra all'EUR, vuol venire con noi?"

Sono salito subito, sempre col pensiero al papa che mi cercava. E allontanarmi il più presto possibile da dove l'incontro si era consumato mi pareva doveroso e prudente. Quasi volessi aiutarlo a credere che si fosse davvero trattato solo di un'allucinazione.

Seconda parte – *Non so se ritonare*

Credete a chi n'ha fatto esperimento,
che questo è 'l duol che tutti gli altri passa
Ludovico Ariosto, *Orlando Furioso*, canto XXIII

Durano sì certe amorose intese
quanto una vita e più.
Io so un amore che ha durato un mese,
e vero amore fu.
Umberto Saba, *L'addio,* da *Il canzoniere*

19. Discussioni in Vaticano

"Santità, perdonate, ma come potete affermarlo con tanta certezza? Non c'è alcun segnale, il Signore ha parlato chiaro su come si annuncerà la fine del mondo."

"Ma non siamo alla fine del mondo, non è ancora la *parusìa*, quell'uomo non è il Figlio di Dio."

"E chi sarebbe allora?"

"È il Padreterno."

"E come? Nei panni di un anziano signore in cappotto color cammello e Borsalino nero, che si aggira per Roma?"

"Sì, ha voluto apparire così."

"Un vecchio? Sarebbe un vecchio?"

"Se assume la nostra carne è inevitabile. E poi, cardinale Falconieri, mi vuol dire che cos'ha contro i vecchi? Non siamo mica più dei giovanotti, io e lei."

"Lungi da me nutrire qualcosa contro gli anziani, ma, vostra santità, quel vecchio l'ha visto solo per pochi istanti e poi è subito sparito."

“Il suo sguardo non ha durata, l’eternità non si misura nel tempo.”

“Perdonate, santità, ma possibile che siate l’unico ad averlo riconosciuto?”

“Ci vedo bene! Forse il Padreterno voleva che lo vedessi solo io.”

“Forse, ma questa voce con certezza comporterà molti problemi, se si diffonde.”

“Eminenza, anche il Figlio ne creò, alla sua venuta, ne portiamo le conseguenze da duemila anni!”

“D’accordo, d’accordo, ma cosa intenderebbe fare ora vostra santità?”

“Cercarlo.”

“Come? Cercare un vecchio che se ne va a passeggio per Roma? Ma se si venisse a sapere che il papa è sicuro di aver riconosciuto il Padreterno fra la folla di turisti che vaga per Roma, ce ne sarebbe abbastanza per…”

“Credermi un folle visionario? Allora sarei in buona compagnia, se penso a Paolo di Tarso, sulla via di Damasco. Ma non temo le reazioni del mondo.”

“Non sarebbe tuttavia saggio compiere passi che compromettano l’eredità petrina di duemila anni solo per un’impressione di vostra santità, costretto a fermarsi per dei mocciosi che dovevano attraversare la strada.”

“Adesso se la prende anche coi bambini? E secondo lei deve farsi precedere soltanto da squilli di tromba e commozioni del cielo e della terra? Apparire su un carro celeste? Fra schiere di angeli e arcangeli? Ma come ve lo si deve dire che è un linguaggio simbolico, quello dell’Apocalisse?”

“E allora Dio sarebbe ricorso alle sembianze di un vecchio signore elegante in guanti gialli?”

“Perché, non siamo improbabili anche noi vestiti e impennacchiati così? Tutto è possibile a lui. Ogni forma però sembrerebbe inadeguata, ogni volta troverebbe qualcuno pronto a misconoscerlo, come fa lei, cardinale Falconieri. Anche Cristo non fu riconosciuto come Figlio di Dio, dai membri del sinedrio di Gerusalemme.”

“Mi taccio, santità. Lungi da me oppormi a una simile eventualità.”

“Eminenza, mi ascolti bene: non si distingue mai veramente da tutti gli altri giorni quello benedetto in cui Dio abbia deciso di manifestarsi. Appare sempre improbabile, una giornata qualsiasi, dai colori di tutte le altre. Dio buca l’incredulità senza forzarla. Solo più tardi ci sembra di una chiara evidenza e ci fa stupire di non averlo saputo riconoscere. Sul momento non è mai facile, ma sempre occorre essere pronti a riconoscerlo.”

“Ma, santità, quali speciali meriti avremmo in più delle generazioni venute prima della nostra, per premiarci con questa sua apparizione a Roma? Perché proprio a noi questa grazia?”

“Tutto è grazia. Sia il tempo in cui si cela, sia quello in cui si mostra. Ce lo farà sapere lui, eminenza, questo nuovo perché. Come il Figlio l’altra volta, non siamo però certi che sia un merito a evocarlo, forse è ancora la pietà. Sì, forse vuole solo salvarci dal precipitare nell’abisso sull’orlo del quale ci troviamo, qualcosa di ancora peggiore di una epidemia.”

“E il dogma della Trinità? Se davvero quel vecchio fosse il Padre, cadrebbe uno dei cardini del concilio di Nicea, perché delle tre persone della santissima Trinità soltanto il Figlio s’incarna. Quanti sono morti per difendere quella professione di fede contro gli ariani, santità!"

"Lo so bene. E continueremo a venerarli, quei giusti. Non abbia timore, eminenza, che il papa venga meno al suo dovere di difendere l'ortodossia. Ma prima troviamolo, questo povero Padreterno che si è smarrito per Roma. Sembrava impaurito e così solo in mezzo ai romani. Se torna, non c'è concilio che tenga, non c'è dogma che possa legarci le mani. Sarà lui stesso a dirci cosa dobbiamo e cosa non dobbiamo più credere. Chi meglio di lui può saperlo?"

20. Un delitto al Livilla

Quella mattina mi ero trattenuto più a lungo del solito a colazione per leggere i giornali nella sala ormai semideserta. E una notizia m'induceva a rivivere l'incontro inaspettato al quale mi ero sottratto, malamente nascosto tra la folla. Il papa sospendeva per due settimane ogni udienza. Il direttore della sala stampa vaticana parlava di forte affaticamento per l'eccessivo lavoro. Pareva che avesse deciso di concedersi una vacanza, cedendo alle ripetute insistenze dei suoi dottori. Avevo posto sempre una certa cura nel sottrarmi a contatti con la Chiesa. Ed ecco il bel risultato, quando non avevo potuto eluderli: mettere in crisi quel pover'uomo.

Io sapevo la vera ragione di quel suo malessere, ben altro che la stanchezza. Nemmeno mezz'ora dopo l'ultimo agitato colloquio con lui, mentre si tratteneva ancora in anticamera, il cardinale Ermolao Falconieri, l'irremovibile prefetto della congregazione per la dottrina delle fede, si era accasciato sul pavimento, colpito da infarto. I medici accorsi non avevano potuto che prendere atto della sua morte, davanti allo smarrito e incredulo pontefice. Il cuore del vecchio conservatore non aveva retto, sconvolto dall'improvvisa pazzia che riteneva avesse colpito il papa, prevedendo quanto avrebbe nuociuto alla Chiesa la sua assurda ossessione di aver incontrato il Padreterno a passeggio per Roma. La mia inammissibile presenza aveva inferto quel trauma e ora il papa, gravato da dubbi e sensi di colpa, aveva bisogno di concedersi un momento di riflessione.

Dovevo mettere ogni cura per non farmi più trovare dai possibili emissari vaticani. Nella tarda mattinata ero entrato in un negozio di abbigliamento, per comprarmi nuovi capi di vestiario. Un montgomery e una giacca blu, una cravatta, un berretto di morbido cashmere viola, dei pantaloni jeans neri. E sono uscito indossando gli abiti appena acquistati. Cercavo di scrollarmi subito di dosso l'immagine rimasta impressa al pontefice che, come aveva già fatto col cardinale, avrebbe descritto anche ai più vicini collaboratori. Potevo sempre anticipare il mio ritorno nei cieli. Ripensando a quella visita degli arcangeli, tornavo a interrogarmi sulla decisione migliore.

Quel giorno cercavo anche un paio di scarpe comode, senza stringhe, poiché faticavo sempre più a chinarmi per allacciarle. Fu in via del Tritone, davanti alla vetrina dove spiccava il paio di mocassini più adatti, che notai riflessa nel vetro la sagoma sorridente di mio figlio, accanto alla mia.

"Sì, quelle scarpe sono molto morbide, ti andrebbero proprio bene. Tu cammini così tanto per Roma, che consumerai presto anche queste. Ma prima di acquistarle cosa ne diresti di fare quattro chiacchiere insieme?"

"Con piacere, non ho nessuna fretta."

"C'è un androne di un palazzo qui vicino dove potremmo entrare per sederci su una panchina."

"Fammi strada, andiamoci."

Fatti pochi passi siamo entrati nell'androne. Dava su di un giardino con una grotta dalle statue di Apollo e Venere seminascoste da rampicanti. Il portiere, intento a leggere un giornale nella guardiola, pareva ignorarci. Ci siamo seduti su una panchina davanti a una vasca di pesci rossi orlata di muschi.

"Un bel pasticcio, vero?"

"Cosa?"

"Quell'incontro."

"Eh, sì, quel povero cardinale..."

"Ora Falconieri lo sa bene che il papa non era per niente pazzo. Ma questi non sono più tempi per apparizioni del Signore."

"Io non volevo incontrare il papa, non l'ho cercato."

"Oggi nemmeno i più grandi mistici avrebbero qualche credito. Estasi e visioni, rivelazioni e profezie li crederebbero solo vaneggiamenti dell'Alzheimer."

"E cosa potrei fare allora, per venirgli in aiuto?"

"Soltanto lasciar cadere la cosa. Col tempo gli verranno anche dei dubbi, è molto anziano. Se lo stanno lavorando bene ai fianchi in Vaticano, gli eredi del cardinale."

"E così anch'io rientrerò nell'archivio dei sogni falsi... Quei sogni ingannatori che Zeus mandava per la porta d'avorio."

"E alla fine tutte le religioni diverranno vaghi ricordi di quando il mondo sapeva ancora sognare e credere."

"E cosa si può tentare per evitare questa emorragia della fede?"

"Soltanto quel che hai sempre fatto. Restare in cielo, evitare di apparire. Credimi, dell'incontro con Dio agli uomini è meglio dare solo la sete."

"Figlio mio, ma a cosa ci stiamo riducendo? Solo a un sogno ingannatore?"

"Sopravviveremo nelle opere dei grandi artisti, nella musica, nei versi dei poeti, sono sogni bellissimi."

"Tutte solo risorse del passato."

"Anche nello sguardo dei bambini come Davide, quelli ci riconoscono subito."

"Da grandi però dimenticheranno."

"Così potremo andarcene in vacanza per sempre."

"Ma cosa dici? Sarà un tristissimo esilio, ci aggireremo per chiese e musei, come gli dei decaduti nei templi pagani."

"Mi domando se non sia proprio per questo che dal cielo si è tentati di scendere, sentendo ogni giorno assottigliarsi le schiere dei credenti."

"Cosa insinui? Tuo padre non è sceso sulla Terra per questo timore!"

"Parlavo dei santi, non di te."

"Se mi devi cercare solo per dirmi delle cose terribili come queste..."

"Non volevo deprimerti, perdonami."

"Cosa ti ha preso?"

"Niente. Non avrei dovuto rattristarti col mio umore di oggi."

"Cosa ti è successo?"

"Niente, ti ho detto. Non preoccuparti"

Non ho più replicato. Quasi non lo riconoscevo. Qualcosa di terribile doveva averlo sconvolto. Lui stesso però ha tenuto subito a rassicurarmi.

"Ma gli uomini continueranno ad amare nelle cose l'orma

divina, la bellezza. E alcuni dei più assetati di bellezza moriranno ancora giovani per poterla contemplare il prima possibile, liberi dalla carne."

"Come Raffaello? Ma non furono le fatiche amorose a stroncarlo?"

"E chi si nasconde in fondo all'estasi dell'amore, padre mio?"

Come mi fossi nascosto al fondo della notte d'amore di Tom e Amanda lo ricordavo bene. Consentii col capo mentre ci rialzavamo dalla panchina per uscire da quel giardino.

"E gli uomini, anche se non lo diranno, anche se lo negheranno, nei momenti più difficili continueranno a sognarci. Non possono farne a meno. Quando ci hanno provato, sono sempre tornati a pregarci."

"Anche questo è vero."

"Comunque ti sta bene quel montgomery e anche quel berretto è meglio del cappello, ti ringiovanisce."

Lo guardavo e nel suo bel volto mi pareva di cogliere un sorriso malizioso, mentre si sforzava con quell'apprezzamento di distrarmi. Anche le passanti lo notavano, le giovani come le mature, e alcune arrivavano a rallentare il passo per coglierne l'attenzione. Era davvero un bellissimo uomo. Più bello di come appariva in qualsiasi ritratto dei grandi pittori che nei secoli, man mano che si allontanavano dal tempo in cui era vissuto, avevano cercato di immaginarselo. Meno gravato da ricordi che risalivano fino a un Dio giustiziere, proteso a imporre al popolo eletto di Abramo una perfezione non umana, doveva essersi fatto influenzare da una visione diversa dei rapporti con gli uomini. Del resto, i padri son più conservatori dei figli. Mi rammaricavo di non aver comprato quel libro, alla Stazione Termini, *Il destino di Dio.* Forse quel moderno teologo mi avrebbe aiutato a capire meglio mio figlio.

E all'improvviso, camminandogli accanto, in un lampo che squarciava le mie incertezze, la terribile verità mi appariva in tutta la sua evidenza, chiarendomi cosa l'avesse così sconvolto. Il fortissimo dubbio dell'inutilità del suo sacrificio, di tutto quel sangue che aveva versato per gli uomini!

Ci siamo lasciati poco dopo. Sembrava tornato del consueto umore, quando l'ho abbracciato.

Ho comprato i comodi mocassini blu che avevo notato quando l'avevo visto riflesso accanto a me nella vetrina. E con frivolezza li ho indossati subito, gettando le vecchie scarpe in un cassonetto. Chissà se in questi nuovi panni sarei riuscito a nascondere meglio la mia identità? Mi pareva, liberandomi anche di quelle scarpe, di potermi liberare dall'immagine che era già stata riconosciuta da Davide, dalla zingara, dal papa. Ma le creature a cui non avrei mai potuto nascondermi erano gli uccelli che volando sulla mia testa, in fondo a via del Tritone, mi mandavano il loro saluto fra le cimase dei palazzi... Signore per quanto tempo resti ancora? Non sei stanco di camminare? A che ti servono le scarpe? Non voli ancora con noi? Quando torni a casa?

Sono rientrato abbastanza presto, quella sera, in albergo. Mi ero portato in camera i piatti di una rosticceria popolare di via Merulana: arancini, broccoli, patatine fritte e un gelato al pistacchio. E mi sono messo a guardare un film alla televisione. Era appena suonata la mezzanotte quando delle terribili urla mi hanno fatto sobbalzare. Quella voce io la conoscevo. Sono corso ad aprire la porta, ma nel corridoio non c'era un'anima e ora regnava il silenzio più profondo. Possibile che nessuno avesse sentito? Sono rientrato in camera, facendo appena in tempo a sentire dei passi precipitosi per le scale. La notte l'ho passata in un continuo dormiveglia, sempre tendendo l'orecchio. Nello scorrere delle settimane, da quando ero arrivato, ormai mi ero creato una mappa mentale dell'albergo. A poco a poco notavo i cambiamenti registrando le permanenze durature.

Alla stanza 305, da prima che arrivassi, una coppia di giovani arabi del Qatar, ascoltava musica del suo paese a volume sempre alto. E sospettavo che lo facessero per coprire le voci intente a discutere, a litigare e a fare lunghe telefonate. Le due brutte facce si guardavano sempre intorno ad accertarsi di non essere seguiti. E non parlavano mai con nessuno. Ma io so che attentati tramavano in giro per il mondo, agli ordini della loro setta di estremisti.

Alla 310 dormiva da una settimana con la moglie un vecchio sikh altissimo, dal prezioso turbante in testa, dal quale l'avevo visto togliere un pugnale subito sparito nelle sue tasche, mentre scendeva lentamente le scale.

Alla 302, arrivata anche lei prima di me, c'era una giovane russa di una bellezza vistosa e provocante, che si ritirava in camera quasi sempre un po' brilla, Angarà. Di rado passava le notti da sola e, pur alloggiando non nella stanza attigua alla mia, le sue risate durante gli allegri convegni giungevano fino alle mie orecchie. Il suo nome, Angarà, Angarà... lo sentivo ripetere quelle notti sulle labbra dell'ospite di turno, mai perfettamente sobrio. Danzava, perché sentivo della musica e un costante battimani, come a ritmare dei movimenti. Conosceva bene il mio nome. Una volta mi aveva fissato, fermandosi per le scale a salutarmi con un gran sorriso, passando rapida la punta della lingua sulle labbra dal rossetto viola: "*Kak dilà? Dobri dien,* buongiorno, *dobri gaspadin* Eterno."

Per qualche secondo ero rimasto in silenzio, disorientato da quell'approccio. Poi, imitandola, le avevo risposto: "Buongiorno... signora Angarà."

Gli occhi, di un azzurro cupo, dardeggiavano. Avrei potuto darle una trentina d'anni o poco più, difficile stabilire un'età precisa. Vedevo però da dove veniva. Da un paese sul lago Bajkal, da una stirpe di sciamani i cui ultimi discendenti ancora praticavano i loro riti. Giovanissima, Angarà era fuggita nottetempo, nascosta a Ulan Udè nello scompartimento della transiberiana di un milionario moscovita incontrato per caso, folgorato dalla sua bellezza. L'aveva mantenuta a Mosca per due anni finché qualcosa l'aveva convinta a fuggire prima in Germania, poi in Italia. E un'oscura minaccia continuava a spaventarla, collegata ai loschi affari del suo seduttore.

Era stato nell'ascensore molto stretto che il contatto con la bellissima russa una mattina si era fatto, per l'esiguità di spazio, da intimo molto imbarazzante. Inondato dal suo profumo, avevo sentito premere i capezzoli di quel seno ubertoso contro il mio petto. Per la prima volta sentivo il corpo di una donna, bella e giovane, tanto vicino da riconoscerne le forme. L'eccitazione mi ha sorpreso. Angarà aveva compiuto il miracolo di resuscitare qualcosa della giovinezza che non avevo mai vissuto.

Alla 301, invece, in fondo al corridoio, da settimane si era fermata una coppia di amanti, Marisa ed Elisa. Anche con le due donne avevo fatto il tragitto in ascensore o il tratto del pianerottolo fino alla sala della colazione. Le sole persone con cui avessi fatto due chiacchiere. La più carina, Elisa, mi aveva fatto varie domande: da dove venissi, quanto tempo sarei rimasto, se mi trovassi bene in hotel, se mi piacesse Roma, se... se. Si vedeva che aveva una gran voglia di attaccar discorso con qualcuno. Ogni volta non la finiva più di parlare, sotto gli occhi duri dell'amica Marisa, una donna alta e silenziosa, vestita sempre da uomo, di cui non ricordavo di aver sentito mai la voce.

La mattina successiva, non vedevo l'ora di capire cosa fosse accaduto. E la mia curiosità venne subito soddisfatta, durante la colazione. Due agenti della questura accompagnavano un ometto grasso, dai neri capelli unti, che si è presentato come dottor Nicola Impagnatiello, ispettore capo di polizia.

"Mi spiace disturbarvi, ma questa notte in quest'albergo c'è stato un grave delitto. È stata uccisa Angarà Nomokonova, la signora russa che qui alloggiava alla camera 302."

Ecco a chi apparteneva quella voce conosciuta, ecco di chi era quell'urlo straziante, di quella poveretta! Sentivo ancora il suo profumo e quel seno premere sul mio petto.

"Lascio il calendario con l'ora precisa in cui sarete tenuti a presentarvi, da oggi pomeriggio, per le domande che dovrò fare a tutti gli ospiti presenti questa notte. Buona colazione e buona permanenza a Roma."

21. Riconoscimento

L'interrogatorio dell'ispettore non mi aveva risparmiato rivelazioni inquietanti.

"Signor Eterno, lei conosceva la vittima?"

"No, ma ci si salutava per le scale."

"Sarebbe in grado di riconoscerla?"

"Penso di sì."

"Allora le chiedo di venire con me."

"È proprio necessario?"

"Sì, ma l'istituto di medicina legale non è lontano."

Non ho replicato e ho seguito l'ispettore salendo sulla sua auto di servizio. Perché volevano anche il mio riconoscimento?

La stanza dove venivo fatto poi entrare era illuminata da una luce fortissima posta al centro del soffitto. Sotto quella lampada una forma umana, di cui distinguevo la punta del naso, giaceva distesa su un tavolo, protetta solo da un largo lenzuolo azzurro. Impagnatiello ne aveva allora sollevato con lentezza un lembo, che cadeva ai lati fino al pavimento. E a poco a poco è apparsa nuda la bella Angarà che mi voleva suo in una notte di piacere. Ho guardato il seno dai bruni capezzoli che mi avevano premuto il petto, ho spiato la macchia appena più scura del suo sesso, richiuso in se stesso come un fiore la sera.

Ecco, questa era la morte.

E ne facevo la conoscenza rivestendo la stessa carne proprio grazie all'unica donna che l'avesse sfiorata, riscaldando la mia tiepida senilità. Nell'unica nudità mai contemplata con occhi umani. Come avessi potuto vederla in questa forma soltanto. Ma l'eterno Padre non poteva incontrare la morte se non da spettatore e da intruso, diversamente dal Figlio che l'aveva provata. Sul collo il segno scuro della coltellata che l'aveva dissanguata, quasi una leggera collana a un solo sottile filo di perle nere.

Era uno sfregio violare le belle forme, la cui vista Angarà non poteva più né difendere, né scegliere a chi riservare. Inerme, in balia di chiunque, povera cosa fra le cose. Eppure accadeva così a tutti i morti della Terra, un attimo dopo essere spirati. Davanti a chi li avesse amati, prima di essere pietosamente vestiti per la tomba, come davanti a chi non li avesse mai conosciuti. Tutti quanti miei figli. Caduti in una delle tante guerre che ancora si combattevano o impiccati da qualche regime autoritario che governava col terrore. Colpiti in una sparatoria di qualche rapina, travolti da un terremoto o spenti dopo una lunga e dolorosa malattia in qualche ospedale od ospizio o vinti da una epidemia. Giovani o vecchi. Preservati dall'oblio grazie a una lapide o dispersi, senza nome, sottoterra o in fondo al mare.

Ma perché farmela riconoscere? Sapevano già tante cose di lei, che potevo aggiungere io? Il suo tormentato spirito non si era ancora liberato e si attardava, tornato sulle rocciose rive orientali del lago Bajkal, vicino ai monti Stanovoj, là dov'era nata.

"La riconosce?"

"Sì, è la signora russa che occupava la camera 302."

Le varie domande poi, tornati nel suo ufficio, davano l'impressione che io facessi parte di una ristretta rosa di sospettati. E tutti allo studio degli inquirenti, per i quali anche l'ospite della 308 non doveva avere più segreti. Ho dovuto precisare che a quell'ora, l'una della notte, no, signor Eterno, il delitto risale a prima, a mezzanotte e cinque minuti circa, insomma a quell'ora stavo guardandomi un film. Quale? *It*, il canale potete verificarlo. Sì, da solo e stavo consumando la mia cena, presa in una rosticceria. Quale? La Cuccuma, vicina a via Mecenate. Arancini, broccoli, patate fritte e gelato, se vuole sapere anche il menu. Sì, sì, certo che ho sentito quell'urlo e subito sono uscito per correre a vedere. No, nessuno. No, non sono arrivato alla 302, non sapevo ancora che si trattasse della signora Angarà. Avevo sentito correre qualcuno per le scale, qualche minuto dopo che ero rientrato in camera. Sì, la stanza 308, la mia. Perché? Perché ero stanco, avevo sonno ed ero anche spaventato.

Da dove venivo? Una voce all'orecchio suggeriva "da Firenze". Da Firenze. Che lavoro fa? Veramente sono in pensione, ma ho una ditta che si occupa del benessere delle persone. Forse aveva incontrato grazie a quel lavoro la signora Angarà? Sa, si occupava anche lei di far stare bene le persone. Senta, ispettore, la mia era ed è una ditta molto seria, non un bordello. Ma, signor Eterno, mica volevo insinuare niente, ci mancherebbe. Si era mai accorto di qualche tentativo di approccio della signora, qualche speciale attenzione? Ispettore, alla mia età?

Non si butti giù, caro signore, oggi si campa fino a cent'anni, lei è ancora in grado di suscitare simpatie femminili. Aveva preso una piega poco simpatica, quell'indiscreto. Pareva comunque più incoraggiante di mio figlio che, quanto ad aspettativa di vita maschile in Italia, aveva garantito solo fino a ottant'anni. Questo il solo tratto nei modi dell'ispettore capace di alleggerire la mia tensione. Mi sono sentito rinascere, per vanità o bisogno di rassicurazioni, quali che fossero, anche le più facili e fatue.

Cosa faccio a Roma? Niente, sono in vacanza. No, non so ancora quanto mi tratterrò, dipende da tante cose. Da cosa? Ma, anche da una certa agitazione che vedo fra i miei inquieti dipendenti. Dipendenti? Ma non ha detto che è in pensione? Sì, ma certi legami, certe relazioni col personale, non si spezzano mai, mi creda, i miei collaboratori sono una grande famiglia, dei figli per me. Ah, lei dev'essere uno di quegli imprenditori che a riposo del tutto non ci vanno mai. Forse è vero. Uno che ama i suoi dipendenti come dei figli, stirpe rara, la sua, oggi, gli Olivetti, i Pirelli in Italia non ci sono più, caro signor Eterno. La ringrazio, spero che le forze mi aiutino a risolvere i problemi della mia ditta. Ma lei è in buona salute, caro signore. L'apparenza inganna, ispettore, la vecchiaia è una malattia. La salute può dare problemi a tutti, caro signor Eterno, anche ai giovani. Vede, lei si sarà chiesto perché mi sia trattenuto a interrogarla. Il fatto è che il suo nome figura in un'agenda di appuntamenti, diciamo così, particolari, di Angarà Nomokonova, come può constatare con i suoi occhi. E maneggiandola con un paio di guanti apriva l'agendina dalla copertina rosa, a una pagina dei primi del mese, dove in cirillico notavo bene in colonna alcuni cognomi, sette per la precisione, trascritti con uno sbiadito inchiostro nero. Tutti segnati da una crocetta in rosso accanto, che pareva di rossetto. E l'ultimo, ma senza ancora la sua brava crocetta, era davvero Eterno, per quanto scritto in cirillico lo riconoscevo.

A quel punto mi si è accesa un'improvvisa luce. Ho visto in un lampo il volto barbuto dell'uomo ricchissimo che anni prima l'aveva rapita e portata a Mosca... Ho visto il lussuoso vagone della transiberiana dove si erano chiusi in uno scompartimento per giorni... ho visto la neve che copriva la taiga della Siberia, dove il treno correva nella Jacuzia centrale, verso Irkutsk... ho visto i samovar di tè bollente e le bottiglie di Veuve Clicquot che avevano vuotato, dopo aver attraversato il fiume Enisej gelato... i secchielli per il ghiaccio e il caviale nel vagone dai velluti rossi, le rose bianche che aveva fatto acquistare per lei al mercato di Omsk, durante una sosta del treno, di fronte alla stazione... Era nella lista, quel cognome breve di cinque lettere, al primo posto. E col dito l'ho indicato. Naran, un nome sinistramente palindromo. Lo conosce? Naran? No, no, mai incontrato. L'assassino che cercate ha a che fare con quest'uomo, se non è lui stesso. E come fa a esserne così sicuro? Lo conosce? No, ma so che ora è in Italia, a Roma, all'hotel Plaza, questo Naran. Ha cinquantanove anni, ha una cicatrice profonda sul mento che cerca di coprire sotto la folta barba. No, è pakistano, non è russo, e sta per tornare nei pressi di Mosca, in una dacia dove vive sotto falso nome, se fate presto potete ancora acciuffarlo, questo cattivo soggetto. Si rende conto di quello che sta dicendo, dottore? Non ci sta prendendo in giro? Potrebbe essere risolutivo per questo delitto, ma resta il problema di come spiegarsi che lei sappia certe cose nei più piccoli dettagli, e come mai figurasse nella lista di questa agenda. Verificheremo subito tutto, ma lei deve rimanere a disposizione, al Livilla. Ispettore, posso almeno andare a mangiare? Avrei un invito a cena, da amici a Trastevere. Ma certo, dottor Eterno, mica è agli arresti, a noi importa che lei risieda al Livilla, dove possa essere reperibile, e che non lasci Roma. D'accordo, ispettore, d'accordo, se posso aiutare a rendere giustizia a questa povera vittima, volentieri. Una sola raccomandazione, ai suoi amici stasera e nei giorni che verranno mai una parola su questa faccenda.

Mentre scendevo lungo via Merulana, prigioniero di Roma, consegnato al mio hotel dal tragico caso, sapevo che l'ispettore capo Impagnatiello fra poche ore avrebbe ottenuto il riscontro che speravamo entrambi, per acciuffare l'assassino e credere a me. Pur trovato anche il mio nome nella lista, avrebbe comunque capito che non c'entravo per nulla. E quindi mi avrebbe creduto uno dei pochi sensitivi che non millantavano i loro poteri. Quasi sicuramente si trattava di un elenco di uomini che Angarà si riprometteva di sedurre e sfruttare. Mi credeva molto ricco. Era sempre stato il denaro a decidere le mosse della sua vita. Forse nel signore dai modi gentili della 308 aveva intuito qualcosa che la rassicurava. Un tipo ben diverso dal suo passionale e violento Naran. Angarà, discendente di potenti sciamani, pur corrotta dal denaro non aveva perso le sue radici. Aveva conservato un'intuizione non comune ereditata da un prozio che a Ulan Udè aveva guidato una comunità di monaci buddhisti. Venerato poi dopo la sua scomparsa, nel monastero dove era conservata intatta la sua salma, esposta ogni anno nell'anniversario della nascita alla venerazione dei fedeli. E dal prozio sciamano aveva appreso, nell'ultimo incontro, in una lunga reprimenda sulla sua vita dissoluta, la fine violenta che la minacciava. Sì, qualcosa di me doveva aver a modo suo captato, quella donna speciale. Se fosse vissuta il giorno dopo si sarebbe spinta più in là dell'approccio sulle scale, quando mi aveva salutato col suo "*Kak dilà?*" Anche forse per sottrarsi alle minacce di quel magnate russo, sempre più pesanti, l'avrebbe fatto.

Mi tornava in mente il primo incontro con mio figlio, che si raccomandava di trovarmi una compagnia, nel rammarico di lasciarmi solo, nella triste stanza del Livilla. A mio figlio avevo rimproverato di aver potuto incarnarsi in un bel giovane di trentatré anni, mentre io avevo dovuto accontentarmi delle sembianze di un vecchio. Un giorno solo ancora e avrei provato quel che la sua giovinezza gli aveva concesso, che l'avesse colto con una donna fra le sue discepole o soltanto avesse provato il morso della carne, mentre la mia ne era sempre stata ignara. Fino a quando, nell'ascensore, Angarà non aveva premuto il suo petto sul mio.

Camminavo con le mie nuove scarpe in via Merulana, fermandomi per pranzare a uno dei tavolini esterni di una trattoria. Che mi succedeva? L'inedita natura umana stava insidiando quella eterna? Avevo appuntamento per le otto a Trastevere, il che mi avrebbe regalato, data la distanza, una lunga passeggiata nel cuore di Roma. Mi aveva telefonato Davide insieme a sua madre, il giorno prima, per invitarmi ad assaggiare la loro pizza. Non mi occorreva nulla di meno di quest'invito per distrarmi dalle brutte ore vissute. Davide aveva sempre il potere di dissolvere le nubi addensatesi sul mio capo, come la domanda che cominciava a turbarmi: cosa mai avrebbe capito Impagnatiello, se avesse fatto ricerche a Firenze su quella supposta ditta di Giovanni Eterno che si occupava del benessere delle persone?

Così mi ero dilungato quel pomeriggio attraversando i giardini di colle Oppio, fermandomi alla caffetteria di Nunzia, per fare quattro chiacchiere con l'arguta anziana che aveva visto in cinquant'anni di esercizio mezza Roma. Dopo un lungo giro dalle parti del ghetto e dopo aver percorso l'isola Tiberina, avevo finalmente imboccato il lungotevere. Ma il timore di arrivare troppo in anticipo all'appuntamento mi faceva attardare osservando intorno a me i romani che correvano, le facce dei turisti, gli alti pullman a due piani, le auto blu dei politici a sirene spiegate, i rider in bicicletta. Approfittavo di ogni panchina che trovassi libera o di ogni muretto dove potessi sedermi, leggendo le lapidi in latino di cui Roma è piena.

All'angolo di un ponte, gestita da un giovanotto con il corpo cosparso di tatuaggi che vantava la qualità della sua bibita, "la migliore di Roma", ecco la baracca della tipica granita romana, la grattachecca che avevo imparato a gustare. Ecco lì vicina la cupola verde a base quadrata della sinagoga più grande di Roma, il Tempio Maggiore. Dopo alcune altre soste lungo gli argini del Tevere, da dove guardando in basso notavo dei podisti correre sulla riva del fiume, i miei passi si erano finalmente avvicinati alla destinazione. In tempo per suonare emozionato il campanello, alla lucida pulsantiera d'ottone dei Malvasia, alle otto in punto.

22. Una serata in famiglia

"Davide domani mattina dovrà alzarsi presto, se ne va in gita con la scuola."

"E dove va?"

"A Tivoli, a vedere Villa Adriana."

"A Tivoli dovrei andare anch'io con mio figlio, uno di questi giorni."

Trillavano i cellulari con le diverse suonerie musicali, arie d'opere e motivi di jazz. Chiamate di parenti, amici, colleghi di lavoro, di rado sopportate come seccature, più spesso accolte con allegria. Ma non impedivano la conversazione nella luminosa cucina, che guardava sulla terrazza piena di piante, mentre il giostraio stava tagliando la pizza nel tegame. In tavola facevano già bella mostra le verdure per il pinzimonio, un vassoio di formaggi assortiti, una torta di mele, una ricca macedonia di frutta fresca. Il clima della serata mi faceva sentire così a mio agio da toccare persino quel delicato tasto del figlio.

Anna, la madre di Davide, ricordava bene che il suo bambino era guarito al mio solo imporgli le mani sul capo. Ed esprimeva la sua gratitudine nella stessa complice semplicità con cui mi trattava, come se nulla di così straordinario fosse mai intercorso fra noi, uniti da quel segreto che custodiva così gelosamente.

"Nonno, ma quanti anni ha tuo figlio?"

"Trentatré."

"Davide i nonni purtroppo non li ha più. Sia quello materno, sia quello paterno, anche lui di nome Giovanni. Così l'ha proprio adottato."

"Mi mancava un nipote."

"Suo figlio non gliene ha dati ancora?" insisteva Giuseppe Malvasia mentre mi serviva la pizza.

"No, e non prevedo di diventare nonno facilmente."

L'osservazione poteva apparire venata di qualche malinconia e quindi giustificare l'abbandono del tema.

"Davide, allora scriverai una bella pagina di diario, dopodomani," sapevo che al bambino piaceva raccontare quel che faceva a scuola per ricevere complimenti di cui sembrava non saziarsi mai.

"Così ti racconto com'è la Villa Adriana, prima che tu ci vada."

"Davide, adesso però lascialo un po' in pace, la pizza va mangiata bella calda," osservava la mamma, tagliando quella del figlio. E aggiungeva di averla fatta lei mandandola a cuocere dal fornaio perché non entrava neanche nel suo forno nuovo.

"L'ho fatta quattro stagioni, come piace a Davide."

E la conversazione fioriva su altri cibi da preparare per il bambino il giorno dopo, come una torta salata alle verdure e una crema pasticcera. Cucinare era una delle passioni di Anna, ereditata da una nonna, la cuoca di un ricco americano trasferitosi da Boston a Roma. Un collezionista d'arte che riceveva sempre i complimenti dagli ospiti per i raffinati pranzi preparati dalla sua cuoca. Apprendevo che una prozia nonagenaria di Anna aveva passato l'inverno dalla nipote e se n'era appena tornata al suo paese, fra i monti di Fabriano. Una ricamatrice di fino: i merletti della bella tovaglia rosa ricamata sulla tavola erano opera sua. Apprendevo che Giuseppe aveva appena regalato alla moglie un forno nuovo che le permetteva di prodursi in tante specialità. Che Anna passava ore al mercato a scegliere, una per una, certe rarità come la quinoa e alcune spezie che non si trovavano facilmente, curcuma, coriandolo, zenzero, amarillo, foglie di aneto, amok della Cambogia. Che adorava i fiori e le piante grasse. Ecco cosa avrei dovuto portarle la prossima volta, una bella pianta.

"Ma la specialità della mamma sono i dolci," interveniva Davide, "la torta di mele poi, sentirai che roba, da leccarsi i baffi!"

Poi Giuseppe intavolava l'argomento preferito. E rivelava che stava allestendo una nuova giostra riutilizzando anche vecchie figure del nonno Antenore. E intendeva rinverdire l'arte di famiglia in un settore abbandonato dal padre, quella dei carri di carnevale, con le sue allegorie di politici, attori, cantanti, calciatori, dei personaggi più invidiati e ammirati dagli italiani. Stava già lavorando a qualche grande maschera da portare alla sfilata di Viareggio.

"Bravo, così andrai a metterti nei guai come tuo nonno..." commentava a quel punto Anna, a bassa voce. E non era chiaro di quali guai si trattasse, ma troncava la frase, per un'occhiata di Giuseppe che la fulminava.

E la conversazione, lasciata cadere qualche secondo, poi riprendeva su tutt'altro argomento. Non era solo la mia prima cena a Roma in compagnia, ma anche in una vera famiglia. Nonostante qualche nervosismo fra marito e moglie l'atmosfera era serena. Milioni di altre famiglie ora parlavano così, a tavola, nelle loro case. Di cibarie, mercati, prezzi in rialzo, tasse, rendimenti scolastici dei bambini, lavoro, festival di canzoni, partite di calcio. La banalità del quotidiano, questa successione delle cose goccia a goccia, tornava a catturarmi. Così a me estranea, così riposante, così insolita. Ripensavo all'hotel Livilla, a quella *magna domus* della solitudine provvisoria o definitiva che era pur sempre un albergo. Tra una chiacchiera e l'altra, la tragica immagine di Angarà più e più volte mi era riapparsa per il contrasto con la serena convivialità della cena. Non riuscivo a rimuovere la spettrale visione di quel corpo nudo, che a tratti piombava sotto la luce abbagliante, non più in quella gelida stanza davanti a Impagnatiello, ma nell'accogliente cucina dei Malvasia tutti riuniti.

In una sola giornata, quante cose diverse, dalla violenza omicida alla quiete di una famiglia normale. Anche se l'unione di quei due genitori non era stata costante, anche se quell'armonia non era perfetta. Ma era così vera, così credibile. "Nonno" ormai mi chiamava sempre quel delizioso bambino dai capelli di fiamma, che manteneva segreta la mia identità anche con la mamma. Lui, condividendo la verità della mia natura, sapeva non stupirsene. Lei era paga di aver incontrato un guaritore, un personaggio un po' misterioso, non privo di fascino, decisamente fuori del comune.

Mentre il marito mi versava altra birra, guardavo dalle finestre le luci gialle dei lampioni sulla piazza, da dove veniva lo scroscio della fontana. Non lontano scorgevo i platani lungo il Tevere, le punte dei campanili, le luci delle finestre dall'altra parte del fiume. Alcune si spegnevano, altre si accendevano. Alcune foravano la notte, altre più tremolanti parevano accontentarsi di farsi appena notare. Qualche clacson arrivava ma sempre più raro, a segnalare che il traffico era calato e la città andava a poco a poco acquietandosi. Assaporavo la dolce pienezza del momento. Quasi col desiderio di rallentare le ore di quella serata in famiglia, nel timore di non tornare a viverne un'altra altrettanto appagante, fra mura così ospitali.

"Vuol venire un giorno a vedere il laboratorio delle mie giostre? I gusti dei bambini cambiano, ma hanno curiose costanti."

"Verrò molto volentieri, magari ci accompagni anche tu, Davide?"

"Certo! Quando ci porti, papà?"

"Anche dopodomani, dopo che avrai fatto i compiti, se va bene al signor Eterno. Così le faccio anche vedere i giganti che sto preparando per i carri del carnevale."

E notavo che queste ultime parole me le aveva dette sottovoce, approfittando di quando Anna era andata a rispondere al telefono in un'altra stanza.

"Mi chiami Giovanni, la prego."

"Certo, Giovanni. Da dove viene quel cognome, di quale parte d'Italia è originario? Non l'ho mai sentito."

"A volte è impegnativo da portare."

"Non li scegliamo mica noi i nomi e i cognomi."

"Le ricerche sulle origini, comunque, le ha fatte mio figlio, che ne sa più di me. Forse della Sicilia o forse della Toscana, bisogna che glielo chieda, non sono molti gli Eterno."

"Sa, anche Malvasia è un cognome strano, non credo che derivi dall'uva, ma da quel *mal* che chissà a che stranezza si collega."

Mentre rispondevo con qualche imbarazzo a suo padre, Davide mi guardava. Pensava al nostro volo sulla Toscana, alle torri che aveva ammirato a cavalcioni del drago. Quella più svettante del Mangia, di Siena, quelle di impari altezza di San Giminiano, fino ad arrivare alla grande abbazia scoperchiata di San Galgano.

Sulla porta di casa più tardi Anna e Giuseppe mi salutavano mentre aspettavo un taxi per tornarmene in albergo. Lui la cingeva col braccio alla vita. Un nuovo vasto stormo di uccelli prendeva il volo in quel momento, quasi sfiorandomi in uno dei suoi volteggi più bassi e più arditi, come se anche loro mi cercassero...

"A dopodomani pomeriggio, il mio laboratorio sta al centro, in via Baccina. Alle quattro, Giovanni? La passo a prendere io."

Più tardi, passando alla reception del Livilla, mi attendeva una lettera dell'ispettore Impagnatiello. Sullo stretto ascensore tornava a catturarmi l'immagine di Angarà. Adesso era sola, all'obitorio. O in una bara ancora più stretta di quell'ascensore. Per l'emozione di quel ricordo avevo sbagliato a pigiare il bottone del piano, ritrovandomi al quarto invece che al terzo. Uscivo dall'abitacolo e scendevo di corsa un piano di scale mentre mi batteva il cuore lacerando la busta gialla. Leggevo gli untuosi ringraziamenti dell'ispettore che mi faceva capire quanto fossero state preziose le mie indicazioni, ormai sulle tracce dell'assassino. Fiutavo già dal preambolo dove intendesse andare a parare. Impagnatiello mi avrebbe voluto come informatore, pronto a discutere a quale prezzo potessi accettare il delicato incarico. E mi offriva una scorta perché la persona che avevo aiutato a scovare era un potentissimo esponente della mafia russa. Con forti coperture internazionali, che potevano mettere a repentaglio la mia sicurezza. La sua era un'abile mistura di rassicurazioni e pressioni, ignaro che nessuno al mondo avrebbe potuto davvero nuocere all'ospite della camera 308. Eppure un raggio della mia eccezionalità doveva averlo colpito, confortato dai fatti. Quel sensitivo, lo strambo dai mille misteri ma così dotato di capacità paranormali, bisognava sfruttarlo ai fini della giustizia, non poteva permettersi di perderlo. Così doveva aver ragionato coi suoi superiori, che l'avevano già autorizzato a muovere quei primi passi. Se non avessi accettato avrei passato i miei guai. Forse non sarei stato più libero, forse d'ora in poi mi avrebbero fatto sorvegliare e seguire, per non perdermi mai d'occhio. O ero già pedinato, fin da quella sera, quando ero uscito dalla casa dei Malvasia? Di fantasia in fantasia, di sospetto in sospetto, la prospettiva mi andava inquietando. Per distrarmi accendevo la tv. Non avevo sonno. Lo squillo del telefono mi faceva guardare l'orologio, l'una e un quarto di notte.

"Buonasera, dottor Eterno, mi scuserà per l'ora, ma volevo darle buone notizie, sono Impagnatiello, come sta?"

"Ah è lei, sto bene, grazie. Ho appena ricevuto la sua lettera."

"Volevo ringraziarla, la sua collaborazione è stata fondamentale, abbiamo già acciuffato Naran, il mandante dell'assassinio, e i suoi due complici."

“Erano in due?”

“Sì, abbiamo le prove, erano in due, uno si era garantito le grazie della Nomokonova già da diverse notti, per questo se l’era portato in camera. L’altro li ha raggiunti mentre già si trovavano insieme.”

“E che motivo c’era di ucciderla?”

“Angarà sapeva troppe cose di quel capo mafia russo, il pakistano. Era stata l’amante di Naran. Poteva cantare. Fuggendo in Italia aveva firmato la sua condanna a morte e lo sapeva.”

“Lo sapeva?”

“Abbiamo trovato delle lettere e un diario, oltre all’agenda che le ho mostrato. Era consapevole di non potere sfuggire a quello che poi le è capitato, quasi rassegnata al suo destino.”

“Poveretta, stava cercando di rifarsi una vita, fosse stata meno bella, chissà, non sarebbe stata preda di quell’uomo... e della sua vendetta.”

“Forse, ma è vero che la passione ha complicato tutto, perché quel Naran non sopportava di saperla fra le braccia di altri uomini.”

“E ora, dove verrà sepolta?”

“In Siberia, a Ulan Udè ha un fratello.”

Tornava dov’era nata, Angarà. Dove la sua famiglia non aveva potuto salvarla dal destino tragico previsto dal monaco buddhista. Scendeva dopo la precisazione dell’ispettore un certo silenzio scandito dalla pendola del corridoio: l’una e mezza.

“Senta, ispettore, le posso già dare la risposta all’offerta che mi ha fatto.”

“Ma non vuol prima leggere le lettere di Angarà?”

“No, in verità non mi interessano. Piuttosto, ascolti la mia risposta. Non voglio avere a che fare in nessun modo con la giustizia."

"Ha riflettuto bene? Si rende conto dei rischi che anche lei può correre? Perché la rete della mafia russa potrà arrivare anche a lei. Quell'uomo, quel Naran, non è morto, anche se lo abbiamo catturato la sua rete continuerà a indagare."

"E voi mi proteggerete lo stesso, che ci state a fare altrimenti?"

"Non è così semplice come lei crede."

"Allora mi difenderò da me. Questa a ogni modo è la mia risposta definitiva, caro ispettore."

"Me ne duole molto, caro dottor Eterno, un buon accordo sarebbe convenuto a entrambi. Se però ci ripensasse, saprebbe sempre dove trovarmi, a questo numero di cellulare, buonanotte."

23. Preparativi per il carnevale di Viareggio

Due giorni dopo, quando il furgone dei Malvasia si è fermato davanti al mio hotel, ero già in attesa sul marciapiedi.

"Come è andata poi a Villa Adriana, Davide?"

E il bambino in auto estraeva subito dallo zaino un album da disegno per farmi ammirare quel che aveva visto, rivelando talento nella scelta dei colori e nella finezza del tratto. E così sfilavano davanti ai miei occhi gli schizzi un po' ingenui del Canopo, del Pecile, della valle di Tempe, del Serapeion, del Teatro marittimo, del Palazzo d'oro. Uno spicchio del mondo antico in miniatura, che conoscevo bene. Adriano, troppo stanco per poter viaggiare anche da vecchio, aveva fatto riprodurre i luoghi preferiti dei suoi numerosi spostamenti, nella villa del suo ritiro, così da risvegliarsi ogni mattina non a Tivoli, ma ancora in viaggio per il mondo. Quel suo gravoso limite evocava il mio, nelle sembianze terrene. E mentre sfogliavo, seduto sul sedile posteriore, l'album con quei disegni, rievocavo le vicende dell'imperatore.

Lo rivedevo camminare a fatica a Tivoli, passati i sessant'anni, preso ancora dalle cure di governo, aspettando ormai solo la morte. Le sue disperate lacrime, la notte dopo il suicidio di Antinoo sul Nilo, in seguito tanto criticate da scrittori cristiani come Tertulliano e Origene, mi avevano toccato. Annichilito dal dolore, l'imperatore aveva a lungo pregato per l'immortalità di Antinoo. Un epicureo come lui, certo dell'indifferenza degli dei, era giunto a credere nel divino per la necessità di prolungarne la vita, nell'estrema speranza di ritrovare Antinoo dopo la morte. Non dissimile, in quel disperato bisogno di credere, dall'ultimo degli esseri umani. Tutto questo Davide non poteva né saperlo, né immaginarlo. Non poteva associare quei monumenti ai passaggi più intensi dell'esistenza di Adriano. Eppure qualcosa di suggestivo era arrivato a sfiorare anche quel bambino, mentre la domanda che mi poneva confermava la sua certezza che l'avessi conosciuto.

"Che tipo era, questo imperatore? Ho visto una bella statua con la barba, la maestra ha detto che Adriano la portava lunga come i filosofi greci."

"Era così, infatti. Non tutti i cesari nutrivano il suo amore per la sapienza. Era un saggio, valoroso in battaglia ma poco propenso alla guerra, rinunciò alle conquiste del predecessore per poter difendere meglio l'Impero."

"In quella villa penso che se potessi dormirci la notte vedrei dei fantasmi."

"E non avresti paura?"

"No, macché paura, anzi, mi piacerebbe."

"Davide non si accontenta di quello che vede. Il che è anche colpa sua, Giuseppe."

"Vero, è proprio figlio mio."

Arrivammo a via Baccina, parcheggiando non lontano dall'ex oratorio che ospitava il laboratorio dei Malvasia. "Ci venivo da bambino già con papà. L'aveva comprato mio nonno e qui sono rimaste molte cose impiantate da lui."

Entrando, colpiva la vastità dell'ambiente dal soffitto a volta. Diviso in stanze successive, tutte separate da pareti di cartongesso, stipate fino all'inverosimile. Banchi con strumenti di carpenteria, di falegname, morse, tenaglie, martelli, pennelli e seghe di tutte le misure e una quantità di bidoni di vernice di ogni colore. Alle pareti foto ingiallite di Vittorio Emanuele III, della regina Elena, del duce, di Pio XII. E ritratti di una quantità di santi. Ma anche foto di famose attrici, da Rita Hayworth a Greta Garbo, da Bette Davis a Joan Crawford.

"I personaggi e i santi li ha appesi mio nonno Antenore, le attrici mio padre Giovanni, che per le star del cinema andava pazzo."

Gli oggetti erano così ammassati che riuscivamo a stento a farci largo per avvicinarci a un tavolone dove erano posati i disegni dei modelli per la nuova giostra. Dappertutto un odore penetrante di trementina.

"Lavoro su *Alice nel paese delle meraviglie*, che piace molto a Davide."

E Giuseppe si metteva a sfogliare i disegni delle sue nuove creature. Bruchi che fumavano oppio. Conigli in marsina, con l'orologio da taschino in mano. Carte di picche che si allungavano a ricordare forme equine. Una grassottella regina dal viso aguzzo e cattivo. Un'enorme tazza da tè, dove il liquido scuro appariva solo a metà. Un bianco cappello a tuba. Tutte forme che si prestavano ad accogliere ben seduti i bambini che volessero entrare nel fantastico mondo di Carroll.

“Sembra proprio di rileggere le avventure di Alice. Ma le ha già costruite?”

“Una è già finita. Venga a vedere.”

E lo seguivo con Davide nel camerone attiguo all’ingresso.

Qui regnava la cartapesta ammassata contro la parete, ma anche già modellata in alcune forme, al centro della stanza e verso un’altra porta. Facendoci largo fra le sue creazioni, Giuseppe ci portava verso la tazza da tè il cui liquido occupava solo una rigorosa metà, che faceva da comodo sedile per i bambini.

“Straordinaria.”

“Sì, ma papà sa fare anche di meglio.”

E proprio mentre Davide esprimeva questa riserva sulla tazza da tè del cappellaio matto, mi colpiva un’imponente struttura in legno, con quattro ruote e molti tiranti di cuoio e corde, sormontata da una specie di gru rotabile. Inutilizzata da tempo e impolverata, qualcosa mi faceva ritenere di averla già vista in funzione.

“È una macchina da processione, una delle specialità di mio nonno Antenore.”

“E a che serviva?”

“A portare in giro i santi delle feste patronali durante la processione per la città, anche la Madonna e Gesù nel giorno del Cristo morto, venerdì santo.”

“Qui a Roma?”

“No, questa al nonno l’aveva commissionata il vescovo di Carrara. Doveva aggiustarla perché durante una processione l’arcangelo Gabriele era venuto giù e aveva distrutto la Madonna. Il nonno ne aveva fatto una malattia, ma non è riuscito a finirla, ed eccola qui ormai da anni.”

"Quando la aggiusterai, papà?"

"Ho lavori urgenti, e poi le giostre hanno un mercato, le processioni tendono a sparire. La gente a Roma brontola già quando passa il papa, figuriamoci per il corteo pasquale col Cristo morto o per la festa di santa Apollonia che mostra i denti strappati dalla tenaglia."

L'accenno al passaggio del papa mi distraeva da quella stanza delle meraviglie. Forse mi stavano cercando sia i suoi uomini, per condurmi in Vaticano, sia i sicari della mafia russa, per vendicare Naran, il loro potente mandante.

"Papà, è un peccato però lasciarla arrugginire così la macchina del nonno, guarda quanta polvere."

"Bisogna che trovi il tempo per aggiustarla. Certo mio nonno era un bel tipo, caro Giovanni, con alcune manie."

"Quali sarebbero?"

"Si era fissato di poter fare il ritratto di Maria, di Gesù, di Dio. Quello dalle vere sembianze, quello preciso, diceva lui, non quello di Leonardo, Michelangelo e di Raffaello."

"Che voleva dire?"

"Che quelli usavano i talenti del Signore per arricchirsi di fama e di denaro, non per svelarlo com'era. Diceva che il vero volto di Dio, solo gli ultimi della Terra lo possono vedere, quelli che ignorano il valore del denaro: i bambini, gli idioti, i santi, a volte anche certi madonnari da strada, gli artisti che nessuno conosce."

Restavo attonito in ascolto. Non potevo non pensare a Davide, che mi aveva subito riconosciuto. E Giuseppe, cogliendo la mia attenzione, continuava a parlarmi di quel folle nonno.

"Leggeva ogni giorno la Bibbia, anche quando spingeva le sue giostrine a piazza Navona. Perché allora si spingevano a braccia e mio nonno era un vero colosso, alto due metri, pesava centoventi chili."

"Ma quei ritratti... di Dio, li ha poi fatti? C'è poi riuscito?"

"Provava e riprovava sempre, e stracciava o bruciava tutto, arrivava a bestemmiare, accusava, sì, accusava Dio di nascondersi, di non volersi far vedere da lui. Giurava di riuscire un giorno a stanarlo, a smascherarlo, a tirarlo giù dal cielo."

Tirarmi giù dal cielo! Davide si chinava a guardare per terra, trattenendo una risata a stento.

"Sarebbe interessante vedere una di queste prove mancate di suo nonno, possibile che le abbia distrutte tutte?"

"A dir la verità, ma questo non lo deve sapere la mamma, Davide, prometti?"

"Certo, papà che lo prometto!"

"Bene, a dir proprio la verità, qualcosa ho trovato, e l'ho nascosto a mio padre. Non aveva mai perdonato a mio nonno di essere caduti in rovina e avergli fatto patire la fame trascurando il lavoro per quelle manie religiose."

"Avrei proprio piacere di vedere quelle prove."

"Allora seguitemi."

Poi però dopo pochi passi si fermava.

"Parola d'onore che non dirai niente alla mamma, Davide?"

"Parola d'onore, papà."

E lo seguivamo adesso, io e Davide, attraverso un'altra stanza ancora più ingombra di cartapesta e utensili, bidoni e strati di carta ammassati, un foglio sull'altro. Insieme a quello della trementina, era l'odore di vernice a pungere le narici, un odore che man mano che ci si addentrava nel laboratorio, come nelle ossessioni dei Malvasia, si aggravava.

"Sai, tento di riprendere l'arte del nonno di allestire i carri allegorici del carnevale di Viareggio. Qualcuna di quelle allegorie anzi l'ho già fatta e inviata in Toscana, dove è piaciuta al comitato organizzatore. Penso che alla prossima edizione me ne commissioneranno altre. Mi raccomando, sono cose che ho nascosto ad Anna." La passione per quello che aveva iniziato a spiegarmi aveva spontaneamente fatto passare Giuseppe dal lei al tu. Mentre parlava passava ad aprire la porta chiusa a chiave di un altro stanzone ancora. La chiave però faticava a girare e richiedeva un certo sforzo.

"Ma che strano, gira sempre al primo scatto, cos'ha 'sta porta?"

Davide mi tirava per la giacca. Nel suo sorriso vibrava la stessa complice intesa di quando volavamo in groppa al drago, nei cieli della Toscana. Continuando a maneggiare quella serratura bloccata, Giuseppe si profondeva in altre spiegazioni.

"Qua dentro c'è il carro che sto creando, sulla base dei disegni ritrovati di mio nonno, quelli che avevo cercato per anni."

Finalmente, dopo molti e ripetuti sforzi, la serratura ha ceduto e la porta si è aperta. Gli odori di vernici e di segatura mi colpivano più forti ancora, tanto da farmi tossire ripetutamente.

L'oscurità era totale.

"Aspettate, aspettate un momento, non muovetevi, potreste inciampare e farvi male. Ci sono delle forme molto grandi qua intorno, fate attenzione a dove camminate. Ci sto lavorando ancora, appartengono al corteo di quella che voglio mostrarti. State fermi lì, vado ad aprire la finestra."

"Ma cosa sono?"

"Degli arcangeli."

Un minuto dopo la luce sciabolava diretta dal finestrone rotondo, a ferirmi gli occhi.

In trono, come lo Zeus di Olimpia ma venato di una inquietudine estranea alla creatura di Fidia, la barba bianca, la maestà del volto segnato da rughe, le chiome candide sulle spalle dal mantello celeste, il Padreterno del folle bisnonno di Davide mi fissava con due pesanti lacrimoni nei grandi occhi. Non giocava con leggerezza la mia parte, ma la prendeva terribilmente sul serio. Non si divertiva attraverso le varie vicende delle creature a far circolare la corrente perpetua dell'energia divina. Non le accoglieva alla fine stanche per riposarle in seno, prima di reimmergerle in altre forme assetate di vita. Portava il carico di tutto l'immedicabile dolore del mondo. Intorno due angeli, appena sbozzati nella cartapesta bianca, le ali ritte come lance, ancora senza volto.

"Nonno, ma non sei mica tu quello lì."

Giuseppe non aveva sentito le parole sussurrate da suo figlio, perché si era già messo a saltellare per la stanza. Afferrava una mano caduta sul pavimento, la destra, solo poco dopo esser andato ad aprire la finestra. Altre parti della statua adesso perdevano dei pezzi, come se qualche corrente d'aria o una scossa di terremoto l'avesse all'improvviso investita. Cadeva la barba. Cadevano ciocche della capigliatura. Cadeva il manto celeste fissato a una spalla. Cadeva la spalla destra. Ora si piegava una gamba...

"Fuori, fuori! Prima che crolli tutto!" strillava il povero Giuseppe, cessando di saltellare per lo stanzone a raccogliere quel che rimaneva del suo Dio.

E tutti e tre correvamo verso la porta mentre la gigantesca figura, che doveva portarmi in scena al carnevale di Viareggio, in un gran polverone rovinava a terra.

24. Nuova ambasceria degli arcangeli

"Capisce adesso perché ho tanta paura per il mio Davide? Temo che dal padre erediti la follia di famiglia. Vede, mio suocero soltanto ne è stato immune, perché ha dovuto rimboccarsi le maniche per il fallimento del padre."

"Giuseppe me ne ha accennato."

"I Malvasia dovrebbero chiamarsi Malsania. Soffrono di una sorta di pazzia religiosa. Anche due prozie di Napoli, che vedevano la Madonna. Uno zio si è fatto credere prete dicendo messa tutta la vita. Solo quando è morto si sono accorti che non era stato mai ordinato."

La conversazione con Anna avveniva, un tardo pomeriggio, ai tavolini del caffè Panella, vicino a Santa Maria Maggiore, riscaldati dalle stufe elettriche a stelo ancora accese ai primi di aprile.

Mi aveva cercato qualche giorno dopo al telefono per potermi parlare, avendo saputo l'accaduto non da Giuseppe, ma da Davide, che aveva tenuto il segreto a modo suo. Aveva disegnato il crollo del Padreterno sul suo album con impressionante realismo. Una montagna di dita, barbe, mani, nasi e chiome di cartapesta, ai piedi di un moncone della statua, con l'aggiunta di uno stormo di famelici avvoltoi che volteggiavano intorno a quella fumante rovina di Dio, come stessero per calarsi a saziarsene. La madre aveva notato il bizzarro disegno e, fatta qualche abile domanda, aveva ricostruito tutto. Da tempo nutriva sospetti. Suo marito coltivava di nascosto la stessa fissazione che aveva travolto e rovinato il nonno Antenore. E dove quello aveva fallito, negatagli dall'autorità di Viareggio l'esposizione di quel che pretendeva rivelasse il volto di Dio, Giuseppe tentava ora di raccogliere la sfida.

"Sa, era nato a Lucca, nonno Antenore, la città del Volto Santo. Forse avrà raccolto da bambino qualche ossessione che aleggia dove perdono la testa per quella scultura lignea il giorno della sua festa, a settembre. Le avrà mostrato anche la macchina per la processione, vero?"

"Sì, l'ho vista."

"Sì, l'avrà presa da Lucca, quella mania," ripeteva Anna, per illudersi di trovare una spiegazione a ciò che non ne aveva.

E mi fissava. Non la sfiorava nemmeno il più lontano pensiero che davanti a lei si trovasse proprio chi ossessiona i Malvasia da tre generazioni. I quali alla fine l'avevano trovato, quel che da sempre cercavano. Perché all'ultimo di loro, Davide, aveva rivelato la sua natura.

Avevo notato subito, fin dal primo incontro sulla metro, quanto quella donna fosse bella. Mai però mi aveva colpito come durante quella confidenziale conversazione al caffè. Non mi ero mai chiesto quanti anni avesse, forse la stessa età di Angarà, pur essendo tanto diversa dalla russa. Minuta e perfetta nei lineamenti, il collo lungo di un cigno, ora Anna vibrava tutta mentre parlava. Ma erano le mani a incantarmi, diafane, dalle dita lunghe e affusolate, mai ferme, a sottolineare nell'aria i contorni delle sue idee, a esprimere l'inquietudine del suo senso materno. E la voce, leggermente rauca, che scandiva con lentezza le parole, a scolpire le sue più intime emozioni. Che potevo mai replicare a quella donna, per consolarla e alleviarne il tormento?

"E Davide, Davide, come l'ha spiegato il disegno?"

"Non ha spiegato un bel niente, ci sono arrivata con domande incrociate a lui e a mio marito."

Avevo un leggero mal di gola, cercavo di bere il cappuccino troppo caldo a lentissimi sorsi. Che potessi essere causa di tanta follia, non mi sorprendeva. Molti uomini e donne, non solo nella storia di questa parte del mondo, ma anche in Asia e Africa, si erano gettati impavidi nelle fauci delle belve o fra le fiamme del rogo per una fede che era fusa alla follia. Preferivo però ispirare la fuga dalla prigione dell'ego. Non una sua amplificazione, come la presunzione di Antenore di conoscere soltanto lui il mio vero volto, negandone la possibilità ai più grandi pittori.

Fu in quegli istanti, mentre ascoltavo le accorate confidenze di Anna, che mi accorsi di quei due. Barachiel e Zerachiel erano tornati. Mi stavano aspettando dall'altra parte della strada, davanti a una gelateria. Lo stesso giaccone di nappa nera, gli stessi jeans azzurri, le stesse scarpe nere da jogging, lo stesso basco in testa. Di cosa volevano impicciarsi? Quale altro messaggio dovevano trasmettermi? Le cose celesti dunque tendevano a complicarsi.

"Cosa pensa di fare ora, Anna?"

Bisognava terminare il colloquio, ma desideravo venire incontro a quella donna convinta che io potessi aiutarla.

"Sarei tentata di separarmi ancora e portarmi via Davide, ma sono tornata da poco insieme a Giuseppe proprio per mio figlio. Mi sento così incerta, così confusa."

"L'importante è che Davide non prenda altro che il buono che c'è in suo padre. E ce n'è tanto."

"Sì, la sua stravaganza è anche la sua bellezza. Proprio questo mi aveva conquistato, quando l'ho conosciuto, la leggerezza del suo correre sempre sull'orlo del baratro, a cercare le farfalle più belle, incurante del pericolo. Sembrava un po' come mio padre. Ma poi viverci insieme si è rivelato molto difficile."

"E Davide è un bambino intelligente, consapevole della fragilità del papà, forse non più grave di quelle che insidiano tanti altri."

"Per quanto intelligente ha sempre appena dieci anni, come farà con un padre così privo di senso pratico? Sa, se non portassi a casa il mio stipendio faremmo davvero fatica a tirare avanti, con le giostre da un pezzo non va più come un tempo e lui continua a spendere per farle girare."

"Anna, finché resterò a Roma continuerò a vegliare su di lui, glielo prometto. E se avesse problemi non esiti, sarei felice di aiutarla ancora."

Sapeva bene quel che già avevo operato per suo figlio, che era ben più di qualsiasi aiuto economico. Non ne avevamo mai più fatto cenno, dopo il giorno in cui l'avevo guarito. La vidi illuminarsi in volto.

"Ma quanto resterà ancora?"

“Questo non saprei ancora dirglielo.”

Chissà perché mi faceva così piacere che qualcuno come Anna ci tenesse tanto che io rimanessi e mi ponesse quella domanda. E mentre le rispondevo guardavo la coppia di messaggeri che con discrezione, ma senza mollarmi un attimo di vista, attendevano dall'altra parte della strada. Quelli invece no, non ci tenevano proprio che rimanessi, annunciavano altri ostacoli.

“Mi scusi, ma da cosa dipende? L'aspettano a casa?” e mi prendeva una mano, come a volermi trattenere.

Come potevo dirle che dipendeva anche da quei due divini guastafeste che forse a casa mi ci volevano davvero riaccompagnare? Preferii non rispondere nulla e lasciare il mio futuro ancora avvolto nel mistero. Alzandomi portai le sue mani alle labbra. Stringevano nelle mie il presente. Di Anna non scorgevo il futuro. Qualcosa mi distoglieva sempre dal varcarne la soglia. Un amore umano rendeva cieco anche me.

Ci lasciammo poco dopo. Anna, ripetuto che mi aspettava presto a cena, saliva su un autobus, alla fermata vicina al caffè dove l'avevo accompagnata. Solo a quel punto Barachiel e Zerachiel, sfiorando appena la terra, avevano attraversato la strada, per raggiungermi al tavolo. Anna aveva fatto in tempo a vedermi salutare i due bei giovanotti. Non di sola curiosità le brillavano gli occhi, in piedi a guardarmi dal fondo della vettura, durante la sosta dell'autobus, alla fermata. Mi fissava con un sorriso che non accennava a spegnersi, senza mai abbassare lo sguardo. Certo avrebbe preferito restare ancora al caffè. E l'inaspettata compagnia di quei due giovani doveva farla ancora riflettere su quanto poco conoscesse della mia vita.

“Accomodatevi, è un piacere rivedervi.”

Ma non era del tutto vero. Avevo appena deciso di ascoltare i consigli di mio figlio e andare al teatro Brancaccio, che era a pochi passi dal caffè. Ed ecco invece questa nuova visita, che certo non preludeva a qualcosa di piacevole.

"Cosa posso offrirvi? Un bel gelato, oppure un babà? O preferite un bignè? La pasticceria qui è ottima."

"Va bene quello che gradite voi, Signore."

"Allora tre bei caffè, con qualche biscottino."

Appena aperto bocca avevo colto in loro un'aria diversa dall'ultimo incontro. All'adorazione dello sguardo di quegli occhi liquidi si aggiungeva ora un che di più grave nei modi. Qualcosa aveva smorzato l'aria di oziosi perdigiorno. Parevano invecchiati, se non fosse impossibile agli angeli attemparsi. E più pensierosi. Né scorgevo più le ali che, per quanto invisibili agli esseri umani, l'altra volta avevo subito notato. Pure questo pareva confermare una più arresa terrestrità. Anche Michelangelo li aveva fatti privi di ali nel suo *Giudizio universale*, chissà come sarebbe stato felice di avere una conferma della sua immaginazione...

"Quanto tempo fa ci siamo visti?"

"Quasi un mese fa."

"Ventisette giorni, per la verità," precisava Barachiel, la cui splendida voce aveva sempre il potere di evocare i sommi cori celesti.

"Pensavo ne fossero passati di meno."

"Come si trova a Roma, il Signore?" chiedeva Zerachiel.

"Non male, ma pensavo fosse più facile..."

"Siete stanco degli uomini, Signore?"

"No, non fraintendetemi, anche se mi stanno cercando degli agenti della mafia russa."

"Non è questo il problema, si è già provveduto, il Signore è invisibile a quei malintenzionati."

"Ah, ecco perché quando mi imbatto in quegli strani figuri, in albergo, li colgo osservare tutti tranne me."

"Certo, non vi vedono nemmeno."

"Avete detto che non è questo il problema, mi tocca domandarvi quale sia."

"I santi soffrono la vostra assenza, i beati, i redenti, i premiati per la loro fede, per la testimonianza del loro martirio in nome vostro, che si rinnova oggi in varie parti della Terra. E i giusti, perfetti nella loro vita sempre al servizio del bene, anche se estranei a una professione di fede in Dio."

Era stato ancora Barachiel a salmodiare l'elenco, mentre Zerachiel sorseggiava il suo caffè, aggiungendo nuovi cucchiaini di zucchero di canna. E ancora per un attimo la forte tentazione di intonare insieme a loro il *Gloria* mi aveva pizzicato, ma c'era troppa gente intorno, anche di più che al ristorante di piazza Sforza Cesarini. E l'uditorio del caffè di sfaccendati romani non avrebbe apprezzato la celeste cantoria più di quello delle turiste americane al ristorante. Con meno riguardo ci avrebbero cacciato, questa volta come degli ubriaconi.

"Ve l'ho già detto e ve lo ripeto. Tornerò, tornerò, non ho cambiato idea."

"Temono che prolungare la vostra vacanza terrena invece ve la faccia cambiare."

"E cosa mai me la potrebbe far cambiare? Sentiamo."

"La dolcezza della carne, Signore."

"La stessa che hanno provato loro, eppure sono santi. Perché non potrei provarla anch'io?"

"Signore, noi siamo solo dei messaggeri."

"E la carne non l'avete mai provata."

Cosa mi ero mai lasciato scappare! Li volevo diavoli? Forse per reagire all'imbarazzo, rovesciando i ruoli di interrogante e interrogato, li ho allora aggrediti alzando la voce, incurante di chi potesse sentirci.

"Basta questa commedia del silenzio e degli ambasciatori, che i miei santi gettino la maschera. Vi autorizzo io a riferirmi! Sparate!"

"Vi hanno visto turbarvi per la bellezza di una donna," la frase riuscirono a dirmela insieme, con una perfetta sincronia di voci, ma a un volume molto più basso del mio.

"Ma la povera Angarà era morta! Con uno squarcio tremendo alla gola!"

"Ritengono che da morta quella signora sia ancora più pericolosa che da viva," replicava Barachiel.

"E perché?"

"Questo proprio non potremmo dirlo, Signore," aggiungeva Zerachiel.

Ma capivo quel che gli arcangeli non sapevano affermare. I miei santi temevano che con la bellezza della carne potesse fare breccia nel Padreterno, fattosi uomo anziano, anche la tentazione di provare la morte. Già mio figlio mi aveva fatto intravedere questo timore, quando gli avevo rimproverato di aver sempre solo trentatré anni. E lui sapeva, per la sua dolorosa esperienza, cosa inebri e offuschi la lucidità nel cammino verso l'ultimo giorno, qualcosa che invece io cominciavo appena a sospettare. Tornava il problema imprevisto, incarnandomi in un corpo di settantotto anni. La naturale corsa verso la vecchiaia e la morte, con tutte le paure che recava con sé. Ma anche i compromessi, gli autoinganni, le rese dissimulate, tutte le strategie di appressamento alla fine che la natura umana è così abile a procurarsi. Rimanere più a lungo significava corteggiare questo pensiero, imparare a consentire alla finitezza di una esistenza solo per la voglia di prolungare i piaceri che offriva, sempre più affievoliti, fino allo stremo. Quei piaceri di cui cominciavo ad avere più di un gradevole assaggio. E li ripassavo in rassegna a uno a uno...

L'affetto di un bambino, che mi si affidava come a un vero nonno.

Cucinata dalla bella madre, che mi aveva ammaliato, una cena in lieta compagnia.

Il godimento dell'arte, a Roma offerto da un patrimonio artistico unico al mondo.

Il gusto di pranzare in una trattoria all'aperto, spiando l'arrivo della dolce primavera romana.

L'ebbrezza di libertà di una corsa in moto, col vento sul viso.

L'infinita varietà dei casi della vita, spiata nelle stanze intorno a me.

L'illusione della felicità che dona l'attesa, certi che porterà domani quel che oggi non ha ancora procurato.

La bellezza di Anna e la sua impossibile ricerca di un padre che mi favoriva.

Non avranno mica paura che imiti don Amleto con la sua giamaicana, mi domandavo davanti a Barachiel e Zerachiel, che riprendevano a parlarmi.

"Comprendiamo che i giusti e i santi siano così in affanno,

Signore, ma comprendiamo anche voi, che vorreste capire come i santi lo siano diventati, vivendo sulla Terra."

Questa volta i miei premurosi arcangeli si sforzavano di offrirmi un vero alibi. Capire come ci si santifica grazie alle occasioni che la vita offre. Ma in verità questo non era stato in cima ai miei pensieri. Continuavo ad avere davanti agli occhi l'immagine di Anna, che dall'autobus non mi perdeva di vista e mi guardava col suo sorriso invitante. Quel sorriso che mi pareva un ponte verso la felicità, ma così lungo da non poterne scorgere la fine. Se non mi fossero venuti a trovare quei due sarebbe stata ancora seduta lì, davanti a me, a chiacchierare confidenzialmente di tante cose e forse ora avrei trovato i modi più giusti per consolarla. Che guastafeste. Parevano mandati apposta dal cielo a interporsi fra me e Anna.

Non mi ero accorto fino a quel momento che Barachiel accarezzava un paio di morbidi guanti di pelle chiara, color panna, proprio quelli che Anna aveva dimenticato al tavolo poco prima. Per un attimo la dolce chiarità di quel volto si sovrapponeva alla pelle perlacea del viso di Anna, con un'espressione che mi faceva tremare. Angelicavo Anna? La volevo portare in cielo con me, insieme alle sante come Teresa? Abbassavo lo sguardo, non sostenendo quello della bellissima creatura celeste. Lì, sullo stesso tavolo, stavano anche i miei guanti gialli, di una tinta più carica e di una misura più grandi. Vinto lo smarrimento, sottrassi delicatamente a Barachiel quelli di Anna, per riportarglieli. E li appoggiai sotto i miei, per non scordarmeli. I due arcangeli mi guardavano adesso sorridendo, come se la tensione di quella conversazione si fosse all'improvviso allentata. E la tentatrice somiglianza di Barachiel con Anna all'istante svaniva.

Che mi succedeva?

"Signore, che dobbiamo riferire in cielo? Non vogliamo abusare del vostro prezioso tempo," Zerachiel mi sollecitava.

"Che amare è divino sempre, in ogni forma e in ogni età, che il Padreterno non ha mai avuto settantotto anni, è la prima volta che li ha... e pertanto li prega solo di avere ancora un poco di pazienza. Perché per lui è tutto come se fosse un bambino, è sempre la prima volta."

"E se venisse qualcuno di loro a farvi un po' di compagnia? Francesco d'Assisi e Caterina da Siena insistono per scendere accanto al loro Signore."

"Che gioia sarebbe averli con me, Zerachiel. Non potrei mai rifiutare la loro compagnia, sono fra quelli che più mi hanno servito e che più ho amato."

Una lunga pausa manifestava il sincero imbarazzo in cui mi metteva la proposta dei miei santi. Avevano posto su un piatto della bilancia un'offerta troppo generosa.

"Tuttavia..." ma mi fermavo per chiarire a me stesso più che agli arcangeli le mie perplessità.

"Tuttavia, direte a Francesco e Caterina che il mio passo qui sulla Terra sarebbe troppo diverso dal loro, che l'intesa non credo funzionerebbe."

"Perché non funzionerebbe?"

"Quaggiù loro tornerebbero alla vita dopo averla già provata, mentre io la conosco per la prima volta e solo da poche settimane. In loro compagnia, insieme per le vie del mondo, mi sentirei sempre più lento e meno capace, forse anche più stupido."

"Non ci sembra proprio possibile, Signore," obiettava Barachiel.

"Sì, invece, vi dico di sì."

"Ma vi amano troppo."

"Appunto per questo! Si spazientirebbero, sarebbero sempre pronti ad accorrere per risolvermi i problemi, come con un bambino, nel timore che si metta nei pericoli, che possa cadere, farsi male... un po' come mi hanno reso invisibile agli agenti russi e vaticani. Mi domando perché il cielo non me li abbia lasciati affrontare a viso aperto, mi sarebbe piaciuto provarci."

"Signore, riferiremo."

"Cosa riferirete? Che voglio far da solo? Perché mi guardate così? Sarebbe stata una bella avventura, chissà, avrei potuto anche imparare a difendermi, imparare a..." mi fermò lo sconcerto che vedevo dipinto sempre più sul loro viso.

"No, forse avete ragione, sto davvero farneticando. Ci manca solo che impari a maneggiare un revolver. Ma assumere la natura umana, pur senza perdere quella divina, comporta anche fare esperienza di qualche fragilità, come perdersi a fantasticare su quanto avrebbe potuto essere. Dimenticate quel che ho detto."

"Signore, dobbiamo ritornare," interveniva di nuovo Zerachiel, il più pragmatico dei due.

"Certo, dobbiamo salutarci, si è fatto tardi anche per me, devo correre a teatro. Danno un musical molto divertente, stasera. Mio figlio me l'aveva tanto raccomandato. Peccato che non possiate venire. Non potete farmi compagnia e ritornare più tardi? Sono certo che mio figlio troverebbe i biglietti anche per voi."

"No, Signore, vi ringraziamo ma non possiamo."

Cosa ero mai andato a proporre a cantori celesti del loro rango... un musical? Si sarebbero turati le orecchie!

“Allora è meglio che ci salutiamo e che raccomandiate ai miei santi di avere ancora un poco di pazienza.”

E Barachiel e Zerachiel se ne andarono dopo un leggero inchino, subito incamminandosi verso Santa Maria Maggiore, sempre appena sospesi da terra. E solo allora, mentre si allontanavano invisibili alla variopinta folla, ai miei occhi sono ricomparse le loro altissime ali.

25. Con Anna alla Farnesina di Raffaello

Aspettavo Anna passeggiando nei giardini della Farnesina di Raffaello. Eterno, non conosco l'attesa e scopro l'ansia. La mattina Anna aveva chiamato presto per un nuovo invito a cena e proporre quella visita pomeridiana.

"Questa volta niente pizza, ma tonnarelli cacio e pepe."

"Come ha fatto a indovinare? Vado matto per la pasta cacio e pepe."

Ma eccola apparire dal cancello con Davide. Un foulard stretto sulla nuca a coprire i capelli raccolti da uno chignon, un soprabito color panna, una minuscola borsetta dello stesso colore a tracolla.

"Giovanni, c'era traffico. Mi dispiace."

"Sono appena arrivato. E tu, Davide, tu cosa mi racconti di nuovo della scuola?"

"Ho tanti disegni da farti vedere stasera, ma adesso vado a cercare i miei amici."

"Vai, vai, Davide, non correre, che poi sudi, ti viene il mal di gola e ti tocca restare a casa da scuola."

E nonostante il monito, il bambino spariva di corsa dietro l'angolo del palazzo.

"Per Davide restare a casa da scuola è un vero castigo."

"Lo so."

"A me invece piaceva tanto restare a casa sotto le coperte, a poltrire un po'... e a lei, Giovanni?"

"Non ho ricordi di scuola."

"Ma perché, non c'è andato?"

"No."

"Avrei dovuto immaginarlo. Poverino, chissà che barba quelle lezioni da solo, senza socializzare con gli altri bambini. Ma là in fondo vedo una panchina al sole, così possiamo sederci e mi rilasso con una bella sigaretta, se non le dà fastidio il fumo."

"Nessun problema."

Arrivati alla panchina, Anna si è accesa una Marlboro con un accendino viola come il suo rossetto.

"Le ho riportato i suoi guanti, Anna, li aveva dimenticati al caffè."

"Ah, ecco dov'erano finiti, grazie, che gentile. Li avevo tanto cercati," e infilava i guanti in una tasca del soprabito, aspirando la sua prima golosa boccata.

"Fumare è una cattiva abitudine che non riesco proprio a togliermi, almeno per dare un esempio a Davide."

"Giuseppe non fuma?"

"No, almeno quel vizio non ce l'ha."

Eccola mutare espressione appena nominato quel marito che non avevo più incontrato.

"E come sta?"

"Vedrà stasera come sta."

"Qualcosa non va?"

"Meglio sia lei a giudicare. Con me è abituato a simulare. Credo che la sua mania, quella di cui le ho parlato, sia peggiorata."

"Se posso esserle d'aiuto..."

"Può esserlo molto, sia Davide che Giuseppe vanno matti per lei. Mi hanno chiesto più di una volta quando l'avrei invitata di nuovo a cena."

"Pensavo fosse una sua idea."

"Infatti è stata mia l'idea!"

E mi guardava compiaciuta di quel che avevo tradito, con l'espressione calda di simpatia come quella che irraggiava dall'autobus il giorno che mi aveva lasciato al caffè, all'arrivo di Barachiel e Zerachiel.

Tacevo, abbassando gli occhi, imbarazzato. Perché mi ero lasciato scappare l'aspettativa? Perché gliel'avevo rivelata?

"Chi è lei, che tutti s'incapricciano così facilmente?"

Ora, oltre a tremarmi le mani e a sudare, mi batteva anche il cuore.

"Via, Giovanni, era solo un complimento!"

E la vedevo con voluttà aspirare ancora il fumo dalla sua sigaretta, alzando il viso verso le rondini che garrivano basse, sfrecciando intorno alle cimase del palazzo, dove si notavano due nidi.

"Torna la primavera, vede, sono tornate le rondini a cercare il nostro tepore."

Ma io non pensavo alla tiepida primavera salutata da quei garruli uccelli, incantato a guardare le sue labbra che lasciavano il viola del rossetto sul filtro della sigaretta e in aria le pigre volute azzurrine del suo fumo.

"Fuma sempre queste sigarette?"

"Sì, le più pesanti, non è saggio ma mi sono abituata a questo sapore... Non mi dica che vorrebbe provare a fumare."

Sorridevo, senza risponderle, scuotendo la testa.

"Senta, Giovanni, mica ci sarebbe niente di male."

"Adesso? Se mai, avrei dovuto farlo molto prima."

"Perché, quanti anni ha?"

Come si fosse pentita di quella domanda a bruciapelo, ora si era alzata a controllare dove fosse Davide. Potevo forse dirle che avevo quasi quarant'anni di più di lei?

"Sessantotto."

"Li porta molto bene, complimenti."

Era tornata a sedersi, aprendosi il soprabito. Aveva un filo di perle al collo, con un fermaglio d'oro, un cagnolino dai minuscoli rubini per occhi. Un antico simbolo di fedeltà. Mi fissava. Distoglievo lo sguardo.

"Grazie, Anna. Non merita bugie. E allora le dico che sono ben settantotto."

"Ah ah, se n'era tolti dieci, bravo, bravissimo, si fa così, se proprio uno deve togliersi degli anni tanto vale abbondare!"

"Che vanesio, vero?"

"Ma no. Lei non è solo un grande internista in pensione, caro Giovanni, capace di diagnosticare quel male di mio figlio e poi di guarirlo, perché è anche un potente guaritore. Lei è chissà cos'altro ancora."

"Anna, non siamo tutti sempre qualcos'altro?"

"Inutile fare della filosofia, Giovanni, lei è davvero speciale."

"Come un agente segreto?"

"No."

"Un uomo dalla doppia vita."

"Fuochino."

"Uno che vuol rifarsi la vita?"

"Acqua direi."

"Un grande falsario?"

"Acqua ancora."

"Un folle?"

"Acqua, anzi oceano, ma perché divagare tanto? Lasci perdere questo gioco, non è che ci tenga poi tanto a saperlo, frugare nel passato non sempre è una buona idea."

"E se ci dessimo del tu, Anna? Mi sembra arrivato il momento."

Come correvo. A quell'invito chinò la testa e poi la rialzò di scatto mentre il foulard le scivolava sulle spalle, piantandomi quegli occhi sfavillanti addosso.

"Certo, con piacere, dai già del tu a Giuseppe. Stavo per domandartelo, mi hai solo preceduto."

Un'altra pausa, mentre estraeva dalla borsa un piccolo portacenere portatile.

"Avevi mai visitato la Farnesina, Giovanni?"

Ricordavo che era nell'elenco scandito con tanta precisione dalla voce meravigliosa di Barachiel.

"No, ma mi hanno detto che è molto interessante, vuoi che entriamo?"

"Aspettiamo che torni Davide."

Dopo un quarto d'ora il bambino arrivava, sporco di terra e le ginocchia sbucciate da qualche caduta, a chiedere il suo panino. Anna, dopo averlo estratto da una tasca ben incartato, gli domandava se volesse entrare con noi nel museo.

“No, torno a giocare, mamma, ci vediamo dopo, sulla porta.”

Siamo così entrati da soli, salendo le bianche scale sovrastate dalla volta a botte. I gradini, comodissimi per la bassa alzata, portavano al piano nobile di quella dimora voluta dal principe Chigi che vi aveva celebrato le sue fastose nozze, cinquecento anni prima. Lungo le sale ammiravamo poi le pareti affrescate da Raffaello, Peruzzi, Sebastiano del Piombo e il Sodoma. Giunti nella sala delle Prospettive, ho riconosciuto i neri sfregi incisi dai lanzichenecchi nel maggio 1527, con le parole in caratteri gotici: “I lanzichenecchi hanno fatto correre il Papa”, “Babilonia”, “Lutero”.

La vista mi si è all’improvviso annebbiata. Non sentivo più la voce roca di Anna, nella massa in movimento di ombre che tumultuavano e gridavano nella sala. E mi nauseavano un acre odore di bruciato e il fetore di escrementi…

….vedevo gli autori dello sfregio… la catasta dei mobili bruciati…

Tre soldati della Pomerania ubriachi che venivano da un vicino convento, dove avevano stuprato le suore e rubato preziosi arredi. Hans Gustav, il più alto con la barba nerissima, mi stava difronte. Bestemmiandomi finiva di incidere con la punta del coltello una di quelle scritte. Ora gli dava il cambio, mettendosi a orinare contro il muro, il grasso Wilhelm, urlando insulti al papa… quel Clemente VII che intanto, a poca distanza, chiusosi a Castel Sant’Angelo, guardava impotente lo scempio della sua città, sentendo gli spari, le grida e i pianti dei poveri romani.

Anna doveva aver subito colto qualcosa dello spaesamento che mi aveva provocato la visione di uno dei misfatti commessi in mio nome. Quanti ne erano stati consumati in nome di Dio dai cristiani! Aveva ragione l'imperatore Giuliano, in nome di Zeus non si erano mai uccisi i pagani… Non spiccicavo parola, mi passavo di continuo la mano sulla fronte, come volessi cacciare dalla testa quelle urla.

"Che cos'hai, Giovanni? Non ti senti bene?"

Ma non l'udivo più, sprofondato nella stanza così com'era quel 6 maggio 1527, invasa da calcinacci e mobili bruciati, fra un andirivieni di soldati ubriachi che oziando dopo le loro imprese delittuose cantavano canzoni oscene.

"Che ti succede? Ti senti poco bene? Vuoi che usciamo? Siediti qui, intanto."

Mi portava a sedere su un divanetto al centro della sala. Ora appariva davvero preoccupata. Si guardava intorno a cercare aiuto e non vedeva nessuno, eravamo gli unici visitatori. Maneggiava il cellulare forse pronta per chiamare qualcuno. Ma già mi stavo ridestando dalle drammatiche visioni, già tornavo a vedere soltanto la tranquilla e asettica sala del museo, non più quella devastata e deturpata dai lanzichenecchi nel lontano 1527. Dovevo rassicurarla.

"Sto bene, sto bene, Anna, ho solo un po' di mal di testa, ma mi sta passando."

"Pareva una vertigine, barcollavi, mi hai fatto proprio spaventare, Giovanni, ma ti succede spesso?"

"No, non preoccuparti, sto benissimo, però è meglio che usciamo, l'aria fresca mi farà bene, soffro di claustrofobia."

Quanti anni hai, mi aveva chiesto lei. Altro che dieci anni

avrei dovuto togliermi. L'eternità che a fitte mi colpiva mi faceva ricordare quanto artificiosa fosse la mia vacanza. Non mi affrancava neanche Anna, nemmeno quel che stavo provando per lei. Cosa le avrei risposto se avesse continuato a pormi altre domande? Non volevo mentire ma nemmeno potevo dirle tutta la verità. Speravo solo che non me le facesse.

"Giovanni, adesso che ti senti meglio chiamo qui Davide, devo tornare a casa a preparare la cena, altrimenti cosa mangiamo stasera? Non ho niente di pronto. Vi aspetto per la solita ora, ok?"

"Alle otto."

"Va bene."

Aveva aperto la borsetta per togliere lo specchietto della trousse. Col suo piumino rosa leggero come una nuvola passava un velo di cipria sul viso, poi si riaggiustava il foulard stringendoselo sulla nuca. Quel piumino! Non mi sarei mai stancato di quella nuvoletta che l'accarezzava...

Siamo scesi insieme per le scale sempre rimanendo in silenzio. Una discesa per me ben più dolce di quella dal maggio del Sacco di Roma. Arrivati davanti all'ingresso ha chiamato Davide, che si è fatto un po' attendere prima di rispondere e comparirci di fronte, sudato fradicio come Anna temeva. Lo ha asciugato, pettinato, gli ha chiesto se avesse ancora fame, poi me l'ha affidato.

"Davide, vado a preparare la cena, tu resta con Giovanni che poi venite a casa insieme, ok?"

"Sì, se però mi porta a prendere il gelato!"

E con Davide siamo usciti dalla Farnesina, alla ricerca di una gelateria. Quando l'abbiamo trovata, all'angolo di via di

Porta Settimiana, ci siamo seduti a un tavolo, col nostro cono in mano. Questa volta mi ero lasciato convincere e avevo scelto anch'io un gelato cioccolato e crema.

"Papà non è più tornato a lavorare in quella stanza, si è molto spaventato."

Andava sempre al cuore delle cose, il bambino dalle fiamme in testa, anche ora che intavolava quell'argomento. Quel bambino che aveva visto con i propri occhi quel che il bisnonno Antenore cercava.

"Non pensi che tornerà a lavorarci, col tempo?"

"Ha paura."

"Paura? E di che?"

"Non lo sa, nonno."

"Forse è meglio che tuo padre continui a fare il giostraio, che lasci perdere il carnevale."

"Lo sta già facendo. In quella stanza non è più entrato."

Cosa potevo aggiungere alla convinzione così assennata di quel bambino? Era meglio pensare alla cena.

"E cosa portiamo alla mamma, di buono?"

"Una bella vaschetta di gelato, però i gusti li scelgo io!"

26. Un'altra serata in famiglia

Quella sera entrai nella casa a piazza Trilussa non senza qualche preoccupazione. Dopo le confidenze di Anna e quelle dell'abbandono delle sue maschere da parte di Davide, con Giuseppe come avrei dovuto comportarmi? A distrarmi però c'era una sorpresa, una deliziosa bambina della stessa età di Davide, Sara. La figlia di un cugino di Anna, che l'aveva lasciata a cena e a dormire. Una biondina esile, dal viso cereo e i grandi occhi celesti, le ciglia lunghe da cerbiatta, la voce che pareva accarezzare le persone.

"Tu sei il nonno? Io sono Sara."

"Sì, sono il nonno."

"Vieni, ti stanno aspettando tutti."

Come una perfetta padrona di casa, si era presentata subito. E sollecita mi aveva preso cappotto, cappello e guanti per portarli nel guardaroba. La bambina spariva dietro tutti quei vestiti che strascicava per terra. E guardandoli a tavola capivo che l'intesa fra quei due bambini li escludeva dal resto del mondo. Sara riceveva le attenzioni del cugino con adorazione, senza mai smettere un momento di guardarlo. E Davide, consapevole e fiero, diventava più ciarliero raccontando solo per lei tutto quel che aveva fatto dall'ultima volta che si erano visti. Esagerava però le sue imprese. E pertanto nessuno dei suoi amici di pallone faceva più goal di lui. E la maestra l'aveva portato d'esempio a tutta la classe per come aveva risposto bene in storia sui gioielli di Cornelia, i due giovani Gracchi. "Davide è davvero bravo." Io e Anna ci lanciavamo occhiate eloquenti, sorridendo dell'intesa dei due bambini, di quel loro corteggiamento che pareva imitare quello degli adulti. Sara restava a bocca aperta ad ascoltarlo con la forchetta per aria.

"Sara, finisci i tuoi maccheroni, su. Se resti ancora ad ascoltare tuo cugino si freddano e non li mangi più."

"Ma zia, lui non mangia perché mi racconta, io lo devo aspettare."

Giuseppe appariva piuttosto silenzioso, sempre attento ai piatti da servire, ai vini per noi e alle bibite per i bambini, controllava che in tavola a nessuno mancasse niente. Alcune occhiate furtive le avevo comunque recepite. Appena incontrava i miei occhi, abbassava subito i suoi. Non sapendo come rivolgergli la parola, aspettavo lo facesse lui per primo.

"Zio, posso venire in giostra da te?"

"Quando vuoi, Sara."

"Allora, Davide, mi ci porti domenica?"

"Certo, se non gioco con la mia squadra."

"Uffa, sempre con quei tuoi amici!"

"E tu domani cosa farai, Giovanni?"

"Dovrei decidermi ad andare al Foro Romano, non ci crederai ma non ho ancora trovato il tempo di visitarlo."

Anna mi aveva posto la domanda e io le avevo subito dato l'esca. Ma non fu lei ad abboccare.

"Perché non l'accompagni tu, Anna? Domani non è il tuo giorno libero?" era Giuseppe a fare l'inaspettata proposta. E, guardandomi per la prima volta in faccia, aveva subito aggiunto: "Anna sarebbe una guida speciale per il Foro, ci porta spesso i suoi bambini."

"Perché non vieni anche tu?"

"Non posso, devo finire di lavorare alla giostra che monterò al Gianicolo, così Sara vedrà le macchine nuove."

Anna continuava a non rispondere alla proposta, occupata in un gioco che Sara stava imparando sul suo cellulare. E mi lasciava sulla corda.

"Ora però lo spegniamo, tesoro, quando hai finito, vero? Dobbiamo ancora riguardare i compiti, c'è quel problema di capienza della vasca da risolvere."

"No, il problema della vasca no, zia... dirò al maestro che mi sono dimenticata, che a casa mia non c'è l'ho la vasca."

"Neanche per sogno, Sara, dobbiamo calcolare quanta acqua contiene... ti ricordi quant'acqua le fa perdere in un quarto d'ora quel tappo che non tiene?"

E quindi non toccammo più quell'argomento, né io né Giuseppe, che intanto nella stanza accanto aveva acceso il televisore per godersi una partita di calcio. E così, dopo che i due bambini erano andati nella camera di Davide a giocare e Anna aveva caricato la lavastoviglie mentre Giuseppe non perdeva una mossa della partita, la seconda serata passava in un modo assai diverso dalla prima. Eppure eravamo gli stessi attori. Solo sulla porta, approfittando della lontananza dal marito, Anna tornò all'impegno del giorno dopo: "Allora ci vediamo domani pomeriggio alle due, però al laghetto di Villa Borghese, vicino all'imbarcadero, non al Foro Romano." E senza darmi il tempo di rispondere, mi salutò sfiorandomi le labbra con un bacio.

27. In barca a Villa Borghese

"Ti ho chiesto di venire qui perché avevo paura che Giuseppe venisse al Foro a spiarci."

"E perché mai dovrebbe farlo?"

"Come, non l'hai capito? È geloso di te."

Navigavamo a bordo d'una barca nel laghetto di Villa Borghese. Anna, in jeans celesti, scarpe da tennis e k-way bianco, remava, seduta al centro dell'imbarcazione.

L'immobile specchio d'acqua rifletteva il cielo della bella giornata di una tardiva primavera, quando la temperatura è gradevole e non fa ancora troppo caldo. Allontanando le anatre dal becco giallo e dalle ali nere che nuotavano verso le rive, due o tre altre barche in movimento increspavano appena le acque. Imbarcavano dei bimbi con i genitori e coppie di giovani. Tutto pareva ripreso al rallentatore, le nuvole in cielo pigre, come dipinte di azzurro e bianco, le barche che partivano da un pontile. Con quel bianco tempietto neoclassico sullo sfondo consacrato a Esculapio, l'Asclepiade dell'iscrizione greca sul frontone, il pacifico lago poteva collocarsi nell'Arcadia di un quadro settecentesco.

"Sai che so remare?" così Anna aveva esordito alla fine del viale, arrivati davanti alla bassa staccionata che circondava il lago.

"E dove hai imparato?"

"Al mare, a Santa Marinella. Da bambina ci andavo ogni estate."

"Allora mi porti in barca?"

"Tu scherzi, ma io ti ci porto davvero!"

"Andiamo, allora, voglio vedere cosa sai fare."

Dopo la corsa in motocicletta col prete, era il momento della gita in barca. Ma con Anna. Quando poi, aiutato dal prestante giovane che noleggiava le barche, ero salito sulla numero sette, al primo movimento dello scafo dal fondo piatto m'era venuta la pelle d'oca. Non sapevo nuotare. Non ero mai stato per acqua. E il mare l'avevo contemplato solo dall'alto e nelle sue profondità più segrete, dove il mio sguardo scendeva fino alle creature più mostruose che non salivano mai alla superficie, a godersi il sole. Non una volta però le mie braccia nuotando avevano sentito opporsi la liquida resistenza delle acque, volevo vincere la paura. E mi ero ben guardato dal confessarla ad Anna, andando a sedere a fatica, per le oscillazioni, sulla panchina a poppa, sotto la quale era sistemato il salvagente. Il custode tatuato e scalzo, in bermuda e t-shirt, sciolta la gomena dell'imbarcazione, le aveva dato una bella spinta col piede nudo. E nello sguardo malizioso coglievo una sfida del giovane al timoroso vecchietto di fronte alla rematrice, alla quale avrebbe volentieri fatto compagnia al mio posto. Anna si era subito messa con agilità a vogare. Ero in trappola, adesso, prigioniero della mia bella rematrice.

E a poco a poco mi lasciavo andare, sulle prime sorpreso poi rassicurato dalla sua abilità. Era vero, sapeva remare bene. Socchiudevo gli occhi a un raggio improvviso di sole, dimenticando non solo la fobia dell'acqua. Si scioglievano i nodi tenaci delle ansie deposte finalmente a terra, ma anche molte di quelle lasciate nei cieli. Sull'acqua, a occhi socchiusi, accarezzato dal sole, non scorgevo nemmeno più le rive dello specchio del lago. Pareva infinito. Non mi sentivo più da nessuna parte, niente e nessuno più mi chiamava, né in cielo né in terra, creatura anche io a cui il sole provvedeva come a tutte. Salpavamo insieme, io e Anna, per chissà dove.

"Non so se ritornare."

Involontarie, le quattro parole, scandite con estrema lentezza, mi erano uscite di bocca a bassa voce.

Anna aveva smesso di remare, mentre la barca per inerzia scivolava da sola.

"Come hai detto?"

"Non so se ritornare."

Non aveva replicato, restando sospesa, le pale gocciolanti dei remi sollevate per aria alla stessa altezza, mentre la barca se ne andava per inerzia sempre più piano, ruotando leggermente, seguendo la debole corrente di quell'acqua verde.

"Neanche io, Giovanni."

Lasciate cadere le stesse parole, Anna riprendeva dopo un tempo incalcolabile a vogare, ma molto più lentamente. E io, sbigottito da quel che mi era scappato, dell'eco di quelle mie parole nelle sue, avevo riaperto bene gli occhi. Osservavo ora le cose che mi circondavano, notando i minimi particolari. Per non pensare, chiedevo loro aiuto, concentrandomi a guardarle, una per una. Volevo confinarmi fra loro. Fermarmi lì. Vedevo ora le due pale dei remi che si reimmergevano nelle acque, frangendole, per riemergere lucide, riflettendo così bagnate la luce, mentre la barca guadagnava un tratto, sempre più lontana dalla riva. Adesso attiravano la mia attenzione alcune piccole tartarughe, immobili a godersi beate un raggio di sole, sopra uno scoglio piatto che affiorava in mezzo al lago. Sulla riva più vicina una donna di colore, cantando in spagnolo, spingeva un passeggino con dentro due bambine dalla cuffietta rosa. Una miriade di storni che disegnava figure sempre diverse nel cielo dalle nuvole pigre, inseguendomi pareva prodursi davanti a me in acrobazie più ardite del solito, anche se non era ancora calata la sera.

"E Davide? Come farebbe il mio bambino se non tornassimo più a casa?"

"Ci verrebbe subito incontro su un'altra barca e lo faremmo salire con noi."

Anna aveva preso colore in viso, remando. Il petto le si abbassava e alzava, respirando più forte, e la camicia nel movimento le si era semiaperta.

Era bellissima.

Vogò ancora a lungo, sempre in silenzio. Non pareva mai stanca. Alzava e abbassava, alzava e abbassava i remi, con cadenza regolare. Avevamo lasciato sul pontile il carico dei suoi quarant'anni, come quello della mia senilità. Anch'io tacevo, beato come le piccole tartarughe al sole. Ma adesso iniziava a insinuarsi la subdola serpe della paura così umana di rovinare la perfezione di un momento scivolando via, lontano da tutta quella inebriante libertà. Le cose osservate con la mia maniacale attenzione, che dovevano aiutarmi a non far scorrere i minuti, non mi assecondavano più, cominciavano a poco a poco a muoversi. A cambiare di posto. Mutava con loro il mio punto di vista. Abbandonavano quel momento perfetto. Tradivano. Ora il Padreterno capiva quel che temevano di perdere gli uomini quando volevano fermare il tempo.

In uno dei suoi giri, la barca arrivò fino al tempietto di Asclepiade, l'Esculapio romano, ma la prua sfiorò appena le assi del pontile di attracco. Anna leggeva sillabando le parole di un cartello in varie lingue di quel monumento in visibile abbandono.

"Non si può, è proibito scendere. C'è anche scritto nel cartello, non vedi? In inglese, francese e tedesco. Ma come lo tengono male questo tempietto, presto sarà un rudere."

Non le risposi nulla, approvando solo con la testa, ma invitandola a remare ancora: "Facciamo un nuovo giro, allora."

E riprese a vogare.

"Ma la scritta in greco, sul frontone, l'hai letta, Anna?"

"Non so il greco, che c'è scritto?"

"Ad Asclepiade salvatore. Era un potente guaritore, diventato poi il dio della medicina. I romani lo chiamavano Esculapio. Secondo il mito la sua arte di guarire era tale da far arrabbiare Zeus per il minore afflusso di morti nell'oltretomba."

"E allora come andò a finire?"

"Zeus, insofferente verso un potere che rischiava di annullare la differenza fra dei e uomini, lo fulminò tramutandolo poi nella costellazione di Ofiuco."

Ora si allontanava dal tempietto di Asclepiade e si avvicinava al ponticello arcuato che univa le sponde nel punto più stretto. Ma non volle passarci sotto e avventurarsi nell'altra parte del lago, che appariva anche meno profondo.

"Meglio tornare indietro al largo, Giovanni, temo di toccare con la chiglia il fondale là sotto."

Già, era meglio non provare dove si potesse arenare la nostra barca. E remare ancora verso una diversa parte del lago, che mi pareva sempre più vasto e avventuroso, pieno di meraviglie ancora da scoprire. Non voleva tornare nemmeno Anna. Ora si era fatta anche più ciarliera, e io l'ascoltavo senza perdere una sillaba. Parlava di tornarci presto insieme ai suoi bambini, se a scuola le avesse dato il permesso il nuovo direttore, che pareva più rigido dell'altro, appena andato in pensione. Di come al mare, da piccola, le fosse sempre piaciuto salire sul pattino, insieme al bagnino, a vogare spingendosi al largo, nonostante le ripetute raccomandazioni dei suoi. Di quando aveva imparato a nuotare, piccolissima, con lo zio Nino, uno scapolo così paziente che l'adorava come una figlia, sulla stessa spiaggia di Santa Marinella dove poi aveva insegnato a nuotare anche a Davide. Di come invece Giuseppe avesse un vero terrore dell'acqua e si fosse sempre rifiutato d'imparare a nuotare. Di come lei non amasse la montagna, da dove le veniva l'impulso di fuggire. Perché si sentiva oppressa, le poche estati che vi era stata portata, invece di tornare sul suo Tirreno, un mare al cui confronto l'Adriatico le pareva uno stagno. Raccontava, raccontava, animata dalla mia stessa irresistibile voglia di fermare il tempo. L'ascoltavo in silenzio, le braccia appoggiate alle fiancate della barca, socchiudendo gli occhi per il sole, le gambe allungate sui paioli.

Andò così, quello straordinario pomeriggio. Fra brevi soste, giri e simulati accostamenti alla riva, subito rinviati non appena la sfioravamo, mentre pian piano apparivano altre barche, altra gente. E le nuvole, nel lento movimento sopra le nostre teste, componevano nuovi fantastici paesaggi. Finché un fischio prolungato del giovane custode non venne a rimproverarci che il tempo del giro che avevamo pagato era scaduto, e da tanto. Mi misi a ridere, a ridere sempre più forte. E lei a ridere con me, di gusto, lasciando finalmente la barca andare alla deriva, senza più muovere i remi, anzi staccando le mani dall'impugnatura per guardarsi le palme. Era ancora più bella.

"Se continuo a remare così, mi torneranno i calli alle mani, come da bambina."

La barca scivolava leggera senza più increspare le acque, al punto che qualche anatra, perduta la diffidenza e fattasi più coraggiosa, si stava avvicinando.

"Il tempo… il tempo è scaduto, Anna, sai."

"Quale?"

"Quello del nostro giro in barca di sicuro, ma forse non solo quello."

"Quale? Dimmelo."

"Il mio, Anna, il mio. Di che altro tempo vuoi che ti stia parlando?"

Rimase in silenzio qualche secondo, prima di rispondermi, a voce bassa.

"Giovanni, è sufficiente volere che basti, e il tempo avanza anche."

"Dici che basta pagare un altro giro?"

"Dai, non consegniamo più la barca."

Era bello, quel gioco. Non poteva nemmeno immaginare quanto mi tentasse. Quanto amasse il gioco proprio colui che portava. Indugiai ancora a risponderle, fissando bene il paesaggio che scorgevo del parco, oltre la ringhiera del lago sullo sfondo di platani, larici, abeti, bagolari e tigli dalle foglie e aghi nuovi. Là dov'erano i larghi viali con la gente che arrivava senza fretta insieme a nuovi bambini che strillavano, le panchine con le persone sedute a leggere il giornale coi loro cani al guinzaglio accucciati, i colombi che beccavano briciole di pane, alcuni vecchi solitari dallo sguardo inquieto, le fontanelle con la scritta SPQR del comune. Quel piccolo paradiso sulla terra, da cui ero ormai in procinto di essere cacciato. Quella Roma ignara di chi la stesse contemplando, con tanto amore e desiderio di restare, di non abbandonarla più. Poi volsi lentamente la testa verso l'imbarcadero, dove intanto s'era radunata altra gente.

"Torniamo, Anna. Il custode è inquieto e cammina avanti e indietro sul pontile, fra poco fischia ancora. Crede che lo prendiamo in giro. C'è della gente attorno a lui. Deve cedere la barca ad altri."

Sul pontile, insieme al giovane aitante noleggiatore, c'era già un'altra coppia in attesa, un ragazzo e una ragazza molto alti, con enormi zaini neri sulle spalle. Discutevano col custode, innervositi. Avranno avuto poco più di vent'anni. Avevano pagato, toccava a loro salire sulla numero sette. Ora capivo la loro lingua, il tedesco. Non mi ero accorto che non si trovasse più nessun'altra barca ormeggiata all'attracco ancora disponibile. Anche Anna li aveva notati, i due giovani, ma non pareva rassegnarsi.

"Ma che furia, che aspettino un momento quei due, mica gliela rubiamo la barca, arriviamo, arriviamo."

Quando io e Anna, aiutata dal noleggiatore tatuato e scalzo, finalmente sbarcammo, al primo balzo sulla terraferma mi colpiva un deluso stordimento, dovuto all'improvvisa sensazione di stabilità. La stessa che invece, in ansia per non saper nuotare, mi aveva reso così difficile abbandonare il pontile per affidarmi alla navigazione sull'acqua del lago. Ma mi ero già abituato alla sua mobilità, specchio dell'inquietudine di Anna, e adesso non avrei voluto più abbandonarla. Non avevo più paura dell'acqua.

28. Nuovo incontro col figlio

Decisamente provvidenziale che Anna avesse pensato di darmi appuntamento a Villa Borghese invece che al Foro Romano. In quell'antico ombelico del mondo la doppia vista mi avrebbe travolto. E Anna si sarebbe spaventata ben più che alla Farnesina.

Dio si era innamorato.

"L'amore umano non bada a età né a convenienze, e tu hai voluto provare cosa sia.."

Mio figlio, che mi aveva raggiunto, scandiva parole che volevano essere rassicuranti. Per la prima volta mi coglieva il sospetto che qualcuno potesse rubare i nostri discorsi ascoltandoli da una delle stanze accanto. La verità era che mi sentivo a disagio, quasi temessi di dover rendere conto a mio figlio di quanto mi era accaduto. Sapevo che il suo carattere non era immune dall'ira, come quando, affamato, aveva seccato sulla strada fra Gerusalemme e Betania un fico che fra tante foglie non offriva nemmeno un frutto.

"Meglio abbassare la voce."

"Era fra le conseguenze che prevedevo. Ne so bene qualcosa anche io, prima che tu cominci a pormi delle domande."

E, smentendo i miei timori, a voce molto bassa continuava a parlare. Sentiva che volevo capire come avesse vissuto quella stessa esperienza. Anche mio figlio aveva ceduto alla sua parte più umana. Ma nessun paragone con me e Anna reggeva. Alla sua giovane età il sogno di crearsi una famiglia con la donna che aveva amato era stato assai più doloroso e tentatore.

"Si fa più pesante l'avvicinarsi del momento di ritornare."

"O più naturale invece?"

"Non sai cosa provo, in questo stato ogni decisione mi costa, figlio mio."

"Ma guarda che so cosa provi."

"Perdonami, tu non potevi sapere che tormento sia desiderare una felicità impossibile per un limite, questo sì, così naturale, come la vecchiaia. Tu potevi amarla, una donna, io solo desiderarla."

"Ma a te nulla è impossibile."

"E puoi pensare che forzi i sentimenti di un essere umano?"

"So che non lo vorresti mai, li hai fatti liberi."

"Dovrò rimanere per il tempo che mi resta con la tortura di non poter amare, pur immaginando cosa potrebbe essere."

"Anche all'amore dei santi veniva in soccorso l'immaginazione, ed era così potente che è bastata loro, senza mai vederti."

"Erano creature di carne. Al Padreterno invece l'immaginazione nuoce, stretto in un corpo mortale. Vivo e patisco all'infinito il desiderio di un vecchio, senza illudermi di poterlo accarezzare mai."

Ci fu un lungo silenzio.

"Sembriamo tu il vero padre, io quello scapestrato di tuo figlio."

"Ma no, non è così, il tuo fine era anche un altro, l'hai dimenticato? Scrollarti di dosso la vecchia maschera che ti faceva adorare dagli uomini solo per paura. Tu volevi essere amato, non temuto."

"Sono molto turbato dalla la scoperta che ho fatto: mi sta a cuore siano più felici che buoni."

"Perché hai provato l'amore come lo sentono le tue creature. Anch'io ho provato la momentanea felicità degli uomini e ho desiderato quel che hai desiderato tu."

Rimanemmo ancora in silenzio. Era una delle rare notti in cui regnasse anche al Livilla, sempre così rumoroso, pieno di gente poco raccomandabile che andava e veniva. E ora stranamente mi mancava quell'indistinto rumore di fondo della vita.

"Fammi un po' di compagnia questa notte."

"Resto, mi stenderò accanto a te."

"Non credevo di poter diventare così."

"Hai ancora il tremito?"

"Solo quando la vedo venirmi incontro."

"Gli effetti dell'amore sembrano quelli di una malattia: *e tutta in sudore e tremante / come erba patita scoloro.*"

Subito dopo aver citato i versi di Saffo, è venuto a sedersi su una sedia accanto alla mia, dalla sponda del letto sulla quale si trovava. L'invidiavo. A lui era stato possibile vivere quel che non sarà a me. Ammiravo i bei capelli neri, senza ancora un filo bianco, la barba nera, quel viso dalla pelle di seta, senza una ruga. Quel fisico snello e slanciato, senza le deformazioni e l'usura degli anni, i fianchi e la pancia appesantiti, le vene varicose nelle gambe, la statura che s'abbassa, le spalle incurvate, la figura che rattrappisce. Mio figlio era caduto nella pienezza della virilità, molto prima di invecchiare. Masaccio, Raffaello, Caravaggio, come lui destinati a una fine prematura, non l'avrebbero mai potuto ritrarre da vecchio. Che bello era ancora il mio unigenito, immolatosi per amore degli uomini. Eppure non li aveva mutati quel suo sublime sacrificio, gli uomini continuavano a seguire le leggi divine più per paura del mio giudizio, che per amore di mio figlio.

29. Assenza e ritorno di Anna

Passarono tre lunghi giorni dall'incontro con Anna a Villa Borghese, aspettando una sua telefonata. Ore e ore interminabili, a spiare l'orologio dovunque mi trovassi, per strada, al caffè, in un museo, in hotel. E, per ingannare l'attesa, quella dimensione così nuova per me che sono eterno, silenziata la suoneria, entravo nei cinema anche due volte in un pomeriggio, pronto a precipitarmi fuori a una sua chiamata.

Non ricordo nulla di quei film. In una sala vicina alla Stazione Termini la proiezione era solo un pretesto per approcci di ogni genere e gusto, con un viavai di uomini e donne che offrivano il proprio corpo. L'imbarazzo non mi distoglieva dalla penosa sospensione in cui versavo, in perenne attesa, anche se uscivo quasi subito. Ma Anna non chiamava mai. E qualcosa più forte di me continuava a ripetermi che l'unico, il solo modo sicuro per ottenerlo fosse proprio tenere duro e non cercarla. Un'autentica tortura coincidente con la speranza che mi faceva vivere più al passato, ripassando tutti i momenti vissuti con lei da quando l'avevo incontrata. Del futuro non riuscivo a ipotecare un solo minuto. Mi rifiutava, mentre il passato non mi aveva respinto, era stato gentile con me. Disponevo anch'io di una quota di passato umano, da quando avevo vissuto un momento perfetto con Anna, a Villa Borghese. Con la mente navigavo ancora a bordo di quella barca che scivolava con lei senza essere più sospinta dai remi, quando stava a guardarsi il palmo delle mani, per vedere se le fossero venuti i calli come da ragazzina, quando remava al mare. Non riuscivo a sospingere lo sguardo molto in avanti, prigioniero di quella giornata.

Se quei giorni erano così faticosi, contando le interminabili ore dell'attesa, le notti non erano più riposanti. Alla 307, la stanza accanto, era tornato il bel ferroviere palestrato, sempre in compagnia femminile ma diversa da Amanda. E le sue imprese amorose, a differenza della notte in cui mi avevano così coinvolto, ora mi erano insopportabili, rivelando presto in quel Tom uno squallido seduttore seriale. Quella gioia dei sensi riacutizzava l'infelicità della mia condizione solitaria. Risate, vezzeggiativi, parole e apprezzamenti di quel linguaggio che non conoscevo ma aveva iniziato ad apparirmi così naturale, mi pungevano come veri rimproveri della mia ignoranza e incapacità di sperimentarli. Imparavo l'ambigua forza di compensazione dei sogni che visitano gli esseri umani. Sognavo Anna in perenne vagabondaggio per Roma insieme a me, ma sempre silenziosa, senza che proferisse mai parola. Una volta mi trovavo a casa sua, dove il marito si era mutato nel giovane barcaiolo in bermuda di Villa Borghese, di cui avvertivo la presenza nel monito di Anna: "È geloso." Ma geloso di cosa? Di cosa? Le chiedevo senza ottenere risposta.

Il sogno più sconvolgente mi aveva fatto tornare a Villa Borghese, affacciato alla bassa ringhiera di ferro a guardare lo specchio d'acqua del lago, poi a contemplare le bianche nuvole in movimento nel cielo azzurro, scrutandomi intorno, aspettandomi di vederla apparire. A un tratto notavo la nostra barca spuntare da dietro un folto. Lo stesso numero, il sette, appariva moltiplicato sui fianchi dell'imbarcazione. E portava Anna seduta, ben eretta, ai remi. Non era sola. A poppa, al mio posto, ma visibile solo di schiena, c'era un uomo dalle larghe spalle nude, che gettava pezzetti di pane ai pesci. E a poco a poco, mentre si girava, riconoscevo mio figlio. La barca si avvicinava al pontile del tempietto di Esculapio, dove io e lei non eravamo scesi, rispettando il divieto. E ancora Anna diceva: "Cosa fai? Guarda che è proibito, c'è anche scritto, non lo vedi?" Ma lui vi saltava sopra, con un bel balzo. "Hai paura di Esculapio?" e ridendo le offriva la mano.

La mattina ero sceso a colazione, ancora carico di sonno per come avevo passato la notte. Adesso che vederli era l'ultimo dei desideri, Tom e la femmina di turno entravano in sala, andando a sedere a poca distanza da me. Lui già in divisa, così profumato che ne sentivo l'effluvio, lei mora, piccolina, in camicetta azzurra e pantaloni di pelle nera attillati. A tratti le loro parole mi giungevano nitide.

"Da quanti giorni dura questo ritardo?"

"Quindici."

Poi per qualche secondo non li sentivo più, per un rumoroso gruppo di studenti che irrompeva nella sala.

"In farmacia. Ce n'è una vicina, andando a destra, Jessica, proprio sul corso."

"Ma non vieni anche tu appresso a me, Tom?"

"Non ho tempo, Jessica. Figurati se non verrei, ma devo salire sul treno fra un'ora, lo sai, non ce la faccio."

“E quando te lo potrò dire?”

“Subito, appena lo saprai, chiamami subito, amore.”

“E se...”

Ma a quel punto erano entrati altri chiassosi turisti, che mi avevano impedito di seguire la domanda e la risposta. Dal tono però incalzante della voce di lei e da una certa renitenza a rispondere alle sue richieste di Tom, era facile arguire l’egoismo del maschio. Sapevo già che cosa orribile sarebbe successa a quella donna che si sarebbe scoperta incinta. Ecco com’era finita una notte di piacere dei due giovani. E quanto precipitava in basso Tom.

Uscii poco dopo, per andare ad ammirare i mosaici di Santa Prassede. E subito, su via Nazionale, ecco venirmi incontro uno scodinzolante cane dal pelo bianco liscio, di taglia piccola, il muso nero, con due occhi marroni che mi fissavano dolcissimi. Ma la cosa che mi stupiva di più era l’improvviso uggiolare e spiccare salti per leccarmi, come se riconoscesse il padrone perduto. Poi il cane, non contento delle effusioni, si sdraiava sul marciapiedi a ventre in su, a pretendere più che a ricevere le mie carezze. Qualche passante si voltava a guardare la scena, divertito. Una donna anziana carica di pacchi della spesa, fermandosi per riposare su una panchina, aveva il tempo di dirmi che il mio cane era molto simpatico.

“Ma non è mio, signora.”

“Allora l’ha adottata.”

Quando si era disteso sul dorso, avevo capito che era una femmina e stava allattando. Non so cosa mi avesse preso, ma quando la cagnetta si era rialzata, ostinandosi a invitarmi a seguirla, con uggiolii e scuotimenti della coda, le avevo obbedito.

E, dopo qualche centinaio di metri, imboccata una via laterale, mi aveva portato dove voleva lei, dietro a una porta, nel buio androne di un palazzo. Dove, sotto la scala, dentro uno scatolone, guaivano i suoi cuccioli, due bianchi e tre neri pezzati di bianco.

"Ma che brava, nei hai fatti cinque, che brava."

E l'animale, come gradisse i miei complimenti, continuava a farmi le feste per quel che consentivano le sue creature subito attaccatesi alle mammelle. Una scodella mezza vuota d'acqua mi avvertiva che qualcuno nel palazzo se ne curava. Cosa di cui dovevo avere conferma di lì a poco, dal portiere che scendeva le scale.

"Nanà è una buona madre, vero signore?"

"Mi pare proprio di sì."

"Dalle feste che fa, vuole che se la porti a casa sua."

Era quel che già aveva osservato la donna, per la via. La cagnetta, mentre si abbandonava a nutrire i suoi cuccioli, non smetteva di fissarmi, come se continuasse a chiedermi di restarle vicino, di non muovermi. Sentivo quello sguardo penetrarmi e le rispondevo accarezzandola. Ed eccola guaire, levando il muso in su, come se volesse esprimermi non solo la sua gratitudine, ma qualcosa di ben più importante. In realtà Nanà mi stava riconoscendo e adorando. E io non potevo sottrarmi al suo amore.

"Ma come faccio?" rispondevo al portiere che si era subito seduto nella sua guardiola. "Vivo in hotel, se almeno avessi una casa mia."

"Ah, certo se sta in un albergo mica se li prendono i cani, ma in che albergo si trova?"

"Al Livilla, qui vicino."

“Ah, sì, lo conosco. Lì però non credo facciano tante storie. Provi a chiedere, non si sa mai.”

“Ma portare anche tutta la cucciolata, come si fa? Mi diranno di no.”

Se almeno avessi potuto disporre di una casa mia. Già. Non avevo un posto dove accogliere Anna, come per portare una cagnolina coi suoi cuccioli. Per la prima volta mi veniva in mente che la scelta di vivere in albergo potesse anche essere provvisoria. Ero libero di affittare una casa tutta per me per accogliere chi volessi, nessuno poteva impedirmelo. Ma metter su casa significava mettere radici. Un passo ben diverso dal decidere una vacanza. Mio figlio non l’avrebbe tollerato. E se mai, per quanti mesi avrei potuto firmare un contratto di affitto? Nanà continuava a fissarmi, con uggiolii che toccavano il cuore, struggendomi per la fiducia che esprimeva e che mi devastava per un sentimento mai provato. Non lasciarmi. Portami via, ma insieme alle mie creature. Non potevo non pensare all’egoismo di Tom, alla sua imminente richiesta di aborto a quella debole ragazza napoletana. A una nuova vita che la coppia avrebbe presto ucciso dopo quel test di gravidanza.

Dovevo al più presto chiedere ad Anna se potesse ospitare i cuccioli e Nanà. Lei sola poteva aiutarmi. E questa considerazione non so se mi venisse così spontanea per la forza delle cose o per rivendicare una ragione in più di sentirla al telefono.

“Intanto andrò a procurarmi delle scatolette di carne per Nanà, così poi lei gliele darà da mangiare.”

“C’è un supermercato all’angolo, è lì che le prendo. Farebbe proprio bene perché la scorta sta finendo e qui nel palazzo coi soldi ci vanno piano.”

"Allora vado e torno."

Davo ancora un'occhiata a Nanà, a rassicurarla.

"Vado a comprarti da mangiare, tu aspettami qui."

E la carezzavo sul capo che lei alzava e abbassava per godersi anche meglio le mie carezze. I cuccioli fremevano, attaccati alla mamma, in gara a chi riuscisse a entrare più dentro di lei. Sfiorai anche loro. Non avrei più smesso di accarezzarli, così teneri e caldi, così inermi.

Al supermercato c'era un intero settore di prodotti per gli animali, dove si stavano servendo vari acquirenti di ogni età. Avevo chiesto consiglio a una donna, che stava scegliendo delle scatolette per cani. "Queste, prenda queste, la mia Minù ne va matta."

Avevo appena pagato, dopo aver fatto una lunga fila, che sulla soglia del negozio suonava il telefono. Era Anna.

"Come stai, Giovanni?"

Per l'emozione mi scivolava dalle mani il cellulare, che riafferravo al volo.

"Io... io sto bene, ma tu? Non ti ho più sentito."

"Sono stati giorni pieni a scuola, riunioni su riunioni. Centinaia di mail a cui rispondere. Relazioni da scrivere e da consegnare entro tre giorni. E, a peggiorare le cose, Davide ha avuto l'influenza."

"Certo, capisco."

"E tu come stai? Dove sei ora?"

"Sto bene. Non immaginerai mai dove sono. In un supermarket, dove ho comprato roba da mangiare da portare a una cagnolina abbandonata e ai suoi cinque cuccioli," e mi mettevo a raccontarle quel che mi era accaduto quella mattina, contento che quella novità improvvisa mi esentasse dal parlare di noi.

"Vedi, fai effetto anche sui cani!"

"Ma adesso non so cosa fare... mica la posso portare in hotel."

"No, non te la lascerebbero certo portare."

"Già, avevo pensato di chiederti una cosa."

"Sentiamo."

"Se... se la portassi da te, la prenderesti?"

"Giovanni, ma ti pare che possa prendermi una cagna in casa, con cinque cuccioli? Ho un lavoro, un figlio, una famiglia, non ho tempo per badare a un animale."

"Immaginavo, ci ho provato, però dovresti vederla prima di dire di no."

"Cosa ti è preso con questa cagna?"

"Mica lo so nemmeno io, ma mi guarda in un modo che mi tira fuori..."

"L'anima?"

"Sì, l'anima, Anna."

"Eppure la paternità l'hai già vissuta con tuo figlio, non devi compensarla come tanti che si trascinano dietro un cane come fosse un bambino."

"Anna, forse non è la paternità, è la maternità che mi cattura."

Rimase per qualche secondo muta alla mia replica, prima di pormi una domanda.

"La maternità?"

"Sì."

"Sei unico, questa non l'avevo mai sentita."

"Nemmeno io l'ho mai provata."

"Immagino. La maternità? Sei un uomo impagabile, sei

unico. Senti, facciamo una cosa, quando esco da scuola, verso le tre, passo da te, così mi porti a vedere... come si chiama?"

"Nanà, così almeno mi ha detto il portiere dello stabile dove l'ho trovata che allattava i cuccioli."

"Mi piace, con quell'accento finale, che sembra una bella risata, Nanà, ah ah ah."

"Non l'ho scelto io."

"Ha un che di francese, mi ricorda la ragazza di tutti di un romanzo di Zola."

Respiravo. Grazie a Nanà, Anna si era decisa a rivedermi entro poche ore. Avevo fatto bene a fidarmi del mio intuito, a non chiamarla. E a parlarle subito della cagnetta abbandonata. E Nanà pareva averla evocata.

"Anna, certo potrei prendermela io se avessi una casa. Ho pensato che sarebbe bello averne una tutta mia."

"Una casa? Ci voleva proprio quella cagna per fartene venire la voglia."

"Allora ti aspetto all'albergo."

"Sì, più o meno verso le tre e mezza sarò lì, così mi porterai a vedere la tua innamorata."

"Sì, Anna."

E solo in quel momento, mentre pronunciavo il suo nome, scoprivo che Nanà era l'anagramma di Anna.

30. Visita al Foro Romano

Anna arrivava trafelata al Livilla col pacco dei compiti dei suoi bambini che minacciava di caderle dalla tracolla aperta. Brandiva fra le mani un pacchettino.

"Ho dei biscotti per Nanà!"

"L'hanno portata via quelli del canile, Anna!"

"Ma cosa dici?"

"Vieni, che ti faccio vedere dov'era."

Prendendola sottobraccio quasi la trascinavo alla via dello stabile che la mattina ospitava Nanà. Come avevo scoperto tornando dal supermercato, lo scatolone con i cinque cuccioli non c'era più. Nemmeno l'ombra di cibi, scodelle, stracci, nulla. Tornavo ancora a cercare su per le scale, nel primo pianerottolo, nel sottoscala, dappertutto, ma invano. Di Nanà e dei suoi cuccioli neanche l'ombra.

"Mica me la sono sognata, Anna! Devi credermi! Era qui, proprio in quest'angolo, dentro lo scatolone di una lucidatrice, mi ricordo anche la marca: Siemens."

"Ma ti credo, Giovanni, ci mancherebbe."

"Ah, è tornato, stamattina sono dovuto andare a Casalpalocco, da mia figlia, che non stava niente bene. E non ho potuto avvertirla, caro signore."

"Cosa è successo al cane?"

"Appena è andato a prenderle da mangiare, è arrivato il furgone del canile e se la sono portata via, Nanà, insieme ai cuccioli. Non c'è stato niente da fare. Ma al terzo piano c'è gente che gli animali li odia, hanno fatti dei reclami. Saranno stati di sicuro quei puzzoni a chiamare il canile."

Era il portiere a darmi le notizie, entrando in quel momento.

"Non si scoraggi però, lei può sempre andare al canile a Porta Portese e vedere se gliela danno. Nanà cercava un padrone, era stata abbandonata dal suo, ha il nome scritto sulla medaglia, avrà cinque o sei anni."

"Dai, Giovanni, possiamo andarci uno di questi giorni, te lo prometto," mi consolava Anna.

Non mi davo pace all'idea di averla lasciata sola, quella creatura.

"Se anche fossi rimasto, dubito che ti avrebbero permesso di portarla via, quelli del canile municipale."

Anna cercava di farmi ragionare. Ero ancora sotto l'impressione dolorosa di quella repentina scomparsa. Pareva che me la fossi sognata, quella cagnolina. Salutammo il portiere dello stabile e ci avviammo per tornare a via Nazionale.

"È abbastanza presto, Giovanni, che ne diresti se andassimo a visitare il Foro Romano, come volevamo fare?"

"E Davide?"

"È col padre. Oggi lo assisterà a montare la nuova giostra, a Monteverde. Ma potrai tornare con lui un'altra volta."

Così, dopo quella strana mattina, quel pomeriggio ci disponevamo a percorrere la strada che portava al Foro, attraversando il centro, fino ai Fori di Traiano.

"Sai, mi piacerebbe conoscere tuo figlio, non viene mai a Roma?"

Era ancora vivo nella mente il sogno di quella notte, dove finiva per appartarsi con lei nel tempietto di Esculapio, incurante del divieto di approdo. Un leggero colpo di tosse mi concedeva qualche secondo per la risposta non semplice da dare.

"Lo vedo poco, il lavoro lo impegna molto ma se dovesse capitare qui a Roma te lo presento volentieri."

"Chissà se ti somiglia… quanti anni ha?"

"Non mi pare che mi somigli, propenderei per il no. Ha trentatré anni."

"Somiglierà alla madre allora."

"Sì, forse."

"Siete separati, tu e sua madre?"

"Non siamo mai stati sposati."

"Ah, l'hai avuto fuori del matrimonio."

Era impossibile spiegare ad Anna che tipo di padre fossi e come avesse consentito a diventare madre quella di mio figlio. Dispute, scismi, eresie, processi, diatribe traevano origine da quel punto così controverso fra i primi credenti, così poco credibile per molti ancora. Forse solo alcuni versi di Dante erano riusciti a cogliere la resa perfetta della ragione a quel mistero: *Vergine Madre, figlia del tuo figlio / umile e alta più che creatura, / termine fisso d'etterno consiglio.* E mi sentivo friggere sotto il fuoco di fila di domande che chissà da quanto Anna si proponeva di farmi.

“Lui con chi è cresciuto?”

“Mio figlio? Ma come mai ti interessa così tanto?”

“Così, perché è tuo figlio.”

“Lui è cresciuto sempre con sua madre. E col marito della madre.”

“Un bene per lui.. I bambini è meglio crescano vicino alla mamma. E tu lo vedevi di rado? Che rapporti avevi col marito? Era geloso?”

L’argomento della famiglia stimolava la pungente curiosità di Anna, fino a suggerirle domande così poco discrete e invogliarla a credere una storia di coppia infelice. E l’imbarazzo con cui le rispondevo le ingenerava il sospetto che volessi nasconderle qualcosa. La reticenza era vera, ma non per il genere di scabrosità che lei poteva immaginare.

“No, no, lo potevo vedere quando volevo, non avevo alcuno contrasto con quella bella famiglia, il padre adottivo era un gran brav’uomo.”

“Ma quel brav’uomo è morto?”

“Sì.”

Tacque per qualche secondo prima di porre la nuova domanda sulla vedova.

“Hai amato sua madre?”

“Moltissimo, la donna più straordinaria che abbia conosciuto.”

“Che tipo di donna era?”

“Una donna che sapeva amare.”

“Era bella?”

“Sì, molto, lo è anche oggi.”

“Ma è viva?”

"Sì, è viva."

"Ha la tua età?"

"No, è più giovane di me."

"Lo so come vanno queste cose, ti capisco sai."

"Cosa vuoi dire?"

"Che gli uomini finiscono quasi sempre per non sposare la donna che hanno amato di più."

A questo punto Anna taceva, abbassando lo sguardo che aveva sempre tenuto puntato su di me mentre camminavamo insieme verso il Foro. Le mie risposte la facevano virare adesso da una storia di coppia infelice a una bella storia d'amore, reprimendo a fatica la curiosità di sapere perché mai fosse finita.

"Ah, allora il tuo è un figlio dell'amore, un uomo che sa di essere stato davvero desiderato. Questo lo avrà fatto star bene. A scuola i bambini più sereni sono sempre quelli che sono stati voluti dai genitori."

"Sì, hai ragione, è proprio figlio dell'amore."

"E che lavoro fa oggi?"

"Il mio. Dirige la ditta di famiglia che si occupa in qualche modo del perpetuo benessere delle persone, ma non è una beauty farm né una compagnia di assicurazioni."

"E che cos'è?"

"Un po' difficile da spiegare, abbiamo filiali in tutto il mondo. Riceviamo continue richieste di assistenza. Ci occupiamo di accoglienza, per garantire alle persone una perenne sicurezza e serenità."

"Gestite delle cliniche?"

"Qualcosa del genere."

"Ma che tipo di cliniche sono, geriatriche?"

"Non proprio."

"Non saranno mica centri di ibernazione dove conservate i corpi dei ricchi in attesa di risvegliarsi!"

"Ma no, cosa vai a pensare!"

"Scherzavo, Giovanni, scherzavo."

Anna ora taceva di nuovo, scrutandomi, maliziosa. Chissà cosa recepiva dalle mie risposte. Mi spiazzava con le conclusioni che ora sembrava trarre: "Sei un uomo che può piacere molto, chissà quante donne avrai avuto, Giovanni. Chissà come avrai fatto soffrire la madre di tuo figlio a causa delle rivali, non l'invidio davvero quella donna così straordinaria."

"Non credere, sai, ti stai facendo un'idea sbagliata di me, non sono un seduttore."

"Sei però il solo maschio che abbia sentito parlare della parte femminile di sé senza alcun imbarazzo, con quella tua meravigliosa ammissione di sentire una specie di maternità. Le donne vanno pazze per gli amanti che le capiscano fino a calarsi nella loro intima natura, facendola quasi propria. Con quegli uomini non patiscono più l'eterna paura del maschio a cui quasi tutte soccombono, quelle masochiste."

Mentre scendevamo verso i Fori Traiani tagliando per piazza del Grillo, non potevo non notare che, dopo l'incontro con Nanà, tutti i cani che incrociavo mi venivano incontro festosi. Con la stessa strana tendenza a festeggiarmi, a scodinzolare, ad abbaiare per attirare un'attenzione esclusiva che mentre stupiva i padroni, colpiva molto Anna.

"Forse solo mio padre aveva tanta propensione a capire quel che hai capito tu, almeno dai racconti di mia madre."

"Cosa faceva tuo padre?"

"Mio padre? Va' a sapere, un bel mistero, mia madre si metteva subito a piangere se me ne parlava. Ma anche le zie e la nonna. Lo amavano tutte. Di rado era a Roma con noi, girava per il mondo. Quando tornava era sempre una festa. Portava a ogni ritorno una grande bambola per 'la mia principessa'. Ma non l'ho quasi conosciuto, è morto che io avevo pochi anni."

"Di cosa?"

"Dello stesso male che minacciava Davide, un cancro al cervello."

Tacemmo per qualche secondo.

"E così l'avrai idealizzato."

"Inevitabile. Di lui mi sono rimasti i suoi bei vestiti, a volte li accarezzo ancora. Era un bel gagà, vedessi quante camicie e che abiti, tutti su misura se li faceva fare. Un giorno te li mostro, andava da un bravissimo sarto ai Parioli, qualcuno ti andrà bene perché avete la stessa taglia, non mi sembrano passati di moda."

"Se ti fa piacere," ma non avrei indossato volentieri gli abiti del bel padre morto.

"Ho dovuto costruirmene un'immagine mentre crescevo senza di lui. E poi sai, la morte ha narrato il resto, misterioso lo è diventato anche di più grazie alle leggende che circolavano in casa."

"Capisco."

"Un giorno era stato un provetto scalatore di montagne, un altro giorno uno spericolato aviatore, un altro ancora un campione di scherma, poi un superbo giocatore di scacchi. Ne raccontavano tante. Non mi stupirei che avesse avuto anche un'altra famiglia, che si facesse mantenere dalle donne. Parevano tanti Candido in uno… e il vero Candido non poteva mica smentirle."

"Naturale. Ma si chiamava davvero Candido?"

"Sì, sì, Candido Di Giacomo. Non ti piace? Per me non esiste un nome più bello."

In quel mentre, sbucando da piazza del Grillo, un mastino napoletano, scappando dal padrone cui sfuggiva di mano il guinzaglio mi correva incontro. Mi saltava addosso e mi faceva cadere per terra, leccandomi la faccia.

"Ti sei fatto male, Giovanni?"

"Mi scusi, mi scusi, Alvaro, vieni qui, vieni qui! Ma cosa fai? Screanzato! Si può sapere cosa ti ha preso?" il padrone, un vecchietto minuto, dalle ghette grigie sulle scarpe nere, si sgolava a chiamare e rimproverare il cane, che lentamente lasciava la sua preda. Mi sono rialzato, ho cercato di spazzolare il cappotto, aiutato da Anna che si metteva a discutere col padrone di Alvaro.

"Mi scusi. Signora, lei ha tutte le ragioni. Non ho più la forza di trattenerlo. Non so proprio cosa gli sia successo, eppure non lo fa mai, mai, mi creda," e intanto mentre si profondeva in scuse si chinava anche a raccogliermi il cappello. Notavo all'occhiello della giacca blu il distintivo con la croce di Malta dai minuscoli brillanti. La grossa bestia, seduta, pareva mortificata dalle grida del padrone, ma continuava a guardarmi con occhi dolcissimi che ricordavano la misteriosa devozione di Nanà. Finalmente, dopo aver ricevuto le rinnovate scuse di quell'aristocratico vecchietto, rifiutando l'aperitivo che insisteva a volerci offrire, riuscivamo ad avvicinarci al Foro. Ora mi guardavo sempre intorno nel timore di trovare altri cani. All'ingresso Anna, che pagava biglietto ridotto come insegnante, pagava anche il mio.

"Ora speriamo che gli animali ti lascino un po' in pace, qui al Foro non si possono portare, Giovanni. Dai gatti però non potremo salvarci, fra le rovine archeologiche ne vivono molti, sbucano da tutte le parti e stazionano indisturbati."

L'ingresso da via dei Fori Imperiali scendeva verso la via Sacra, nei pressi dell'antica Regia, dove era stato celebrato il funerale di Giulio Cesare, alimentando il rogo dove erano bruciate le sue spoglie con panche e utensili lignei. Si vedeva ancora il basamento dell'ara dove poi era stata posta la sua statua. Le lapidi sulla fronte di ogni monumento ricordavano queste circostanze storiche come tante altre. Ma il Padreterno non aveva bisogno di leggerle. Rivivevo quei giorni, poco prima delle fatidiche Idi di marzo del 44, quando Cesare, sognando di emulare Alessandro Magno, faceva i suoi preparativi per una grande spedizione contro i Parti. E poi quella fatale ventosa giornata, quando il condottiero, proprio sotto la statua di Pompeo, l'acerrimo rivale che era stato suo genero, veniva trafitto dalle ventitré pugnalate dei congiurati. Per non spaventare ancora una volta Anna tacevo però delle mie visioni.

"Avevi detto che non c'eri ancora stato, non è così?"

"Sì e no."

"In che senso?"

"Il posto mi pare di averlo già visto, anche se questa è la mia prima visita."

"Questa poi è come la maternità, hai la responsabilità di quel che non ti appartiene."

"Brava, mi pare una definizione calzante… sono un esagerato, tendo a enfatizzare le emozioni. Te ne sei già accorta."

"No, non sei esagerato, sono molti altri a esserlo nel culto della banalità, arresi a quel che vedono."

"Come era esagerato tuo padre, allora?"

"Vi sareste piaciuti molto, voi due. Chissà, ma coi morti è facile trovare somiglianze, tanto non possono più smentirle."

"Ma lui non aveva i miei settantotto anni."

"No, mio padre non ne aveva nemmeno trentasei quando è morto."

"Quasi come mio figlio."

"Curiosa questa cosa che si arrivi a superare l'età dei genitori, a diventare noi quasi loro genitori. Oggi, a quasi quarantun anni, l'ho superato di cinque."

I suoi anni erano quindi trentasette meno dei miei. L'età che avrebbe potuto avere una figlia. Ma non erano rapporti filiali e paterni quelli che si alimentavano ogni giorno di più fra me e lei.

"Ti andrebbe di salire al Palatino? Ne vale la pena, si gode un panorama bellissimo di lassù."

"Andiamoci subito allora."

"Da bambina ci sono salita anche con papà. Ricordo ancora quando mi prese in braccio, a metà delle scale, perché ero stanca. In realtà fingevo, era un capriccio, non volevo più camminare solo perché lui mi prendesse in braccio. E sai perché? Volevo sentire il suo odore, Giovanni, e lo diresti? Non l'ho mai dimenticato, lo sento ancora adesso, se chiudo gli occhi, per questo ho tenuto tutti i suoi vestiti."

E Anna chiudeva gli occhi, fermandosi accanto a me, stringendo con la destra il mio braccio sinistro, avvicinandosi. L'odore, l'irripetibile odore di ogni essere umano, ecco un'altra scoperta che facevo. Ma Dio che odore ha?

"Credimi, i giardini che son lassù meritano la fatica dei gradini," ora era tornata a guardarmi, invitante.

"Andiamo pure, mi farai da guida."

“Dal Palatino i cesari reggevano il mondo. Sai, i miei bambini si incantano quando li porto a vedere dove Augusto governava, in quello studiolo rosso pompeiano. La Casa Bianca di allora, dico sempre. Cambiano solo i colori, da rosso a bianco. E con la battuta ruffiana li seduco, perché quella l’hanno vista tante volte in tv. Il segreto coi bambini è associare a una cosa già vista quella che gli fai sognare.”

Ci incamminammo per la comoda rampa imperiale, che Domiziano e Adriano avevano creato per rendere più solenne l’accesso alla dimora dei cesari.

“Vuoi fare delle foto col cellulare, Giovanni?”

“Non amo le fotografie.”

“Neanche tu.”

“E chi anche?”

“Giuseppe, non ne vuole mai scattare una.”

“Preferirà la pittura e i disegni alla fotografia.”

“Sì, così controlla lui tutto quello che si vede. Nelle foto ha sempre paura che spunti qualcosa d’imprevisto e invisibile agli occhi, che non può gestire.”

“Spiegati meglio.”

“Dai, come in quel famoso film dove scattando delle foto, il protagonista per caso riprende un cadavere, in mezzo a dei cespugli, in un parco, l’hai visto?”

“No, ma non sono un grande intenditore, vado poco al cinema.”

“Era un film di un grande regista ferrarese, Antonioni, *Blow up*. Insomma, per fare solo un esempio tornando alla sua mania ossessiva, è come se Giuseppe avesse paura che Dio spuntasse fuori per caso, da una foto.”

"Ho capito. Certo il tuo accostamento del cadavere che spunta per caso in una foto come Dio, mi pare… come dire… abbastanza rivelatore."

"Di cosa?"

"Del fatto che in Dio tu non ci credi proprio."

Sparata allora come un colpo di fucile arrivava subito la frase di Anna.

"Dio la gente se lo inventa per non accettare che la vita finisca con la morte, per illudersi che ci sia qualcuno che bada a te, come un buon padre. No, non ci credo, come non ci credeva papà. E tu?"

"Tu cosa?"

"Tu ci credi?"

Quando me l'ha chiesto, stavamo sostando davanti alle rovine di Santa Maria Antiqua. Una chiesa protocristiana ricavata su un tempio pagano che poi, in un restauro moderno, si era deciso di sacrificare, per riportare alla luce la chiesa. Non so come sia stato più forte di me a quel punto tentarla.

"E se ti dicessi che sono io, Dio?"

"Ah ah, mi piacerebbe se fosse come te."

"Allora non pensi che sono pazzo come tuo marito?"

"Basta, vieni, Signore, che ora ti porto a vedere il panorama su tutta Roma, da quella terrazza."

E dandomi la mano mi portava verso destra, finita la scala, dove si allungava lo spazio di una vasta terrazza, affacciata sul Foro. Un panorama superbo.

"E tutto questo sarà tuo se prostrato mi adorerai! Sono il diavolo che dopo quaranta giorni nel deserto tenta il Signore, mostrandogli i regni di questo mondo!"

"Sai, Anna, vorrei avere una casa in questa città."

"Puoi sempre affittarne una, mi sembra che te lo puoi permettere."

"Sì, mi pare di appartenere a tutto questo."

"Così potresti prendere anche Nanà con te."

"E tu? Non ci verresti a casa mia, con Nanà?"

"Ci verrei, certo."

Ora le posavo un braccio sulle spalle, mentre lei leggeva la mappa che localizzava da lassù tutti i monumenti, le chiese, i palazzi, i parchi, le vie, i colli. La bellezza di quello che vedevo insieme a lei mi faceva scoprire una nuova forma d'ansia, la certezza che non avrei mai potuto catturarla.

"Domani andiamo al canile a prenderla e in attesa che tu ti trovi una casa la portiamo da me con i suoi cuccioli, va bene, Giovanni?"

"Certo, anche se a settantotto anni prendersi un cane è un po' un bell'azzardo."

"Perché?"

"Perché potrebbe facilmente sopravvivermi."

"Tu temi che ti sopravviva non solo un cane, piantala, cerca di vivere quello che sei. Tutta questa fottuta paura di morire, ma che Dio sei?"

E la sua dissacratoria risata mi contagiava mentre la prendevo per il braccio, cominciando a scendere insieme le scale fatte da bambina in braccio al padre per sentirne quell'odore che non aveva mai dimenticato.

31. Nanà ritrovata

Il giorno dopo Anna mantenne la sua promessa. Verso le quattro del pomeriggio passò a prendermi per portarmi al canile municipale di Porta Portese. Appena però messo piede nell'ingresso, dove bisognava parlare con chi avrebbe dovuto accompagnarci, ecco manifestarsi qualcosa di abnorme. Le centinaia di cani ospitati cominciavano ad agitarsi e ad abbaiare, all'inizio solo nella parte più vicina a noi. Poi quasi tutti insieme. La "cagnara" si faceva davvero infernale, tanto da sopraffare le nostre voci.

"Cos'hanno? Fanno così quando arriva il terremoto," osservava una delle volontarie dello staff.

Era la paura che me ne andassi a renderli così inquieti. Se resti un poco fra loro, mi dicevo, si acquieteranno.

"Cerco una cagnolina bianca dal muso nero, una bastardina che ieri è stata portata qui insieme ai suoi cinque cuccioli. Vorremmo adottarla e portarla via con noi."

La donna fu abbastanza rapida a individuare di che cane si trattasse, mostrandomi le fotografie più recenti fra le quali riconobbi Nanà e quattro dei suoi cuccioli.

"Ma qui sono solo quattro, erano cinque."

"Uno sarà morto."

La volontaria non pareva aver gradito la mia osservazione. Ai gestori di questi posti mai dare l'impressione di sospettare che gli animali possano subire maltrattamenti. Dovevo impararlo di lì a poco. Dopo essersi informata, ci invitò a seguirla per una vasta zona all'aperto, di sgambamento o ricreazione, dove i cani venivano mollati per prendere aria. Poi passammo nella zona dell'edificio dove stavano le gabbie degli animali. L'effetto degli occhi supplichevoli di Nanà, che mi aveva così invaso, ora moltiplicandosi si faceva devastante, stupendo gli stessi inservienti, abituati a due atteggiamenti degli animali: solleciti a cercarti o scontrosi e diffidenti. Colpiva che al mio apparire anche la parte restia a fidarsi degli esseri umani si mettesse non solo ad abbaiare, ma a saltare con balzi mai visti. Ululati, uggiolii, lamenti prolungati e strazianti.

"Solo quando fiutano la puntura li ho visti così," commentava l'accompagnatrice.

"Scusi, ma di che puntura si tratta?"

"Quella per eliminarli quando non possiamo più curarli."

Finalmente, dopo un certo andirivieni, raggiungemmo un settore a un piano rialzato dov'erano alcune gabbie ancora vuote. Lì ci apparve Nanà, con quattro dei suoi cuccioli, rannicchiata nel fondo di una gabbia puzzolente, più lontano possibile dall'apertura. Indescrivibile il giubilo della creatura, che appena trovato il suo salvatore l'aveva poi subito perduto. Mi avvicinai alla gabbia e mi abbassai per ricevere le leccate generose su mani e viso.

"Mai visto niente del genere, eppure di cani ne ho avuti

diversi, anche da piccola," sussurrava Anna, "capisco perché ti sei così commosso ieri."

"Nanà, sono qui, presto ti portiamo via con noi, non ti lasciamo più."

Il muso di Nanà andava da me ai suoi cuccioli, dai cuccioli a me. Lo sgradevole puzzo che emanava dalla gabbia non mi impediva di rimanerle incollato.

"Tranquilla che vi portiamo tutti via insieme, stai tranquilla."

"Ma l'altro cucciolo che manca, quello nero?"

"Quello è morto appena arrivato," ha risposto asciutta l'anziana accompagnatrice mentre ci riconduceva al primo piano, fra le reazioni più commoventi della povera Nanà.

Restammo al canile un'ora. Il tempo utile per firmare una grande quantità di documenti da leggere e accettare per l'istanza di adozione da parte di Anna. Anche se il personale era sempre molto favorevole a liberare il canile da una nuova presenza, non si trattava di tempi immediati. Qualche giorno di attesa si rendeva indispensabile. Così Anna dovette sorbirsi un interrogatorio mirato a capire il contesto dove Nanà sarebbe stata accolta. Tutte le domande erano volte a scoprire se Anna nascondesse qualcosa. E quindi la cagnetta andasse a stare peggio. Come Nanà anche tutti gli altri cani riprendevano a fare il loro baccano, fiutando la mia partenza. Qualcuno del personale cominciava a mettere in relazione i due nuovi venuti con la stranezza del comportamento, guardandoci in modo sospetto. Era meglio filarsela prima che proprio la venuta del suo salvatore ostacolasse l'affido di Nanà. Come fu possibile, riuscimmo ad andarcene.

"Davide sarà felice di avere Nanà a casa. Da piccolino aveva un cane a cui si era molto affezionato. Quando morì investito da una macchina il dolore fu talmente grande che non gliene abbiamo mai più preso un altro. Si chiamava Vento, un bastardino intelligentissimo."

"E Giuseppe, come la prenderà?"

"Pare indifferente a quel che accade a casa, passa sempre più tempo al suo laboratorio."

E fu davvero come aveva previsto Anna. Il giorno in cui potemmo andare a prendere Nanà e i suoi cuccioli al canile Davide, che non aveva nemmeno dormito quella notte dall'emozione di vedere il nuovo cane, ci corse incontro sulla porta. La bastardina fu subito festosa con Davide, che non finiva più di accarezzarla, mentre i cuccioli trotterellavano goffi, salendo i gradini a fatica, alcuni cadendo e guaendo impauriti, per essere subito presi per la collottola dalla madre. Smentendo Anna, Giuseppe si dimostrò altrettanto contento. Aveva preparato una stanza per la nuova arrivata. C'erano già una vecchia cuccia, forse la stessa di Vento, e una cesta imbottita. Vedere così felice suo figlio rallegrava anche lui.

Mentre aiutavo i Malvasia a sistemare Nanà, non potevo non pensare a tutti i cani del canile. Aspettavano anche per anni qualcuno che li venisse a liberare come Nanà.

"Lo so a cosa stai pensando, a quelli rimasti là. Si stringe il cuore anche a me," mi diceva Anna, sulla porta di casa, più tardi.

"Già, spero solo lungo la strada di non incontrare un'altra cagnetta che mi adotti, non vorrei diventare il padre dei cani di tutta Roma."

"Sentono la tua vasta maternità, Giovanni."

"Anna, buonanotte, ci sentiamo domani, dovrò portarla a fare la prima passeggiata."

"Ti darò io il guinzaglio. Poi bisognerà portarla a lavare in un centro di toelettatura per animali, puzza ancora di canile."

Un ultimo latrato di Nanà mi arrivava dal piano di sopra. Quella casa cominciava a diventare davvero anche la mia.

32. A passeggio con un cane

Da distinguersi bene dai gattari, il Padreterno scopriva i cagnari, romani che passano buona parte del tempo libero a portare fuori di casa il cane per i suoi bisogni. Mi sentivo arruolato tra le fila di una vera confraternita con i suoi riti, le sue manie, i suoi sacrosanti diritti.

Villa Doria Pamphilj, Villa Borghese, le Terme di Caracalla, il Circo Massimo, il Colle Oppio, il Celio, Villa Glori, Villa Torlonia, quante zone monumentali ricche di verde venivo a conoscere meglio. Davide mi accompagnava spesso. Anna godeva di pochi pomeriggi liberi dal lavoro, solo di rado potevamo uscire insieme a Nanà. Ed erano due modalità diversissime di passeggiata col cane.

"Nanà, lascia stare quella porcheria, cosa stai rosicchiando, sputa!... Nanà, a cuccia, basta!... Nanà, non dargli fastidio, non vedi com'è piccolo? Non ti vergogni?... Nanà, vieni che guardo cos'hai fra le zampe... Nanà, non vedi com'è grosso, ti fa a polpette... Nanà, prendi la pallina, su..."

I primi giorni, non ancora riappropriatosi dell'abitudine di uscire con Vento, Davide si perdeva in una serie di comandi che disorientavano la povera bestia.

"Davide, la confondi, non vedi che non sa più cosa fare? Lasciala stare."

"Nonno, bisognerà pur educarla!"

"Sai, Davide, mi sa che te la cavavi meglio col drago."

"Dici così perché sei geloso, vorresti che obbedisse solo a te."

In realtà il vero geloso era lui. Nanà dimostrava subito di preferire me appena mi vedeva arrivare a casa, in piazza Trilussa, a prenderla. Mi faceva una tale festa da travolgermi, restia a obbedire poi a Davide. I cuccioli erano rimasti presto solo in due. Anna era riuscita a piazzare gli altri. E Max e Cloe erano già promessi ad amici di Davide, che avevano garantito di ritirarli in settimana. Nanà se ne separava a fatica, soprattutto se si trattava di uscire con Davide. Me lo raccontava sempre Anna, divertita di quella sotterranea gara del figlio con me, che in qualche modo stuzzicava.

"Certo che per te va proprio matta, e puoi capire quanto faccia soffrire Davide."

"Eppure non mi pare di far niente per attirare le sue attenzioni."

"Sì, lo so che hai un fluido magico con loro, mica dimentico quel giorno al canile."

Durante le nostre passeggiate Nanà a modo suo fiutava il mio bisogno di privacy e rinunciava ad alimentare sfide e scontri con altri cani lungo il cammino, a differenza di quando si trovava sola con Davide. Aveva comunque le sue simpatie e qualche volta tirava il guinzaglio per certi esemplari di cani sempre più grossi di lei che mi stupiva potessero attrarla così. Non riuscivo a immaginare l'accoppiamento senza inquietarmi, come se fra me e il suo cane preferito scattasse qualche rivalità. Ma chi era poi il padre dei suoi cuccioli? La compagnia di quell'animale così affettuoso e socievole portava un'altra piacevole novità, la facilità di conoscere gente che mai e poi mai avrei avuto occasione di incontrare. Gli animali facevano cadere i muri delle solitudini di molti cagnari. Erano lunghe conversazioni sulle abitudini alimentari, le idiosincrasie per le sirene della polizia, le fobie delle auto, delle piazze affollate, dei petardi e delle castagnole di Capodanno, l'antipatia per chi parlava a voce alta, la tendenza a mangiare nascosti il cibo per qualche antico furto subito. E poi tutta una serie di stramberie e traumi ereditati dalla dura vita nel canile, se erano bastardi presi in affidamento da lì.

"Da quanto sta con lei?"

"Solo da pochi giorni."

"L'ha presa al canile?"

"Sì, ma l'avevo trovata per strada, anzi, è lei che aveva trovato me."

"Senti, senti... e com'è andata?"

E ogni volta riattaccavo a raccontare la vicenda di Nanà. Non avevo ancora finito gli ultimi dettagli che già gli interlocutori cominciavano la loro storia, rivelandomi aspetti del canile municipale che mi lasciavano perplesso. Per gli uni era un inferno di acide zitelle che governavano con maschia prepotenza la variopinta comunità dei cagnari, che tanto normale non era neanche lei. Per gli altri un luogo sacro, quasi un santuario, dove degli angeli salvavano quelle povere creature da bruti pronti a procurare loro la fine che in Cina si riservava ai cani. Quello dei poveri cani cinesi finiti in pentola era il Leitmotiv che pacificava le due schiere dei critici e dei sostenitori. In quell'infelice paese c'era una barbara città dove ogni anno, per una festa che richiamava migliaia di persone, venivano uccisi a bastonate e prima torturati, circa diecimila cani. Per essere poi cucinati e serviti come una ricercata prelibatezza nei ristoranti. Alcuni giuravano di sapere in quale ristorante cinese anche a Roma venissero servite succulente polpette di cane, contraffatte per carne di manzo.

"Povere bestie, ci mancava solo la pentola per rendere la loro esistenza, già così dura, una lotta per sopravvivere ai cannibali di Roma," terminava qualcuno.

Queste conversazioni avvenivano più facilmente quando uscivo con Nanà senza né Davide né Anna. Soprattutto col bambino non erano possibili lunghi conciliaboli insieme ai cagnari. Si spazientiva e inventava subito pretesti per interromperli, tirandosi dietro Nanà. Anna, che mi studiava anche in quelle passeggiate, veniva notando una mia crescente fragilità sentimentale che pareva aver fatto breccia con la scoperta dei cani.

"Chissà se avessi avuto un altro figlio, nella tua piena maturità, come lo avresti amato."

"Ma dai, Anna, sarei stato il nonno, non il padre."

"Ci sono stati padri tardivi meravigliosi come Charlie Chaplin e Picasso."

"Sarà anche vero, ma penso che Davide come nipote adottivo possa bastare."

"È tutto preso dai nuovi lavori di suo padre, vedrai che avrà poco tempo per portare il cane a spasso."

"Cosa fa Giuseppe?"

"Come temevo sta di nuovo armeggiando con le sue maledette maschere per i carri di Viareggio."

Tacevo, ripensando al crollo del Padreterno dagli occhi lacrimosi.

"Non la perde quella mania, caro Giovanni, non la perde mai."

"Una mania innocua, ormai lascialo fare."

"Non si sa mai fin dove possa arrivare, Giuseppe, dietro alle sue fantasie, non c'è mai da stare tranquilli."

Poi cambiò discorso.

"Certo che tuo figlio non viene mai a trovarti, lo impegna proprio tanto quella vostra clinica."

"Già, è molto occupato, ma lo sento abbastanza spesso al telefono."

"Quando lo conoscerò glielo devo proprio dire che ti trascura."

"Lo sa anche lui, e sapessi quante volte mi invita a tornare."

"Non so come sia la vostra vita a casa, ma stento a credere che si possa prendere molta più cura di te anche là. I figli se ne vanno sempre per la loro strada. Per questo è meglio goderseli da piccoli."

Eravamo quel pomeriggio nell'incantevole parco di Villa Celimontana. E all'improvviso, forse colpito da chissà quale senso di vuoto che con Roma non c'entrava per nulla, mi prendeva una specie di sazietà della bellezza della capitale e dei suoi giardini. Quella mattina mi parevano sempre lo stesso unico luogo, da cui non riuscivo più a uscire, come da un labirinto. Sulla Terra a desiderare una donna giovane, sposata e con un bambino, a spasso con un cane che aveva fiutato la solitudine del vecchio padrone, mentre la corte celeste protestava per una vacanza vissuta quasi come una diserzione e reiterava invii dei suoi messi a trattare l'invocato ritorno del Padreterno... Chissà la prossima volta che vedrò mio figlio, se tornerà alla carica con questo discorso. Aveva promesso di portarmi fuori Roma ma non ne ha più parlato. E se venisse con noi anche Anna?

"E se andassimo a fare una gita fuori città, Anna? Mi piacerebbe vedere i dintorni."

"Ora che ho un cane, devo calcolare bene le assenze nel poco tempo che mi resta."

"E forse non farà molto piacere a Giuseppe."

"Figurati, quando è preda della sua mania non esiste più nessuno, nemmeno io. Non ci farà neanche caso."

"Potremmo portare anche Nanà."

"Meglio lasciarla a casa, almeno finché allatta."

E dopo, quando non avrà più i cuccioli? Ne metterà alla luce altri. Non fa che puntare grossi cani. Ha proprio una vasta maternità.

33. Progetti per un'escursione

E alla fine era stata assecondata la grande curiosità di Anna di conoscere mio figlio.

"Pensi che potrei invitare anche lui a mangiare la pizza a casa nostra? Con la sua compagna, s'intende."

"Glielo dico la prossima volta, ma non mi ha mai parlato di una compagna, è molto riservato."

Aveva avuto il buon gusto di tacere la domanda se fosse gay. E dopo qualche minuto di silenzio continuava a sollecitarmi per incontrarlo, ribadendo quanto le avrebbe fatto piacere, sempre un po' sospettosa che quel figlio me lo fossi inventato. E così, quando mi ero deciso a parlargli del desiderio di Anna collegandolo alla sua promessa di portarmi a vedere i dintorni di Roma, lui non si era negato: "Perché no? Potremmo fare una bella gita dalla mattina alla sera, così passeremo una giornata insieme."

"E dove?"

"Ad esempio a Orvieto e Bagnoregio, sono posti vicini."

Costringerlo a occuparsi, oltre a tutti i problemi che già gli davo, delle complicazioni inerenti alle mie avventure terrene mi faceva sentire in colpa, ma lui mi sorprendeva a ridurre la cosa a una mera questione di durata della visita. Era invece una prova impegnativa e per prepararmi cercavo di immaginare le parti che avremmo dovuto sostenere in quella giornata così particolare.

"Dirò che sei venuto finalmente a trovarmi, ma hai poco tempo e la sera te ne devi subito ripartire, non puoi restare a Roma."

"Che è poi la verità."

"Ti farà delle domande. Per saperne di più della famiglia. Sa che tua madre non è mai stata mia moglie."

"Si sarà immaginata un ménage di coppia inusuale."

"Mah, non vorrei complicare le cose, questa giornata insieme possiamo sempre rinviarla."

"Non preoccuparti, ti vive come il padre che le è mancato. Il resto scivolerà via con la sua immaginazione sulla carriera di un libertino. Continuerà a vedere di te solo quel che le piace vedere."

"Già, ma io non sono quel padre."

"Infatti. In realtà non è il padre che cerca ma, da quello che mi hai raccontato, l'amore che non ha mai provato."

"E quindi?"

"Quindi non è tua figlia più di quanto tu sia il suo genitore."

"Anna qualche sospetto lo nutre già. Se ti conoscesse potrebbe notare qualcosa che la costringa a trarre delle conclusioni definitive."

"Non credo, un padre e un figlio che si ritrovano dopo una lunga separazione è un tenero scenario che la rassicurerà inquadrandoti negli affetti di famiglia."

"Comunque, ho cercato sempre di restare abbastanza vago. La nostra è una famiglia troppo speciale."

"Ma è anche vero che un quadro famigliare fuori del comune ti rende più interessante e la illude."

"Di cosa la illuderebbe?"

"Di riuscire proprio là dove molte donne non sono riuscite."

"Forse un po' tardi."

"Per lei l'età non è un problema."

"E come ti dovrai chiamare?"

"Emmanuele, Emmanuele Eterno."

"Suona bene. Ti piacerà Anna."

"Ho voglia di conoscerla. Ma non l'ho solo io questa curiosità."

"E chi altri?"

"A mia madre non poteva certo sfuggire questa tua nuova ragione di ritardare."

"Perché Anna è una donna?"

"No, non è gelosia. Anche lei si preoccupa per quel che potrebbe succedere a un uomo di settantanove anni che s'innamorasse di una donna di trentotto anni più giovane."

"Ma sono settantotto!"

"Non più, il 2 aprile ne hai compiuti settantanove, guarda i tuoi documenti."

"Cosa vuoi dire?"

"Non è in questione solo la tua salute."

"E allora cosa temono?"

"Impossibile dirtelo, purtroppo, se continui su questa strada, dovrai viverlo."

"Allora domani verrai contro la tua volontà?"

“La tua volontà è anche la mia, ma permettimi di vedere le cose da un punto di vista diverso.”

Non mi sono spinto oltre, temendo di toccare argomenti troppo delicati. Ma ero anche turbato per quel che si voleva tenermi nascosto, come se me lo si volesse risparmiare. Qualcosa di impossibile da riconoscere soltanto a me, un pericolo verso il quale stavo correndo ciecamente, scambiandolo invece per la felicità. Il pensiero non mi dava pace e la notte prima del nostro appuntamento sono stato tentato di dirgli che ci avevo ripensato. Il nostro accordo aveva quasi il sapore di un raggiro. Ma Anna si era mostrata così felice la sera, al telefono, alla notizia che mio figlio ci invitava in gita a Orvieto, che non ho trovato più il coraggio di disdire.

“E Davide? Che farà domani?”

“Nel pomeriggio, dopo la scuola, verrà mio cugino con Sara, li porterà al cinema.”

“E tuo marito?”

“È fuori Roma qualche giorno, per il suo lavoro, ha ripreso i contatti col carnevale di Viareggio.”

“E Nanà, chi la porta fuori domani?”

“Davide e Sara.”

“I cuccioli?”

“Max e Cloe sono già a casa dei loro nuovi padroni a Pietralata, pare che stiano bene.”

“E Nanà come l’ha presa?”

“È ancora in giro per casa a cercarli, non puoi immaginare cos’è successo quando non li ha più trovati, mi ha semidistrutto la sala.”

“Speriamo che si abitui, poverina.”

“Non lo rifarei, me li terrei ora quei cuccioli. Non reggerei mai più quegli occhi che mi imploravano di trovarglieli.”

“Colpa mia, Anna, se avessi avuto una casa potevo tenermeli.”

“Ma se dici sempre che non puoi più tenere dei cani.”

Lasciò in sospeso la frase, ma ricordavo bene di averle detto che alla mia età si esita prima di prendere animali.

“Buonanotte, Giovanni, a domani alle nove, farà bel tempo, portati dietro un golf e naturalmente un berretto.”

Finita la telefonata mi sono spogliato. E guardandomi allo specchio ho notato un leggero tremolio della testa. Ho alzato le braccia e ho controllato le mani. Tremavano anche loro. Mi sono disteso a letto. Che facevo? Era quel malaugurato Parkinson. Era questo l’impossibile da dirmi, a questo aveva alluso mio figlio. La via per poter vivere l’amore era anche la corsa verso la morte, iscritta nel mio come in qualsiasi altro corpo umano. Avrei potuto guarire da quel morbo, il Padreterno può tutto. Ma la subdola sarebbe spuntata da un’altra malattia, più o meno veloce. Sarebbe stato vincere qualche battaglia di una guerra perduta. La carne è mortale. L’avevo creata così. Non potevo evitare la sconfitta. In un attimo l’Onnipotente poteva far ritorno in cielo, immune dagli insulti della vecchiaia. Col peso dei ricordi umani e di uno scacco però, perché non poteva cambiare le regole dell’esistenza, in un vecchio corpo che aveva appena compiuto settantanove anni.

Mentre Anna mi ripeteva le ultime tenere raccomandazioni al telefono, rivedevo il viso dal naso perfetto, quelle mani dalle dita affusolate che imbracciavano la borsa, quegli occhi ardenti puntati dai vetri dell’autobus su di me, come li avevo colti, seduto al caffè Panella. La prima volta che avevo provato il desiderio di una donna. Con la completa cecità sul futuro. Non volevo andarmene, volevo provarla, quest'avventura, era tardi per tirarmi indietro, non potevo ancora lasciare Anna. In che modo avrebbe reagito se fossi sparito all'improvviso, come le ero apparso sulla metro? Dove sarebbe andata a cercarmi? Volevo pararle quel colpo, ritardarlo più possibile, a costo di ammalarmi di più. E Davide? E Nanà? Quella prima calda rete di affetti, che in nemmeno due mesi si era a poco a poco intessuta, strapparla così, perché, perché?

Poi però mi agitava ancora di più la scoperta di un terribile risentimento contro me stesso. Che Padre onnipotente ero se non potevo liberarmi dalla morte? Ed era questo che i santi in cielo avevano temuto! Che scoprissi la mia impotenza una volta che fossi tentato di rifare le regole della vita, con le sue inamovibili clausole di nascita e morte. La pazzia che temevano mi colpisse era proprio questo risentimento di ribelle. Chi mi avrebbe sostenuto in un frangente del genere? L'Eterno in dissidio, anzi in rivolta contro se stesso? C'era anche ad ammonirmi l'esempio del supremo sacrificio di mio figlio che, fattosi carne, per amore degli uomini aveva dato la vita, patendo la morte in un modo atroce. Chi non l'aveva mai provata, il Padre, facendosi carne si era messo in trappola con le proprie mani, se si impegnava a patirla invece solo per amore di una donna. Ma erano motivazioni incomparabili.

Incapace di prendere sonno, sono andato due volte a guardarmi di nuovo allo specchio del bagno, notando alla seconda che la testa non tremava più. Anche il tremito alle mani pareva sparito. Ma qualcosa di imprevisto e inquietante mi teneva ancora ben incollato allo specchio, a scrutare una presenza che stentavo a credere si manifestasse. Eppure l'ombra disperata che avevo colto nello specchio fissarmi a lungo in lacrime, prima di svanire, sapevo che era la morte. Cosa voleva da me? Il suo sguardo insostenibile mutava, acquistando qualcosa di così doloroso e supplichevole... come se volesse implorare una grazia improcrastinabile, ma non trovasse in nessun modo la forza, né le parole. E già, ormai persa di coraggio, la mia disperata morte vacillava e svaniva, liberando lo specchio. Ma io e lei non eravamo abituati a incontrarci, da quando l'avevo creata alle origini del tempo. Non mi aveva mai cercato. Spensi la luce e uscii dal bagno. Tornai a coricarmi. Forse mio figlio aveva esagerato la mia diagnosi. Forse era stata una debolezza passeggera, qualcosa che non aveva nulla a che vedere con quella malattia. Intanto captavo intorno a me, nelle diverse stanze del Livilla, i segni di tante altre vite insonni, in quell'umanità così poco raccomandabile. Musiche, risate, frammenti di conversazioni, suonerie di telefono, tv accese, l'acqua delle docce che correva, ripetuti colpi di tosse. E mi ricordavano le notti allegre di quella povera Angarà, quelle focose di Tom, delle due amanti lesbiche, di don Amleto con Juana, la sua bella giamaicana. Ma anche quelle degli arabi che tessevano oscure trame, del sikh dal turbante che celava un pugnale per colpire un hindù, di studenti in gita scolastica che passavano la notte a farsi scherzi pericolosi. La giostra delle stagioni della vita, che si preparava a farmi salire nel giorno che ormai spuntava per una nuova corsa. Non volevo fermarla, volevo viverla, questa giornata in gita con mio figlio e Anna. A qualsiasi costo.

34. Gita a Orvieto e Bagnoregio

L'orologio della torre di Maurizio batteva le undici e mezza quando, dalla porta laterale, io, mio figlio e Anna siamo entrati nel duomo di Orvieto.

Avevamo poco tempo, prima della chiusura di mezzogiorno. E non era già più accessibile la cappella di San Brizio, con l'affresco del giudizio universale di Luca Signorelli, tanto ammirato da Michelangelo da trarne ispirazione per il suo. E così il Padreterno e suo figlio dovevano accontentarsi di spiare beati e dannati dalle inferriate della cancellata. Dalla parte opposta, invece, era ancora aperta la cappella del miracolo di Bolsena. Lì era conservato il corporale macchiato dal sangue di mio figlio sprizzato dall'ostia, nel 1263, nella chiesa di Santa Cristina di Bolsena, durante la messa celebrata da un prete in crisi di fede. Il duomo era stato poi eretto a Orvieto proprio per custodire e venerare quel corporale.

"Ma la cappella di San Brizio, proprio non potreste aprircela neanche solo per qualche minuto?" domandavo al custode. Amavo la potenza tragica di Luca Signorelli, la drammatica tensione fra angeli e demoni. Coglieva straordinariamente bene quel duello. Ma la sua arte, da quando ero sulla Terra, mi parlava in modo più personale, per merito delle dannate strette fra le braccia dei diavoli che le trascinavano all'inferno. Nella bellezza della volterrana che gli si era negata, per vendetta replicata da Signorelli nelle sembianze di tutte le dannate, mi pareva di ravvisare qualcosa di Anna. E forse anche il temuto destino di un analogo suo rifiutarsi.

"Ho dovuto già dire di no a quei signori, vede là in fondo? Vengono dalla Francia."

Non potevo replicare a quel custode da quanto più lontano venissimo io e mio figlio. Mi sono dedicato allora ai miei due compagni di viaggio. E così rassegnato, seduto sulla prima panca, ho cominciato ad ascoltare le dotte spiegazioni che Anna leggeva sulla sua guida, mentre mio figlio ascoltava in piedi accanto a lei, senza perdersi una parola. Era bella quella voce, abituata a tenere desta l'attenzione dei suoi bambini con sapienti pause, toni alti e bassi e una certa teatralità, con le mani dalla pelle diafana che mimavano eventi e situazioni. Piaceva davvero anche a me e a mio figlio scoprirci allievi, come fossimo sui banchi di scuola ad ascoltare quella brava maestra.

Era stato un viaggio comodo, tutto in autostrada, da Roma a Orvieto. Anna si era fatta trovare davanti alla porta di Santa Maria degli Angeli, in jeans neri e giacca rosa, con uno dei suoi bei foulard dai colori vivaci annodato sulla nuca. E con le scarpe bianche da tennis, che le davano un'aria da ragazzina. Non amava le scarpe coi tacchi alti, non le calzava mai.

"Anna, come ti sta bene quella giacca, è nuova?"

"Oh no, l'avevo presa anni fa per due soldi a Porta Portese. Tu piuttosto, che bella tenuta, queste scarpe e questo giaccone non te li avevo mai visti."

"Mi sono vestito un po' leggero, come avevi detto tu, speriamo che la giornata si mantenga così."

"Ho messo nella borsa un ombrello, non si sa mai. Ho portato anche un thermos pieno di tè caldo e una bella guida."

"Ecco mio figlio. Là, in quella Mercedes nera. Gli faccio segno."

"Mi piacciono le persone puntuali, dimostrano attenzione per gli altri."

Emmanuele Eterno si presentava con un completo azzurro di giacca e pantaloni jeans un poco stinti, un piccolo strappo sul ginocchio sinistro, intonato alla moda. La camicia aperta bianca faceva intravedere una sottile catenella d'oro sulla pelle scura del petto.

"Emmanuele, ecco la mia amica Anna, che oggi ci farà dono della sua preziosa compagnia."

Difficile dimenticare l'espressione rapita di Anna. Per un momento ho temuto che avvertisse qualcosa di molto vicino alla verità e ci smascherasse. Lei, così ciarliera, così comunicativa, ora, davanti a lui che la fissava con quel sorriso, pareva non trovare più le parole.

Dopo qualche minuto d'imbarazzo, finite le presentazioni, mio figlio aveva voluto farla accomodare alla sua destra, richiudendo poi le portiere e curandosi che Anna allacciasse bene la cintura. E ora, seduto al volante, le domandava se fosse abbastanza comoda o dovesse inclinarle meglio lo schienale, se fosse già stata a Orvieto, se la temperatura nell'abitacolo fosse di suo gradimento. Intanto mi lanciava delle occhiate nello specchietto retrovisore, mentre Anna sembrava riprendersi dall'emozione e ritrovare la parola.

"Sa, da tanto volevo conoscerla, suo padre non fa che parlare di lei."

"Eh sì, lo so che mio padre sparla di me."

"Lei scherza, ma è bello un rapporto come il vostro. Sembrate proprio dei vecchi amici."

"Devo ammetterlo, ci si vede piuttosto di rado e mi dispiace."

Ancora un poco imbarazzato, mi limitavo a sorridere davanti ai complimenti e alle battute, senza interloquire. Mio figlio, a tratti, guidando si volgeva a guardare Anna. Spiavo le sue reazioni. Forse sentiva anche lui il mite profumo di lei, un'essenza di rose, che mi arrivava quando apriva una fessura del vetro.

"Dà fastidio se apro? Soffro di claustrofobia, mi dovete scusare se prendo un po' d'aria ogni tanto."

"Nessun fastidio, Anna, faccia pure."

Guardavo il cielo sulla campagna romana aprirsi finalmente, appena solcato da qualche nuvola bianca. Poteva essere uno dei cieli disegnati da Davide, sempre sereni e azzurri, con un bel sole tondo e dorato che spuntava fra nuvole. Un cielo che sembrava da primo mattino del mondo, quando l'avevo creato. Davide adesso era a scuola, aspettando l'ora di incontrare Sara e correre insieme al cinema, ma solo dopo aver portato fuori Nanà. Presto un'altra maternità le avrebbe fatto dimenticare la perdita dei suoi due cuccioli. Ne avrebbe riempita la cuccia di altre intorno alle sue mammelle gonfie. La ruota della vita delle mie creature girava come quella delle giostre di Giuseppe, che chissà dove si trovava adesso a studiare inedite figure e macchine, per incantare altri bambini romani. E la statua per il carro di carnevale che doveva rappresentarmi, così rovinosamente caduta a terra nel suo laboratorio? Forse quell'inquieto cercava ancora come dipingermi, ritraendomi in un volto più sereno, meno gravato da ombre.

Chissà se sarei riuscito a fugare i pensieri più tristi. Quello di una malattia che faceva coincidere la vita con un male. La coscienza di abitare un fragile sogno destinato a rompersi come una bolla di sapone. La consapevolezza ineluttabile che prima o poi avrei dovuto tornare da dove ero venuto, che non potevo sottrarmi all'eternità. Ma quanto duravano gli amori umani? Forse coglievo nella inevitabile brevità del mio l'effimera durata di tutti. Ma, tornato in cielo, il Padreterno avrebbe dimenticato il sapore di tutto questo e avrebbe restituito la giusta prospettiva a quel che ora, a Giovanni Eterno, pareva così necessario. Davanti a me stava il mio unigenito, venuto ad accompagnarmi, ma anche a sorvegliare fino a che punto volesse spingersi quel Padre imprevedibile, a volte capriccioso, che annoiandosi in cielo aveva voluto provare la vita in quest'angolo del cosmo e stava prendendoci gusto, senza preoccuparsi troppo delle conseguenze della sua avventura, né mostrare alcuna fretta di ritornare. Accanto all'autista speciale di una giornata così particolare c'era questa donna bella e mortale, che cercavo di rapire, come fossi un altro Orfeo. Per portarla con me, a differenza di Orfeo, dovevo essere io a calare verso di lei. La favola di Euridice si capovolgeva, con me che discendevo agli inferi per poterla amare.

Da lontano, sullo sperone di tufo, aggrappata alla macchina del suo imponente duomo, era apparsa Orvieto, la città di origine etrusca lunga come una nave. Per un attimo mi è sembrato di vedere nelle poderose forme del duomo dalle pietre bianche e nere la sagoma di un gran veliero pronto a salpare nei cieli. Parcheggiata l'auto alle falde della rupe di Orvieto, eravamo saliti per una scala raggiungendo in breve tempo il dedalo di vie medievali. E seguendo le indicazioni per il duomo ci eravamo trovati, dopo una bella camminata, di fronte alla sua meravigliosa facciata con le sculture di Lorenzo Maitani che narravano le sacre scritture sul marmo bianco.

Entrambi ci eravamo messi ad ammirare in silenzio come fosse stata raccontata la nostra storia, dalla creazione di Adamo ed Eva con la cacciata dal paradiso terrestre, fino al sacrificio sulla croce. Anna, leggendo la sua guida, contemplava ignara la movimentata biografia dei compagni di viaggio, catturata dall'arte dello scultore. A un certo punto, dopo un'occhiata all'orologio, ci aveva spinto a entrare all'interno del duomo, perché avevamo ormai poco tempo per la visita.

E qui ora, davanti al custode che ci aveva sollecitato perché a mezzogiorno il tempio chiudeva, continuava a leggerci qualche spiegazione sulla brutta deposizione di Ippolito Scalza, sul rosone dell'Orcagna, sul soffitto a capriate lignee, sui preziosi reliquiari e i crocifissi.

"Se volete, possiamo visitare subito la cappella del corporale di Bolsena, quella è ancora aperta," diceva riaggiustando sul capo il foulard cadutole sulle spalle, "è presto, non avrete mica già fame, vero? Non di solo pane vive l'uomo..."

All'ironica citazione delle parole che lui aveva pronunciato in ben altro contesto duemila anni fa, io e mio figlio ci siamo guardati. Immaginavo però che quell'esibizione del suo sangue, diventato una preziosa reliquia, gli creasse un certo imbarazzo. E ne ho avuto conferma dalla sua risposta: “Veramente un certo languorino ce l’avrei, ma lei, Anna, cosa propone?”

“Per me va bene ogni programma, poi sa, l’Italia a contendersi il privilegio ha tante chiese con testimonianze del sangue versato dal Signore. Una più o una meno. Qui sulla guida ho trovato un bell’elenco: Mantova, Ferrara, Crema, Sarzana, Terni, Potenza, Calcata, Pordenone, Lanciano.”

“Già, Anna, tutto questo sangue versato per amore, ma a quale credere di queste?”

“Non saprei, anche se però alla fine, a leggerle con attenzione, sono tutte credenze del popolo che fanno una certa tenerezza.”

“Bello, tuttavia, per il Signore ispirare almeno tenerezza.”

“Quasi più che la fede?”

“Chissà, forse la fede per alcuni comincia proprio così, con la tenerezza.”

“Forse sì, dipende comunque sempre dall’aspetto di chi la ispira.”

“Anna, se dipendesse solo dall’aspetto e non da qualcosa d’altro, come farebbe uno che non si mostra più da quasi duemila anni a continuare a suscitarla?”

“Bisogna solo perseverare nell’immaginarselo.”

“Già. E come se l’immaginerebbe, lei?”

“Devo confessare che non ho mai nutrito molta curiosità per questo personaggio. Bello o brutto che fosse, faccio una certa fatica a immaginare Cristo, Emmanuele.”

“Forse perché ha visto troppi quadri dove l’hanno ritratto, troppi film.”

“Certamente più quadri che film. E troppi indizi non lasciano scampo, non lasciano molto spazio alla forza della fantasia. E purtroppo nel mio caso, a peggiorare le cose, ci pensa mio marito."

"Perché?"

"Perché... si è messo in testa di riuscire a disegnare proprio il vero volto di Dio."

"Chissà, magari un bel giorno ci riesce, se ha la fede che manca a lei."

"Di sicuro ha la mania che manca me, ma non so se sia proprio fede."

"Anna, Emmanuele, scusate se m'intrometto nelle vostre riflessioni, ma sarebbe meglio proseguire la nostra visita. Si sta facendo tardi e ho paura che possa piovere, ho sentito un tuono."

Cercavo d'interrompere quel dialogo con una scusa, più per riguardo verso Anna che per rispetto a mio figlio. Dove sarebbe andata a finire una simile conversazione che aveva sfiorato i toni di una sfida? Sembrava che mio figlio, con le sue domande incalzanti, cercasse di tradirsi. Che gli aveva preso? Temevo la piega sempre più insostenibile di quel botta e risposta. Ed ero in ansia per Anna, per la disparità con l'interlocutore di cui ignorava l'identità, una sproporzione che mi aveva fatto penare per tutta la durata del dialogo, non vedendo l'ora che finisse, parteggiando per lei.

"Ma certo, Giovanni, abbiamo tante altre belle cose da vedere ancora..."

"E ci attende quella perla che è Civita di Bagnoregio, andiamo allora," ha aggiunto mio figlio, con un tono più pacato, mentre il custode si stava avvicinando agitando il gran mazzo delle chiavi in mano.

E sotto un sole più alto siamo usciti per tornare al parcheggio ai piedi della città e dirigerci a Bagnoregio, di cui Civita è una parte, separata da un violento terremoto diversi secoli fa. Intanto, nel breve tragitto in auto, Anna aveva fatto una telefonata a casa, intrattenendosi a lungo con Davide e col cugino Andrea, padre di Sara.

"Pare che Nanà abbia molto gradito le attenzioni di un cane. Probabile che stia tornando in calore."

Mentre ci avvicinavamo a Bagnoregio, a una curva della strada m'appariva alta sul crinale di una collina color ruggine la visione di due figure a cavallo, un ragazzo alto e smilzo accanto a un uomo calvo più anziano, curvo sulle redini. Era il giovanissimo Bonaventura, uno dei santi a me più cari. Scortava il padre medico a visitare un malato grave, un mugnaio. Avrebbe scoperto che aveva la peste.

Abbiamo lasciato l'auto a Bagnoregio e ci siamo avviati a piedi verso Civita. E a un certo punto è apparsa, affacciata sulle valli dei calanchi grigiastri. Civita ruotava tutta intorno al suo campanile, circondata dagli ultimi banchi di nebbia delle valli più basse, sui quali pareva fluttuare leggera come una navicella fra la spuma delle onde. Appariva in quel momento dorata dai raggi del sole che accendevano il tufo delle sue case. Accampandosi sul cielo azzurro di maggio, ora privo di nuvole, pareva imprendibile, quasi pronta a spiccare il volo come gli uccelli che sfrecciavano nel vuoto. Difesa da quello stretto ponte in cemento che la sfiorava come una passerella, costringendo chi saliva a liberarsi non solo dei mezzi meccanici per entrarci, con un viaggio a ritroso nel tempo.

"Che fatica. Emmanuele, bisogna proprio meritarsela Civita," commentava allegra Anna, mentre salivamo l'erta, tenendo la sua giacca rosa ben allacciata in vita. Li sentivo parlare anche se ero rimasto un po' indietro, camminando molto più lentamente per il fiato che mi mancava.

"Ma c'è già stata?"

"Varie volte, e sempre coi miei bambini in gita scolastica, quando insegnavo alle medie, i primi anni. Restavano incantati. Non volevano più andar via. Ma una volta un gruppo ho dovuto anche rimproverarlo. Si erano messi a giocare a pallone in piazza!"

"È pur sempre un gioco adatto alla loro età, lasci che li difenda."

"A ogni modo mi pareva dissacrante e poi disturbavano la quiete e i turisti. Alla fine però hanno capito che era meglio andarsene a giocare da un'altra parte."

A quel punto i miei compagni di viaggio si sono fermati ad aspettarmi sulla porta sormontata dai due leoni scolpiti. Dove li ho raggiunti, sostando a riprendere fiato. E, varcato tutti e tre il buio passaggio d'ingresso al paese, siamo passati poco dopo davanti alle vasche pubbliche. Mi sono accostato e piegato per dissetarmi alla cannella. Era l'acqua più buona e più fresca che avessi mai assaggiato. Subito sono stato imitato da Anna. Poi da Emmanuele.

"Che buona, vero?" gli ha chiesto Anna.

"Così buona che è un peccato non aver una borraccia per portarsene via un poco."

"Un momento, possiamo rimediare. Il mio thermos di tè è ormai mezzo vuoto, ora lo svuoto del tutto e lo riempio di acqua di Civita."

Detto, fatto. Eccola, bevuto l'ultimo sorso di tè, aprire il thermos al getto della fontana. E, riempitolo porgerlo subito a mio figlio, se ne voleva un sorso ancora. Non a me. E da quel momento della bevuta alla fontana, ha preso a rodermi il tarlo della gelosia, nonostante mi sforzassi di non dare rilievo alle più frequenti attenzioni dedicate a lui.

Camminando ammiravamo fra i vicoli la casa di san Bonaventura, affacciata su una valle di cui Anna notava la dolce regolarità di "un paesaggio da presepio". Tutto in quel posto era rallentato e sospeso, rumori che venivano dalle case, gesti delle persone, luce. Anche i visitatori deponevano la furia di fotografare, quell'ossessione maniacale che in giro per Roma mi aveva tante volte infastidito, non solo nei turisti. E i rari visitatori abbassavano tutti quanti la voce, smettendo di guardare il cellulare, altro miracolo ottenuto dall'incantesimo di Civita.

Ed era in pausa anche la mia doppia vista che sugli antichi abitanti, etruschi, goti, bizantini e longobardi, avrebbe potuto accendersi in quei luoghi, teatro di tante lunghe e sanguinose guerre, concedendomi invece una tregua, dopo la fuggevole visione di Bonaventura e del padre medico a cavallo. Ci siamo fermati nel cortile antistante una buia cantina piena di botti e tini, che sprofondava nel rugginoso ventre tufaceo della montagna. Arrivavano da quell'antro oscuro effluvi appetitosi di fritto, forti odori di vino, formaggi, rosmarino. E ci siamo seduti tutti e tre su una panca di legno, le spalle al muro per non perdere la vista del cielo inquadrato fra le case. Abbiamo ordinato pane, fiori di zucca fritti e pecorino. E una bottiglia di vino rosso.

"Non sarete mica stanchi, vero? Dopo la merenda c'è ancora tanto da vedere. Anche una galleria che perfora la montagna, e gli stazzi dove tengono le pecore sui fianchi del monte."

"Certo, Anna, mica ci fermiamo qui, non è finita la giornata," commentavo.

Non mi fermo, certo che ti seguo. Lo so che c'è ancora tanto da visitare. Se sono arrivato fin qui è per scoprirlo insieme a te. Anche se potrò tenerti dietro solo per un tratto di strada. Quanto lungo, non saprei. C'è rischio che io cada presto, ma vale la pena correrlo. Anna era così allegra da contagiarmi, facendomi dimenticare stanchezza e tremito. Anche Emmanuele era di ottimo umore, forse per effetto del vino, di cui lodava la qualità, riempiendosene spesso il bicchiere e versandolo ad Anna.

"È di carta, lo riempio perché altrimenti se ne vola via. Peccato non aver riempito il thermos di questo vino invece che dell'acqua, vero?"

"Ah, ah, ma possiamo subito rimediare," e Anna si alzava per entrare nella cantina, con la consueta sveltezza.

Rimanemmo soli, mentre Anna conversando con la moglie dell'oste attendeva che una giovane coppia finisse di pagare il conto.

"È proprio come me la immaginavo Anna, avevi ragione, è molto simpatica."

"Una simpatia che vedo ben corrisposta, se per te vorrebbe ripetere il miracolo di trasformare l'acqua in vino."

"Non sarai geloso perché è andata a riempirmi il thermos di vino."

"Mentirei se dicessi che non lo sono."

"Ma tu sei ogni giorno con lei, io sono la novità di una sola giornata."

"Sarà così, certo."

"Ti penti di aver avuto l'idea di venire insieme a me a Civita?"

"No, dovevo mettere nel conto qualche confronto, era naturale, ma a volte vorrei... vorrei essere te."

"Ecco una bottiglia di vino, così ti ricorderai di me quando ne berrai un altro bicchiere, caro Emmanuele."

Anna era tornata ponendo fine alla nostra imbarazzante conversazione. Non aveva cambiato l'acqua in vino nel thermos, ma era passata al tu. Le nozze di Cana, che m'era venuto in mente?

"Quando avrete finito di mangiare, andiamo in fondo al paese, da dove si vedono meglio tutti i calanchi, e il paesaggio cambia, però prima mi voglio fumare una bella sigaretta. Fumi, Emmanuele?"

"No, Anna."

"Come tuo padre, ma lui è un medico, capisco che sia così salutista, dev'essere di esempio."

Non poteva mai scordarsi di come mi fossi proposto per poter guarire suo figlio, al primo incontro sulla metro. Rientrammo a Roma stanchi piuttosto tardi, quella sera, dopo un'ultima visita alle pendici dello sperone sgretolato su cui Civita si ergeva a sfidare da sette secoli il tempo. Ci fermammo ad ammirare le molte case restaurate, non più abitate dai locali ma acquistate da ricchi stranieri, che si affacciavano sopra le valli, dove già le prime ombre si allungavano mentre noi sulla cima del monte eravamo ancora baciati dal sole. Vivace e sempre allegra, ciarliera e mobile come un uccellino, Anna pareva in gara con le ultime luci del tramonto per strappare ancora qualcosa da vedere forse sfuggitole nelle altre visite, senza mai fermarsi, assecondata da mio figlio, che la seguiva dovunque. Mentre io, cominciando a sentir scendere una forte stanchezza, restavo sempre più indietro, spesso lasciandoli andare avanti, fermandomi a sedere su qualche masso. A godermi in silenzio le ultime ore di quella giornata straordinaria.

35. I giorni che seguirono

Anche se a volte mi pareva di averla sognata, l'eco delle contrastanti emozioni di quella memorabile giornata non accennava a smorzarsi. Ne parlavamo spesso io e Anna, contenta di aver conosciuto mio figlio quanto desiderosa di rivederlo presto. La bottiglia del vino rosso di Civita, dono di Anna, lui poi gliel'aveva lasciata.

"Mi farebbe piacere che la bevessi alla mia salute."

"Mi fai quasi temere di non aver nessuno con cui berlo a casa tua."

Lui aveva sorriso, senza replicare.

"Grazie, Emmanuele! Vorrà dire che la terrò per quando verrai a cena da me, se ti fermerai a Roma."

"Certo, grazie, capiterà, capiterà."

E quel capiterà, lasciato cadere ad arte due volte, continuò a lungo a gravare sulla mia mente, come una minaccia.

Capiterà, capiterà...

Durante la notte il futuro promesso da quelle due parole

accentate continuava a ronzarmi in capo, e stentavo a prendere sonno. Preannunciavano una sua nuova visita a Roma, dandomi incarico di accordarmi con Anna. La quale lasciava cadere ad arte nelle telefonate qualche improvvisa domanda su Emmanuele, le prima volte non ricevendo risposta perché, non ancora abituato a sentire quel nome, non lo associavo a nessuno: "Che fa Emmanuele, ti ho chiesto."

"Ah, certo, ho sentito, immagino che sia sempre molto occupato."

"Hai notizie?"

"Da qualche giorno non chiama."

"È sempre di base nella vostra clinica a Firenze?" non ricordando quando lui le avesse detto di lavorare in quella città, mi affrettavo ugualmente a confermare.

"Sì. Il lavoro lo assorbe di più da quando io non me ne occupo. Mi fa sentire in colpa di non tornare in servizio a dargli una mano, con tutti i problemi che ha da affrontare."

"Sei quasi altrettanto prezioso come per noi. Digli che lo aspettiamo presto a Roma."

"Non mancherò, Anna."

"Deve conoscere anche Davide e Nanà."

"Sicuramente."

"Ma gli piacciono i bambini?"

"Certo che gli piacciono."

"Allora un giorno sarà un buon papà e tu sarai un buon nonno."

Non replicavo. Non ricordava più che papà mi abilitavano a esserlo gli esempi di Chaplin e Picasso, proprio riportati da lei?

Capiterà, capiterà, mi ripetevo.

E tu, mi dicevo, preparati a vedere diventare abituale la sua frequentazione di Anna. E a soffrirne.

Nelle mie insonni fantasticherie talora mi spingevo anche oltre la frequentazione comune della casa dei Malvasia. Avrebbero potuto trovarsi da soli. In un caffè, come noi due al Panella, o nella hall di qualche hotel di lusso come il Plaza o il Grand Hotel o il Villa Medici. A visitare Roma, dove lei gli facesse da guida, fermandosi alla caffetteria del Vittoriano o a quella delle Scuderie del Quirinale, luoghi dai quali la vista sulla città era favolosa. O a condurre a sgambarsi Nanà, trovando una scusa per non lasciarmela. Imparavo come la passione sia pronta a inventarsi tutte le ipotesi più sgradevoli per accreditare l'inevitabilità del tradimento. Senza fermarsi nemmeno davanti ai limiti posti dai legami più sacrosanti, come ammoniva quanto era accaduto a quel povero don Amleto a opera di quel padre.

Era anche questo, la natura umana. Un groviglio di pulsioni che, se elevava agli slanci di più alta generosità, poteva però inabissarsi ai sentimenti più miopi e possessivi. Avessi potuto almeno contare su qualche amico, avrei confidato le mie ansie. Se tuttavia indulgevo a ripensare all'offerta generosa dei miei santi, come quelle di Francesco e Caterina, di venire a tenermi compagnia sulla Terra, presto ne avvertivo l'insostenibilità. Il Signore innamorato, poteva mai darsi una fantasia del genere in quelle menti libere dalle passioni? In quale quadro, novella, poema potevo collocarmi, esprimendo una condizione così terrena? I mistici autori del *Cantico delle creature* e delle *Orazioni* avrebbero mai potuto aggiungere versi o capitoli nuovi che narrassero del Signore Iddio incantato da una felicità che ne catturava i sensi?

No, la mia poteva essere solo la parte di una commedia di Aristofane o di Plauto. Quando ero ancora lo Zeus giovane e scapestrato rapido a invaghirsi della bellezza umana, dimenticando a quali guai potesse andare incontro la favorita creatura, per la sua disparità con la natura del divino amante. Zeus che impazziva per la giovane Alcmena, la bella Semele, l'incantevole Leda. Zeus in lite con gli stessi suoi figli divini, per i favori della medesima creatura. Era il quadro movimentato che evocava qualcosa di quel che ormai stava fiorendo fra Anna, mio figlio e me. Dovevo vivere la mia parte senza copione, perché non ce n'era alcuno possibile per il Padreterno nel ruolo dell'innamorato. Mi avevano sempre collocato nell'alto dei cieli. Irraggiungibile, imperscrutabile, incontaminabile. Quanto temibile giudice nella Bibbia. Per incontrare Mosè mi ero nascosto in un roveto ardente, nemmeno lui mi aveva mai visto prendere forma, aveva solo sentito la mia voce. L'avevo persino avvertito di non cercare di guardarmi, di voltarsi se non volesse morire. Nessuno aveva osato collocarmi con un volto e un'età nel personaggio di una storia ambientata in quest'angolo del cosmo, sulla Terra. Dove invece avevano immaginato mio figlio, assai più amato e popolare di me, frequentato da millenni dalla fantasia di poeti e scrittori. Che aveva insegnato agli uomini come pregarmi, con quella preghiera dove lui si annichiliva tre volte. Perché fosse santificato il mio e non il suo nome, avvenisse il mio e non il suo regno e fosse fatta la mia, non la sua volontà. No, dovevo affidarmi all'estro soltanto. Non sapendo quale atto seguisse al primo, e poi al secondo e poi al terzo. Inventandomi la vita, come tutti i comuni mortali.

Intanto quel malessere, che non avevo il coraggio di chiamare malattia, faceva progressi. L'insonnia nelle mie notti al Livilla era fra i sintomi possibili di quel male. Mi ero informato sulle avvisaglie del Parkinson. Insonnia, mobilità nervosa delle gambe, perdita dell'odorato, incapacità di scrivere, afasia nella perdita di qualche parola. Al momento, a parte certi tremori, solo la difficoltà a dormire mi allarmava. Avevo rubato certe informazioni a un simpatico medico che faceva colazione con me al Livilla.

"Mi presento, sono Gerardo Malacarne, specialista di malattie degenerative nervose, ma non si fidi troppo delle mie chiacchiere. Sempre meglio una bella visita regolare, anche perché più le parlo meno riesco a inquadrarla nei casi studiati."

"L'età inclina a crederlo possibile, vero?"

"Il Parkinson? Fino a un certo punto. Ogni persona fa caso a sé. Sempre che lei soffra davvero di tale patologia. Ma in famiglia suo padre e suo nonno ne hanno sofferto?"

Urano e Crono, nonno e padre, i terribili antenati di Zeus che si erano l'un l'altro fieramente combattuti. Crono, quel padre che si mangiava i figli, ingannato da mia madre Rea per salvarmi, dandogli una pietra da ingoiare. Venivano tutti evocati dall'innocente domanda. Se avessi dovuto davvero accreditare l'immaginaria famiglia divina della *Teogonia* di Esiodo... Se non fossi invece mai nato, se non esistessi invece da sempre. Ma come potevo accennare a una simile mostruosa orfanezza di padre e madre senza tradirmi? Meglio anche in questo caso attenersi alla mitologia pagana con le sue favole e rispondere seguendo i caratteri di quell'antropomorfico copione.

"No, dottore, non mi risulta proprio, mio padre e mio nonno avevano una salute di ferro, temprata anche dal loro costante disaccordo, non eravamo davvero una famiglia molto unita."

"Il che rafforza la mia convinzione che lei stia bene."

Queste osservazioni mi infondevano coraggio nell'alternanza di alti e bassi stati d'animo. Una mattina quel medico a colazione se ne uscì con una nuova domanda.

"Lei di cosa si è occupato? Vede, per capire meglio le sue condizioni attuali sapere che lavoro ha fatto non sarebbe privo di rilevanza."

"Pubbliche relazioni, sempre ad alto livello. Ho gestito un'azienda che si offre un perpetuo benessere ai suoi clienti, in espansione per la qualità e l'apprezzamento dei suoi servizi, in regime di monopolio." Cercavo di arricchire la secca formula del "perpetuo benessere" che usavo di solito, quando mi tormentavano con quella domanda. Si stava usurando.

"Caspita, lei è stato in concorrenza col mio lavoro. Ma che tipo di benessere?"

"Un elevato benessere mentale, anzi spirituale."

"Ah, non economico, dunque lei era una specie di strizzacervelli?"

"Cosa intende?"

"Una specie di psicoanalista."

"Vista la cura per i nostri ospiti, in un certo senso, dottore, si potrebbe definire anche così."

"Ha usato molto il cervello. Il suo non era un lavoro routinario, ma creativo. Allora dovrebbe essere estraneo da una degenerazione delle cellule nervose più di chi abbia svolto lavori usuranti e ripetitivi."

"Il cervello o l'anima, dottore."

"L'anima? E chi l'ha mai vista l'anima? Scherzi a parte, va bene anche chiamarlo anima. Importa che il cervello abbia tenuto sveglia la capacità di osservare e prendere decisioni, di sperimentare sempre nuove soluzioni."

Non era stata una conversazione riposante, avevo faticato a non tradirmi e per giunta quella mattina in camera dovevo poi ricevere la chiamata di un altro personaggio col quale non era facile mantenere la maschera.

"Buongiorno, dottore, come sta? Sono Impagnatiello. Passavo davanti al suo hotel e ho pensato di chiamare per salutarla."

"Grazie, ispettore, ha fatto bene, mi fa piacere sentirla."

Mentivo. In realtà la sua voce mi riportava a quei terribili giorni di Angarà, al ricordo di quella bella donna avvolta nel suo sudario, offerta in pasto al crudo riconoscimento della sua identità.

"Non le posso nascondere la verità, facendo appello al suo senso di umanità, ben sperimentato. Avremmo bisogno di lei, delle sue capacità straordinarie per un nuovo caso molto simile a quello che ci ha risolto, con un'altra donna, vittima della violenza di un imprendibile assassino."

"Ispettore, ma non è che mi avete scambiato per uno specialista in femminicidi a sfondo maniacale?"

"Non dica così. Lei sa benissimo che è solo per l'apprezzamento delle sue eccezionali doti che mi permetto di disturbarla."

"Senta, le ho già detto che non intendo collaborare con la giustizia. Non sarebbe il modo migliore di passare il mio tempo in vacanza in una città bella come Roma, quello di indagare nel mondo della prostituzione e della mafia."

"Intende dire che ha altro di meglio da fare, immagino. Lo spero per lei, dottor Eterno, lo spero vivamente, nel suo interesse. Anche se, mi permetta, le sue giornate paiono tutte come dire, sospese... in un vuoto assai difficile da congetturare."

"Cosa vorrebbe insinuare?"

"Dottor Eterno, sappiamo molte cose di lei e delle sue abitudini, più di quanto lei possa immaginare. E francamente le sue giornate romane sembrano tutte prive di una vera motivazione per trovarsi qui. Sembra proprio che sia spuntato a Roma dal nulla, ma per nascondere qualcosa."

"Ma che ragione dovrebbe avere una vacanza se non precisamente quella di ritrovarsi per qualche tempo liberi? Vi siete così alienati da non capire più chi se ne va a spasso avendo per fine nient'altro che passare una bella giornata? Sono io che nascondo qualcosa, o siete voi che vi agitate in un moto perpetuo per non vedere qualcosa che vi tarla?"

"Dottore, se la mettiamo in filosofia, lei potrebbe continuare a polemizzare tutta la giornata. Mi rendo conto di invadere la sua privacy e me ne scuso. Ma faccio appello ancora una volta alla sua sensibilità. Vede, Roma non è solo quella bella città che lei tanto ammira, andandosene a visitare i suoi bei monumenti. Ma è anche una cloaca di delinquenti, assassini, stupratori, maniaci, mafiosi, prostitute e prostituti, traffico di droga, con una recente immissione di immigrati dall'est e dall'Africa che, cacciati dai loro paesi, sono venuti ad arricchire il quadro, come lei ha visto nel caso della povera Angarà. Quelli come me, che lei prende per formiche pazze, sono solo disperati custodi della pace e quiete pubblica, che si sbattono dalla mattina alla sera."

E a quel punto Impagnatiello tacque, ma sentivo che stava accendendosi una sigaretta, e dopo qualche secondo aspirava una boccata di fumo. Già riprendeva a incalzarmi.

"Dottore, chi è lei veramente? La favola dell'anziano e ricco signore in vacanza non convince, questo almeno se lo metta bene in mente. Indagare su di lei è perdersi nella nebbia di una vita che non ha lasciato tracce, e questo non induce a pensare cose buone. Somiglia molto a certi curriculum dei più pericolosi agenti segreti. Sembra una vita fasulla, la sua, costruita per non dare appiglio a nessun conoscente, a nessun parente, a nessuna donna, a niente di niente, che potesse venire a testimoniare chi lei davvero sia."

"D'accordo, ammettiamo allora che sia un agente segreto, potrò pur avere il diritto di rifiutare il suo lavoro?"

"Ma per chi lavora lei?"

"Questo lo deve scoprire un ispettore di polizia, non glielo posso dire io."

"Senta, questo gioco potrebbe farsi molto più pericoloso di quanto lei immagini. E sa perché?"

"Dica, dica, dottor Impagnatiello."

"Perché anche i più sporchi capi della mafia internazionale hanno l'abilità di costruire curriculum e carriere di nebbia come la sua, non solo gli agenti segreti."

"Basta così. Non una parola di più! Io, del Male, non so niente."

Mi aveva colto un'ira improvvisa, stavo alzando alquanto la voce. Come se la dignità del mio essere per un attimo mi avesse sollevato su su fino in cielo, a vedere dall'alto quanto fossi caduto in basso. Come osava questo piccolo uomo scambiare il Signore per un delinquente che si nascondeva?

Ci fu una pausa. Sentivo che Impagnatiello aspirava freneticamente la sua sigaretta.

"Ma se è il Bene che lei protegge, allora deve stare dalla mia parte."

"Io sto dalla sua parte, gliel'ho già dimostrato."

"La lotta fra Male e Bene, dottore, non ha mai fine, lo devo ricordare io a lei?"

Ora ritornavo sulla terra.

E in un attimo mi prese la folgorazione irresistibile di dirgli quello che sapevo, che scorreva davanti ai miei occhi fin dall'inizio della telefonata, sul nuovo assassino che cercavano. Nome, cognome, luoghi dove localizzarlo e dove di continuo si spostava, numero di cellulare, complici e amanti. Questa volta in Spagna, a Cadice, in un grande albergo della catena che questo delinquente possedeva sul mare, il Costa Brava. Impagnatiello se ne stava zitto, intento a scrivere o a registrare tutto quel che ora gli dettavo, di rado interrompendomi solo per pregarmi di ripetere qualche nome.

Finalmente tacevo, esausto. Nei panni di un uomo, e per di più così anziano, mi affaticava esercitare di nuovo i miei poteri.

"Grazie, dottore, speravo di poter contare su di lei e mi scusi per quello che le ho detto."

"La scuserei solo a un patto, che mi lasciasse in pace e non mi cercasse mai più."

"Vorrei poterle garantire quello che mi chiede, ma non posso, non posso proprio."

"Badi, la mia vacanza qui a Roma o altrove non sarà perpetua, le sfuggirò, lo posso fare quando voglio."

"Lo so, lo so. Per questo mi sono fatto vivo, perché sono convinto che lei non resterà ancora a lungo a Roma. E sarebbe un vero peccato. Comincio a pensare che sia una fortuna per la nostra città, la sua vacanza. La prego, resti per continuare le sue passeggiate. Buongiorno, dottore, e grazie ancora."

36. Un'altra serata a Trastevere

"E così Dio è diventato un preziosissimo collaboratore di giustizia."

"Tu scherzi, ma come potevo sottrarmi con l'accusa di essere un complice del malaffare?"

"Aveva visto giusto però quell'ispettore, qualcosa la nascondevi."

"È pur sempre un esperto di doppie vite, un poliziotto."

"Ammettilo, non possiamo sottrarci al giudizio sul Male e sul Bene e limitarci a seguire il moto perpetuo di una giostra, come se curarsi del creato fosse solo un gioco."

"Non intendo interrompere la mia vacanza per fare il collaboratore di Impagnatiello."

"Tornerà alla carica, non illuderti."

"Non potrò più aiutarlo."

"Non ci riuscirai, finché rimani."

"Vuoi di nuovo convincermi a fare ritorno al più presto. No, non lo aiuterò più. Se intervengo a fianco del Bene, cresce subito il Male."

"E quindi?"

"Solo quel libero gioco che tu chiami giostra può tenerlo basso. Ma se lo riconosci, se lo smascheri e lo contrasti, gli ridoni vigore e si riprende. E il Male tenta di nuovo la scalata al cielo, giganti o angeli ribelli che siano."

Lo scambio di vedute così diverse avveniva al ritorno da Trastevere, dove io e mio figlio eravamo stati di nuovo a cena dai Malvasia. Sulla porta di casa quella sera erano venuti ad aprirci Davide, Sara e Nanà, che non la smetteva di abbaiare e saltarmi addosso, studiando mio figlio, fiutando i pantaloni e le scarpe. L'esame era però stato sufficiente a farla diventare espansiva e festosa come la prima volta con me.

"Cosa ti avevo detto? Hai mai visto un cane così?"

Emmanuele aveva portato una bella bottiglia di spumante, che Anna aveva prontamente messo al centro della tavola in un secchiello col ghiaccio.

"Visto che è ancora fredda, vuoi già aprirla, Emmanuele?"

Al botto del tappo che saltava, Nanà si era messa a guaire, scappando su per le scale.

"Cosa festeggiamo, Anna?"

"Che presto la nostra famiglia crescerà, Nanà è tornata in calore e domani la portiamo a... a sposarsi. Le abbiamo trovato un maschio nero della sua taglia che le piace."

"Sei contento, Davide?" domandavo al bambino che non smetteva di fissare con insistenza mio figlio, mentre versava lo spumante a sua madre.

"Davide mi ha promesso di darmi due cuccioli, sai, nonno?"

Timorosa di non riuscire a destare la mia attenzione con la domanda, Sara mi tirava per la giacca e me la macchiava con le mani sporche di acquerelli.

"Davvero, tesoro?"

"No, ti ho detto che te ne davo uno solo, Sara."

"Ma se non sappiamo ancora se ne farà, Davide!" obiettava Anna al figlio.

Guardavo i nuovi disegni di Davide, già sistemati su un tavolo perché li potessi ammirare. Una scena dell'*Iliade* studiata a scuola, il duello fra Achille ed Ettore sotto le mura di Troia. Ammiravo i colori usati per dipingere lo scudo e la corazza, gli schinieri, i calzari, con la cura di celare a entrambi il volto, ritratti nelle stesse pose di studio l'uno dell'altro, col risultato di farne due eroi identici, quasi due gemelli.

"Li ho immaginati quando potevano ancora vincere tutti e due, nonno."

"Ma per chi tenevi?"

"Per Ettore, e tu?"

"Mi facevano pena entrambi, Davide, non tenevo per nessuno dei due."

Ed era vero perché durante il loro epico scontro sotto le mura di Troia commiseravo il fato di entrambi. Dal lampo d'intesa nello sguardo di Davide veniva tutta la sua ammirazione per la mia risposta. Sapeva che non mi riferivo a qualcosa che avevo soltanto letto. Quei due eroi li avevo visti battersi nella pianura dei fiumi Scamandro e Simoenta, come ora vedevo lui e Sara, in cucina, intenti a stuzzicarsi. E per lo scempio del cadavere di Ettore avevo distolto lo sguardo dalla piana di Troia, dove una notte Priamo si sarebbe avventurato su un carro pieno di doni per riscattarlo, implorando in ginocchio Achille che avrebbe pianto con lui la fine del proprio padre e quella di Patroclo.

Sara aveva messo accanto ai disegni di Davide i suoi, allineati sul bordo del tavolo. A una sola occhiata si capiva quanto la bambina fosse invece negata per disegnare, con le case in fila tutte storte e quegli alberi fatti a palla, con degli stecchini che camminavano vicino a rappresentare le persone.

"Ti piace, nonno? Una bella passeggiata sotto gli alberi davanti a casa mia. Questi qui che camminano sono mio papà, la mamma e mia nonna," cinguettava la vocina di Sara, che da quando ero entrato non mi mollava un momento.

Mentirle mi spiaceva. Ma i suoi occhi azzurri con quell'espressione stupefatta che seduceva sempre, non mi lasciavano scampo.

"Che belli, brava Sara."

"Ti verrà il naso lungo come quello di Pinocchio, nonno."

E gli occhi di Sara si riempirono di lacrime.

"Davide, ma la finisci? Mica sei Picasso, lascia stare tua cugina."

Passati a sedere a tavola, Davide non smetteva un secondo di fissare Emmanuele. Cosa mai passava per la testa a quel bambino che non ignorava chi fosse il nonno adottivo?

"Ma tu, Emmanuele, sei sposato?" la domanda di Davide era stata diretta. E altrettanto fu la risposta.

"No, Davide, non sono sposato."

"Quando sarò grande io sposerò Davide," saltava su Sara, con la forchetta per aria. Il cugino subito l'incalzava: "Sara, la vuoi piantare con questa storia?"

Il pianto della bambina veniva di nuovo a calamitare l'attenzione di tutti, mentre Davide non voleva più restare a tavola.

"E tu ci resti, invece, e non ti muovi di qui."

Era divertente vedere come Sara, compiaciuta del rimprovero della zia, spiasse l'espressione del cugino, che non staccava gli occhi dal piatto, senza toccare più cibo. Qualcosa dovette trasmettersi anche a Nanà, avvicinatasi a Davide per posargli la zampa sul piede. Al tentativo di leccargli il viso, Anna interveniva.

"Giù tu, sta' giù! Nessuno sta maltrattando il tuo padrone, tornatene a cuccia, adesso!"

"Farò come te, da grande, Emmanuele, non mi voglio sposare!"

Ora Davide lanciava la provocazione. Emmanuele rideva di gusto, Sara di nuovo strillava.

Come era cambiata l'atmosfera a quella tavola. Rimaneva un ricordo la serenità della prima serata, quando ero l'incontrastato protagonista, oggetto delle attenzioni di tutti. Forse, a perfezionare la sera in famiglia, mancava il padre. La sua assenza si faceva notare. Anna diventava il fulcro, ma qualcosa della sua femminilità determinava un clima più inquieto rispetto a quando c'era anche lui. Come se il nervosismo dei due bambini fosse provocato da lei, proiettata a intrattenere con civetteria i due ospiti, senza più tema d'ingelosire il marito. Soffrivo, come previsto, l'avverarsi di quel "capiterà, capiterà". Emmanuele non pareva avvertire il mio silenzio, occupato a rispondere alle domande di Anna. E a cercare di rivolgere la parola anche a Davide, l'altro ammiratore, per sciogliere la tensione. Sara taceva, giocando con il suo telefonino. Solo Nanà mi fissava, ora che l'avevano staccata da Davide. Con negli occhi quella misteriosa adorazione che tornava a risvegliare la parte di me più materna.

Terza parte – *Il ritorno*

I figli so' piezz'e core
Proverbio popolare napoletano

...quella significazione di allegrezza che
è contenuta per natura sì nel canto in genere,
e sì nel canto degli uccelli in specie.
Il quale è, come a dire, un riso...
gli uccelli partecipano del privilegio
che ha l'uomo di ridere...
Giacomo Leopardi, *Elogio degli uccelli*

37. L'aggressione

Dove sono?

Forme confuse in movimento...

Sono in cielo.

Qualcuno, di spalle, muove le mani... indica qualcosa, insiste, rimprovera, ma chi?

Tutto mi danza intorno.

Sprofondo. Mi rialzo. Qualcuno mi sorregge e porge un bicchiere alle labbra. Bevo.

Francesco e Caterina sono qui. Lui, nel suo saio grigio col cingolo in vita, in piedi accanto a lei, nella sua tonaca bianca col mantello nero.

Muovono le labbra, parlano ma non li sento. Com'è piccolo, Francesco. Calvo, bruno in viso, tutto occhi, le orecchie a sventola, è lui che mi sostiene il bicchiere alla bocca. Arriva appena all'alta sponda del letto, un letto di ferro.

Entra dal corridoio una giovane, tiene in braccio un neonato morto, è Jessica. Dietro di lei, Tom. Mi guardano e si arrestano di colpo.

Caterina si volta verso Jessica. Allunga le sue magre braccia. Prende il fagottino e stringe al seno il neonato. Comincia a cullarlo. Canta una ninna nanna. Lo bacia. E il bimbo agita le manine, scuote il capo. Qualcuno ha aperto una finestra, adesso sento i rumori, il neonato che strilla, uno stormo di rondini che volano avanti e indietro, avanti e indietro, di fronte alla finestra... Sei pronto? Siamo venuti a prenderti...

Caterina offre il bambino a Jessica, che lo abbraccia. Pazza di gioia corre via con Tom.

Ora distinguo bene le voci. Sono volate via le rondini. Caterina parla, china su di me.

"Signore, non potevamo più lasciarti solo."

"Cos'è successo?"

"Signore perché? Non puoi morire, nessuno può dartela la morte."

"Vi prego, se mi amate..."

"Diglielo tu, Francesco, diglielo anche tu."

"Signore, ci strazia la tua domanda, non possiamo esaudirla, non possiamo."

"E chi può darmela allora?"

"Ci sei andato molto vicino."

"A te però, che l'hai lodata, a te darà retta."

"Signore, lodavo sorella morte corporale, che è solo nostra."

"Ma cosa mi è successo?"

"Ti hanno aggredito e lasciato tramortito sulla pubblica via."

"Chi può darmela?"

"Nessuno, Signore, nessuno può dartela la morte."

"Ma è stata qui, le ho parlato! Abbiamo stretto un patto!"

Al grido che mi esce di bocca mi risveglio. Se c'erano Francesco e Caterina perché non ho visto anche mio figlio? Mi ha abbandonato? Ecco Davide e Anna.

Non sono in cielo.

"Nonno, stai meglio?"

"Giovanni, corro dal dottore a dirgli che ti sei risvegliato!" e Anna si china a baciarmi la fronte. Sento il suo mite profumo di rose.

"La febbre è calata, ora sei più fresco."

Caterina e Francesco non ci sono più, se ne sono andati.

"Li avete mandati via voi, Davide?"

"No, nonno, non li abbiamo mandati via noi, ma chi erano? Di chi parli?"

"Se tornassero però di' loro che è lo stesso, che non importa, che va bene così."

"Così come?"

"Scusa, non ricordo."

"Certo, nonno, che va bene, non fare domande così, dai."

"Ah, lo sai."

"Gridavi, con tutte le cose belle che ci sono tu quella dovevi chiedere?"

"Ma le ho parlato, è stata qui, ci siamo messi d'accordo."

Ecco tornare Anna al mio capezzale con un medico con la mascherina alla bocca. Dove l'avevo già visto?

"Dottore, come può constatare, riconosce e già parla, a modo suo."

"Bravo, dottor Eterno, che bello spavento ci ha fatto prendere, ma fra qualche giorno, vedrà, la rimettiamo in piedi," commentava il medico, sentendomi il polso.

"Per andare dove?"

Mi pareva proprio di averlo già visto quel medico.

"Ora l'aiuto a ricostruire. Se le ricorda le parche colazioni del Livilla? Le abbiamo fatte insieme, caro amico, conversando di tante cose, sono il dottor Malacarne."

E mi viene in mente il medico a cui avevo confidato i miei timori sul Parkinson. Invece mi cura per le botte, perché devo averne prese. E anche tante. Provo dolore dappertutto, appena mi muovo. A questo bravo medico potrò porre le domande rivolte ai miei santi, per risposte più esaurienti.

"Ma cosa mi è successo?"

"L'hanno aggredita, qualche notte fa, due delinquenti. Uno di colore e uno italiano. Sono scappati ma li hanno ripresi con la telecamera. Quei due giovani l'hanno derubata del portafoglio e lasciata a terra, sul marciapiedi, per correre a farsi una dose di eroina. A quell'ora c'era poca gente, i soccorsi però non hanno tardato. Ed eccola qua al policlinico Gemelli, dove mi trovavo anche io."

"Non ricordo proprio nulla."

"Naturale. La rimetterò in piedi in una ventina di giorni. Lei ha un fisico eccezionale, un altro non se la sarebbe cavata."

Mi tornava in mente la Roma descritta da Impagnatiello... "lei crede che la città sia quella dei suoi antichi monumenti, ma non c'è solo quella, Roma è piena di delinquenti, mafiosi, spacciatori, drogati, prostitute e prostituti... se lei sta col Bene, mi dia una mano." E così ora conoscevo davvero l'altra città eterna, quella su cui vegliava lui.

"Nonno, lo sai che verrai a stare da noi?" e Davide mi bacia sulla guancia. Come tanto tempo fa, quando giocavamo ancora ai dottori sul treno.

Guardo Anna.

"Giovanni, non potrai trascorrere la convalescenza da solo in quell'albergo. Almeno i primi tempi starai da noi."

"Grazie, ma posso andare in una clinica privata."

"Ah, preferisci una delle tue? Vuoi approfittarne? No, non ti lasciamo solo, caro Giovanni, vuoi mettere la cura che avremo noi?"

"Ma io lo dicevo soltanto per te, per non darti altro lavoro."

"Non ti preoccupare, mi aiuteranno Davide e Nanà, che ti aspetta."

Dopo che Anna e Davide se ne sono andati, promettendo di tornare al più presto, mi rendevo conto di non essere solo nella stanza. In un letto vicino al mio, appena arrivato dal reparto di terapia intensiva, c'è un altro degente. Un uomo dai capelli bianchi come i miei, ma più radi, cereo e sottile, intubato lui pure, che mi sorride subito appena lo fisso, è vivace come un uccellino, pur così allettato. Nonostante la fragilità dell'aspetto i suoi grandi occhi azzurri sprizzano un'energia contagiosa. Manrico Cacciaguerra sarà il simpatico compagno di diversi giorni di degenza, che mi aiuterà a far passare il tempo, che qua dentro è interminabile, coi suoi esorbitanti racconti e con le visite delle sue due numerose famiglie. Perché ha due donne, due diverse mogli, un vero caso di bigamia alla luce del sole. Portata all'altare in chiesa la prima, una ciociara, la seconda più giovane, una russa, sposata in non so quale posto del mondo. Le quali, in sorprendente armonia, vengono a trovarlo insieme. Vive di quel che rendono le sue ricche campagne, vicino a Montefiascone, di cui mi parla spesso. Come me, l'hanno aggredito e derubato dei malviventi di notte, mentre rientrava nella sua casa di Roma, forse da qualche convegno amoroso, perché sui particolari si confonde e dà versioni sempre diverse. Una volta si trovava al Pincio, un'altra a Villa Doria Pamphilj, un'altra a Ponte Milvio. Che sia un vecchio satiro me ne aveva dato la prova non appena Anna era uscita, quando l'ha vista il primo giorno: "Che donna. Vorrei essere al tuo posto a letto."

Anche Anna si è accorta della vitalità dell'arzillo vecchietto, come lo chiamava lei.

"Certo che non ti deprime, quest'arzillo vecchietto, sei stato fortunato a dividere la camera con lui," mi sussurrava un pomeriggio, annunciandomi che fra due giorni mi avrebbero dimesso.

Già camminavamo insieme nel corridoio, mi avevano staccato dalle flebo. Avevo però iniziato lunghe sedute fisioterapiche. Per qualche tempo avrei dovuto camminare col bastone che mi aveva portato Anna, un bel bastone col manico d'argento.

"Me l'ha fatto avere tuo figlio per te."

"E come?"

"Passando da scuola una mattina tardi, quando uscivo. Giusto il tempo di darmelo e pregarti di portartelo. Sapeva che ne avevi bisogno. Proprio un figlio d'oro, Emmanuele, non ti puoi davvero lamentare."

"Già, già, sì, gliene avevo parlato al telefono," ma non era vero, mio figlio non si era ancora sentito. Dunque, Francesco e Caterina li aveva inviati lui, non sostenendo la mia vista, così malridotto come dovevo essere. Chissà quali reazioni dei giusti avrà dovuto affrontare nei cieli. Questa scandalosa enormità del Padreterno aggredito per strada, al di là di ogni possibile immaginazione, gli avrà creato seri problemi. Avrà preso tempo, chissà quale reprimenda ora mi attende.

"E ha aggiunto che verrà a prenderti quando uscirai, anche perché io non sono libera dalla scuola."

"E Giuseppe?"

"Giuseppe? E chi lo vede? Ormai dorme ogni notte nel suo laboratorio."

"Dovremo passare dal Livilla a prendere la roba, prima di venire da te."

"Certamente, ti porterà tuo figlio. C'è anche un'altra persona che ti verrà a prendere. Ogni giorno chiama per sapere come stai."

"E chi sarebbe?"

"Uno della polizia, si chiama Impagnatiello."

"Ah, mi farà piacere rivederlo."

"Sembra che ti conosca bene."

"L'ho aiutato a risolvere un caso, in albergo. Una persona molto gentile."

Ora che avevo le ossa rotte mi sentivo quasi in colpa con quel povero poliziotto per non avergli offerto più aiuto.

Il giorno in cui sono stato finalmente dimesso mi hanno aiutato a rivestirmi. Con addosso lo stesso abito di quando mi avevano accolto avevo troppo caldo. Tenevo il cappotto sul braccio sinistro e con la destra mi appoggiavo al bastone. L'orologio non stava più ben stretto intorno al polso, tanto ero dimagrito. Avevo abbracciato Manrico che doveva rimanere ancora in ospedale qualche giorno. Ho rifiutato la carrozzella. Quando per caso mi sono visto in uno specchio mi sono spaventato. Ma ero io quel vecchietto? Le guance cascanti ricordavano quelle del papa. Era però l'espressione degli occhi a inquietarmi. Era come se vedessi tutto da lontano, da spettatore e non da attore.

Uno che non c'entrava proprio con la commedia che si stava svolgendo. Sulla porta del reparto mi attendeva il dottor Malacarne, con Laura e Toni, due infermiere che si erano molto prodigate ad assistermi e mi faceva piacere salutare.

"Contento? Alla porta centrale l'attende suo figlio che la riporta in albergo e poi a casa della sua amica. Mi raccomando, se avesse bisogno lei sa sempre dove trovarmi."

38. Patto con la morte

Come preannunciato da Anna, all'uscita dal policlinico non c'era solo mio figlio ad attendermi.

"Emmanuele, ti presento l'ispettore Impagnatiello."

"Volevo solo rendermi conto di persona di come stava suo padre e se avesse bisogno di qualcosa. Sono venuto a prendere la mia bambina a scuola, qua vicino, e così ho pensato di allungarmi fin qui sapendo che oggi lo dimettevano."

"Molto gentile, mio padre mi aveva parlato di lei."

"Si rimetterà presto e tutto diventerà solo un brutto ricordo."

"Lo spero, ispettore, ma sto già meglio."

"Bene. Ora che l'ho vista in forma, la lascio andare e le auguro di rimettersi rapidamente."

"Sa, l'ho pensata spesso in tutti questi giorni in ospedale. Aveva ragione su molte cose, la Roma in cui passeggiavo è fragile e si rompe con niente."

"Mi è dispiaciuto avere ragione con lei, non sa quanto. Ci rimettono sempre i buoni. Un discorso che abbiamo già fatto. Verrò a trovarla, se me lo permetterà ancora."

"Ciao," ha aggiunto la bambina che teneva per mano, tirandomi per un lembo della giacca. "Come ti chiami?"

"Ester, e tu?"

"Giovanni. Ah, ma che bel nome hai. Sai che ti chiami come una regina degli ebrei, Ester?"

Diceva di no con la testa e l'ho accarezzata sui capelli biondi, finissimi.

"Vieni a casa mia a mangiare, Giovanni?"

"Magari verrò un'altra volta, ora devo andare con questo signore, mio figlio. Ciao, regina Ester."

E dopo aver salutato anche il padre, appoggiandomi al bastone da una parte, dall'altra al braccio di mio figlio, mi sono avviato alla sua auto.

"Quel brav'uomo fiuta chi sei."

"A modo suo me l'ha anche fatto capire. Dove si va ora?"

"Prima al Livilla a prendere le tue cose, poi a Trastevere, dove ti aspettano."

Mentre camminavamo è rimasto in silenzio, assorto. Eravamo in attesa entrambi di chi avrebbe parlato per primo.

"Come ti senti?"

"Qualche dolore mi è rimasto, soprattutto alle gambe, ma ogni giorno che passa va meglio."

"Il cielo non aveva mai patito una simile violenza. Dalla notte dell'aggressione non sono più riuscito a tenere i santi, da questo momento ti staranno sempre più addosso."

"Ho visto."

"Ne avrai abbastanza, a questo punto."

"Ho una scorza molto dura. E tornare adesso avrebbe il sapore di una resa al Male. Devo fare la mia parte e restare."

"Cos'altro ancora deve capitarti per convincerti a tornare?"

"Vero, manca ancora qualcosa."

"Cosa?"

"Se lo sapessi, tornerei oggi stesso insieme a te, e non a casa di Anna."

"Vuoi acciuffare chi ti ha colpito?"

"Figurati, due poveri disgraziati di poco più di vent'anni, a che scopo? Per farli morire disperati dai sensi di colpa? Non voglio facciano la fine di Giuda."

"L'hai scampata bella, hanno menato forte."

"Già, per poco non sono morto."

"Ma a te di averla schivata, la morte, dispiace. Tu la volevi, tu la cercavi. Sei arrivato a chiederla anche a Caterina e Francesco."

Non ho replicato niente. Ricordavo ancora le ferite. Nessun colpo era stato mortale, ma sufficiente a ridurmi come certi vecchi malfermi accompagnati dalle loro badanti nei giardini di Roma. Subito quella mattina, alla vista del mio corpo così piagato, m'era però tornato in mente quello di mio figlio sulla croce, come l'avevo pianto quel giorno di primavera, duemila anni fa. "Posso contare tutte le mie ossa," era scritto. Ora, dopo quell'aggressione, l'avevo non dico raggiunto, ma meglio imitato. Mi superava ancora. L'aveva soccorso una suprema motivazione per quella morte atroce, riconciliare gli uomini con chi li aveva creati. Se mai ne esistesse una mia, dovevo ancora scoprirla, ma stavo per coglierla sotto i colpi dei due disgraziati. Mancava un soffio, era così vicina da farmi insistere a chiedere ai miei santi la morte che avevo schivato, nei primi momenti del mio risveglio in ospedale.

"Sei l'oggetto del desiderio di tante anime che ti cercano

per riposare in te, e tu? Tu cosa fai? Dopo che hai assaggiato la violenza e la cattiveria umana, resti per una migliore performance del Male, che questa volta non manchi il risultato!"

"Mi sforzo d'imitarti, figlio mio, di vincerlo come lo hai vinto tu, il Male."

Adesso era lui a restarsene in silenzio senza replicare nulla. Lo coglieva impreparato l'impossibile gara con l'essere perfettissimo, nella capacità di vincere perdendo, subendo la sconfitta.

Lui non sapeva ancora quel che mi era successo. La morte, che giorni addietro avevo intravisto implorante nello specchio poco prima che mi apparissero i due santi, era tornata calando accanto al mio letto in piena notte, quando erano accese solo le luci azzurre notturne e tutti i malati dormivano o imbottiti di sonnifero cercavano di dormire. E, con una mascherina rosa che le celava il volto, lasciando liberi solo gli occhi, aveva trovato il coraggio di parlarmi sottovoce, con un marcato accento russo: "Basta, Signore, basta, ti prego, lasciami andare, da quando mi hai creato per punire i figli di Adamo non mi sono fermata mai, sono stanca, non sei invecchiato solo tu. Non mi cercare più, lasciami perdere, lasciami riposare, non posso, non posso colpire anche te, dopo tuo figlio, non sai quanto mi è costato farlo."

"Ti è costato? Come ti è costato?"

"Volevo morire sulla croce con tuo figlio! Quanto mi è pesato obbedire, Signore, ma anche colpire tutte le altre volte. Mi è pesato sempre, sempre."

"Con mio figlio sai bene perché ti è stato chiesto, a quale scopo. E tu non hai nessuna colpa, esegui solo il mio mandato."

“Ma prima era più bello, quando non c’ero, molto, molto più bello!”

“E che ne sai tu di com’era prima, se non esistevi?”

“Lo dicono sempre gli occhi dei morenti, com’era bello senza di me, prima, se lo ricordano tutti, tutti, quel momento. Sono stanca di essere maledetta, lasciami andare, Signore.”

“Ma dove ti metto in cielo, dove?”

“Ascoltami: puoi trovare un posto per lasciarmi riposare, ti prego, ti ho sempre servito bene.”

“Nessuno dei miei angeli e dei santi ti vorrebbe vicino, nessuno.”

“Nascondimi, lo sapremo solo io e te, Signore. Mi dimenticheranno.”

La fissai allora negli occhi pieni di lacrime, la sola parte del suo volto visibile, trovando la forza che soltanto il Padreterno poteva avere di guardare la morte che piange. E riconobbi allora la bella donna nella quale la morte a me si era mostrata nuda.

“Ti lascerò riposare, ti accontenterò, ti nasconderai come un’antica paura, l’ombra di un mondo che non esiste più.”

“Promettimelo, Signore.”

“Sì, lo prometto. Diverrai un’amnesia. Anche se, ti avverto, non sarà tanto facile dimenticarti.”

Un’amnesia è un’oscura sapienza, mai un oblio perpetuo. Può restare in sonno ben nascosta anni, nella vita umana. Ma è una sapienza che può riaccendersi e sfolgorare. Una volta assaggiato, il sapore della morte langue, non si estingue, *nullo homo vivente pò scappare.* Nella mente di Adamo ed Eva non poteva risvegliarsi, perché di quell’amnesia non potevano soffrire, ma nei suoi eredi che l’avevano provata, sì. E lievita fino a esplodere in un desiderio irresistibile, che recupera lo spazio perduto. Quel vuoto di memoria avrebbe riconvocato in servizio la morte, sospesa solo quel tanto che bastasse a uomini e donne per capire che senza di lei, senza il senso d'irripetibilità di ogni istante, la voglia di vivere si perderebbe nella noia di un'immortalità nuda di passioni, dove tutto si ripete. Se qualcosa amano, uomini e donne, è perché muore.

E basterà un breve tempo in cui nessun essere vivente più si spenga. Basterà allora per visitarli lo stesso incubo di una durata perpetua. E nessuno senta più necessità di replicarsi, mentre cessa di tentarli la bellezza, non più insidiata dal tempo, non più bisognosa di essere rigenerata a nei figli. Arresa alla luce meridiana di un giorno assolato che non finisce mai, senza una possibile sera. E il futuro, nel sogno spaventoso dei nuovi immortali, diverrà una vita a cui ancora saranno forzati a destarsi, incerta fra una prigione da cui mai si evade e un baratro dove non si finisce mai di precipitare. E all'istante l'amnesia nella loro mente correrà a riaccendersi. E la bistrattata morte, rimpianta ed evocata a gran voce, sarà costretta a risvegliarsi e a tornare a un mio cenno di assenso al suo posto e per sempre. Per pietà degli uomini e non eludere Francesco d'Assisi: *Lodato sii, mio Signore, per la nostra sorella morte corporale, dalla quale nullo homo vivente pò scappare.*

39. Da un albergo a una casa

E io e mio figlio siamo rimasti sempre in silenzio, fino all'arrivo in albergo, dove sono salito a salutare il portiere Gino.

Ho ripensato a quanto di me rimanesse in quell'albergo, dove le diverse stanze mi avevano raccontato altrettante storie di vita. Ho dato un'occhiata dalla vetrata alla sala delle colazioni a quell'ora già chiusa e spenta. Quante conversazioni là dentro, a quei tavolini dalle tovaglie di carta bianca, seduto a quelle poltroncine verdi. Quante ombre. Sarei rimasto volentieri, se non fosse stato per le mie condizioni di salute. Mi pareva di avere ancora tante vicende da scoprire in quelle camere divise da pareti così sottili. Io le avevo fatte tutte cadere, abbracciando le vite che ospitavano. Ma l'idea di andare a vivere sotto lo stesso tetto di Anna mi catturava. E lei e Davide mi stavano aspettando, non dovevo farli attendere. E Davide moriva dalla voglia che gli raccontassi del duello fra Achille ed Ettore, elettrizzato dalla possibilità di entrare con me dentro le pagine che aveva letto. Quel bambino voleva viverle, le imprese degli eroi, non leggerle. Per questo mi adorava, perché realizzavo il suo desiderio.

Risalito sull'auto di mio figlio, mi sono subito assopito. Era il primo giorno che uscivo dopo varie settimane di ospedale, la stanchezza mi aveva vinto. Un insistente cinguettio di uccelli mi ha risvegliato nei pressi di Trastevere, lungo il fiume, dove posavano sui rami dei platani.

"Devo aver dormito, scusami."

"Ne avevi bisogno."

"Ora mi sento più in forze, ma siamo già a piazza Trilussa?"

"Siamo arrivati."

Eravamo già davanti alla casa dei Malvasia. E appena aperta la porta Nanà mi saltava addosso, leccandomi la faccia. Guardandola coglievo la prima novità dalla pancia gonfia e dalle mammelle. Era di nuovo in dolce attesa.

Anna mi baciava. "Eccoti finalmente in una vera casa, Giovanni. Hai visto, Nanà? Cresceremo, in famiglia." E mi accompagnava nella stanza preparatami a piano terra, per non farmi affaticare salendo le scale.

"Davide arriva a momenti da scuola. Ti trovo molto meglio, ormai sei pronto per le tue passeggiate."

"Sarebbe prudente aspettare ancora," protestava mio figlio e sul punto di congedarsi mi abbracciava ringraziando Anna dell'ospitalità.

Io e Anna siamo saliti al piano di sopra per sederci a tavola. Era il primo momento che la vedevo da sola dopo tanto tempo.

"Ormai la bella stagione è tornata, non vedo l'ora di uscire. Anche se andrò più lento."

"Certo, Giovanni. Ci sono ancora mille posti dove vorrei portarti."

"E Giuseppe, non c'è?"

"Verrà stasera."

E mentre calava la pasta cominciò a parlare del marito, che di rado rientrava a casa. Aveva sistemato un letto nel laboratorio, in via Baccina.

"Che abbia un'altra donna non lo credo proprio. Là dorme meglio con i suoi fantasmi, non ci sono io a riportarlo alla realtà. Forse con te si aprirà. Conto molto sulla tua presenza per aiutarmi."

Pranzammo da soli. Mi godevo con lei la luce di quella cucina, invasa dal sole di maggio. Di mattina pareva una casa diversa. Avevo sempre passato solo le serate in quella stanza, che mi era così cara. Una casa a Roma. Il sogno si avverava, ma ero ospite. Si realizzava però il desiderio di vivere sotto lo stesso tetto di Anna. In quali condizioni? L'aggressione subita mi aveva fatto trascurare la malattia. Ora quel tremito non sapevo più a quale causa attribuirlo, se alla debolezza della convalescenza o al Parkinson. Ma non me ne curavo. Le priorità erano altre, cambiando casa cambiava anche Roma. Non era più la città vissuta da un albergo, luogo di passaggio, anonimo. Le abitudini mutavano, avrei dovuto assuefarmi a quelle dei Malvasia e del quartiere. Qualcuno a Trastevere mi conosceva già, come qualche anziana "cagnara" dell'Orto botanico.

Arrivò da scuola Davide, ancora con lo zaino sulle spalle, mentre stavo per ritirarmi a riposare nella mia stanza, dove mi raggiunse con Nanà.

"Davide, resta qui un po' che parliamo, chissà quante cose avrai da raccontarmi."

"Mi hanno regalato un telefonino, nonno, posso fare tante belle fotografie ora, guarda."

E mi mostrava quelle che aveva scattato col cane durante

le passeggiate ma anche dagli autobus che prendeva per andare a via Baccina. Le foto dei suoi amici che giocavano con lui a pallone. Le immagini di alcuni cartelloni pubblicitari che l'avevano colpito, a un angolo di via XX Settembre. E quelle delle giostre con le nuove creazioni del padre. A Frascati, a Ostia, a Rocca di Papa. Mostrava le istantanee più volentieri dei suoi disegni. Il cellulare stava cambiando anche le abitudini di questo fantasioso bambino dalle fiamme in testa.

"Papà sta lavorando ancora al Padreterno, nonno, per questo torna poco a casa."

"Sempre per il carnevale di Viareggio? Allora glielo accettano?"

"Non lo so, se a Viareggio non lo prendono pensa di proporlo a un altro carnevale."

"Mi piacerebbe tornare a vederlo, questo nuovo che sta costruendo."

"Bravo, così lo fai cadere un'altra volta, nonno."

"Ma se non è più come prima, se..."

"Se ti somiglia un po' di più?"

E si fermava, abbassando gli occhi. Era difficile continuare quel discorso anche per lui. Allungavo il braccio a rialzargli con la mano il mento, per guardarlo bene negli occhi, ora che eravamo in silenzio tutti e due. Quel bambino magico salvato da morte prematura, che aveva sempre mantenuto il nostro segreto. Il movimento per abbassarmi e rialzargli il viso mi era però costato una fitta di dolore alla schiena così acuta da farmi scappare un lamento.

"Non te ne andrai mica via ora?"

"No, ma lo vedi che non mi vogliono, che mi aggrediscono per la strada."

"Non è vero, non lo sapevano chi eri."

"Prima è caduta la mia statua, poi mi hanno fatto cadere a terra, ammetterai che è una coincidenza strana."

"Ma ti sei rialzato nonno, e anche la tua statua, la maschera che papà sta rifacendo, tornerà in piedi. Ora però riposati che poi andiamo fuori con Nanà, è una bella giornata."

Uscito Davide, restava con me la mia bastardina, che a poco a poco si addormentava. E intanto, aspettando di dormire anch'io, nella mia immobilità cominciavo a far più caso ai rumori, che erano tanti e tutti nuovi. Non erano più quelli che venivano dai vecchi termosifoni del Livilla, dalle voci delle stanze piene di vita, dal traffico del grande corso che scendeva verso piazza Venezia. Sentivo altre voci, dei passanti nella piazza, di qualche radio accesa, una risata, la nenia intermittente di una fiamma ossidrica in qualche officina meccanica. E l'insistente cinguettio di uccelli che mi aveva salutato al risveglio in auto. Il cadenzato flusso del traffico al semaforo, sul vicino lungotevere. E ora i deboli lamenti di Nanà, che aveva un incubo. Quella mamma, che aveva trovato una casa così accogliente grazie a me, sognava ancora il suo antico padrone, che per le vie di Roma le faceva fare la fame. Ora il cinguettio degli uccelli diventava ancora più insistente. Mi alzavo a fatica, puntellandomi alla spalliera del letto, per prendere il mio bastone. E a poco a poco, studiandomi di non svegliare Nanà, a piccoli passi, raggiungevo la finestra. Spostavo gli scuri e la tenda. E adesso capivo da dove venisse quel frullo così assordante, che pareva chiamarmi. Un immenso stuolo di storni si era all'improvviso avvicinato ai maestosi platani dalla corteccia bianca, sul lungotevere. Altre volte ne avevo notati nei lunghi viali di Roma, soprattutto al tramonto, mai però così tanti. Ma ora, con i movimenti leggeri di una danza, con perfetta armonia di curve e sincronia di picchiate, schivando case, pali, tetti, antenne, auto, insinuandosi come un'ala sottile fra tutto quel che trovavano, gli storni volavano proprio avanti e indietro, avanti e indietro alla mia finestra, senza mai fermarsi. Quasi volessero entrare in casa per festeggiarmi e darmi il loro benvenuto. Nanà ora con sollievo si risvegliava dal suo brutto sogno itinerante. E se pure adesso si metteva ad abbaiare per il frullo di miriadi di ali, lei sapeva benissimo per chi si agitassero tanto festose ai vetri della mia stanza, per dargli il ben tornato. E la sua coda approvava col suo tip tap, battendo energica, ripetutamente, sul pavimento.

40. Vita in famiglia

Non ho ricordi da bambino, ma nemmeno da ragazzo e degli anni a seguire. Non riesco neanche a immaginare, spiando allo specchio i miei lineamenti, come avrebbe potuto essere fatto Giovanni Eterno da giovane, nell'età in cui si comincia a corteggiare le ragazze. E non so come si entra a poco a poco nella vecchiaia. Sono nato vecchio. Una verità scoperta ascoltando Anna raccontare i suoi ricordi. Della madre, delle sue zie, e del grande assente, il mitico padre, quel Candido Di Giacomo di cui ha ricordi di seconda mano. Tutti però molto vivi, accomunati dalla forte impressione che lasciava la sua presenza, sempre così provvisoria, sempre in fuga, pronto già a ripartire appena era arrivato. Eterno giovane, quanto eterno vecchio io, era quel padre evocato dai ricordi della figlia per colmarne il vuoto. Io so chi era davvero Candido, e da dove veniva quando tornava dai suoi viaggi, ma mi guarderei bene dall'intaccare il mito di Anna, atea perché lui lo era. Deve continuare a ignorarne l'attività di spia al servizio di quella che allora era l'Unione Sovietica. Il suo essere convinto di contribuire a guarire l'Occidente dalla schiavitù del capitalismo lavorando per esportare la rivoluzione comunista. Meglio che sua figlia continui a sognarlo. Era comunque un autentico idealista, anche se ben pagato dai russi. Quelle costose bambole che portava a ogni ritorno dai suoi viaggi poteva donarle senza problemi alla sua bambina.

E come Anna mi ha fatto scoprire la parte che mi mancava, parlando dei suoi ricordi d'infanzia, il solco si è dilatato quando ha cominciato a pormi domande dirette sulla mia famiglia, mentre evocava la propria. Io, che potrei ricordare le spade di legno di Cesare bambino e i lapislazzuli al collo di Cleopatra la prima volta che ventenne gli apparve. I formosi fianchi della regina Zenobia, che turbarono l'imperatore Aureliano. Quei passi da *Ab urbe condita* di Tito Livio che infiammavano Cola di Rienzo. La voce dell'*eromenos* Pentarco, che incantava Fidia nei cori della processione panatenaica. E poi invece non potrei raccontare un solo particolare di padre e madre. Perché non li ho mai avuti. Perché sono da sempre.

Così ho dovuto inventarmi qualcosa su una coppia di genitori. Lei, Elisa Conti, una levatrice di Fiesole, lui, Dino Eterno, un chirurgo militare di origine siciliana, a giustificare una vocazione di famiglia per la medicina. Ma, a parte i nomi dei genitori, condendo il tutto con vaghezza di particolari e avarizia di descrizioni. Io, che ho inventato in sette giorni il creato, incontravo non poche difficoltà a inventarmi il simulacro di una vita compresa fra il secolo scorso e questo.

Giuseppe si è rifatto vivo, dopo diversi giorni di assenza. Mi è venuto subito a trovare informandosi a lungo dell'aggressione e della salute che migliora. Tanto che ho ripreso a salire senza bastone le scale e mi preparo per una passeggiata, in questi giorni di maggio, con i tigli fioriti che profumano l'aria.

"Roma non è più quella di una volta. Anche in via Baccina c'è stato uno scippo. Hanno aggredito una coppia di anziani turisti tedeschi, quasi davanti al mio portone. Uno è grave. Ma questi delinquenti non sono mica dei neri, sono borgatari romani."

"E come va il tuo lavoro?"

"Le giostre meglio, ora che ricomincia la bella stagione."

Le giostre. Ma quel che avevo visto nell'ultima stanza del suo laboratorio? Cercavo di fornirgli l'esca: "Una di queste mattine vengo a vedere come va il tuo lavoro a via Baccina. Sono certo che avrò delle sorprese."

"Vado avanti, ma certi giorni mi passa la voglia di disegnare e così perdo tempo a rimettere a posto il magazzino e scartare tanta roba."

"Fai bene, non si riusciva a passare per le stanze."

"Non lo faccio per l'ordine."

"E allora per cosa?"

"Se devo essere sincero, ho proprio la tentazione di vendere tutto e andarmene via."

"Come, andare via?"

"Sono stufo di Roma, vorrei… cambiare pelle, cercare un altro posto per ricominciare tutto daccapo."

Restavo per qualche momento senza parole, quasi incredulo.

"E Anna, e Davide?"

"Possono farcela benissimo senza di me, non credo che sentirebbero molto la mia mancanza, non sono stato né un buon marito né un buon padre."

Dopo le amare confidenze di quel giorno non avevamo più toccato l'argomento nelle poche occasioni successive in cui Giuseppe si faceva vedere a casa.

Andarsene via, ricominciare, spiccare il volo... Non avere ricordi, era stato il limite che mi aveva tanto colpito davanti allo sciame di quelli di Anna. Ora invece l'ansia di rifarsi una vita di Giuseppe, liberata proprio dal peso dei ricordi, stranamente mi catturava per l'identica sua impossibilità. La stessa che mi aveva ferito ascoltando queste parole:

Vedrai vedrai
Vedrai che cambierà
Forse non sarà domani
Ma un bel giorno cambierà

Ma cosa cambierà mai per me, che sono eterno, cosa potrà mai cambiare? Ora che la carne l'ho provata, non potrò più accarezzare il sogno di una tale sortita. Non avrò più la tentazione di quest'avventura. E mi catturava una prospettiva inaspettata nel passare dei giorni e delle settimane, mentre le abitudini depositavano un'impalpabile polvere a casa Malvasia, stemperando il sapore del nuovo che avevo così gustato i primi giorni, vedendo ora Anna sempre più presa dal suo lavoro e meno interessata a me. E a poco a poco, scoprivo di volermene andare anche io e, se non da Roma, intanto tornare libero a vivere per conto mio, in albergo, da solo. Ormai la convalescenza stava finendo. Camminavo spesso lasciando il bastone a casa. Mi veniva in soccorso l'aria di primavera, la stagione che illudeva anche me di poter rinascere. Seguivo Davide, con Nanà, nei pomeriggi in cui il bambino era libero dai compiti di scuola. Il giardino pubblico vicino a casa era tuttora la meta più comoda, dove le conoscenze di tanti proprietari di cani diventavano sempre più vincolate a orari e abitudini, quasi tramutandosi in doveri. Se per qualche giorno non mi ero fatto vedere, erano vere proteste delle signore e domande allarmate dei vecchi con la badante. Mi volevano parte immutabile del paesaggio, una statuina fissa del presepe accanto alle altre.

Dovevo ammetterlo, ero sempre più preso dal desiderio di tornarmene a vivere da solo, di sparire. E forse anche di farmi desiderare di più da Anna, mettendo di nuovo, fra me e lei, quell'ombra d'impenetrabile mistero che l'aveva catturata i primi momenti. Senza rendermi conto che quell'ombra non si poteva restaurare, perché era stata figlia del caso. Il dono che questi concede solo una volta.

Ma la verità inconfessabile era che volevo ancora tentare una sortita dalla malattia più autentica, la vecchiaia. Una delle mie ultime uscite ero andato con Nanà da un barbiere intravisto davanti a una bottega, in via dei Greci. Mi aveva divertito il modo teatrale di radere un cliente ben avvolto in un candido lenzuolo, col sapone da barba che copriva le guance da un orecchio all'altro. Avevo poi visto uscire quel cliente, anziano come me, con una pettinatura che mi era piaciuta. E così avevo deciso di provare le arti del barbiere anche sulla mia zazzera di capelli che non conoscevano più le forbici dai giorni dell'ospedale.

Il barbiere, dall'accento partenopeo, mi aveva lasciato portare la cagnetta dentro la bottega, dandole una grattatina sulla testa, per altro non gradita da Nanà, che aveva abbaiato. Insospettita e gelosa di chi manipolava il suo padrone, accucciata ai miei piedi non smetteva di studiarmi. Con un'espressione che alla fine pareva stupita delle mie metamorfosi. Perché il barbiere doveva aver fiutato lo scontento della mia chioma da re Lear, come della barba così incolta. E con una lunga seduta di taglio, lavaggio, tinture e cosmesi, mi aveva donato un aspetto che stentavo a riconoscere.

Resistendo alla sua offerta di tingermi i capelli di nero, mi ero limitato ad accettare che me li restaurasse bianchi. Ma la sua tintura d'argento possedeva una nota impertinente di brillante azzurro che rendeva artificiose le chiome, mentre cancellava la senilità del giallastro. Nanà ora abbaiava di nuovo, a commentare forse la novità del mio aspetto.

"Anche il suo cane approva, vede quante feste le fa?"

"Sento."

E liberandomi definitivamente dal telo candido esclamava: "E adesso il signore è di nuovo pronto per infatuarsi, quale donna potrà mai resisterle?"

Imbarazzato da quelle parole ruffiane come dallo strano Giovanni Eterno dello specchio, che non avevo voluto restare a vedere un secondo di più, avevo pagato e mi ero avviato verso la Porta Settimiana. Passava in quel momento una delle anziane signore che più si era interessata a Nanà, fin dai primi tempi. Mi guardava senza salutarmi. Solo dopo un'occhiata al mio cane, sorridendo mi parlava: "Ah, ma è lei? Mi scusi, la vista peggiora ogni giorno, come sta? Per Nanà mi pare che ormai ci siamo."

Non certo per problemi di vista aveva così tardato a riconoscermi. Tornando a casa lungo la via mi sbirciavo nelle vetrine. E l'immagine che il vetro rinviava continuava a non piacermi. Il nuovo aspetto di quel signore così azzimato pareva sottolineare l'età avanzata, invece di sfumarla. Ma il peggio doveva ancora venire. Dovevo davanti allo specchio del bagno scoprire che, approfittando dei miei occhi chiusi mentre insaponava le guance, il barbiere aveva poi ripassato le sopracciglia con una matita nera. Un particolare cosmetico del suo trattamento che nella sua bottega non avevo fatto in tempo a cogliere per la fretta di portare Nanà a fare i suoi bisogni, quando mi ero allontanato dallo specchio. Era tardi per rimediare alle iniziative dell'intraprendente Figaro. Dovevo tenermi addosso quella maschera.

"Giovanni, ma cosa... ah, ma sei andato dal barbiere?"

Anna sulla porta della mia stanza, mi fissava. E non credo dicesse tutta la verità mentre continuava a parlare, tanto i suoi occhi smentivano il tono rassicurante.

"Non stai mica male, così... certo avevi bisogno di tagliarti i capelli."

"Così come, Anna?"

"Così leggiadro, così ben pettinato, Giovanni."

"Ah, lascia stare, ha fatto questo scempio il barbiere di via dei Greci. Pazienza per la tintura, ma il nero sulle sopracciglia è stato un vero colpo a tradimento. Non mi vedrà mai più."

"Ah ah, lo conosco, Ciro il napoletano vero?"

"Penso si chiami così."

"Ciro venderebbe anche il Colosseo, ha una chiacchiera... Quando lo incontro al bar ogni volta mi fa una bella descrizione di come mi pettinerebbe lui, diafana e platinata come la mitica Patty Pravo."

La sgradevole e provvisoria metamorfosi tuttavia si rivelava utile, perché quel giorno la mia smania di prendere il volo e andarmene, come sognava Giuseppe, maturava in una vera decisione.

Quella sera, dopo cena, mi ero ritirato presto, stanco dopo una lunga passeggiata al Gianicolo, per sperimentare le mie ritrovate forze. Ma forse anche per spingermi a camminare dove non mi conosceva davvero nessuno, non portando il cane a spasso con me. Davanti allo specchio avevo cancellato con cura il nero che Ciro aveva tracciato sulle mie sopracciglia, lavandomi poi i capelli nel tentativo di diluire quel maledetto color turchino. Avevo conservato nella tasca di una giacca la fattura del Livilla, dov'era anche stampato il numero di telefono. La estrassi dalla giacca. Chiamato l'albergo, dopo una lunga attesa qualcuno rispondeva. Era Gino, il portiere dall'imponente stazza, che tante volte mi aveva consegnato la chiave della 308. Agii d'istinto, deciso a tornare al Livilla, se quella stanza fosse risultata libera.

"Gino, buonasera, sono Giovanni Eterno, la 308 è libera?" Se mi avesse risposto che era occupata, dubito che avrei insistito a chiederne un'altra.

"Libera, caro dottore, libera, da quando lei l'ha lasciata."

"Davvero?"

"Certo. Non la voleva nessuno."

"Come sarebbe, non la voleva nessuno?"

"Nessuno riusciva a dormirci."

"E perché?"

"La gente è strana. Pare sentissero delle voci."

"Allora me la riservi, Gino, io ci ho sempre dormito bene. Arriverò domattina dopo le undici."

La mattina dopo lo specchio mi confortò di aver quasi recuperato il mio aspetto normale. E approfittando dell'assenza di tutti quelli di casa, chiamai un taxi. Avevo intanto preparato le mie valigie e lasciato un biglietto per Anna sul tavolo di cucina. Nanà stava dormendo al piano di sopra, dove aveva la sua cuccia. Per non svegliarla al suono del campanello, mi sono fatto trovare dal taxi già pronto con le valigie sulla via, davanti alla porta chiusa. Il taxi è arrivato dopo un'attesa snervante. Sono giunto davanti al Livilla alle undici e mezza. E così sono salito nello stretto ascensore fino alla reception del secondo piano in tempo per ricevere dal portiere cinese, che si alternava a Gino, le chiavi della 308.

41. Ritorno alla 308

Come può l'anonima stanza di un modesto albergo a due stelle rivelarsi più accogliente di una vera casa? Eppure varcata la soglia della 308 m'inebriava l'inconfondibile odore di limone del detersivo da quattro soldi in uso al Livilla. E riconoscevo, accarezzandole con lo sguardo, le cose rimaste là dentro al loro posto, ancora come le avevo lasciate. Il letto a due piazze, con il copriletto verde a fiori bianchi. La poltroncina in pelle rossa, consumata nello schienale. Sulla scrivania la carta da lettere col profilo di Livilla, che mi aveva colpito per la somiglianza con Teresa d'Avila. Il televisore inclinato sulla parete destra, di marca coreana. La porta del bagno con il legno un po' gonfio, che faticava a chiudersi. Il fiocco dorato del cordoncino piuttosto liso, maneggiato a ogni risveglio tirando la tenda. L'acquerello con scena maremmana di pastori, di fronte al letto, che mi dava il buongiorno ogni mattina.

Cominciavo anch'io a nutrire dei miei ricordi, sia pure così a breve raggio. Per quanto povera e spartana, quella stanza mi aveva fedelmente aspettato, respingendo i nuovi ospiti come degli intrusi. E ora mi accoglieva col sapore delle tante giornate che vi avevo vissuto. Quante vite sconosciute vi erano passate prima che la occupassi io. Quanti sonni consumati in quel letto matrimoniale. Gustavo il fascino degli alberghi, anonimi luoghi di perenne passaggio appartenuti a tutti e a nessuno. Quaderni dove si cancellava quel che vi era stato scritto per accogliere nuove storie di incontri, attese, promesse, amori, delitti. Già, perché in un hotel si poteva anche morire, come era accaduto ad Angarà. Vivere in albergo assecondava, più che abitare una casa, la mia natura di osservatore fuori scena. Come custode del cosmo, sempre fuori del gioco, è il Padre di tutta la famiglia umana e d'ogni forma vivente dell'universo.

Dopo aver sistemato nelle grucce dell'armadio il contenuto delle valigie, sistemato in bagno gli oggetti del necessaire, allineato le pantofole sotto il letto, uscivo chiudendo la porta a chiave. Riconsegnatala al portiere, andavo a fare i primi quattro passi. Volevo tornare a camminare sulla via dov'ero stato aggredito, di nuovo padrone dei miei gesti. Verso quell'ora il traffico si rianimava molto, ma mi piaceva immergermi nella vita quando pulsava più intensa. E mi sentivo in discreta forma.

Vedevo gli autobus stracarichi di studenti, turisti e gente comune. I bar di via Nazionale con i loro tavolini schierati all'aperto, si stavano affollando di impiegati e impiegate che nella pausa pranzo consumavano uno spuntino più o meno parco, a seconda della vanità di chi volesse mantenersi in linea, data la sedentarietà del lavoro. Quante volte, sia nelle donne che negli uomini, avevo orecchiato, a uno di quei bar, confidenze su nuove strategie per contenere i guasti del tempo, sempre in gara con la bilancia, sempre a osservare il girovita.

Ora riconoscevo i baristi di tante mattinate, che correvano a servire i clienti col tempo sempre contato, incollati al cellulare in animate conversazioni. Ecco il giovane Mike, il pallido biondino che si faceva chiamare con quel nome americano, e non Michail. Perché era russo, anzi tataro, di Kazan. Era lui a servirmi la colazione quando non avevo fatto in tempo a consumarla all'hotel. Mike nel suo italiano incerto chiacchierava volentieri di quel che stava spiando alla tv, perennemente accesa, in alto, sopra le teste dei clienti. E i suoi commenti licenziosi prendevano di mira sempre le presentatrici, in particolare una. Bionda e formosa, curava una trasmissione in un'ora di punta, intenta a consigliare cibi e a controllare come venissero preparati, aprendo la bocca carnosa agli assaggi, in un gran primo piano. Eccola, ora gli appariva in diretta, era lei, la sua eroina davanti a una gran pentola al fuoco, con un cucchiaione di minestra in mano che brandiva per soffiarci sopra, prima di assaggiarlo. Puntuale arrivava il salace commento di Mike su quella bocca, un apprezzamento che si concedeva in assenza di donne, nella maschile complicità dei presenti.

Adesso Mike, staccando gli occhi dal suo mito, mi aveva riconosciuto e mi salutava, mentre reggeva in delicato equilibrio fra i tavolini un vassoio pieno di tazze e bicchieri: "Dottore, buongiorno!"

Ecco Tania nella gelateria più avanti, la procace cassiera di San Severo, nella Puglia, "dove fanno il pane migliore che ci sia". Usciva ad abbassare la tenda sul marciapiedi, per proteggere dal sole i suoi coccolati clienti. Mi sorrideva, con un cenno del capo dalla cuffia bianca. Mi aveva riconosciuto anche lei. "Ben trovata, Tania!"

Ecco Cesira, la barbona sdentata accoccolata fra i suoi stracci sul marciapiedi, sempre addossata al muro di una banca tedesca, vera parodia di custode di quel forziere finanziario, a evocare la disparità distributiva del denaro. Ecco la sua scodella delle offerte e la gabbia di pappagallini chiassosi da cui non si separava mai. Mi sorrideva come sempre e io le lasciavo i soliti due euro: "Come stanno i pappagallini, donna Cesira?"

"Allegri stanno, dotto', è primavera anche in gabbia," e subito gli uccelli a confermare quella verità si mettevano a cantare con una festosità che richiamava l'attenzione dei passanti e qualche altra moneta nella scodella. Anche loro, come gli storni, parevano ogni volta riconoscermi, la gabbia non ne ottundeva l'istinto...

Mi accorgevo solo in quel momento di aver dimenticato il bastone in albergo. Buon segno anche questo. A restituirmi alle mie abitudini, ecco suonare nella tasca della giacca il telefono. Avevo dimenticato di averlo o forse molto più probabilmente l'avevo rimosso. Era Anna. Doveva aver appena letto il mio biglietto. Come me la sarei cavata, ora? Lasciai suonare il telefono a lungo, prima di rispondere.

"Cosa ti è saltato in mente? Stavi così male da noi? E adesso che cavolo dico a Davide? Cosa significa 'mi sento così bene da tornare a prendere una stanza al mio albergo'?"

"A Davide parlerò io, e poi ci vedremo presto. Niente, significa quel che c'è scritto, che mi sento meglio in un albergo."

"Ma dai, cosa caspita vuoi dire?"

"Che non sono fatto per vivere in una famiglia, Anna, non ne sono capace."

"Questo l'avevo capito, Giovanni, altrimenti a quest'ora te

la saresti fatta. Che c'entra però col restare da noi? Mica siamo la tua famiglia, sei un ospite."

"Perdonami, ma qui la vita somiglia a come si svolgono davvero le cose. Una forma aperta, provvisoria, di passaggio, non trattiene nessuno, non promette nessuna durata."

"La tua mania di vedere tutto franare! Potevamo almeno parlarne, è una vera fuga la tua."

"Scusami, Anna."

"E come ti senti, adesso? E le terapie? Le hai prese le tue medicine? C'è ancora una scatola qui, non te ne sei dimenticata una?"

"No, è vuota. La devo ricomprare. Stai tranquilla, ho tutte le ricette, le continuerò anche qui, le terapie. Ho preso già metà delle medicine di oggi, non preoccuparti."

"E i massaggi?"

"Li finirò. E poi da lontano sembra tutto più bello, anche un anziano acciaccato come me forse ci guadagna qualcosa."

"E allora anche una quarantenne un po' pazza come Anna Di Giacomo."

"Ah ah, ma tu non sei mica pazza, Anna."

Era andata bene, tiravo un sospiro di sollievo. Aveva capito. E non l'avevo persa. Restava la persona più cara, ma da lontano. Con una porta ben aperta dietro le spalle per la fuga. Anche per quella che, ascoltando mio figlio, un giorno o l'altro avrei dovuto risolvermi a compiere. Che non sapevo ancora come sarei riuscito a condurre, anche se mi sembrava di essermi molto più avvicinato, dopo l'aggressione di quella notte.

"Nanà come sta?"

"Molto agitata, i giorni stanno scadendo, è così grossa, così pesante... comincia a cercare un angolo della casa dove liberarsi, dove accumulare stracci. Adesso poi che non ti vedrà più girare per casa, non so come la prenderà."

"Tornerò a portarla fuori appena potrà di nuovo andare a spasso."

"Vorrei anche vedere che non lo facessi! Per te sta a casa mia, l'avevo presa solo perché me l'avevi chiesto tu."

Non potevo confessarle che una delle ragioni della mia fuga era stata anche la dipendenza crescente da quell'animale, quell'ossessione di soccorrere Nanà che mi sgomentava alla sola idea di vederla star male durante il parto. Era fragile, l'Onnipotente, non aveva mai avuto un cane.

"Allora ti chiamo, Giovanni, non appena cominceranno le contrazioni." E adesso come facevo a dirle che era proprio lo spettacolo da cui avevo voluto fuggire!

"Puoi sempre venire da me quando vuoi, Anna. Sono qui, e scusami ancora. Chiamerò Davide più tardi, quando torna da scuola."

"Ah, dimenticavo, guarda che hai lasciato i cappotti e i giacconi dentro l'armadio."

"Passerò a prenderli."

"Te li allungherò io, non c'è fretta, non fa più freddo."

Ero disceso in fondo a via Nazionale, ora attraversavo la via per andare a piazza del Grillo e poi affacciarmi ai Fori di Traiano. Sperando che nessun cane mi saltasse addosso, come era accaduto in quei pressi. Ma sempre più di rado i cani mi riconoscevano. Forse la parte umana cominciava a prevalere anche per le loro sensibilissime antenne. Ma se i cani parevano non agitarsi, gli uccelli in compenso sembravano più avvertiti della mia presenza, con una festosità che si faceva ogni giorno più puntuale e invadente, come se mi seguissero sempre, anche quando non li sentivo.

Cos'avrei detto a Davide?

Se mi avesse chiesto di volare di nuovo sulla groppa del drago ora non gli avrei saputo dire di no. Magari fissando un altro quadro, di una qualche nuova galleria d'arte, per liberare un mostro alato meno docile, meno timido e pauroso di quello di Paolo Uccello. Un drago che ci donasse il gusto di cimentarci in un'impresa più epica di un volo sulla Toscana e ci facesse sentire più eroici. Come nei giochi preferiti di Davide, che continuava a disegnare i duelli degli eroi greci dell'*Iliade*, con una strana passione, soprattutto da quando aveva capito che ne ero stato spettatore.

E chissà come l'avrebbe presa suo padre? Ma era stato anche lui a ispirarmi la voglia improvvisa di andarmene, quella smania di tornare a vivere da solo, quel forte bisogno di reinventarsi. Lui l'avrebbe capita. Forse era già lontano, forse la sua fuga Giuseppe l'aveva già iniziata. Chissà se l'avrei mai più rivisto, quell'uomo fantasioso e tormentato. Lui e quel suo Padreterno così carico delle lacrime del mondo, che mi era fragorosamente crollato davanti. Anche il suo Padreterno era fuggito dalla propria forma.

Io sono leggerezza, libertà di metamorfosi, passeggera stanza in una forma che si libera presto di se stessa, insofferenza di un nome, nascosto com'è il mio essere in molteplici, eppure innominabile, come avevo detto a Davide quando mi aveva chiesto come mi chiamavo, la prima volta.

Era bello sentirmi ora così libero, al sole di maggio, senza sapere di preciso dove andare. Con tutto il peso e la gioia della solitudine addosso, che ormai si sarebbe convertita nella nuova fame di avventura, nel rinnovato bisogno di amare. I desideri non morivano mai, non il corpo. Sono leggeri, hanno le ali e volano alti. Il corpo resta, pesante, a terra. Anche questa scoperta mi attendeva man mano che, guarendo dai dolori per le botte ricevute, mi rendevo conto che il tremito non mi aveva mollato e a tratti tornava. Perché il mio corpo era sempre quello. Continuava a correre verso la consunzione.

E, quasi allora a gratificarne i sensi, sono entrato in un hotel lussuoso, vicino a piazza del Grillo, dal ristorante all'ultimo piano con terrazza panoramica sul Foro Romano. L'avevo già adocchiato, ma l'esercito di liftier e portieri schierati nei pressi della porta girevole, pronti a profondersi in inchini e scortarmi, mi aveva sempre fatto desistere. Immaginavo che da quella terrazza si dominasse un altro panorama superbo delle antichità romane, ma dalla parte opposta rispetto a quello che avevo goduto con Anna, dalla cima del Palatino. E questa volta ero da solo. Potevo legittimamente abbandonarmi alla doppia vista, in quell'ombelico del mondo. Superata la barriera di accoglienza, guadagnato l'ascensore, sono salito alla terrazza, all'ultimo piano. La scelta era stata saggia, il panorama era davvero magnifico. Seduto a un tavolo d'angolo ho ordinato al cameriere un risotto allo zafferano e un pinzimonio, con una mignon d'Orvieto e un gelato limone e fragola. E mi sono messo a guardare il Foro, sorseggiando quel vino trasparente come acqua. Questa volta però ero così attratto da quelle rovine da abbandonarmi alla mia doppia vista, pronta ad aprirsi e animarsi sugli scenari più lontani dal presente.

Ed ecco laggiù delinearsi la chiesa della prigionia di san

Pietro, ai piedi del Campidoglio, dov'era il tenebroso carcere Mamertino, legato alla memoria di mortali nemici di Roma. Là, nei tetri sotterranei di quel carcere, che nelle grotte tufacee si allungava fino a sotto il Campidoglio, Giugurta, re della Numidia, era morto di fame. Vi erano stati decapitati Aristobulo, re dei giudei, Seiano, ministro di Tiberio e strangolati Lentulo e Cetego, seguaci di Catilina.

Ma fra le tragiche ombre una spiccava per la troppo lunga attesa dell'esecuzione capitale, il vinto capo dei galli Vercingetorige. Cesare l'aveva trattenuto in quegli antri rinviandola di sei anni, sperando in cuor suo di salvarlo. Prima di diventare suo mortale nemico, il barbaro era stato amico di Cesare quando, giovanissimo, si era posto sotto la sua protezione, dopo che il padre era stato ucciso. E così Cesare aveva potuto apprezzare il giovane meraviglioso guerriero, tanto simile al figlio che avrebbe sognato come erede. Ben diverso dal delicato fanciullo avuto da Cleopatra, Cesarione.

Rivivo l'ultimo dialogo fra vinto e vincitore, quando Vercingetorige irride Cesare, venuto a confessare l'impotenza a salvarlo. E il gallo ne vaticina la fine violenta: "Ora vattene, Cesare, non ha più senso parlare. Presto mi seguirai con molto dolore. Ma a te, colpito a morte, non sarà concesso contare le ultime gocce del tempo."

Il padrone del mondo non aveva potuto salvare chi in fondo al cuore ammirava, il figlio che avrebbe desiderato. E io non avrei potuto salvare il mio vero figlio, una settantina d'anni più tardi, sotto un successore di Cesare. E avrei dovuto consentire alla sua crocifissione proclamata in nome di Tiberio imperatore, sotto il proconsolato di Ponzio Pilato. Quella cosa atroce che la morte mi aveva appena confessato esserle tanto costata. Che sarebbe accaduto in seguito, se Cesare avesse deciso di salvare Vercingetorige? L'avrebbe tenuto nascosto, non potendo certo proclamarlo suo erede, come aveva vagheggiato ai tempi della loro antica amicizia. E se avessi salvato mio figlio, mandando i miei angeli a soccorrerlo? Se avessi ascoltato la sua preghiera, pronunciata in un momento di umana debolezza, quando vegliava, la notte prima dell'arresto, "Padre, se vuoi, allontana da me questo calice"? Ma io, nonostante la commozione, non potevo volerlo.

Le inquietanti fantasie in cui mi smarrisco, riavvolgendo il volume del tempo davanti al Foro Romano, hanno intanto avuto il potere di evocare mio figlio. Già intravedo l'alta figura procedere fra i tavoli, accompagnato da un cameriere dalla dignità di un angelo custode. Lo invito con gioia ad accomodarsi accanto a me, reso anche più espansivo dai bicchieri bevuti. La galabeya candida ricamata a fili d'oro mette in rilievo le forme perfette del suo corpo. Devono averlo preso per un principe arabo. Nella hall avevo notato alcuni ricchi sauditi vestiti così, circondati dai loro servitori.

"E così te ne sei ritornato a quello squallido albergo. C'era però da immaginarselo che non saresti riuscito a rimanere dai Malvasia."

"Sono adorabili ma preferisco guardare la vita da lontano e stare in gioco senza farne parte."

"Sei abituato così. Ti stai riconciliando con la tua eternità."

Veniamo interrotti dal cameriere per la nuova ordinazione mentre io riempio i nostri due bicchieri. "E porti un'altra bottiglia di Orvieto."

"Sei guarito dai postumi dell'aggressione, ti muovi meglio."

"Ma il tremito permane," e a dimostrarglielo levo a fatica il calice per portarlo alle labbra.

"E aumenterà, padre mio, mi sembra di avertelo già detto."

"Ma non è ora di tornare."

"E infatti la malattia è ancora allo stadio iniziale."

"No, non è l'illusione di star bene, non è sottovalutare il male a trattenermi."

"Come credi. Ma in cielo si pensa già a festeggiare, non si disperano più, sentono che il tuo ritorno non è lontano e si preparano."

"Non nego che mi manchino anche i miei santi."

Poi cambia discorso.

"Anna mi ha cercato qualche volta."

"Vedi, ho fatto bene a non restare da lei. Non si tratta più di una mia gelosia."

"Sarà imbarazzante, se insiste."

"Troverai le parole adatte. E puoi sempre farla insospettire di non essere libero," e gli versavo dell'altro vino.

"Nella natura umana quel che non si può avere rafforza il desiderio. Non risolverebbe niente."

"Lo so bene purtroppo anch'io."

"Ieri era preoccupata perché Nanà stava per partorire i suoi cuccioli."

"Ah, e come sta andando?"

"Secondo lei non bene."

"Era sembrato anche a me che non fosse tutto a posto."

"E Davide? Da quanto non lo vedi?"

"Da qualche giorno soltanto."

"Quel bambino ha capito subito chi eri. Non l'ha capito

Anna. Tutto si è poi complicato quando hai voluto occuparti più di lei e meno di lui."

"Lei non crede, è come suo padre. L'ha detto, a Orvieto."

"Davide sa. Che è ben più che credere."

"Forse l'amore per sua madre mi ha fuorviato."

"Allora cerca di non ripetere l'errore."

"Non sai cosa vuol dire innamorarsi da vecchi."

"A me non è stato possibile, lo sai."

Arrivava il cameriere, per il dessert. Dopo avergli risposto che non desideravamo più niente vuotavamo l'ennesimo bicchiere.

"E ora che intenderesti fare? Spiare ancora la vita restandotene al Livilla?"

"Certo."

"Cambia almeno l'osservatorio, cambia albergo."

"Tanto varrebbe andarsene da Roma, allora."

"L'uomo è lo stesso dappertutto, padre mio."

"Non mi muoverò, infatti. Resta ancora qualcosa di molto importante da fare proprio qui, qualcosa per cui devo davvero decidermi a intervenire."

"Resta allora, ma avvertimi quando avrai deciso."

"Lo farò."

"Ora ti lascio, la prossima volta so dove ci rivedremo."

"Non posso dirti quando. Come te, anch'io ho stretto un patto con la morte."

"Ma dalle conseguenze ben diverse, lo so. Il cielo, a cui avevo riammesso gli uomini con la mia morte, dopo la tua, non ne accoglierà invece più nessuno."

"Ma questo durerà solo il tempo necessario per capire che

senza di lei la vita sarebbe insopportabile e quindi supplicarmi di risvegliarla dal suo riposo."

"Allora l'immortalità non durerà a lungo."

"Pochi giorni, non potremo non ascoltare le loro suppliche."

Poi alzandoci dal tavolo non facemmo più alcun cenno a quel che stava maturando, restando in silenzio anche nell'ascensore, accompagnati dal liftier. Uscimmo insieme dalla bussola girevole dell'hotel. Fuori da quegli ambienti rinfrescati dall'aria condizionata il caldo era intenso. Lui, risalendo verso il Quirinale, prese per piazza del Grillo, io mi avviai a scendere per via dei Fori Imperiali.

42. Una giornata con Davide

La sera dopo mi chiamò in albergo Anna. Nanà era morta partorendo due cuccioli che non ce l'avevano fatta. L'aver previsto la brutta piega degli eventi non rese meno doloroso apprenderla. Mi prendeva il rimorso di aver lasciato soli Anna e Davide in un simile frangente. Ero pur sempre io ad aver scoperto quella cagnolina dolcissima, alla quale i Malvasia avevano dato una casa al posto mio.

"Vengo subito, prendo un taxi."

"No, Davide è già abbastanza in subbuglio e domattina deve andare a scuola. Ha già sconvolto le sue abitudini, meglio che vada a letto presto."

"E che ne avete fatto di Nanà e dei cuccioli?"

"Quel che si è costretti per legge. Li abbiamo consegnati al veterinario che ha redatto il certificato di morte e li ha affidati a una ditta incaricata della cremazione."

"Allora a casa non c'è già più?"

"No, solo la cuccia vuota."

"A me sembra invece di vederla, Nanà."

"Pareva cercarti in questi giorni che non c'eri, guardava spesso la porta e guaiva a ogni suono del campanello."

Non poteva sapere che Nanà se ne stava accoccolata ai miei piedi, vicino ai suoi cuccioli. Nanà o quel che era l'energia vitale di un animale, a cui gli esseri umani stentano a riconoscere una sopravvivenza, riservandola solo a se stessi. Ancora per poco la mia fedele cagnolina, con le sue creature, mi sarebbe rimasta accanto, per abituarsi alla nuova dimensione da cui era stata accolta, come ogni forma vivente. Il Padreterno non dona il soffio della vita per disperderlo a nessuna delle sue creature. E i morti, a parte i malvagi che si consumano senza lasciare più niente, in qualsiasi forma da vivi fossero incarnati, impiegano chi più chi meno prima di maturare l'eternità.

Nanà veniva rassicurata dalle mie carezze che si era trattato soltanto di un passaggio. Aveva sempre saputo chi ero, proprio come Davide. Poteva rimproverarmi la viltà per non esserle stato accanto nel momento del travaglio, ma dal suo sguardo adorante ora non pareva. A differenza della morte, che se ne crucciava per l'accusa colta nell'ultima occhiata, a ricevere l'estremo sguardo dei morenti, in qualsiasi forma vivente, ero abituato dall'eternità. Ma non lo ero da essere umano.

Terminai così la telefonata con Anna dandole appuntamento per il giorno dopo, quando mi avrebbe richiamato per dirmi a che ora passare a prendere Davide. E il giorno seguente, che era sabato e Davide non andava a scuola, di buon mattino mi sono presentato. Anna, già pronta per uscire, sulla soglia di casa mi ha affidato il bambino.

"Vi aspetto per pranzo. Vedrò se riesco a tornare in tempo per cucinare qualcosa di buono, Giovanni."

Un poco più pallida del solito, Anna, mi guardava con insistenza.

"Allora, si sta meglio al Livilla?"

"Anna, stavo molto bene da voi. Ma sono fatto così."

"Sei proprio speciale. Cerca di riguardarti e di fare i tuoi massaggi con regolarità, qui non ne saltavi uno. Ora vado, devo approfittare del sabato per certe commissioni. Quando torno ti devo parlare di una cosa, ora devo correre," e dato un bacio al suo bambino la vidi avviarsi di buon passo verso il lungotevere a prendere la sua auto parcheggiata chissà dove.

"Ti va di salire al Gianicolo, Davide?"

Occupati a evitare il traffico nelle anguste vie di quel tratto che portava alla salita per il Gianicolo, io e Davide non parlavamo. Il bambino era meno vivace del solito. Non si guardava intorno come faceva sempre quando camminava con me. Parve animarsi solo alla vista di una signora che veniva quasi trascinata da un grosso cane nero intento ad annusare tutti gli angoli.

"Sirena, come stai?" e si fermava a fare una carezza alla bestia che gli faceva le feste.

"Sta bene, sta bene Sirena. E la tua cagnolina?" s'informava la donna.

"Non c'è più."

"Ma come? Se vi ho visti insieme pochi giorni fa!"

"Mercoledì è successo."

"Quanto mi dispiace, era così bella, e i cuccioli?"

"Anche loro non ci sono più."

"Oh, poverina Nanà, e che dolore per voi. Senti, quando Sirena ne farà ti prometto di dartene uno dei suoi."

"Grazie, molte grazie."

E con gli occhi lucidi di lacrime Davide riprendeva a camminare, questa volta al mio fianco, sul largo marciapiedi della salita del Gianicolo.

"Ma secondo te dov'è Nanà ora?"

"Dall'altra parte del tempo, Davide, dove vanno tutte le forme viventi."

"Dopo la morte?"

"Sì, dopo la morte."

"Non vogliono mai nominarla, sempre dei giri di parole fanno, perché?"

"Se non la nominano sembra quasi che non esista."

"Nonno, ma tu allora perché non togli la morte dal mondo?"

"Ci sto pensando, anche perché è stanca."

"Vuol riposare anche lei?"

"Penso di sì, Davide."

"E tu accontentala, cosa ti costa?"

A me nulla, ma potevo spiegare a quel bambino che gli uomini non l'avrebbero dimenticata? E l'avrebbero subito cercata perché custodiva la voglia di vivere? Era dalla paura, non dalla morte, che dovevo liberarli. E c'era un solo modo...

Cambiando discorso gli ho fatto una domanda a mia volta: "Allora, pensi di prendere un cucciolo di Sirena?"

"Non lo so. Mi sembrerebbe di fare un torto a Nanà, nonno."

"Vedrai, ti verrà voglia di un altro cane, magari un maschio."

"Ma io non la voglio dimenticare! Non sono più riuscito a disegnare niente, sai nonno?"

"Perché non provi a disegnare un bel drago, Davide, così ci saliamo sopra di nuovo e andiamo a fare un altro giro."

"Ma dici davvero?"

"Certo che dico davvero."

"Allora che sia un drago più serio di quello di Paolo Uccello, meno timido, che spaventi tutti."

"Comincia a pensare dove vorresti andare e ti ci porto, te lo prometto."

Mi ha guardato con uno dei suoi più bei sorrisi, il primo che mi rivolgesse da tanto.

"Sulle colline dei Castelli romani, o sul monte Circeo o nella selva del Cimino. Vicino, nonno, per non fare preoccupare la mamma. Perché non possiamo dirglielo."

"L'altra volta non ha fatto domande su dove eravamo andati."

"Mi avevi appena guarito, che domande doveva farti? Si fidava ciecamente di te."

"Ora non si fida più?"

"Sì, certo che si fida ancora, ma sta male per papà, di questo ti vuol parlare. Non viene più a casa."

"Si farà vivo, vedrai."

Giuseppe si nascondeva a Rocca di Papa, dove aveva montato una delle sue nuove giostre e intanto riguardava tutti i suoi disegni, uno per uno. Nella sua insoddisfazione a poco a poco ne aveva distrutto una gran parte salvando solo quelli più recenti, ispirati al suo tema ossessivo.

"Nonno, ma tu da grande cosa farai?"

Mi sono fermato a guardarlo, scoppiando a ridere.

"Da grande cosa farò? Devo ancora deciderlo, come hai fatto a indovinare?"

"Io non ho indovinato niente, ma dov'eri ti mancava qualcosa, questo volevo dire. E come pensi di fare quando tornerai?"

Gli ho messo una mano sui folti ricci di fiamma a scompigliarglieli tutti.

"Ho ancora del tempo per pensarci. Mi vuoi rispedire là così presto? Ora però credo che non mi mancherà più niente."

"Nonno, ma di cosa ti preoccupi? Vai bene come sei, devi solo togliere la morte dal mondo."

"Allora sarà meglio cominciare col togliere dal mondo la voglia di non fare più dei bambini."

Camminando eravamo quasi arrivati davanti all'ambasciata di Spagna, nei pressi del Fontanone. Ci siamo avvicinati alla grande vasca e Davide ha immerso le mani nell'acqua, ritraendole subito.

"Com'è fredda!"

Poco dopo ci siamo seduti su una panchina davanti a un altro bel panorama della città, vicini a dei turisti cinesi intenti a scattare foto con un cavalletto. Quante cupole e quanti campanili...

"Una volta me lo racconti cosa si fa in cielo?"

"Se mi prometti di mantenere il segreto e di non disegnarlo."

"Promesso."

"È un soggetto sfruttato già da troppi pittori, non è perché tu non sappia disegnare. Tu sei bravissimo."

Si è distratto perché passava un bambino con qualcosa in mano, forse un telefono o un gioco elettronico, che emetteva una musica e attirava la sua attenzione.

"Tu come te lo immagini?" l'ho incalzato.

"Come quando gioco, che non mi accorgo più del tempo."

"Ecco, è proprio così."

"E allora perché ti annoiavi?"

"Perché non si gioca abbastanza."

"E perché?"

"Perché ci sono i cattivi da seguire."

"Portano via tanto tempo?"

"Davide, rubano tante energie, ma là il tempo non esiste."

"Non si può giocare anche con loro?"

"No, non si può."

"E poi come vanno a finire i cattivi?"

"Si consumano, alla fine non resta niente di loro."

Spiava ora con la coda dell'occhio il bambino che maneggiava quel suo arnese tecnologico da cui veniva la musica a volume molto alto. Moriva dalla voglia di andare a chiedergli come funzionava. Dovevo lasciarlo andare. Ma ancora una volta Davide mi spiazzava: "Tu però vorresti giocare anche con loro?"

"Qualche volta c'ho anche provato, sperando che cambiassero."

"In che modo?"

"Li ho lasciati fare, ho distolto lo sguardo, ho finto di non aver capito cosa stessero combinando."

"E loro?"

"Se ne sono approfittati ancora di più. Hanno fatto anche peggio. Niente, col Male non si scherza."

"Mi piacerebbe vedere un angelo."

"La prossima volta che tornano te ne faccio conoscere due, Barachiel e Zerachiel."

"Ah, quindi vengono a trovarti?"

"Spesso e sempre in coppia, per farsi coraggio, una volta anche tua madre li ha visti."

"I santi non mi piacciono come gli angeli, i santi mi fanno paura."

"Perché?"

"In chiesa non mi piacciono le statue e i quadri dei santi con tutte quelle torture e quelle teste tagliate. Non si potrebbe giocare nemmeno coi santi."

"Ma con quelli veri non è come in chiesa, Davide."

"Meno male, vado a vedere cosa fa quel bambino."

"Vai, vai, Davide, ti aspetto qui seduto."

L'ho osservato intento a parlare col ragazzino che doveva abitare nei pressi. Davide era così preso dal maneggiare il giocattolo del suo nuovo amico da dimenticare tutto, anche me. Non mi avrebbe nemmeno sentito se lo avessi chiamato.

"Come quando gioco, che non mi accorgo più del tempo," così mi aveva detto. Perché quel putto dalle fiamme in testa in cielo c'era già.

43. La caduta di Giuseppe

Avevano ritrovato Giuseppe ferito e privo di sensi ai piedi della gigantesca maschera ricostruita per il carnevale. Questa volta non era crollato il Padreterno, ma lui. Forse per un malore o per essersi sporto troppo nel sistemare qualche dettaglio. Varie erano le congetture per la caduta da tredici metri d'altezza. Un mucchio di stracci e di feltri sul pavimento aveva attutito la botta. Per una settimana si era temuto per la sua vita, in ospedale. Poi, mentre sembrava riprendersi, un ictus gli aveva tolto la parola.

E ora si trovava al primo piano, in piazza Trilussa, assistito giorno e notte da una giovane infermiera che aiutava Anna. Lucido ma costretto a comunicare solo per iscritto con qualche biglietto non facile da decifrare. Andavo spesso a trovarlo, rimanendo seduto accanto al suo letto. Gli leggevo i giornali. Sembrava interessato alla cronaca nera di Roma, alle storie di delitti e rapine. Il che mi faceva rimeditare certe parole di Impagnatiello. Qualche volta lo assistevo insieme a Davide, che se lo coccolava come un bambino, facendo i compiti o disegnando accanto a lui. E Giuseppe mostrava di gradire quei disegni, indicando con le dita i punti da colorare. Continuava a vivere la sua passione creativa attraverso quella del figlio.

Da qualche giorno, quando mi vedeva arrivare, una particolare ansia lo agitava, ma se entrava qualcun altro nella stanza, si tratteneva e restava immobile. Doveva dirmi qualcosa. Finché riuscì a scrivere su un foglietto poche inquietanti parole: "L'ho fatto come vorresti essere tu."

Ho chiesto allora ad Anna le chiavi del laboratorio e ci sono andato. Le vaste stanze erano quasi vuote, come mi aspettavo dopo che Giuseppe mi aveva confidato di voler chiudere bottega. Era triste sentir risuonare i passi in quegli ambienti. Svuotata non era quella stanza ma la sua anima, anzi le anime dei Malvasia, perché quel vuoto aveva accolto anche i vissuti di suo padre e del nonno Antenore. Quando sono arrivato all'ultima camera mi sono trovato di fronte al nuovo Padreterno.

Lo Zeus di Fidia, in copia perfetta. Per quanto le poco affidabili fonti antiche avessero potuto tramandare di una delle sette meraviglie del mondo.

Ma io, che di quella statua in oro e avorio avevo ammirato l'originale, sapevo che anche i tredici metri di altezza erano stati rispettati. Erano i metri che avevano fatto dire a Strabone, nella sua *Geografia,* che se quello Zeus si fosse alzato avrebbe sfondato il soffitto.

Sedevo in trono con una corona d'olivo sul capo. Nella destra una vittoria bendata e incoronata, criselefantina come il trono. Nella sinistra uno scettro sormontato dall'aquila. Ai piedi i calzari, addosso un mantello d'oro, il petto nudo, la barba che incorniciava il mio volto sorridente. Un volto di una radiosa bellezza virile, colto in un'età aurea, a cinquant'anni.

Meglio che Giuseppe non avesse fatto in tempo a proporlo a Viareggio. Avrebbe ricevuto una nuova delusione con un rifiuto del suo Zeus per ragioni opposte. Quello blasfemo, questo assolutamente non macchiettistico. Né l'uno né l'altro inducevano al riso che deve regnare sovrano in un carnevale e contagiare tutti i festanti convenuti soltanto per divertirsi.

Solo un sopravvissuto a quella lontana epoca greca come me poteva commuoversi alla sua vista, pensando a quante vite umane nel mondo antico si fossero riconosciute in una figura così serena. Prima che le nuove statue e le pitture e i mosaici ispirati alla fede cristiana e alla ossessiva redenzione dalla colpa e dal peccato sostituissero gli dei imperturbabili e sereni di cui quello Zeus era il serafico padre. Custode della gioia dei sensi e del gioco del caso.

"Anna, dovresti vedere la statua che aveva preparato Giuseppe, una vera meraviglia, anche se non credo che il carnevale possa accettarla. Non è per niente caricaturale," quella sera commentavo con Anna la mia scoperta.

"Ne ho abbastanza delle sue meraviglie, sono stanca, vedi dove lo hanno portato. Oltretutto, avremo il problema urgente di chiudere e affittare quel benedetto laboratorio. Ci costa solo delle tasse, non possiamo più permettercelo."

Nutriva risentimento contro il marito nonostante il suo stato. Ma cosa avrei mai potuto fare io per salvare quello Zeus?

Ero passato in camera di Giuseppe a lasciare un mio biglietto in una busta all'infermiera, appena arrivata: "Mi raccomando, glielo dia quando si sveglierà."

"Che bello è il tuo nuovo Zeus. Lo so che una volta era più facile amarmi, ma anche il Padreterno invecchia."

44. In autobus e in albergo

La notte, di ritorno dai Malvasia, mi fermavo in un bar vicino al mio albergo per bere un boccale di birra. Staccandosi a stento dalla tv, Mike, il barista tataro, me la serviva sempre ben ghiacciata. Conosceva bene i gusti dei suoi clienti, sapeva coccolarli. Quell'ultimo piacere della giornata, ritualità propiziatoria del sonno, era occasione di varie riflessioni, come quella sull'invalidità di Giuseppe. Avevo guarito il figlio, perché non guarire anche il padre?

Ma la guarigione di quel bambino con le fiamme sulla testa era avvenuta quando, in sembianze umane, il mio sguardo si era appena posato sulle sofferenze della carne. Un gesto d'impulso che anche mio figlio aveva capito. Ora rinnovarlo per guarire Giuseppe non sarebbe stato più né così spontaneo, né così giusto, se notavo quante altre vite piagate da mali visibili e invisibili ruotavano intorno a me. Avrei dovuto spendere le mie giornate a guarirli, i romani, tutti ugualmente mie creature. Come formiche impazzite correvano ogni mattina a soddisfare necessità sempre risorgenti che mai, una volta saziate, avrebbero concesso una vera libertà dal bisogno. Dopo una breve tregua, li avrebbe catturati l'ansia di una nuova e più pressante necessità. Né, se mi fossi allontanato da Roma, avrei visto le cose migliorare. Non era solo una malattia romana, la vita. Sempre più diventava naturale identificarla con una malattia medicabile solo in via provvisoria.

Una mattina piuttosto presto, per la prima volta avevo preso a Roma l'autobus, per andare a largo di Torre Argentina da dove poi raggiungere a piedi Trastevere. Salire sul 170, alle sette, era stato arduo facendomi largo fra cappotti, giacconi, cartelle e zainetti. A fatica obliterato il biglietto e guadagnato il mio spazio vitale, agganciato a una maniglia come a un salvagente, avevo cercato di avvicinarmi in anticipo a un'uscita.

Per un anziano come me, quella premura si mutava in angoscia, per la difficoltà di farsi valere fra i viaggiatori attaccati a maniglie e a corrimano. L'odore pesante di tutta la varia umanità dentro il carrozzone che sobbalzava su buche e cunette, aggravava la sensazione di essere sospesi alla forza delle cose. Solo il caso avrebbe dimostrato quanto favorevole. A ogni fermata il vantaggio dello spazio guadagnato veniva rimesso in gioco dal flusso che alterava l'ordine se non respingeva ancora più lontano dall'uscita. La vicinanza così intima di quelle carni di varie età a me tradiva ansie, malattie, sensi di colpa, paure per scadenze e debiti, cambiali, vite doppie, interessi da pagare a usurai, lutti. E una sola gravidanza, ma tanto desiderata e cercata a ogni costo da quell'unica donna. Qualcuno m'insidiava sciorinando al cellulare con sfrontatezza cose intime. Una lunga reprimenda di una cattiva figlia a una madre anziana, infiorata di epiteti per la sua incontinenza. Uno studente foruncoloso, molto vicino oltre che a me a una ragazza bionda dai capelli sciolti, non faceva mistero della ragione di rimanerle così appiccicato. L'afrore di maschio eccitato, nella lenta corsa dell'autobus, si aggravava colpendo le mie narici. Qualcuno alla fermata bestemmiava il mio nome: issatosi a stento sull'autobus, respinto da tutti quei corpi, retrocedeva, tornando a terra mentre le porte, a fatica, gli si chiudevano in faccia.

Uscii dall'autobus dopo una vera lotta, stremato per la traversata della romanità moderna, scendendo dove mi guardava quella antica, fra le rovine di piazza Argentina, causando però meno problemi di ammissione.

Quella traversata della mattina sul 170, la sera mi tornava in mente davanti alla mia birra servita da Mike. Rientrando a quell'ora al Livilla trovavo il portone sbarrato. Suonavo il campanello. Salivo in ascensore, col ricordo sempre vivo di Angarà. Arrivavo lentamente al terzo piano. Entravo alla 308. E mi preparavo a dormire. Ed ecco accogliermi il murmure di quella conchiglia che era l'albergo.

Dalla 307, gli echi di una nuova fatica amorosa, non dissimili da quelli che mi avevano tanto colpito con Tom e la sua napoletana. Ma scoppiava un pianto ora. E un'affannosa conversazione di cui riuscivo a cogliere solo frammenti "...lo so che te ne andrai, lo so..." "Ci sei solo tu, Alex..." "Cercherai un altro, Nancy... capita mica solo a te."

Pareva che lei a ogni protesta rispondesse rassicurante, senza però riuscire a rasserenare il suo Alex. Poi qualche bisbiglio, qualche gemito, infine il silenzio. Dubito fosse la pace dei sensi. Se fossi sceso presto, la mattina dopo a colazione l'avrei appurato.

Nella stanza sopra la mia, a basso volume era ancora acceso il televisore. La solita incurante distrazione di chi si addormentava con l'apparecchio acceso. Una porta sbattuta con violenza, segnale di una lite in un'altra camera. Il miagolio insistente di un gatto, portato nella sua gabbia dal padrone.

Il senso di colpa gravava sulle spalle del bell'Alex della 307, seduto a colazione, la mattina dopo, vicino a Nancy. Lei biondissima, di una femminilità prorompente, dai capelli corti a caschetto, un fisico perfetto da modella. Lui moro, i capelli ricci e neri, il tipico maschio mediterraneo, le spalle da nuotatore, l'arcata sopraccigliare e il naso da antico greco.

Alex le riservava le più premurose attenzioni. Sceglieva le paste, le preparava il cappuccino, glielo zuccherava, di tanto in tanto allungava un piede a sfiorarla sotto la tavola. Fiero di mostrarsi l'amante di tale beltà. Ma non lo mollava la colpa di non aver portato a compimento l'impresa della notte. Un nuovo rapido incrociarsi dei nostri sguardi già lo inquietava. Uscendo mi passava vicino e fissava il numero della mia chiave sul tavolo.

Uscivo poco dopo per andare verso piazza Navona, a immergermi in quell'aria di perenne festa. Volevo anche comprare un giocattolo per Davide lungo la strada. E fatto qualche centinaio di metri vedevo sul telefono il numero di Anna.

"Come stai?"

"Come vuoi che stia, Giovanni, ormai la mia vita non è più mia."

"Davide però ti sostiene molto."

"Certo, senza di lui non so come farei."

"Vorrei portargli un giocattolo, ma non so cosa gli piace e poi sono tutti tecnologici, non capisco come funzionano."

"Allora sceglilo con lui."

"Buona idea."

"Ma non vorresti dedicarti anche un po' a me?"

"Dimmi solo quando ti fa piacere vedermi e corro da te."

"Con tutto quel che è successo, mi dimentico di essere una donna, mi sento finita. Come se la vita non mi potesse più offrire niente."

"Invece la vita ha ancora tanto da offrirti, Anna."

"Mah, ne dubito. Gli errori che abbiamo fatto ci segnano. E ce li portiamo dietro per sempre."

E io che errori avevo fatto? L'essere perfettissimo padrone e signore del cielo e della terra non ne compie. Eppure un certo smarrimento mi colpiva. Qualcosa somigliava a un errore. Le conseguenze le avevo notate meglio in vacanza sulla Terra. Qualcosa che attenuava la convinzione che, nonostante tutto, il movimento della giostra del cosmo fosse sempre e solo gioioso. No, la mia luce non arrivava a splendere ovunque. Perdeva vigore man mano che si allontanava da me, fino ad arrendersi all'ombra. Là era nascosto l'errore, in quell'ombra. Il suo sintomo era nella cieca insufficienza della vita, rabbuiata da perpetui bisogni, sempre in penombra, mai sazia. Studiavo come affrontare il Male fra compagni di pena, non più come Padre, ma come fratello. Nelle coscienze volevo capire cosa li rendesse così deboli, perché la mia luce non arrivasse a splendere dappertutto.

"Giovanni, ma mi senti?"

"Certo, certo che ti sento, abbi pazienza, Anna, era andata via la linea."

"Ma dove sei?"

"Vicino alla fontana di Trevi."

"Davide ti aspetta, quando vieni?"

"Alla solita ora, nel pomeriggio. Ci sarà anche Sara?"

"No, verrà domani."

"Bene. Ci sarai anche tu?"

"Lo spero. Devo riprendere fiato. Giuseppe mi vuole sempre vicina, a parte la scuola non mi posso staccare un momento."

"Ci prenderemo un po' di tempo per noi, Anna, promesso."

45. Nuovo aiuto a Impagnatiello

Quella mattina avevo faticato non poco a rivestirmi. Il male faceva progressi. Me ne accorgevo da come ostacolava ogni giorno di più certi movimenti. Non me ne curavo sperando si trattasse di uno dei suoi assalti che poi concedevano una lunga tregua.

"Gli errori che abbiamo fatto ci segnano. E ce li portiamo dietro per sempre," le parole di Anna continuavano a frullare nella mia mente pensando a qualcosa che mi chiamava in causa.

Perché si mettevano al mondo così pochi figli in Italia? E perché la parte più ricca del pianeta tendeva a rifiutare il mio "Crescete e moltiplicatevi"? Cosa a un certo stadio della corsa si era fermato, come un cavallo spaventato davanti a un ostacolo, che si rifiuta di spiccare il salto? Non mi era mai stato così chiaro: prima di tornare da dove ero venuto dovevo capire se fosse possibile rinnovare lo slancio e riaccendere la pulsione vitale depressa. Un ingranaggio dell'orologio si era inceppato. E il grande orologiaio doveva intervenire a riparare il guasto.

Rammentavo ancora la sensazione in autobus a così stretto

contatto con quei corpi che non avevano segreti per me. Una sola donna della vettura era incinta. Silvia, sposata da tre anni con un impiegato delle poste, nonostante la scarsa salute aveva fatto ogni tentativo per avere un bambino, vincendo la renitenza del marito che si schermava dietro la precarietà del posto di lavoro. E a trentotto anni sarebbe diventata madre, pur con un parto difficile. E il figlio avrebbe fatto altri figli. Ognuno dei quali ne avrebbe fatto altri. La catena non si sarebbe spezzata per un lungo volgere di anni. Ma le donne così generose e determinate come Silvia a diventare madri oggi erano poche, ben diversamente dai tempi della nonna e della bisnonna. Allora invece il problema di un esubero di nascite, senza possibilità di sfamare tutti i figli, non fermava la prolificità.

Quasi obbedissero allo stesso misterioso istinto dei salmoni, che risalgono i fiumi per deporre le uova, oggi i popoli più poveri dell'Africa e più prolifici, rischiavano la morte nella traversata del Mediterraneo, per venire a fecondare la vita dove meno fioriva, nella vecchia Europa. Avevo provato di persona cosa causava la migrazione di disperati in gran numero destinati a cadere nelle maglie della malavita, appena sbarcavano sulle coste europee.

Il Padreterno era sceso in Italia, per condividere la natura umana pur nella vecchiaia. Ma abitarla, questa parte della Terra spopolata di culle, mi stava riconvertendo alla voglia di invertire la rotta, di riaccendere la intiepidita volontà di vivere. Se, al punto di non sopportarne la vista, m'aveva così turbato anche il parto di Nanà, con la morte dei suoi cuccioli, era perché nella scala animale questa pressante richiesta d'aiuto saliva fino ai gradini dell'umano. Dovevo intervenire.

Pensando a queste cose, la mattina in cui mi telefonò Impagnatiello ebbi una reazione ben diversa dall'ultima chiamata e gli risposi con una certa affabilità.

"Dottore, avremmo bisogno ancora di lei, se non la disturbo."

"No, non mi disturba, ispettore, mi dica, mi dica pure."

"Non sono più ispettore, ho avuto una promozione, dirigo un ufficio del ministero degli Interni. E proprio in merito al nuovo incarico, vorrei parlarle."

"Va bene, congratulazioni. Sono tutto orecchi."

"Abbia pazienza, se possibile non al telefono, ma di persona."

"D'accordo. Lei conosce il caffè Panella, che sta in via Merulana, vicino a Santa Maria Maggiore?"

"Sì, ce l'ho presente."

"Allora facciamo da Panella alle dodici?"

"Perfetto, a dopo allora, grazie. Non vuole che la passi a prendere?"

"No, non occorre, è qui vicino, ci troviamo là."

E alle dodici meno un quarto ero già seduto a un tavolino all'aperto, questa volta a stufe spente, dato il tepore dell'aria di maggio. Mi guardavo attorno. Intravedevo l'auditorium di Mecenate, un ninfeo romano costruito prima della nascita di mio figlio. Elegante e appartato luogo termale dove dalla tarda età repubblicana si davano convegno a ricrearsi altri *cives romani*, presi da cure politiche, amministrative e militari, ma che deponevano tutte in questo luogo non lontano dall'Esquilino. Era lì che Mecenate in compagnia degli amici veniva a rilassarsi, ma anche a godersi la vista di un giovane, il bel Pausania di origini etrusche come lui, che gli versava anfore di acqua tiepida sulle spalle e lo massaggiava con oli profumati.

Ora scorgevo la sagoma di Impagnatiello, spuntare provenendo da piazza Santa Maria Maggiore. Mi ricordava la corpulenta figura di Orazio, il poeta che tante volte era venuto con Mecenate a bagnarsi nel ninfeo. Il poliziotto camminava con lentezza, pareva ingrassato. La solita sigaretta che teneva in bocca, ormai giunto a pochi passi da me, spariva, gettata su un'aiuola.

"Buongiorno, dottore, la trovo proprio bene."

"Mi sono rimesso in fretta, ma restano i guai della vecchiaia."

"A vederla, non si direbbe. Cosa prende?"

"Una birra alla spina, grazie."

Dopo aver ordinato birra per me e un caffè macchiato per sé, Impagnatiello, col suo fare felpato e però diritto al punto, cominciava a parlarmi della ragione per la quale mi aveva ancora cercato. Si trattava di una cosa gravissima, legata al suo nuovo lavoro.

Era stato scoperto un racket che rapiva bambini e adolescenti. Aveva le sue "sedi" principali in paesi africani e sudamericani ma anche in India e altri paesi asiatici e aveva da non molto qualche affiliazione persino in Italia.

"Come? Dei bambini?" con un brivido il pensiero correva subito a Davide e Sara. Senza perdere un minuto dovevo risvegliare tutta la mia onniscienza dei mali del mondo, messa in sonno da quando avevo assunto una forma mortale.

"Sì, dottore, per traffico di organi oltre che per sfruttamento sessuale, un mercato fiorente in tutto il pianeta."

"Possibile? A questo punto siamo arrivati per denaro?"

"Il Male non ha limiti, caro dottore, e il denaro è la benzina del suo motore sempre acceso."

"Mi dia tutti gli elementi che possiede, non perdiamo tempo."

Mi guardava ora con ammirazione, mormorando un grazie. E dopo qualche secondo si metteva a descrivere nei dettagli una potente organizzazione finanziaria internazionale dietro la cui facciata di transazioni e investimenti si nascondeva denaro da riciclare connesso a quell'orrendo traffico. Mi allungava un foglio da leggere: una lista di nomi sospetti in varie lingue, russo, arabo, cinese, parsi, tutte con la debita versione in inglese. La scorrevo attentamente, facendogli alcune domande a cui rispondeva con molta precisione.

"Potrei registrare col mio cellulare?"

"Sì."

E alla fine gli indicavo, fra tutti i nominativi, quelli dei diretti responsabili. Siccome vivevano nascosti, gli specificavo anche dove stanarli, sotto quali nomi falsi si celassero e come tutelarsi e regolarsi dato l'ingente numero di guardie del corpo e i sofisticati sistemi informatici di cui potevano avvalersi per rendersi invisibili. Password, user id, pin, codici segreti, alfabeti cifrati, numeri falsi, numeri veri, tutto quel che mi si andava chiarendo in quegli istanti. Mentre parlavo Impagnatiello sudava, slacciandosi il colletto della camicia, ma senza mai perdere una sillaba. Ogni tanto mi fissava durante la mia dettagliata descrizione, e allora pareva quasi in trance, ammirato e vagamente intimorito. Coglieva nelle mie parole una convinzione e uno sdegno inediti. Avevo finito. Portavo di nuovo alle labbra la birra appena assaggiata.

"Cosa posso dirle, caro dottore? Davvero lei mi stupisce ogni volta di più. Una fortuna averla conosciuta, glielo ripeto, lei mi spiazza sempre."

"Ha ragione lei, il Male non ha limiti, possiamo intervenire oggi e tagliare qualche testa di questo mostro, ma domani ne rispunteranno altre."

"Non possiamo fare di più, dottore."

"Invece dovrei... dovremmo fare di più."

"Ma come? Siamo solo dei poveri uomini," e mi puntava quegli occhi neri addosso acuti come spilli, protendendo il capo verso di me. Sentivo la muta domanda: ma tu chi cavolo sei?"

"Impagnatiello, mi spieghi una cosa: secondo lei perché gli italiani hanno preso quest'andazzo di non fare più figli?"

Si riscosse dalla sua fissità, tornando ad appoggiare la schiena alla sua poltrona. Stupito anche dal cambio improvviso di argomento, oltre che dal tono confidenziale, si accese una nuova sigaretta, prima di rispondermi.

"Lei ha figli, vero, dottore?"

"Sì, ha incontrato di persona all'uscita dall'ospedale mio figlio."

"Già, ora me lo ricordo, mi scusi. Anche io ne ho."

"Ester, sì l'ho conosciuta."

"In questi giorni è nata anche Chiara."

"Ah, complimenti, sarà contenta la nostra regina Ester di avere una sorellina. Quindi lei mi vuol dire che essendo estraneo a questa tendenza nazionale, non può aiutarmi a capirla?"

"No, dottore, anzi, chi ha fatto dei bambini può avere più a cuore il problema pensando al futuro dei propri."

"E allora perché non ne fanno, secondo lei?"

"Le ragioni sono tante. Non è facile riassumerle. Ma secondo me, venendo proprio all'osso, a rischio di essere molto, ma molto superficiali, a parte la crisi economica globale che ha aggravato la paura di non aver risorse sufficienti e fra poco ritrovarsi in troppi sulla Terra, forse si riducono quasi tutte a una."

"Quale sarebbe?"

"La prenda per quello che può valere, la mia risposta. Gli italiani, meglio di altri europei di più antica storia unitaria arrivati assai prima a certi livelli economici, vivono il benessere guadagnato in poche generazioni come un bene che potrebbero subito perdere, se si dovesse allargare il numero di persone che ne gode. Sono stati appena acquisiti al benessere già da lungo tempo invece goduto da inglesi, francesi, tedeschi, svedesi, per fare qualche esempio. Per questo sono diventati così egoisti e non sono disposti a sacrificarsi per mettere al mondo dei figli, come quando erano ben più poveri."

"È già successo nella storia, e quando è accaduto quei popoli sono diventati preda di altri più prolifici, più forti e meno ricchi."

"È così, dottore."

"C'è qualcosa che si è inceppato nella voglia di vivere per vivere, senza domandarsi cosa porterà il domani?"

"Sì, pensano più di prima, più di quando non ne avevano il tempo perché dovevano trovare come procurare da mangiare ai loro bambini che erano poi anche la loro ricchezza, quelli che si sarebbero presi cura di loro da vecchi. Vogliamo dire che da contadini sono diventati dei borghesi? Garantiti per la vecchiaia non più dai figli, ma dallo Stato? Diciamo che il benessere, anche se si è piuttosto ridotto, li lascia tuttavia liberi ancora di pensare troppo a quel che perderebbero se mettessero al mondo dei figli?"

"Lei in che tipo di famiglia è nato, Impagnatiello?"

"Ero il primo di quattro bambini, mio padre maresciallo dei carabinieri, a Campobasso, mia madre accudiva la nidiata. E i nonni paterni vivevano con noi. In otto vivevamo con lo stipendio di mio padre e la pensione del nonno, ex carabiniere anche lui. Ne ho un gran bel ricordo. Non ci sono più famiglie così."

"Meglio una nascita come la sua per apprezzare gli aspetti più belli della vita, come l'impegno a perfezionarla, il lavoro, gli affetti."

Taceva, ora. Era combattuto se fare o non fare la domanda che aveva sulla punta della lingua.

"Vorrebbe sapere com'era la mia famiglia, vero?"

"Grazie, dottor Eterno."

"La mia è una storia un po' diversa. Quella di una famiglia importante, dalle varie attività filantropiche sparse in tutto il mondo, piena di relazioni, il che però non ha chiuso né me né mio figlio nell'egoismo di casta, lasciandoci sensibili ai problemi di chi ci circonda, proiettati alla solidarietà. Una condizione che mi ha fatto apprezzare e rivalutare la paternità un po' come lei, caro Impagnatiello. Un sentimento che si dilata e non si ferma solo alle creature del proprio sangue e tende ad abbracciarle tutte."

Non potevo certo parlargli del mio senso di vasta maternità. Mi ero già spinto molto in avanti.

"Sono sincero, le confesso che avevo immaginato qualcosa del genere, lei è un vero signore, un autentico nobile di altri tempi."

"Può bastarle?"

"Deve bastarmi, lo so, altrimenti lei non mi aiuterà più."

“Allora mi segua, anche se le sembrerò un po’ eccessivo. Da dove dovrebbe cominciare chi volesse mettersi in testa di guarire gli italiani da questo egoismo suicida?”

“Intende un governo? Quale politica potrebbe attuare? Sono molto scettico. Nessun governo potrebbe fare niente di risolutivo, glielo dico subito, nonostante abbiano istituito il ministero della Famiglia.”

“La penso come lei, credo che non sia materia di politica, questa tabe che hanno nell’anima, prima che nel cervello.”

“Fra cento anni gli italiani saranno in minoranza nel loro paese.”

Chissà perché poi mi preoccupo tanto, mi sono detto terminando l’ultimo sorso di birra. Ci sono altre forme di vita sparse nel cosmo. L’umanità della Terra non è sola nell’aver ricevuto da me il soffio della vita. E poi quaggiù gli etruschi hanno fatto la stessa fine, anche gli hittiti, per non parlare degli incas, dei sumeri, degli elimi, dei sicani, dei goti, dei pitti, degli scoti, dei vichinghi, dei normanni, dei longobardi, degli indiani d’America e tanti altri. Tutti spariti dalla faccia della terra, amalgamati e fusi con altri popoli. La lista sarebbe così lunga. Continuerà.

“Allora se un governo, qualsiasi governo, fosse secondo lei impotente a frenare questa corsa all’estinzione etnica, ci vorrebbe ben altro soccorso.”

“Caro dottore, io a differenza dei miei genitori, non sono credente, ma penso che solo Dio potrebbe aprire la testa degli italiani e cambiare qualcosa che non funziona più! Quindi le confesso che non ho proprio alcuna speranza.”

“Sono del suo parere, caro Impagnatiello. Io penso però che… con Dio ci si potrebbe anche mettere d’accordo.”

"Davvero? Sarebbe disposto a fare qualcosa… questo suo Dio?"

Di nuovo gli occhi come due succhielli mi trafiggevano stringendo i braccioli della sedia. Ho esitato a rispondere, mi ero spinto troppo avanti con quest'uomo, forse gli creavo solo una certa confusione. Ma era troppo tardi per tornare indietro.

"Via, non sia così pessimista, chissà che non abbia già fatto qualcosa."

"Ascolta davvero le preghiere degli uomini?"

A quel punto suonava l'ora dal campanile di Santa Maria Maggiore e di scatto ha guardato l'orologio al polso, senza più badare alla mia risposta. Erano le tredici. Pareva che i gravi rintocchi di campana dal luogo dove si pregava Dio venissero a rispondergli, ma fossero anche venuti in aiuto materializzando una vaga tentazione di fuggire. E infatti, senza aspettare più la risposta, fu svelto a congedarsi, infilandosi in tasca i suoi appunti, alzandosi per pagare il conto e chiamando il cameriere. I miei sforzi erano inutili, gli uomini continuavano a temermi più che ad amarmi.

"Si è fatto piuttosto tardi, dottore, ho abusato davvero del suo tempo, e purtroppo devo correre al lavoro, ma non immagina neanche quanto le sia grato per queste sue nuove preziose informazioni. La terrò informata sullo sviluppo delle ricerche, naturalmente. Il ministro degli Interni vorrà conoscerla e ringraziarla di persona anche perché vorrebbe chiederle una cosa personale."

"Corre troppo, aspettiamo di vedere come vanno a finire le cose, non si sa mai. Mi ha fatto molto piacere aiutarla, mi tenga al corrente, mi raccomando. Saprà sempre come trovarmi, ma lasciamo perdere il ministro degli Interni. Preferisco rimanere un silenzioso servitore del Bene. Comunque riferisca pure al suo ministro, per soddisfare la sua curiosità, che no, non sono parente di Natalina, la famosa chiromante che porta il mio stesso cognome, cui aveva chiesto un consulto tanti anni fa, a Milano."

"Riferirò. Come crede, dottore, arrivederci allora."

E l'ho visto dirigersi al marciapiedi che scendeva verso San Giovanni in Laterano. E dopo qualche metro però voltarsi a guardare, come se mi cercasse con lo sguardo. Ho abbassato gli occhi, allora, e mi sono messo a leggere con ostentazione un giornale, nascondendo il volto. L'ho proprio turbato, questo brav'uomo, mi sono detto, chissà adesso quante altre domande gli si saranno affollate nella mente. E per questo si è voltato indietro, perché era quasi tentato di ritornare per farmele tutte.

Era stato più forte di me cercare di sapere cosa pensasse del suo popolo che lascia le culle vuote. Non avevo potuto non collegare questa tendenza suicida a quella mostruosa ricerca dei bambini. Se rammento l'orrore di quel commercio di organi, mi viene voglia di intervenire più a fondo. Ma gli uomini sono liberi, ho le mani legate, non posso forzarli al Bene.

46. La decisione del Signore

Non posso forzarli al Bene, mi ripetevo quella notte. No, non posso. Ma indurgliene la sete, sì. Cominciando dall'amore per i bambini che è l'amore per la vita. Sì, questo lo potrei. Il giorno dopo quel che mi aveva confidato Impagnatiello continuava a tormentarmi, perché sapevo come operasse quella masnada, rapendo i pargoli dei più miseri in certi paesi dell'America, dell'Africa e dell'Asia. Sapevo a quali atroci mutilazioni e pratiche sessuali li sottoponesse e spesso a quali morti sicure li avviasse nei suoi orrendi arsenali di tortura. E la stessa Roma non era sempre stata immune da quell'abominevole pratica, avendo accolto, nel Sei e nel Settecento, un vasto giro di mendichi che lucrava elemosine per le strade, utilizzando bambini storpiati a quello scopo. L'antica accusa al Padreterno di consentire alla sofferenza e alla morte dei bambini, in questa forma orrenda si faceva insopportabile, ora che egli pure si era fatto uomo.

Che io appena giunto sulla Terra avessi incontrato e guarito, per un impulso irresistibile, un fanciullo come Davide mi pareva rivelarsi un segnale troppo rilevante per non coglierne tutto il senso. E adesso, a completarlo, si caricava di un positivo significato persino l'imbarazzo della madre, quando m'aveva visto così intento sulla metro ad ascoltarlo. L'equivoco mi aveva costretto a dimostrarle la bontà delle mie attenzioni. E così l'avevo sanato perché potesse continuare a vivere la sua vita e poi fare dei figli, come sarebbe accaduto entro vent'anni. E quel mio intervento era solo un preludio. Vivere quei mesi a Roma, aggirarmi fra la sua popolazione, conoscere una famiglia fino a viverci insieme, spiare la vita ben nascosto in un albergo nel cuore della capitale, mi aveva fatto notare più da vicino il malessere di cui soffriva non solo l'Italia: l'attrazione per la morte. Tanto irresistibile avevo percepito quel *cupio dissolvi* da sfiorare anche me, che avevo pensato di dover provare la morte come mio figlio. Il quale aveva capito che tentazione provassi, celata al fondo della passione per Anna che mi aveva così preso da esitare a tornare.

Potevo però fare qualcosa di decisivo per combattere questa malia arrivata a sfiorarmi. Dovevo muovermi in fretta. Per prima cosa dovevo chiamare mio figlio. Fino ad allora era sempre stato solo lui a cercare me.

"Ascoltami, dovunque tu sia. Ho bisogno di parlarti. A mezzogiorno, a Villa Borghese, vicino alla fontanella del viale che porta al lago c'è una panchina, troviamoci lì."

Mancava un quarto a mezzogiorno quando mi affacciavo alla terrazza del Pincio. Fra poco avrei sentito il cannone sparare il suo colpo dall'altra parte di Roma, il Gianicolo. Non avevo occhi che per i bambini, quella mattina. Ne notavo dappertutto fra le erme dei personaggi storici. Chi con la sua biciclettina, chi con un giocattolo in mano, chi intento a rincorrere un compagno di giochi, chi con la palla in mano. Molti sulla carrozzina, alcuni in braccio a uno dei genitori. A un maschietto, tenuto fra le gambe, un padre faceva fare pipì dietro l'erma di Mazzini, tenendo in mano il filo di un palloncino. Di buon passo m'incamminavo verso il laghetto di Villa Borghese, luogo perfetto della felicità di Giovanni Eterno. Ma ora il Padreterno la doveva convertire in un mare, un mare più vasto. Dovevo affrettarmi.

Arrivato al cancello del lago, di lontano riconoscevo la sagoma di mio figlio nei pressi della panchina. Portava la stessa galabeya candida, ricamata con fili d'oro, dell'ultimo incontro.

"Ho sete, aspetta che bevo un po' d'acqua," lo salutai così avvicinandomi alla fontanella dal pulsante durissimo, che quando finalmente riuscii a premere, mi spruzzò scarpe e pantaloni.

Mi sono asciugato con il fazzoletto e seduto accanto a lui, sulla panchina scomodissima per alcune stecche mancanti. Ma era in una zona del parco dove il passeggio scarso rendeva più difficile dare nell'occhio.

"Allora, cos'avevi da dirmi? Ti ascolto."

"Ho pensato che dovrei rivedere i nostri angeli e santi, dovremmo prepararci a questo incontro."

"Finalmente, saranno ben felici della tua decisione, non c'è molto da preparare per il tuo ritorno, sono già in festa, lo aspettano da un momento all'altro."

"Ma non voglio ancora ritornare, ti ho già detto che manca qualcosa."

"E allora perché vorresti rivederli?"

"Per un'impresa da compiere ancora quaggiù che mi sta troppo a cuore."

"Se non si tratta che di questo, non sarà difficile obbedirti, sono abituati a compiere la tua volontà perché è anche la loro."

"Se però tu li preparassi, se accennassi qualcosa prima, sarebbe meglio. Credo di dover loro anche qualche riguardo, nel metterli di fronte a una decisione già presa, vorrei coinvolgerli in un modo molto particolare e molto umano a cui forse non sono abituati e nessun ambasciatore della mia volontà è più all'altezza di te."

"Ma cosa intendi fare?"

"Riaccendere la fiamma della vita che in questo popolo si sta spegnendo."

"Gli italiani?"

"Sì, sì, gli italiani, in questo mondo quelli che fanno meno figli di tutti."

"E come pensi di poterci riuscire?"

Glielo confidai.

E il discorso da rivolgere poi di persona ai santi, mentre gli parlavo, mi appariva sempre più chiaro, nonostante gli ostacoli che potevano comparire nel portare a termine un simile forte intervento nelle cose del mondo. Mio figlio mi ascoltava senza perdere una parola, gli occhi sfavillanti.

"Sei cambiato, ora non ti interessa più staccarti dalla tua funzione di giudice."

"Ma rimane il mio proposito di essere un Padre di gioia, che sia più amato che temuto."

"Già, la gioia dei sensi e il gioco del caso. L'ho visto il tuo Zeus."

"Giuseppe mi ha capito."

"E degli altri popoli che di figli ne fanno pochi, cosa ne sarà?"

"Si metterà in moto un'osmotica legge dei vasi comunicanti, ne verranno contagiati."

"Se lo dici tu."

"*Poca favilla gran fiamma seconda.*"

"Certo."

"L'importante è che i miei santi mi seguano in questa impresa, che la prendano a cuore come noi. Hanno una parte fondamentale, guai se sbagliassero una mossa."

"E quando... quando vorresti cominciare?"

"Stanotte."

"Stanotte?"

"Sì, non mi ci vorrà molto per spiegare in cielo cosa devono fare per interpretare con efficacia quella parte. Si tratta della loro naturale mansione, quella del Bene."

"Ecco, il problema. Come la prenderà il Male?"

"Perderà ancora."

"Bada, ogni volta è sempre diverso, ha una capacità di mimetizzarsi infinita."

"Anche la fine non è mai diversa, si risolve sempre in tragedia per il Male."

Non replicava. Esitava a dirmi quel che pensava per non togliere niente alla mia determinazione e al mio entusiasmo.

"Se si cominciasse questa notte, converrebbe separarci subito. Tu prepara i santi e gli angeli al mio temporaneo ritorno. Oggi vorrei passare da Davide. Poi, verso sera, ci ritroveremo per tornare insieme. Mi sarai accanto, come sempre."

"Anche se non si opporranno alla tua volontà, immagino le obiezioni." Ora non esitava più a dirmi come la pensava.

"Anticipamele."

"Non potresti intervenire e forzarli, gli uomini sono liberi."

"Non posso rimanere inerte davanti a questa fame di morte, senza venire meno al dovere di difendere il primo dei miei comandamenti, quello dettato dall'amore, 'crescete e moltiplicatevi'."

"Poi diranno che non sei mai intervenuto nelle cose umane così direttamente e si creerà un imbarazzante precedente."

"E che ne sanno se io non sia già intervenuto nella loro storia e in altri mondi in gran segreto?"

"Non escluderei anche la più problematica delle obiezioni. Molti di quelli che sono morti innocenti, spenti da qualche ingiusta violenza, potrebbero rimproverarti di non aver mai mosso un dito per loro mentre ti spendi così tanto per questa causa."

"Ma a chi deve rendere conto Dio? Credo però che i santi la vedano come me, più di quanto noi stessi temiamo. Più penso a questa mia richiesta, più mi sento spinto ad agire. Tu mi aiuterai a vincere anche le ultime perplessità."

"Sai che puoi contarci."

E quella sera, al tramonto, camminavo accanto a lui nei pressi di Ponte Sisto.

"Ho visto che ti muovi meglio."

"Sì, un po' meglio. So che Anna ti ha cercato ancora qualche volta."

"Sì, non mi sono mai fatto trovare. Ora che ti accompagno potrei anche entrare a salutarla."

A Trastevere davanti a noi scorgevo gli alberi del giardino della Farnesina di Raffaello, visitato con Anna. Uno stormo di uccelli volteggiava su quei grandi pini, impaziente di farsi riconoscere da me. Parevano pronti a quanto si stava maturando, alla parte da svolgere che li attendeva. Il pensiero di quello che fra poco avrei dovuto chiedere ai miei santi mi assorbiva. Stavo per mettermi in gioco. Da tanto non l'avevo più fatto. Anche mio figlio era taciturno. Parve animarsi solo quando Davide venne ad aprirci, più tardi sulla porta di casa, tenendo in braccio un cucciolo dal pelo lungo e nero: "Ah, che bella sorpresa, hai un nuovo cane, Davide!"

"Ma è uno dei cuccioli di Sirena, Davide?" gli domandavo, carezzando quel batuffolo caldo.

"Sì, nonno, l'abbiamo solo da ieri. Ha una settimana, fa ancora la pipì dappertutto, è una femmina, Gioia."

"Come vedi, caro Emmanuele, siamo di nuovo aumentati in famiglia. Che sorpresa, venite, venite su. Giuseppe sarà felice di vedervi," e Anna ci precedeva fino alla camera del marito.

Giuseppe sdraiato a letto pareva più pallido e smunto del solito. La fiamma della vita si stava spegnendo. Teneva le palpebre abbassate ma non stava dormendo. Le riaprì quando Anna gli andò vicino a fargli una carezza. Ci sorrise. Davide gli accostò più vicino Gioia, che già gli leccava la mano.

"Meglio che la tieni in braccio, Davide, sennò fa subito un regalino a papà."

Su un angolo all'estremità del letto notavo l'album da disegno di Davide. Dalla cucina, al piano di sotto, già saliva un gradevole odore di ragù, che Anna stava preparando per cena. Dalle finestre aperte veniva il frullo d'ali di altri storni aggiuntisi a quelli della Farnesina. Era l'ora in cui si levavano per andare a dormire sugli alberi di chissà quale parco di Roma, non prima però di avermi fatto puntualmente notare la loro fedele e complice presenza. Erano pronti, impazienti di seguirmi e accompagnarmi, da tanto attendevano quel momento, avevano chiamato a raccolta miriadi di compagni dai cieli del Lazio.

Il flusso del traffico al semaforo di lungotevere faceva sentire i suoi rumorosi ritmi, alternati dal rosso e dal verde. Un allarme automatico di automobile si metteva a strillare. Ora taceva. Ogni cosa parlava delle abitudini che avevo imparato a riconoscere in quella famiglia dove ero vissuto diversi giorni, vicino a colei che mi aveva così coinvolto da farmi provare quel che mai avevo sentito. Anche mio figlio pareva guardarsi intorno con un'attenzione particolare.

"E Sara?" domandava a Davide che gli stava mostrando in quel momento gli ultimi disegni.

"Sara verrà dopo, con suo papà."

"Volete restare da noi? Si fa presto ad aggiungere due piatti a tavola," domandava Anna, col grembiule ai fianchi.

Quel che fra poco avrei deciso di concerto con mio figlio dava a quella sera un sapore struggente di commiato. Ma tutto era legato a quel che sarei riuscito a compiere. Non ci saremmo mai più visti sulla Terra. Ma nulla era sicuro in quel frangente. Anche le forze del Male si stavano alacremente muovendo. Aveva le sue antenne, sapeva che il Bene stava giocando una mossa molto compromettente, ma non poteva prevedere da che parte sarebbe venuta. Non potevamo rimanere. Non c'era un solo minuto da perdere. Eravamo già lontano, a combattere la nostra battaglia, a vivere la nostra parte. Presi l'iniziativa io, dopo uno sguardo a mio figlio, che stava fissando la pendola, sulle scale. Suonavano in quel momento le otto della sera.

"Grazie, Anna, ma noi dobbiamo andare, ci avrebbe fatto molto piacere rimanere ma non possiamo, abbiamo un impegno urgente."

Davide mi avvicinò in quel momento. Mi fissava ancora

fiducioso di poter ascoltare il racconto di quell'epica giornata del duello fra Achille ed Ettore, sognando che io avessi anche il potere di farlo andare diversamente, come avevo guarito lui dal suo male. Anna si scusava di correre in cucina per una pentola che bruciava sui fornelli. Il frullo serale degli storni, intanto, ci richiamava al nostro commiato. Rassicurati dall'avermi scorto attraverso i vetri, dopo un ultimo ampio volteggio gli uccelli si ritiravano a dormire.

Ora però qualcuno suonava alla porta. Scendevamo tutti insieme. Erano Sara e suo padre, puntuali per la cena. Sulla soglia ci accomiatammo da tutti quanti. Davide restò a lungo sulla porta di casa aperta, con Gioia in braccio, finché non ci vide sparire all'angolo della strada.

47. La richiesta

Quella notte i santi non furono davvero sordi al mio invito. Eppure sulle prime mi avevano fatto temere di mancare l'intento: "Amatissimi figli, anche se nessuna vera separazione si era mai consumata, ora che siamo di nuovo insieme non saprei proprio dire chi sia più mancato, se voi a me o io a voi. Vi devo qualche spiegazione. La ragione del mio temporaneo distacco presto vi si chiarirà. Sapete che le mie cure non finiscono mai, in tutte le stelle, ovunque spiri il soffio della vita. E vengo a quel che avevo tanto premura di dirvi e voi di sentire. La breve esperienza terrena mi spinge a domandarvi una grazia in favore delle creature che ho così amato da condividerne, come mio figlio, la carne. E sapere quanto siano state care anche a voi, quando per le vie del mondo affrontavate ogni giorno le prove che ho conosciuto, mi fa credere che non me la negherete. Quel che ho da chiedervi è infatti un atto d'amore che soltanto da voi posso aspettarmi."

Questo era stato il mio esordio.

Le schiere più lontane si erano subito affollate per non perdere una sola sillaba del Padreterno, che era finalmente tornato. Gli uni e gli altri si erano passati la notizia del mio sospirato ritorno, incrociandosi a poco a poco voci, domande, risposte. Il clima era di forte commozione accresciuta da una palpabile aspettativa, avendo mio figlio già fatto intendere che cercavo il loro aiuto. Mi sentivo coinvolgere assai più di quanto avessi immaginato. Al punto da concedermi, dopo quell'attacco, una pausa, per studiare i primi effetti, rimettere ordine nei miei pensieri e ritrovare le parole che pure avevo a lungo meditato.

Potevo arguire quanto fossi mancato alle mie creature più elette dalla gioia che le illuminava. Dopo il breve esordio, ritrovata la concentrazione, le mie parole erano poi state ascoltate ancora nel più raccolto silenzio. E fu un discorso appassionato, in cui, prima di arrivare alla chiara formulazione della proposta, avevo riversato tutta la preoccupazione provata nei giorni passati a Roma. Ora soltanto mi si chiariva il senso più profondo di quella vacanza. Assaggiare il tempo, vestendo la loro carne, aveva rinvigorito l'amore per le mie creature.

Dopo aver finito di parlare, mi ero rivolto a mio figlio. Lui si era limitato ad assentire con un solo profondo cenno del capo. Si era quindi subito levato un intenso mormorio dalle schiere dei santi. La mia straordinaria e per tanti aspetti paradossale richiesta, li aveva colti di sorpresa. Per certi aspetti li riportava indietro, a occuparsi di quella carne da cui la morte li aveva affrancati. Alcuni di loro, giunti più tardi, si facevano ripetere le mie parole da chi non ne aveva perso una sola. Altri le ripetevano a chi chiedeva qualche chiarimento per un passaggio che era sfuggito. Fiorivano discussioni, si animavano domande e risposte, alcune non prive di qualche perplessità. Non pochi sembravano disorientati, come si fossero aspettati, al mio invocato ritorno, un appello meno gravato dalle miserie e dagli affanni terreni. Di alcuni non mi sfuggiva un prudente consenso, di altri ancora una persuasione appena filtrata dall'attesa di un ulteriore chiarimento.

Il cerchio dell'animata assemblea ora pareva sempre più estendersi. Ero preso non da chi offriva il suo consenso entusiasta, ma dai pochi che si mostravano più perplessi. Quel che avevo raccomandato di eseguire, motivandone la necessità con tanta passione, creava qualche divisione. Possibile che i miei santi mi deludessero? Guardavo mio figlio. E se una parte di loro avesse negato il suo assenso? Potevamo accontentarci di un consenso strappato solo a una maggioranza, sia pure assai vasta? Il suo rassicurante sorriso escludeva anche una remota possibilità. Eppure non ero tranquillo. E la ragione, che mio figlio capiva, non dipendeva più solo dai dubbi di alcuni miei santi. Dovevamo battere sul tempo le forze in campo del Male, già all'erta. Tutto doveva avvenire quella notte stessa. Ogni mossa era studiata. Anche i minuti ora erano preziosi. Il tempo, con la sua irrevocabilità, era la sola misura del nostro operare, l'eternità era sospesa.

Levavo ogni tanto lo sguardo verso la terra visibile laggiù in fondo, negli spazi siderali, *l'aiuola che ci fa tanto feroci*. Ecco, così lontano, così piccola cosa nell'universo, l'amato pianeta azzurro che aveva il potere di farmi quasi tremare, ora che ne avevo respirato l'aria e calcato il suolo.

Laggiù vivevano Davide, Sara, Giuseppe, Impagnatiello, persone care che in modi diversi mi avevano capito o voluto bene. Ma anche Manrico Cacciaguerra, che sperava ancora di trovare il mio numero di telefono per invitarmi in Toscana, e il dottor Malacarne che mi aveva rassicurato circa i sintomi del mio Parkinson. E c'erano Gino, il grasso portiere di Tivoli, che mi aveva riaccolto al Livilla con simpatia, come il viterbese cardinale Palamede Contessi, che si era umiliato chiedendomi di confessarlo a Santa Maria della Vittoria. E c'era quel papa stanco e smarrito, in tanta apprensione per il vecchio solitario sottrattosi con la fuga a un incontro, e sempre a combattere contro la curia vaticana. C'erano Mike, il premuroso barista tataro di via Nazionale, che mi serviva la birra ben fredda, come mi piaceva, ogni sera. Il barbiere Ciro che mi voleva ringiovanire. Il bel don Amleto che mi aveva fatto provare l'ebbrezza della velocità. C'erano i cagnari, compagni e compagne di tante passeggiate nei parchi di Roma con Nanà. Dorotea, la padrona di Sirena che aveva donato a Davide una nuova cagnolina, Gioia. E Anselmo, il portiere dello stabile dove Nanà teneva i suoi cuccioli, che mi aveva incoraggiato a tenerla. E Cesira, mendica di via Nazionale, con le sue gabbiette di uccelli, appoggiata alle mura della banca tedesca di cui pareva la fedele custode. E Milena, la zingara montenegrina che dopo avermi riconosciuto aveva rimproverato il vigile per la multa che mi aveva fatto. E Silvia, che avevo sentito aspirare con tutte le forze alla maternità, resistendo al marito. E il giovane barcaiolo del laghetto a Villa Borghese, Christian, che m'invidiava la bella compagna di escursione. E i miei due disgraziati aggressori, Gianni er pecora e Mustafà, di nuovo senza un soldo, che avevano ancora negli occhi la mia arrendevolezza e continuavano a sognare quella scena, ogni notte. E miriadi di storni, a dormire sui rami degli alberi di tutta Roma, in attesa da settimane di un mio cenno, e che al risveglio sarebbero stati subito pronti per la parte affidata in questo mio disegno...

Laggiù una cagnolina abbandonata mi aveva riconosciuto e fatto risvegliare, nell'adottarmi insieme ai suoi cuccioli, tutta la mia vasta maternità. E laggiù erano le mille comparse sfilate nelle notti del mio albergo, di cui avevo spiato la vita, i desideri, i vizi, le paure, nei mesi passati così veloci. Laggiù ora dormiva Roma, la città eterna che mi aveva accolto. Laggiù, dov'era notte, stava infine Anna. Colei che aveva fatto dimenticare al Padreterno che fosse solo una breve vacanza, la sua, con la passione suscitata in Giovanni Eterno, che sognava non finisse più. "Non so se ritornare," mi era sfuggito dalle labbra davanti ad Anna, un giorno, ospite di quel pianeta azzurro che ruota intorno al sole.

L'attesa si prolungava, ma captavo dallo smorzarsi delle voci che qualcosa ormai stava per maturare in una risposta.

Sul punto di riprendere la parola e chiedere se l'assemblea avesse deciso, notavo finalmente un certo movimento nella folla che ora pareva fendersi in due per far largo a qualcuno. Questi, che non riuscivo ancora a distinguere bene, venivano con fatica e timidamente avanti, ma restando ancora a una certa distanza.

Ora li vedevo meglio.

Come sulla Terra erano stati in coppia i miei aggressori, ora erano in due i miei interlocutori, Francesco e Caterina. Gli stessi che avevano dissetato Giovanni Eterno al suo riprendere i sensi, in ospedale, gli stessi che avevano pregato Dio di non straziarli con la supplichevole richiesta di morire.

"Accostatevi, venite più vicini, vi prego, figli miei, non abbiate alcun timore."

Si avvicinarono.

Ne osservavo ora i volti illuminati, lo sguardo acceso, la posa delle mani strette le une con le altre. Finalmente accennò a parlare Francesco, schiarendosi la voce, una voce calda ma così sottile da farmi sporgere il capo, per ascoltarlo meglio.

"Signore..." e si schiariva di nuovo e con decisione la voce, con un colpo di tosse, quell'uomo timido, così piccolo e minuto, ma d'indomabile forza interiore, che nei quarantaquattro anni della sua esistenza mi aveva amato come nessun altro.

"Signore, siamo tutti d'accordo, perdona qualche perplessità, le nostre menti non sono ancora libere dalle fragilità e dalle paure umane. Ma dopo averle provate sulla Terra ora le conosci meglio. Sai bene come possano offuscare il giudizio, frenare la volontà anche quando abbia operato la sua scelta. Ma tu sei la luce eterna e quelle nostre ombre le hai tutte fugate. Dobbiamo intervenire al più presto per i nostri fratelli e pensiamo che ognuno di noi debba compiere la sua parte, solo nel modo che tu ci hai appena proposto. Siamo tutti pronti."

"Sì, agiremo subito, già questa notte, se tu lo desideri, Signore, non c'è più un solo minuto da perdere. E mi rammarico che a nessuno di noi sia mai venuto in mente di farlo prima. La tua proposta ha quasi il sapore di un rimprovero alla nostra colpevole ignavia," precisava, determinata fino alla provocazione, la mia combattiva Caterina, con una voce più bassa e profonda, dopo un ultimo fulminante sguardo alla platea.

L'impresa dunque avrebbe avuto corso. Li avevo convinti. E con un sospiro di sollievo aprii le mie braccia ad abbracciarli idealmente. Mio figlio si univa a me nel ringraziarli. E ora sfilavano tutti davanti a noi due, per la gioia di rivedermi tornato, anche se solo per porre quella straordinaria richiesta. Che confermava però quanto li amassi e mi fidassi di loro, i veri strumenti del Bene, le dita delle mie mani. Assentivo in silenzio, sorridendo delle mie ansie e dei miei timori che svanivano, mentre i santi a poco a poco cominciavano ad abbandonare l'assemblea.

E così, mentre tornavo sulla Terra, alle prime luci dell'alba, dopo lo smarrimento che avevo temuto li potesse dividere, i miei santi fulminei agirono.

48. Una vasta maternità

Sono passati ormai nove lunghi mesi da quella indimenticabile notte. Sto per rientrare a Roma, ma questa volta in treno non ci sono Davide e la sua mamma a farmi buona compagnia. Osservo, dal mio solitario posto vicino al finestrino, la tortuosa valle del Tevere, con i suoi antichi paesi sbrancati sulle colline della Toscana. Le sue strade alberate di cipressi, platani e tigli. L'autostrada e la vecchia, tortuosa linea ferroviaria, che a tratti intersecano la direttissima dell'alta velocità. Le ville, i campanili, le torri medievali, i castelli, le fattorie, le fabbriche, i boschi sulle pendici appenniniche. Come è bella l'Italia. I napoletani dicono che per fare la loro città avevo calato dal cielo un pezzo di paradiso... Spio il momento in cui riapparirà, con i ricordi di una giornata straordinaria insieme ad Anna e a mio figlio, Orvieto, alta come una nave sulla cresta di uno sperone di tufo. Il panorama è però cambiato. Perché l'Italia è tutta imbiancata di neve, per l'eccezionale tempesta che ha investito anche la penisola in questi giorni di fine febbraio.

Buran, il vento gelido della Siberia che corre più veloce

anche di me, ha forzato le porte dell'Europa centromeridionale, arrivando fin dagli Urali a varcare la barriera delle Alpi. Anche il mio treno ha subito un notevole ritardo, per la neve e il ghiaccio che in vari tratti hanno bloccato gli scambi, forzandoci a una lunga sosta a Città della Pieve, dove il riscaldamento ha smesso di funzionare costringendomi a indossare il cappotto e il cappello. Ma non m'importa se arriveremo più tardi del previsto nella capitale. La gioia di rivedere Roma, di respirarne di nuovo l'aria, dopo un'attesa così prolungatasi, è troppo forte.

Sono stato in questi nove mesi impegnato in un lungo tour per l'Europa, fino alle porte dell'Asia, negli Urali. Fra quei monti ho rievocato la strage della famiglia imperiale, dove si consumò la notte del 16 luglio 1918, a Ekaterinburg, in quella casa Ipat'ev che oggi non esiste più. Al suo posto la chiesa "del sangue versato", con le statue delle vittime, santificate dalla Chiesa ortodossa. Ho riconosciuto nelle vaste pianure della Russia l'antica Sarmazia e la Tataria, il paese dal cui vicino Oriente asiatico si spinsero le orde degli invasori tatari, prima di essere sconfitti da Ivan il Terribile. E mi sono fermato nella cattedrale di Kazan, davanti all'immagine di Maria, ammirando la dolcezza che il pittore aveva saputo infondere al suo sguardo. La madre di mio figlio ha vegliato secoli sul popolo russo. E lo ha protetto prima contro la Grande armata di Napoleone e poi contro quella di Hitler, dopo che Stalin aveva ordinato di recuperare l'immagine finita in un magazzino di icone sacre.

Mio figlio mi aveva consigliato di viaggiare. In attesa di quel che sarebbe maturato in Italia, non mi avrebbe fatto molto bene rimanere a spiarlo. E per non affaticarmi avevo viaggiato in automobile, con Barachiel e Zerachiel che si alternavano alla guida.

Ad Anna e Davide avevo preannunciato la mia assenza resasi necessaria per alcune questioni urgenti di lavoro che mi richiamavano in servizio. Dovevo seguire gli affari di famiglia, che attraversavano un momento assai delicato, ma sarei tornato a Roma non appena possibile. Al telefono Davide mi faceva sentire ogni volta i latrati di Gioia, che mostrava un carattere più ribelle di Nanà: "Non ha paura di niente, nonno, devo seguirla a ogni passo, quando torni vedrai che diavoletto."

A Londra, un piovoso giorno d'autunno, avevo appreso da una chiamata di Anna la morte di Giuseppe.

"Ed è stata una liberazione per lui, poverino. Si era ridotto a quaranta chili. Ma ora che non c'è più, non immagini neanche quanto mi manchi il mio pazzerello."

"Hai Davide, che ha preso la parte migliore di suo padre, l'estro, la curiosità. Coraggio, non sei sola, Anna."

Quando mi ha chiesto come andasse il mio tremito, mi son limitato a risponderle: "È sotto controllo." Invece ormai è lui che controlla me, insieme ad altri disturbi mentre vivo questa prevedibile corsa verso l'epilogo della mia avventura umana. Un epilogo che sarà tutto italiano e romano e manterrà l'impegno del mio ritorno contratto con i santi per il loro sollecito intervento. So che mio figlio farà ogni sforzo perché quel passaggio sia il meno doloroso possibile, ma non potrà non rispettare i limiti della natura, che ho voluto condividere nel mio patto con la morte.

Ho fatto diverse conoscenze nelle città visitate. Negli hotel, nei musei, nei teatri, nei parchi, ma anche per la strada, nei pub londinesi, come ai caffè del quartiere latino di Parigi, nelle birrerie sulle colline di Vienna, nell'Arbat di Mosca, nei bar del

Ceramico di Atene, nelle terme di Budapest. Poliglotta, non son mancate conversazioni interessanti, guide assai preparate, qualche insistente invito a ritornare. Le attenzioni che in generale si riservano a un vecchio signore piuttosto generoso e socievole, anche se un po' misterioso. Barachiel e Zerachiel, nella veste di fedeli accompagnatori, badavano sempre che non venissi irretito in qualche raggiro, a causa del mio modo di fare. E in alcuni casi sono stati davvero preziosi per evitare seri pasticci in cui il Padreterno avrebbe potuto andare a cacciarsi, in un viaggio che somigliava sempre più a una ricognizione dello stato di salute di questa parte del mondo.

A Budapest, grazie a loro, ho evitato di essere irretito da un'anziana beltà, immersa come me nei tepori di una piscina delle pubbliche terme. Sotto l'ampio cappello di paglia, che non abbandonava neanche in acqua, standosene seduta a un angolo, mi aveva colpito il bel profilo che mi ricordava il viso di Angarà. Ma la signora, che si spacciava per una decaduta arciduchessa austriaca, discendente di Elisabetta d'Austria, era invece in carica come ladra, parente del presidente della Polonia, abituata a valersi ancora delle sue grazie per irretire qualche attempato signore e poi ripulirgli il portafoglio. In due o tre casi i miei fedeli arcangeli sono intervenuti a tenermi lontano da piazze dove si radunavano folle di scontenti dei regimi sempre più autoritari di quei paesi dell'est, ispirati a un risorgente nazionalismo. Ho visto stendere la mano per le vie di Mosca, più di quanto ne ricordassi per quelle di Roma.

Non è mancata neanche la compagnia saltuaria di qualche cane abbandonato, cui procuravo appena possibile qualcosa da mangiare, come un maltese che si era perso nei giardini di Tatoi, vicino ad Atene. Ma con nessuno, né uomini né animali, ho legato mai tanto come con i Malvasia e con Nanà, a Roma. Dovunque spiavo nelle persone quel che tacevano più di quel che affermavano. Soprattutto come vivessero le loro passioni. Mi colpiva il gusto di ritrovarsi insieme nelle grandi assemblee degli stadi, dove cadevano tante barriere, fosse una partita di calcio a Liverpool o una corrida a Barcellona. Quei bagni di folla, dove correvano a immergersi, li risarcivano della conflittualità cui il lavoro li consegnava, aggiogati al remo della galera, come gli schiavi nella Roma dei cesari. L'antica formula *panem et circenses,* dai giochi dei gladiatori nella Roma imperiale ai campionati di calcio nell'Europa Unita, era sempre funzionale al potere.

E però, nonostante la corsa a uniformarsi nella massa, mi colpiva l'indistruttibile senso del bello che affina la gioia di vivere, il piacere di reinventarsi, che vince la noia, almeno nei più coraggiosi. E il dono dell'ironia, la voglia di abbandonarsi allo scherzo, al riso, al gioco che sempre mi catturava nel mio vecchio sogno di eleggerlo a formula della vita del cosmo, metafora del perpetuo avvicendarsi delle forze in campo che regge l'universo. Spiavo le tristezze che culminavano nel senso di inutilità di molti vecchi. Le solitudini di diverse coppie mature senza figli, che guardavano giocare i bambini degli altri. Il pensiero però sempre ritornava a Roma e all'Italia e a quel che vi stava maturando per mia iniziativa. Impaziente di correre a godere coi miei occhi il risultato finale, tornandomene a sud, nel ventre dell'Europa.

Mio figlio, nei nostri vari incontri, custodiva e allo stesso tempo alimentava la mia curiosità con i suoi modi allusivi: "Vedrai, vedrai come hanno lavorato bene i nostri santi." Così mi aveva parlato accompagnandomi al mio binario, alla Stazione Centrale di Milano, dove avevo abbandonato l'automobile e la compagnia dei miei arcangeli.

In questo momento il treno sfreccia davanti alla stazione di Settebagni, tutta imbiancata di neve. Mancheranno dieci minuti a Termini, più o meno. Termini, la fatidica stazione dove iniziò il mio viaggio con Davide. Dove mio figlio tentò di farmi scendere dal Frecciarossa per Milano, chiamandomi all'altoparlante col cognome che scoprivo di avere. Fra non molto, ad aprile, compirò dunque ottant'anni, se i miei mali mi lasceranno ancora un po' di fiato.

Meglio prepararsi a scendere e prendere dal portabagagli la mia leggera valigia munita di ruote. Volevo evitare la calca all'uscita per non perdere neanche un solo minuto. Il tremito rende una fatica doppia il movimento che nove mesi fa, alla partenza, era così agevole. Scorgo una mano che solleva la valigia e me la deposita poi sul corridoio. Mi volto, è un giovane controllore basso e tarchiato, dal collo taurino che scoppia nella camicia. Con quegli occhi neri così dolci non somiglia al bel Tom che trovai sulla Frecciarossa, rumoroso e dissoluto vicino di camera. Non è così compiaciuto di se stesso. Lo ringrazio e il sorriso illumina ancora di più quel volto. Questo giovane ha una storia molto diversa da quella di Tom. Ha una relazione con un uomo anziano cui assomiglio.

Ora il convoglio rallenta. Passiamo per Roma Tiburtina senza fermarci. Ecco, ora intravedo sulla sinistra il grande edificio circolare, rovina di un'antica villa romana, avanguardia dei meravigliosi monumenti della città eterna. Siamo appena entrati sotto la pensilina del binario, che è uno dei primi, dalla parte di via Marsala. Mi avvicino alla porta anteriore del vagone, il tre, quindi abbastanza vicino al locomotore e all'uscita.

La frenata mi pare interminabile.

Dopo aver premuto il pulsante verde che si era illuminato, scorrono con un leggero rumore le porte automatiche. Scendo per primo, e il controllore dopo di me deposita la mia valigia sul marciapiedi. E subito m'accarezza l'aria frizzante, eppure così dolce di Roma. Fa freddo, ma è un freddo secco, gradevole, che non mi respinge affatto.

Sono a casa. Né a Parigi, né a Londra, né a Mosca, né ad Atene, né a Madrid, ho avvertito mai una sensazione simile. Un brivido mi fa dimenticare i miei mali. C'è in quest'aria romana un fermento vitale diverso da tutto il resto d'Europa. Indosso il cappotto cammello, che mi protegge bene dal freddo, il Borsalino nero e i guanti gialli. La stessa identica tenuta dell'altro arrivo nella capitale. Ma quante cose sono accadute, quante... e io non sono più lo stesso... da quando mi sono deciso ad accontentare la morte, ma tacendole le prevedibili conseguenze del nostro patto.

Cammino lungo il marciapiedi per guadagnare il vasto e rumoroso atrio della stazione. Fatico a farmi largo fra i viaggiatori, scansandone molti che corrono al treno con la faccia in su a controllare gli orari, altri intenti a parlare al cellulare. Mi colpisce un annuncio all'altoparlante. Rammento ancora quando avvertiva che il signor Eterno era "atteso all'ufficio di polizia ferroviaria per comunicazioni che lo riguardano". Era la voce contraffatta di mio figlio.

E subito mi sorprende nella grande folla la quantità di donne incinte che camminano lentamente per la stazione, sole o accompagnate. Sono all'ultimo mese, forse a qualche giorno soltanto dalle doglie del parto. Affaticate visibilmente dal loro stato, alcune di loro si fermano a riprender fiato, dopo pochi passi. Una donna vicina a me si arresta all'improvviso e si preme la pancia. Si accascia e vien fatta sedere su una valigia dal marito che chiama precipitosamente qualcuno al telefono. Mi avvicino, vorrei fare qualcosa, ma poi, davanti a quel viso sudato dagli occhi semichiusi, mi trattengo. Penso che il Padreterno abbia già fatto tanto, che il resto sarà solo compito del marito. E riprendo a camminare, soddisfatto. E, chissà come, mi torna in mente Nanà gravida.

La coda per i controlli al varco di uscita mi fa procedere al passo. E guardandomi intorno continuo a godermi lo stesso spettacolo che mi rinfranca, confermando le mie più rosee aspettative. Ai bar fra le commesse, nelle edicole dei giornali fra le venditrici dei quotidiani, in coda alle biglietterie, nei negozi, nei ristoranti, dovunque ci sono donne giovani e meno giovani incinte. Lo spettacolo più che rinfrancarmi mi esalta, ma attendo ancora la verifica che può solo garantirmi la vita in grande formato, quella che pulsa per le aperte vie della città, là fuori dalla stazione. Passo davanti alla vetrina della libreria, dove un giorno avevo notato in bella mostra *Il destino di Dio.* Non credo che quel Nino De Vitis avrebbe mai potuto scrivere il capitolo che ho aggiunto io.

Esco.

Arrivo a piccoli passi all'interminabile coda del taxi. La valigia e la malattia mi costringono a servirmene, anche se via Nazionale, dove si trova il Livilla, è piuttosto vicina. Mi metto con pazienza in fila con gli altri e osservo. C'è molta gente. La neve rende poi ancora più problematico l'uso dei mezzi pubblici. E in coda noto sempre la stessa identica cosa: una fila di future mamme. Una di loro, seduta su un seggiolino portatile, mi fa temere che il suo sedile possa rompersi da un momento all'altro. Comincio a sentire una certa gravezza alle gambe. Peccato non aver portato il bastone. Arriva finalmente, dopo quasi mezz'ora, anche il mio turno. Scendo dal marciapiedi, mi accosto alla vettura, ma proprio mentre sto per salire un uomo di alta statura mi prega di lasciar salire la moglie, colta dalle prime doglie. La faccio subito passare, la donna dal viso imperlato di sudore ha il colore della cera.

E mi rimetto ad attendere, tranquillo, al mio posto. Tutti questi maschi, che patiscono l'attesa finale della moglie, ignorano quanto mi siano debitori. Non possono certo immaginare che mi senta il vero marito di tutte queste donne. Ed ecco arrivare, dopo pochi minuti, un'auto con una paffuta giovane lentigginosa al volante. Non avrà ancora trent'anni. Ha i capelli corti a spazzola e una serie di collane variopinte al collo. Masticando un chewing gum gonfia un palloncino rosa che subito le scoppia fra le labbra.

"All'hotel Livilla di via Nazionale, è all'inizio del corso."

"Ok, lo conosco, salga pure, mi dia la valigia che gliela metto dietro."

Sistemato il bagaglio, rimessasi alla guida del taxi, partiamo per poi fermarci poco centinaia di metri dopo, al semaforo. Ho bisogno di capire ancora più a fondo, non mi basta quel che ho già visto, voglio godermi altre certezze. E attacco subito la conversazione con un facile pretesto.

"Che sorpresa la neve, a Roma l'ho vista di rado."

"Eh, caro signore, è bella la neve, i bambini poi ne vanno pazzi. Anche se è meglio che cada in montagna."

"Per il traffico immagino sarà un problema."

"Certo, ma è un problema dappertutto, le scuole chiuse, il ghiaccio per le strade e sui marciapiedi... e poi sa, per le nostre mamme è davvero un pericolo, possono cadere."

"Già, ne ho notate tante di donne in dolce attesa."

"E sì, siamo state brave."

"Non mi dica che anche lei..."

"Sì, caro signore, anche io eccome, sono quasi al sesto mese. E saranno due gemelli!"

"Complimenti, davvero, che bella cosa... è così dappertutto allora."

"Sì, l'Italia è incinta, caro signore. Da mesi."

Ecco la conferma che aspettavo! I santi hanno lavorato bene, hanno mantenuto la parola, aveva ragione mio figlio.

"Vengo dall'estero, non sapevo. Una vera benedizione di Dio," azzardo a dire, con un eccesso di compiacimento.

"Se sia merito di Dio, non lo so. Ma le culle sono di nuovo piene. Mia bisnonna è tanto felice che non vuol più morire, ricorda i tempi in cui aveva nove fratelli."

"Ma quanti anni ha lei?"

"Ventotto e mia bisnonna novantacinque."

"Bello quando si è in tanti."

"Sì, si è più allegri, tutto diventa più facile. Ci si dà una mano, uno sa fare una cosa, uno sa farne un'altra. Nessuno rimane indietro, se non ce la fa." Come in cielo, ho pensato, dove però non possono esserci certi problemi alimentari e di mantenimento. E dove era andata a finire quella maledetta paura di perdere i benefici del tenore di vita raggiunto se si allargava il numero?

“Ma non sarà complesso sfamare tutte queste bocche?”

“Macché, la voglia di lavorare per mantenere un figlio ti dà una tale carica che poi superi tutti i problemi perché i figli so' piezz'e core.”

“Adesso che attende un bambino ha più voglia di lavorare?”

“Certo. Vengo da esperienze dolorose, caro signore. Da quando col mio ragazzo abbiamo deciso di avere un figlio, tutti e due ci siamo tolti da certi brutti giri. Non è stato facile all'inizio, ma poi abbiamo trovato anche un lavoro onesto tutti e due.”

“Ne sono felice per lei. Ma siamo arrivati vedo, accosti pure, grazie, ecco... tenga pure il resto.”

“Grazie, signore. Le prendo subito la sua valigia,” e mi ha lanciato un'occhiata così allegra da accrescere la mia euforia.

Appena sono sul marciapiedi, mi volto di scatto. Ha il finestrino ancora aperto e le urlo la domanda: “Ma come si chiameranno i gemelli?”

“Romolo e Remo, caro signore, buona giornata!”

Ero a Roma. A Roma che ripartiva, come l'Italia. Anche nei pochi passi fatti per raggiungere l'ingresso del mio vecchio albergo, le donne con il pancione che occupavano il marciapiedi erano in maggioranza. Ecco Cesira accoccolata come ogni santo giorno contro il muro della Deutsche Bank, con il sacco delle sue cose che le faceva da letto e la sua gabbietta di pappagallini, pronta a riconoscermi e salutarmi mentre le porgevo la solita moneta.

Dopo una certa attesa, salivo nello stretto ascensore del Livilla che conoscevo bene. Il ricordo di Angarà sembrava cedere a una fantasia di lei meno tragica. Se fosse vissuta, la poveretta, se avesse anche lei atteso un bambino, se fosse diventata anche lei una mamma. Quanti “se” in cui perdersi... Angarà si sarebbe salvata. Avrebbe cessato di vivere la sua bellezza solo come un sicuro strumento di seduzione per agganciare nuovi ricchi amanti. Angarà si sarebbe pacificata nel donarla a una sua bella bambina o a un suo bel bambino, avrebbe smesso di spiare le rughe in agguato.

Ecco Gino sul suo trono, alla reception, semiaddormentato, la testa ciondoloni, il mento appoggiato al petto. Era sempre di turno a quest'ora, ancora pieno di sonno perché si era svegliato presto. Veniva ogni mattina da Tivoli. E scorgo, su un tavolino dietro il banco, il tegamino coperto da un piatto della sua immancabile coda alla vaccinara. Suono timidamente il campanello e con un sobbalzo si sveglia.

“Dottor Eterno, come sta? Che piacere rivederla, da tanto non la vediamo.”

“Ho fatto un lungo viaggio, sono appena tornato dall'estero.”

“Bentornato, sa, appena letta la sua prenotazione, ho pensato che le avrebbe fatto piacere ancora la sua camera, la 308.”

“Ha fatto molto bene a riservarmela, grazie.”

Mi scruta qualche secondo in più del consueto. Ha notato che la mano mi trema, mentre prendo la chiave. Chiama sollecito il fattorino per farmi trovare la valigia in camera.

“Arrivederci, Gino, grazie.”

E salgo la sola rampa di scale che mi divide dal terzo piano. Scende le scale una nuova giovane coppia. Lui è di pelle ramata, forse un magrebino, lei che sembra italiana mi fa un cenno di saluto. Ed è incinta.

Entrato nella mia camera, dove la valigia è già stata posata, vado alla finestra, tirando il cordoncino sdrucito della tenda. Dai vetri noto la strada parzialmente innevata, i marciapiedi dove la neve sporca è ammucchiata sui lati. La gente passa nel mezzo camminando con cautela, per paura di scivolare, evitando i punti dove si fosse già formato del ghiaccio. Non posso fare a meno di pensare che fra poco, quando scoprirà di non morire più, avrà molte meno cautele.

Mi stendo sul letto, felice.

La giostra della vita, che si era fermata, si è rimessa di nuovo a correre forte. Riprenderà la sua corsa da dove più profondo era l'ammanco nella voglia di vivere, dall'Italia. Sul tavolo c'è una copia ripiegata del "Messaggero", omaggio dell'albergo. Lo scorro e mi rendo conto anche dal sensore così attento della pubblicità che la crescita demografica è in continuo aumento: conto almeno cinque annunci di carrozzine e passeggini per bambino, nonché di lettini e culle per neonati. Da un articolo sul governo e alcune sue recenti iniziative, apprendo che ha varato un nuovo ministero, quello delle Nascite.

Torno a domandarmi cosa fosse successo, perché questo popolo si fosse fermato. Aveva davvero ragione Impagnatiello, a rimproverare alla sua gente di essersi fatta corrompere? Sembra il destino di tutte le civiltà, questo. Infrollire nel benessere, perdere la forza, il coraggio, invigliacchirsi, delegare la difesa e le fatiche a popoli più arretrati, sprofondare nelle comodità che ti mangiano l'anima. Ma perché mai in Italia il processo era stato più rapido?

Quale che fosse la causa, si era spento in quei nove mesi lo spettro nefasto *del vivere ch'è un correre alla morte*. Il freno di quella funebre corsa era scattato.

Tutto era iniziato quella notte, quando nelle sembianze di bambini e bambine, i santi e le sante erano apparsi in sogno ai milioni di coppie addormentate. I pargoli chiamavano papà e mamma e strillando si mettevano a saltare e a giocare sul lettone, la mattina. Si attaccavano a una gamba del papà nudo in bagno, giocando col suo pisello. Altri correvano incontro ai genitori sulla porta di casa, quando se ne tornavano stanchi dal lavoro.

Bambini e bambine che avevano ristorato il sonno di molti di loro disturbato da mille preoccupazioni economiche. Ammorbato da aspirazioni frustrate, dal grigiore e dalla mediocrità di una vita sempre meno all'altezza di quella sperata. Mentre intanto la corsa irreparabile degli anni lasciava i segni nella carne, nel preannunzio della perdita della bellezza, della giovinezza e della salute.

I santi avevano fatto proprio l'allarme che Dio aveva lanciato, scendendo fra gli italiani per correggerne una tendenza che incancreniva la volontà di vivere, incapaci di rammentare che fosse la voglia di donarsi il solo bene duraturo, per non sprofondare nel senso di vuoto che minacciava le case e le anime, nel continuare a essere, a vita, soltanto figli. In un paese che pareva avanzare nel nulla, senza futuro.

"Non limitatevi a raccogliere le preghiere di quelli che si rivolgono a voi con richieste impaurite dalla povertà e dal dolore. Prevenite le suppliche che ancora non hanno avuto la forza di esprimere nemmeno a se stessi. Date anima voi a quelle che non sanno ancora formulare, ma si dibattono prigioniere del loro egoismo. Calatevi nei loro sogni, nascondetevi in quelle forme illusorie ma così seducenti per una notte, abitate le menti stanche, rinnovate il desiderio di donarla, la vita, in anime così chiuse alla proiezione di sé nel futuro, così rivolte al passato. Manifestatevi nelle sembianze di bambini. Ammaliateli con lo spettacolo della vita ai suoi primi momenti, nelle piccole creature che con passo incerto corrono a rifugiarsi fra le braccia del padre e della madre. Siate padri e madri di nuovo, se già lo siete stati, per una notte soltanto nei loro sonni, ispirando a quei mancati o pigri genitori, la corsa a riempire quel vuoto. La mia vasta maternità patisce più acuto il male del mondo, dove più armato è l'egoismo. Dove ci si rifiuta di fare figli si rifiuta me. Non possiamo restare indifferenti a una tabe silenziosa che non provoca dolori manifesti, non suscita pietà, non chiama nessun luminare della scienza a consulto. La prima motivazione della mia incarnazione era la necessità di vivere nel tempo per conoscere la vecchiaia e la malattia. Per poi, carpito il segreto dell'attrazione per la morte, nascosto nella sterilità, intervenire a guarirla. Era anche una promessa fatta al bambino dai capelli rosso fiamma, che per primo mi ha accolto sulla Terra. Mi aveva chiesto di togliere la morte dal mondo. Aveva indovinato che è molto stanca. Ancora triste per aver dovuto colpire mio figlio, renitente alla richiesta di colpire anche me, con la morte ho stretto un patto. L'ho accontentata e l'ho lasciata riposare, offrendomi come ultima vittima. Ma agli uomini basterà assaggiare un barlume d'immortalità terrena per correre a invocarne il risveglio. E non v'era altro modo di guarirli dalla paura e restituirli alla vera immortalità che li attende vicino a me. Andate ora ad accendere per una notte quel piacere dei corpi anche voi. Sarà una preghiera quell'amplesso amoroso che avrete ispirato, potente quanto molte litanie che si recitano con cuore puro. Che sia caldo, insinuante, provocante, seduttivo, generoso, quel piacere promesso! Le vergini che hanno sentito questa fiamma solo nell'amore sublimato per mio figlio, ora potranno evocarla nella sua interezza. Come i mistici che ora potranno accompagnare all'amplesso gli uomini, evocando proprio le fantasie amorose per la donna, che più avevano combattuto. E quanti di voi siano convertiti da una vita dedita al piacere, potranno rievocarla senza più colpa, quella gioia dei sensi, e rivolgerla a un fine divino. Irrorate le loro carni della malia del desiderio, assecondatela, affrancatela dall'egoismo! Che questa notte di maggio infonda nel popolo di cui andrete a vivificare i sogni, la forza di concepire che languiva. Ora completate la mia missione. La stanchezza grava anche su di me. Devo pagare per ultimo il naturale debito della carne. Tocca a voi, ora. Compite il mio voto. Andate, figli miei."

Così avevo parlato in cielo, mentre a Roma e in Italia era ancora notte fonda.

49. Ritorno a casa

Riflettevo ancora a quelle parole che preludevano a un così diverso corso delle cose, camminando per le vie appena sgomberate dalla neve, quel pomeriggio, reggendomi al bastone. Chissà come sarebbe apparsa Roma fra qualche anno, quando le creature che stavano per venire alla luce sarebbero diventati i bambini e le bambine della città eterna?

Mi sorprendevo a domandarmelo, io che avrei comunque visto crescere anche loro, come tutte le altre mie creature. Ma sarebbe stato ben diverso spiarle confuso fra la folla, nelle sembianze di Giovanni Eterno. Notare, camminando per la strada, le loro carrozzine, osservare nei parchi di Roma le mamme coi bambini in passeggino, quei bambini che poi più tardi, cresciuti, avrebbero giocato come Davide con Nanà e poi con Gioia. Sapere, continuando a stare in mezzo a loro, che prima nelle scuole materne e poi nelle elementari erano scoppiate le iscrizioni e che se n'erano dovute costruire tante altre nuove per ospitare quell'esplosione delle nascite. Dovunque intorno a me si replicava lo stesso vitale spettacolo. Moltissime donne, giovani e meno giovani, erano incinte. Presto l'Italia non sarebbe stata più un paese di vecchi che contristavano lo sguardo appena si arrivava dall'estero. Avevano lavorato bene quella notte, le sante e i santi, nei sogni di donne e uomini, in forma di bambini e bambine che risvegliavano il sopito senso materno e paterno. Ispirando una così irresistibile voglia di amplessi nelle coppie, da risvegliarle nel colmo della notte per amarsi senza più risparmio, senza cautela, protraendo il piacere fino a sfinirsi, prima di addormentarsi. L'alba doveva averli sorpresi così, uomini e donne, mentre aprivano gli occhi e rievocavano la dolcezza di quel sogno della notte, così ricco di sorprese, su quel letto sfatto, da cui erano cadute insieme ai cuscini tante stanchezze, riserve, paure, censure...

"Sai, ho sognato un marmocchio che mi chiamava papà. E mi sembrava tutto così vero da rispondergli, chiamandolo per nome," confidava qualcuno alla sua donna, già intenta a truccarsi e a prepararsi per la giornata di lavoro. Ed eccola riaffacciarsi dal bagno mezza svestita, continuando a spazzolare i capelli: "Anche tu? E che nome gli hai dato?"

"Alessio, il nome che piace a te."

"Pensa che l'ho sognato anche io, era una bambina che mi chiamava mamma, uno scricciolo biondo che mi ha fatto venire una voglia... ma una voglia."

"Lo so che ne avevi voglia, ma stanotte non abbiamo perso tempo, non abbiamo mica solo sognato."

"Già... ma cos'avevi addosso?"

E molti erano tornati a baciarsi, a quel ricordo della notte, trovando poi appena il tempo d'infilarsi gli abiti, senza neanche fare colazione, arrivando più tardi del solito al lavoro.

Aveva qualche buona ragione Voltaire per chiamarmi "il

grande orologiaio dell'universo". In verità, adesso che mi ero adoperato perché l'orologio si mettesse di nuovo a correre e a battere allegramente le ore, potevo anche andarmene, rispondendo all'amore dei giusti e di mio figlio, sempre più in ansia per le mie precarie condizioni.

Anna e Davide, che in quei nove mesi sentivo per telefono, parevano assorbiti dalla vita che senza sosta pulsava. Lei, sempre appassionata al suo lavoro di maestra, cominciando a dimenticare il lutto che l'aveva colpita. Lui, già in prima media, passando le giornate fra la scuola, dov'era sempre fra i migliori, gli amici del pallone e le passeggiate con Gioia, il cane da cui non si separava quasi mai. E Sara, come mi raccontava compiaciuta Anna, non smetteva di accompagnarlo appena poteva. Verso la fine del mio viaggio, Anna nominava sempre più spesso al telefono un collega, Gerardo Mirto, direttore della sua circoscrizione scolastica che stava per andarsene in pensione. E dal tono con cui si profondeva a parlarne, dalla descrizione delle rare capacità e virtù del personaggio, sempre delineate con quel tremolio particolare nella voce, capivo che qualcosa di tenero doveva essere sbocciato. Di nessuno dei suoi colleghi di lavoro l'avevo mai sentita parlare in quel modo. Non sapevo che età potesse avere quell'uomo, non avevo mai trovato il coraggio di chiederglielo sospettando però che non dovesse essere di molto inferiore alla mia. Una punta di gelosia, pur meno acuta di quella provata per mio figlio, in verità la pativo. Ma subito mi dicevo che era meglio così, molto meglio così. Giovanni Eterno doveva rientrare là da dove era apparso a entrambi, madre e figlio. La mia maschera doveva sciogliersi per diventare solo un bel ricordo.

Mi sono seduto nella sala interna del bar non lontano dal

Livilla, dove Mike, il barista tataro, mi ha riconosciuto subito e servito come sempre la mia birra. Non ghiacciata però, vista la stagione. Con la neve ancora ammucchiata sui lati del marciapiedi, la mia difficoltà di camminare, pur con l'aiuto del bastone, si faceva seria. Osservavo i passanti sulla via dalla poltrona dov'ero seduto, abbacinato dal chiarore che la neve diffondeva su tutto, cose e persone. "Nulla riposa della vita come la vita," ancora quei versi mi venivano in mente, come quando li avevo citati a mio figlio, appena ero arrivato a Roma.

Trentatré anni mio figlio era rimasto sulla terra, di cui trenta vissuti nell'anonimato assoluto. Gli altri tre invece si contendevano a testimoniarli, oltre ai quattro canonici della Chiesa, decine di evangelisti, fra apocrifi e riconosciuti. Confondendo verità storica e leggenda, trasformando un'esistenza che non aveva voluto lasciare una sola traccia scritta in un paradigma precisato dalla scrittura in ogni suo dettaglio, giorno per giorno, da trasmettere nei secoli, per farsi modello da imitare di quanto in verità era inimitabile.

Di quell'anno sulla terra trascorso da me così in disparte, invece non si sarebbe proprio parlato. Il Padreterno respingeva qualsiasi evangelista della sua clandestina visita a questa parte del cosmo. Avrebbe dovuto occuparsi di chi se ne stava fuori del gioco, col piacere di sentirsene la mente, un solitario che assaporava la dolcezza di una vacanza dall'eternità. Un Dio fattosi anziano signore, che si trovava coi bambini e i cani meglio che con le donne, con le quali non ci sapeva molto fare. L'incognita della sua vacanza romana era stata rispettata, anche se qualcuno si era accorto della sua furtiva presenza. Ma che avrebbe mai potuto testimoniare quel papa così vecchio e stanco, che la

Curia romana giubilava per visionario, al di là del fulminante sguardo che il caso ci aveva consentito di scambiarci per pochi secondi?

Impagnatiello mi aveva capito davvero, giovandosi delle mie facoltà e probabilmente avendo fatto carriera grazie anche a certi miei visionari suggerimenti. Il tempo, tuttavia, quando non mi avesse più trovato, l'avrebbe aiutato a ridimensionare l'eccezionalità e a collocarmi nella lista dei sensitivi che altre volte i servizi segreti avevano avuto la fortuna di scovare. Uno dei più potenti, certo, ma null'altro di più. Tornando a chiudere nell'ambito di un ricordo intenso, ma sempre più favoloso, la mia figura, fino a confonderla con un sogno dai contorni indefiniti. E così avrebbe anche fatto la vecchia zingara che per qualche minuto mi aveva guardato il palmo della mano, sconvolta da quel che vi leggeva.

Nessuno avrebbe potuto testimoniare di un miracolo che non era da meno di quelli operati da mio figlio resuscitando Lazzaro, il figlio della vedova di Nain e la figlia di Giairo: quello di resuscitare la voglia di vivere di un popolo intero. E quindi fare ancora di più, stringere con la morte un'intesa che la sollevasse dal gravoso incarico, dopo essersi concessa anche al Padre come si era concessa al Figlio. Per poi essere invocata dagli uomini, appena capito quale sicura infelicità garantisse l'immortalità terrena.

E tu, che leggi la mia storia, chi fosse la terza Persona che in queste pagine manca, ormai lo sai.

Dovevo tornarmene al mio albergo. La febbre si stava alzando. Anche il tremito si era fatto più forte. Ma era un molesto ronzio alle orecchie a tormentarmi di più. Mi mancavano le forze per continuare la mia passeggiata. Ero tuttavia soddisfatto. Avevo gettato un ottimo seme. I frutti sarebbero stati molto copiosi. I giusti avrebbero presto avuto modo di assaporare tutta la mia gratitudine. Mi rallegrava il pensiero dello scorno patito dalle forze del Male, con questo nuovo punto segnato a vantaggio del Bene.

Mi alzai pagando il conto e lasciando una generosa mancia, salutando Mike, incollato alla tv a guardarsi una partita. Doveva trattarsi di una partita importante. Presto la platea dei tifosi sarebbe cresciuta fino a ostacolare il passo sul marciapiedi. Era bello vedere tanta gente aggregarsi per una comune passione. Non importava che si trattasse soltanto dell'arte di sparar calci. L'indole degli italiani, come avevo notato viaggiando per tutta l'Europa, era la più pronta a cogliere ogni opportunità per godersi la coralità di una festa.

"Che partita è, Mike?"

"Il derby fra la Roma e la Lazio."

"Quando torna dalle sue parti, Mike?"

"*V Rassiyu?*"

"Sì, in Russia."

"Ci sono stato che non è molto, sei mesi fa."

"Anch'io l'ho visitata di recente, un paese straordinario. Le manca?"

"*Niet, v Rassiyu* stanno bene solo i ricchi. E poi adesso la mia compagna aspetta un figlio, che tornerei a fare?"

"Già, i figli fanno mettere solide radici. Capisco, complimenti allora."

"*Spasiba*, dottor Eterno," e Mike continuava a guardare la televisione mentre un lungo spot pubblicitario annunciava un altro evento che avrebbe aggregato la gente, in tutto lo stivale, per una platea più vasta ancora, il festival di Sanremo.

Mi alzai facendomi largo a stento fra la gente che seguiva le due squadre di calcio, proprio nel momento in cui veniva marcato un bel goal dalla Lazio. Giubilo, esclamazioni, invettive, risate, abbracci. Ripensavo al bel tiro al pallone che avevo sparato giocando un giorno con Davide e i suoi amici... ora sapevo anche io cosa di esaltante si provasse.

Giunto davanti al portone del mio albergo, dopo essermi fermato due volte a riprendere un poco le forze, guardavo oltre la fontana circolare dell'Esedra, ornata di divinità pagane, ninfe, mostri fluviali e draghi, al centro della piazza, la basilica di Santa Maria degli Angeli tutta innevata. Anche quell'articolata costruzione, così ricoperta di bianco perdeva la consueta fisionomia. Sembrava ancora più vasta e meno tipica di un edificio di culto. E più facilmente evocava quelle Terme di Diocleziano che erano state così grandiose da bastarne a Michelangelo una sola parte. Quel Michelangelo forzato a dissimulare il suo profondo amore per la classicità pagana nei monumenti che pure lo tradivano. Quel Diocleziano così amante della romanità da combattere il cristianesimo per salvare le divinità pagane che ancora oggi ornavano la fontana. In quella piazza l'eternità narrava la sua storia occidentale.

In cielo un fitto e assai chiassoso branco di storni già da diversi minuti volteggiava avanti e indietro, solcando con la consueta eleganza l'aria gelida, alla ricerca di cibo e riparo. Io provvedevo anche a loro, come ai gigli del campo.

Provvedevo a tutto.

Sulla soglia della 308 mi attendeva mio figlio, pronto a sorreggermi quando ormai non mi tenevo più bene in piedi.

Prendevo congedo dai sensi sulla via di liberarmi dal mio vecchio corpo. La vista mi si era molto appannata. Avrebbe dovuto bastarmi quel che avevo visto. L'udito invece era diventato così fine da registrare anche i minimi rumori delle camere ai vari piani, quelli delle strade e percepirne e intenderne altri, come i versi degli animali. L'impossibile esperienza che a tal punto mi aveva tentato da forzare l'eternità, si avvicinava... colei che non faceva distinzioni fra ricchi e poveri, giovani e vecchi, faceva la sua parte... in cambio del suo concedersi le consentivo di riposare... ed eccola addormentata vicino a me, nell'altra metà del letto, la morte, inerme e ignuda, come l'avevo vista quando Impagnatiello un giorno mi aveva chiesto "La riconosce, dottor Eterno?"

Mio figlio mi aiutava a adagiarmi dalla mia parte, sistemando bene i due cuscini sotto la testa e slacciandomi il collo della camicia troppo stretto. Toltomi prima a una a una le scarpe e sfilati gli abiti, mi ricopriva con le lenzuola, rimboccandomi con cura la coperta di panno.

"Chi ride così?"

Non mi rispondeva, ma nessuno al di là delle pareti rideva, questa volta. Dormivano tutti.

"Chi ride così?"

Gli sfioravo il volto con le dita, non distinguevo più i contorni delle forme, ma solo un vago e incerto chiarore. Mio figlio però aveva capito. E dopo una carezza sulla fronte, per tutta risposta si alzava a spalancare le due finestre perché sentissi ancora meglio ridere gli uccelli. I quali volteggiavano compatti e ancora più fitti davanti ai miei vetri, sempre più festosi e numerosi, pronti anche a romperli, se non li avesse spalancati mio figlio. Fino a posarsi prima alcuni, più decisi, poi altri più timidi, sul mio davanzale e a poco a poco, a ondate più mirate, in un frullo di ali sempre più intenso, a volare fin dentro la stanza. E a circondare il mio letto, a volarmi sulla testa, girandomi intorno e sfiorandomi con le ali, a rallegrarmi con quel loro canto così simile al riso negli uomini. Ora faceva ridere anche me quell'invito a tornare a casa.

Nota dell'autore

Sono grato a Stefano Baldrati, Matteo Bianchi, Francesca Capossele, Paola Gianoli, Giuliano Malaguti, Vincenzo Pardini, Gerardo Passannante, Emanuele Pettener, Olga Strada e Fiammetta Tedeschi. Nei più di tre anni impegnati nella stesura di questo romanzo mi sono stati sempre vicini con i preziosi consigli e le generose impressioni di lettura.

Per la dedica al lettore mi sono ispirato all'affresco sulla Santissima Trinità di Masaccio nella chiesa fiorentina di Santa Maria Novella, dove la terza Persona, che parrebbe assente, è invece colui che guarda l'opera sulla parete del tempio.

Con l'invenzione fantastica di *Hotel Padreterno* pago il mio debito di gratitudine all'Ariosto, insieme a Boccaccio, Mozart e Rossini, uno dei pochi cantori della gioia dei sensi e del gioco del caso. Come nell'immaginario cavalleresco medievale del grande poeta ferrarese tace la trascendenza, così nell'immaginario cristiano del mio romanzo vorrebbe regnare un'aura ludica.

Ed ecco in appendice anche i versi di *Vecchio Dio*, apparsi in *Felicità di perdersi* per Barbera, nel 2013 e poi antologizzati da La nave di Teseo in *Un giorno senza sera,* nel 2020. Se mai riescono a ricevere udienza, certi fantasmi possono bussare anche diversi anni, prima di pacificarsi forse in una narrazione compiuta.

Dio, oggi non ho nessuna voglia
di sentirti scorrere nel sangue,
e mi sforzo di non sentire
come pulsi alle orecchie,
vecchio sangue del mio Dio che s'attempa,
e si fa sempre più stanco e lento
finché un giorno cadremo insieme.
Levarsi la mattina e levarti con me,
accudirti, rivestirti, profumarti,
questi gesti d'antica confidenza,
carcerati in così poco spazio,
lisi come abiti, frusti come parole
d'auguri ai compleanni,
le stesse che useremo capovolte
come stoffe per condoglianze,
che fatica tenerti in piedi,
mio vecchio Dio incolpevole, viziato,
capriccioso, sempre più sordo,
che non s'accorge di ripetersi
o forse finge e a volte riesce
a farsi credere unico e fedele,
deciso a restarmi accanto
per amore solo per amore,
e non perché non sa dove andare.
Ma intanto mi lasci qui a ricordare
il giovane Dio che eri,
che non aveva caldo né sete

e pattinava leggero sul ghiaccio
del nulla cantando senz'ombra,
senza colpe da temere,
né premi da attendere,
il bel niente che eri
senza eco di me,
immune da questa leucemia
dell'eternità che mi beve il sangue.
Sei la mia subdola malattia, Dio mio,
febbre e nebbia che sale
dall'argine consumato del mio tempo.

Finito di stampare
nel mese di settembre 2021
presso
Grafica Veneta S.p.A.
Via Malcanton 2 – Trebaseleghe (PD)

Printed in Italy